10
18

12, AVENUE D'ITALIE. PARIS XIIIe

Sur l'auteur

Ann Granger est un auteur de romans policiers et historiques très prolifique, avec plus de trente romans parus en Angleterre. Elle a rencontré un franc succès international avec sa série « Lizzie Martin ». *Le brouillard tombe sur Deptford* est le sixième opus de cette série à paraître en France. Ann Granger a travaillé dans les ambassades britanniques de nombreux pays, dont la République tchèque, la Zambie et l'Allemagne. Elle vit désormais dans l'Oxfordshire.

ANN GRANGER

LE BROUILLARD TOMBE SUR DEPTFORD

Traduit de l'anglais
par Jean-Baptiste Dupin

INÉDIT

10
18

Grands détectives

créé par Jean-Claude Zylberstein

Du même auteur
aux Éditions 10/18

Titre original :
The Dead Woman of Deptford

ISBN 978-2-264-07062-3

… l'existence même de Londres dépend à ce point du trafic sur la Tamise que si le fleuve devait perdre sa navigabilité, la ville serait bientôt un amas de ruines semblable à Ninive et Babylone…

The Picture of London for 1818

Ce livre est dédié à ma famille, mes amis et mes voisins en reconnaissance de leur inestimable soutien durant des moments difficiles. Je remercie en particulier Tim et Chris, mes fils, qui ont dû faire face à leur perte en même temps qu'à la mienne. Toute ma reconnaissance aussi à mon agent, Carole Blake, et à mon éditrice, Clare Foss.

CHAPITRE 1

Inspecteur Benjamin Ross

Il se nommait Harry Parker. C'était un individu de petite taille, malingre et dépenaillé. Dans la lumière jaune de notre lanterne de guet, il nous fixait avec le regard affolé d'un chien errant pris au piège et tenu à bonne distance. Il serrait entre ses mains une casquette de feutre qu'il pressait contre sa poitrine, et ses petits yeux papillotaient de l'un à l'autre d'entre nous, finissant toujours par revenir sur mon visage. Je ne saurais dire quelle impression un tel témoin produirait sur un juge ou un jury mais, en ce qui me concernait, elle n'était guère flatteuse.

* * *

Un peu moins d'une heure auparavant, je pensais pourtant en avoir terminé de ma journée. J'avais même lâché ces paroles :

— Eh bien, Morris, je crois que le moment est enfin venu de rentrer chez nous !

Le sergent et moi nous étions absentés de Londres pour régler une affaire à Cambridge, où l'on avait réclamé notre aide. Obligations policières mises à part, cette expédition avait constitué une agréable diversion. Comparé à Londres, Cambridge nous avait paru fort calme et nous avions apprécié son air plus sain, son atmosphère de ville universitaire, son admirable architecture gothique et les vastes prairies alentour où paissaient des troupeaux. Nous avions eu véritablement la sensation d'une excursion dans un monde irréel.

Depuis le train du retour, nous avions aperçu le voile de fumée grise suspendu au-dessus de notre belle capitale. Cela aurait pu être pire. En novembre, davantage de brouillard remontait d'ordinaire l'estuaire de la Tamise. Quand il se mêlait aux émanations de charbon, il se formait souvent une épaisse masse jaunâtre et malodorante qui s'insinuait partout et descendait jusqu'au niveau du sol, enveloppant tous les bâtiments d'un voile crasseux. On ne pouvait pas sortir sans voir ses vêtements maculés de traînées noires. Malgré le temps froid et humide, nous avions cependant échappé jusque-là à cette « spécificité » londonienne.

En descendant du train, Morris et moi fûmes aussitôt happés par une foule empressée à travers laquelle nous nous frayâmes un chemin jusqu'aux sorties bondées. Nos oreilles furent assaillies par le grondement des roues et le claquement des sabots, les cris des vendeurs de rue et le crincrin des orgues de Barbarie. La vie elle-même nous entourait. Les respectables citoyens côtoyaient les mendiants, qui exerçaient au grand jour, et les pickpockets, qui préféraient œuvrer dans la discrétion. Les rues animées mais studieuses de Cambridge auraient aussi bien pu appartenir à un autre pays. En franchissant les portes de Scotland Yard, nous eûmes la sensation d'aborder un havre de paix. Je notifiai notre retour, promis de faire mon rapport le lendemain à la première heure et nous n'avions dès lors plus qu'à songer à l'agréable perspective d'un dîner en famille.

Ce fut le moment que choisit la Destinée pour nous dépêcher un de ses funestes messagers en la personne d'un jeune agent à bout de souffle. Le fracas de ses bottes dans l'escalier nous prévint de son apparition, pantelant, les joues écarlates, une lettre à la main. Il transpirait abondamment.

— Qui êtes-vous ? l'interpella sèchement Morris, qui n'avait pas reconnu le nouveau venu mais avait aussitôt pressenti l'obstacle qu'il allait constituer entre lui et le coin de sa cheminée.

— Evans, monsieur, du commissariat de Deptford ! couina l'agent.

Il nous étudia l'un après l'autre avec une moue dubitative.

— On m'a dit en bas de demander l'inspecteur Ross.

— Tiens donc ! Je suis l'inspecteur Ross.

Je m'avançai et pris l'enveloppe qu'il me tendait.

— Eh bien, mon garçon, qu'est-ce qui nous vaut une telle précipitation ?

— Il y a eu un meurtre, monsieur ! déclara le jeune homme, tout excité. On vient juste de découvrir le corps. À Skinner's Yard. Oh, et l'inspecteur Phipps vous transmet ses compliments et ses excuses, monsieur, ajouta-t-il avec un temps de retard.

— Trop aimable de sa part, marmonna Morris dans mon dos.

Nous avions l'un et l'autre compris qu'il était à présent impossible de savoir à quelle heure nous regagnerions nos pénates ce soir-là. La plupart des officiers avaient déjà quitté le bâtiment et tous ceux encore présents étaient occupés ou, du moins, l'étaient assez pour m'envoyer l'agent Evans. Je parcourus sans hâte le message.

— Une femme, hein ? Assassinée ?

— Elle est encore là où on l'a trouvée, précisa Evans d'un ton pressant. Je suis censé vous y conduire, monsieur.

Le garçon sautillait littéralement d'un pied sur l'autre.

Je devais à tout prix faire quelque chose, sans quoi cet impatient Mercure juvénile brûlerait à ce point d'excitation qu'il me faudrait l'asperger d'eau. Je l'envoyai chercher un cab pour nous conduire tous les trois sur les lieux.

— Désolé, Morris, m'excusai-je tandis que nous sortions.

Le sergent maugréa une vague réponse que je ne compris pas. Ce n'était pas nécessaire.

Je relus le message de Phipps durant notre trajet en direction de la rive sud de la Tamise. J'étais assis à côté du jeune Evans, lequel était moins large d'épaules que Morris, dont la généreuse stature occupait presque toute la banquette opposée. Pour parvenir à lire, il m'avait fallu me tordre dans une position inconfortable et maintenir la feuille à la lueur spectrale des becs de gaz de la rue. J'avais la sensation de tenir entre mes doigts quelque parchemin médiéval. Les mots bondissaient au rythme des cahots du fiacre mais je réussis malgré tout à en saisir l'essentiel au vol.

Le crime, écrivait Phipps, présentait des détails singuliers, s'abstenant néanmoins de préciser lesquels. En revanche, il soutenait avec fermeté que l'enquête serait plus efficace si elle était menée par le Yard. À Deptford, il ne disposait pas des ressources suffisantes. Une récente recrudescence de bagarres d'ivrognes et de rixes entre marins, dont beaucoup descendaient de navires étrangers et ne parlaient pas anglais, mobilisait la plupart de ses hommes.

Je ne connaissais pas l'inspecteur Phipps mais j'avais entendu parler de lui et il avait la réputation d'un officier capable. Toutefois, j'avais du mal à croire qu'il régnât à Deptford une telle anarchie qu'il fût impossible d'accorder la priorité à une enquête pour meurtre, ne serait-ce que dans un premier temps. S'il se présentait des difficultés, on pourrait toujours la confier par la suite à Scotland Yard. Que l'on eût fait appel à nous aussi vite m'évoqua irrésistiblement l'expression « patate chaude ».

Je regardai par la fenêtre. En dépit d'une rude concurrence, Deptford revendiquait de longue date le titre de quartier le plus insalubre de Londres. Pourtant, les endroits que nous traversions révélaient un lieu plein d'animation. Le long du fleuve, des bateaux étaient amarrés, leurs mâts immenses se découpant sur le ciel nocturne comme une forêt. De temps à autre, l'obscurité automnale s'illuminait d'une pluie d'étincelles rouge et or, comme si quelqu'un avait lancé un feu d'artifice fabuleux. Ce spectacle impromptu signalait la présence d'un chantier naval, où des ouvriers assemblaient une coque métallique.

Nous longeâmes en brinquebalant la masse sombre des vastes entrepôts des négociants en gros. Des navires marchands arrivaient dans le port de Londres en provenance du monde entier. Parmi toutes les odeurs qui s'immisçaient à l'intérieur du cab, mes narines décelèrent celles des épices et du tabac. Quantité de petites affaires dépendaient aussi des docks : marchands d'articles de marine, charrons, forgerons… Au son du claquement des sabots, nous remontions la grand-rue, où s'alignaient fièrement les commerces habituels de fruits et légumes et de vin. Malgré l'heure tardive, beaucoup accueillaient encore des clients. De ce que je pouvais en apercevoir, la plupart de ces boutiques étaient petites, basses et exiguës sous des plafonds aux poutres apparentes. Les débits de boissons que nous dépassions débordaient déjà tous de monde. Nous parvenaient l'écho de chants tapageurs et quelques notes de violon. Au-dessus de nous, les étages supérieurs des bâtiments occultaient le ciel, fourmilières humaines où s'entassaient des familles entières, souvent dans une unique pièce.

Nulle part je n'avais vu trace des hordes belliqueuses, beuglant leurs injures dans toutes sortes de langages, que suggérait la demande d'assistance adressée au Yard par l'inspecteur Phipps.

Il m'était impossible d'en faire part à haute voix devant l'agent de Deptford mais j'avais de gros doutes concernant cette affaire. Je passai la lettre à Morris, qui la déchiffra de son mieux avant que nous ne nous engagions dans des rues moins bien éclairées.

— Il est probable que Deptford soit en fin de compte en mesure de s'en charger, lui dis-je en guise de piètre réconfort.

— Dans ce cas, qu'est-ce qu'on fiche ici ? grommela le sergent.

Peut-être n'avait-il pas l'intention d'être entendu. Peut-être était-il seulement trop affamé et fatigué pour s'en soucier.

La remarque n'avait cependant pas échappé à Evans et je le sentis tiquer. Quand, peu de temps après, le fiacre s'immobilisa en dodelinant, sa voix résonna avec nervosité dans la pénombre.

— Nous sommes arrivés, monsieur !

Nous nous dépêchâmes de sortir. Je payai le cocher et obtins qu'il me griffonne un reçu sur un bout de papier que j'avais déniché dans ma poche. Je comptais me faire rembourser mais, Scotland Yard ayant déjà payé ce jour-là nos billets de train pour Cambridge, on pourrait fort bien juger excessive une nouvelle demande.

Le cab s'éloigna avec fracas, nous abandonnant là, quelque part entre le fleuve et les abords commerçants du quartier. Des yeux nous observaient depuis les bâtiments alentour mais les curieux avaient battu en retraite hors de notre vue. Nous suivîmes le jeune Evans, qui nous mena à l'écart de la rue dans un endroit sombre, nauséabond et chichement éclairé par la lumière tombée des fenêtres voisines et les rayons dansants des lanternes de police. Un homme muni d'un de ces lumignons le leva assez haut pour en diriger la clarté sur mon visage, révélant à contre-jour une silhouette massive surmontée d'un casque et enveloppée du lourd macfarlane réglementaire.

— Barrett, monsieur ! s'identifia l'homme en uniforme tandis que je protégeais mes yeux de cette luminosité soudaine. Je tiens le gars qui a découvert le corps.

Mes yeux s'accommodaient à la semi-obscurité. Nous ne nous trouvions pas à proprement parler dans une cour mais dans un espace situé entre deux hauts bâtiments en brique. Il se prolongeait d'une vingtaine de pieds en profondeur et mesurait de quinze à vingt pieds de large[1]. Des gravats épars suggéraient qu'un édifice avait été démoli à cet endroit, un entrepôt vétuste peut-être, et que personne n'avait jugé bon de le remplacer. Ce vide et les bâtiments qui l'encadraient m'évoquèrent l'image d'une rangée de vieilles dents condamnées à se désagréger et à tomber l'une après l'autre.

Dans la rue derrière nous, les becs de gaz étaient allumés mais ils ne dispensaient qu'une faible lueur

1. Environ 5 m × 6 m. (*Toutes les notes sont du traducteur.*)

dans ce triste renfoncement. Seul le rayonnement des lanternes à pétrole en atteignait le fond, où des restes d'appentis en bois laissaient deviner d'anciennes latrines. Il avait sans doute été une époque où tous les habitants du voisinage les utilisaient et, si l'on devait en croire la puanteur, certains le faisaient encore. Les tunnels du système d'égouts de Mr Bazalgette[1] n'avaient pas encore atteint cette partie de Londres. Ces commodités devaient donc se déverser dans une fosse que l'on ne vidait qu'en de rares occasions ou, pis, diriger directement leurs immondices vers la Tamise. Partout, les nouveaux égouts étaient pour beaucoup dans la disparition du spectre du choléra. Mais si jamais ses miasmes devaient resurgir quelque part, ce cloaque constituait un lieu idéal. Des ordures et des détritus de toutes sortes jonchaient l'endroit, qu'empuantissait leur décomposition. Des rats pleins d'audace filaient çà et là, appâtés par la perspective d'un butin facile et, ce soir, par l'odeur du sang.

Comme son collègue Evans, l'agent Barrett était jeune mais volontaire. Il arracha son prisonnier aux ténèbres et, d'un grand geste, l'exhiba en pleine lumière, tel un magicien tirant un lapin de son chapeau.

— Le voici, monsieur ! déclara-t-il avec un accent de triomphe.

Je claquai des mains, en partie pour les dégourdir mais aussi pour signifier qu'ici, c'était moi le chef, puis je fronçai les sourcils de dégoût à la vue du misérable exemplaire de vermine des quais que j'avais devant moi.

En réaction à mon regard et à l'écho de mon geste sur les murs de brique autour de nous, l'individu se

1. Le réseau d'égouts de Londres, créé par l'ingénieur Joseph Bazalgette (1819-1891), fut inauguré en 1865.

recroquevilla. Il semblait tout à fait terrifié. Bien. À ce stade, il était peut-être injuste de lui reprocher mon retour et mon dîner tardifs, mais la faiblesse est humaine et, en l'absence de l'inspecteur Phipps, j'avais besoin de diriger mon ressentiment sur quelqu'un.

— Comment vous appelez-vous ? demandai-je au repoussant spécimen d'humanité placé sous mon nez.

J'avais un jour assisté à un spectacle de « cirque de rats ». Les animaux, excités et appâtés par leur dompteur, se produisaient dans une grande cage. L'un d'entre eux me paraissait s'en être échappé pour se tenir devant moi, dressé sur ses pattes de derrière et affublé d'une veste et d'un pantalon.

En réalité, ce fut mon nez qui me fournit la première information le concernant. Notre témoin avait passé ses dernières heures au pub. Il empestait la bière, la sueur, la sciure et la fumée de tabac.

— Parker, marmotta-t-il. Harry Parker.

Dans un sursaut de courage motivé par la rancœur, il désigna Barrett et ajouta :

— J'l'ai déjà dit à ce roussin-là.

— Quel est votre métier, Mr Parker ?

— J'travaille sur les docks, grommela-t-il. Le matin, j'attends l'embauche devant les grilles. Si j'suis pris, j'fais c'qu'on m'demande : charger, décharger, transporter, déplacer…

« Et, si possible, rapiner un peu », pensai-je. Leur travail terminé, les journaliers étaient fouillés avant de quitter les docks mais avec une masse de gaillards fatigués, grincheux et turbulents, et seulement deux hommes à la sortie pour procéder à l'inspection, on ne pouvait guère empêcher les chapardages.

— Comment l'avez-vous découverte ? lui demandai-je ensuite.

— J'suis tombé dessus ! glapit-il avec indignation. J'ai déjà raconté ça et tout le reste à vot' roussin ! C'est pas de ma faute, quand même. J'la cherchais pas. Je suis venu ici (il désigna d'un geste le terrain vague) pour satisfaire un besoin naturel.

Il avait formulé cet euphémisme avec une dignité comique, puis montré du doigt les cabanons au fond de la cour. Je doutai qu'il eût l'intention d'aller jusque-là. Une fois la nuit tombée, aucune personne saine d'esprit ne se serait délibérément aventurée aussi loin en prenant le risque d'un plongeon dans une fosse pestilentielle.

— Je l'ai pas remarquée dans le noir, poursuivit Parker. Y a pas de lumière ici, sauf celle de la rue ou des fenêtres là-haut quand on n'a pas encore tiré les rideaux.

Il agita un doigt en direction du ciel.

— Ça m'a fait un sacré choc, reprit-il. J'ai fait demi-tour aussi sec et là, y avait un…

Il se reprit, comprenant peut-être au froncement de sourcils de Barrett que celui-ci n'apprécierait pas d'être traité de « roussin » une troisième fois. Parker corrigea la fin de sa phrase.

— … et j'ai prévenu monsieur l'agent. Demandez-lui !

— C'est exact, monsieur, confirma Barrett. Je faisais ma ronde habituelle. Le témoin a surgi devant moi et m'a presque renversé. Il tremblait de peur et bafouillait des paroles incompréhensibles. Il répétait : « Là ! Là ! » Alors je l'ai saisi par le col et je l'ai entraîné jusqu'ici. Où nous avons, en effet, constaté la présence de cette malheureuse.

Si Barrett ne s'était pas trouvé par hasard dans les parages, je me demandais si Parker se serait mis à sa recherche. Il était plus probable qu'il aurait décampé chez lui et laissé à quelqu'un d'autre l'honneur de la macabre découverte.

Parker renifla dans sa casquette.

— J'suis un honnête travailleur… conclut-il avec des accents déchirants, comme s'il croyait lui-même à sa fable.

Je jetai un coup d'œil en hauteur. Il était impossible de savoir quelle quantité de lumière la cour recevait d'ordinaire des logements qui la surplombaient. À présent qu'avait circulé une rumeur qui tenait en un seul mot – « meurtre » –, toutes les fenêtres donnant sur l'endroit étaient ouvertes, et une ou plusieurs silhouettes s'y penchaient au-dehors, attirées par le spectacle en contrebas. Une scène dressée au milieu du public, pensai-je, et nous étions les acteurs. Un bruissement d'excitation flottait au-dessus de nous.

— Vous arrivez à voir le macchabée ? demanda la voix aiguë d'une femme.

— Nan… ils l'ont recouvert. C'est de ce côté, vers le mur. Regardez, il y a une forme.

— J'vois nib, grommela la première voix.

— Il faudrait demander aux riverains s'ils ont vu ou entendu quelque chose, dis-je au sergent Morris. Ça a l'air de rudement les intéresser maintenant ! J'espère que Phipps s'en est occupé.

Soucieux de défendre ses collègues et son supérieur, Barrett intervint :

— Nous n'avons personne à qui confier cette tâche, monsieur. Un navire de marchandises russe a accosté et le quartier a été très animé ce soir.

— C'est ce que l'inspecteur Phipps m'a fait comprendre dans son message, répliquai-je. Même si les choses me semblent plutôt calmes pour le moment… hormis le cadavre de cette pauvre femme, bien sûr.

— Tous les hommes disponibles sont de service, monsieur. Pour s'assurer qu'il n'y ait pas de débordements. Vous auriez dû venir hier, monsieur. On aurait dit Waterloo.

— Je réquisitionnerai quelques agents pour faire du porte-à-porte demain matin, déclara Morris. Il est trop tard pour obtenir du renfort à cette heure-ci. Le délai supplémentaire ne changera rien à l'affaire parce que je crains que personne n'ait entendu quoi que ce soit. Et il fait trop noir dans ce trou pour qu'on ait vu grand-chose, ce que, de toute façon, personne n'avouerait. Et puis, soyons réalistes, qui remarquerait quelques cris ou une échauffourée ? Il y a toujours plus ou moins du grabuge par ici, comme le disait Evans.

Certes, ce n'était pas faux, après tout, même si je soupçonnais Phipps d'avoir exagéré la récente recrudescence d'échauffourées. Nous suscitions à présent un intérêt considérable mais Morris avait sans doute raison. Personne n'admettrait avoir vu quelque chose un peu plus tôt dans la soirée, ou avoir entendu une femme appeler à l'aide.

Quant aux suspects, nous en avions plus que nous ne pouvions en souhaiter. Autour de nous se trouvaient quantité de tavernes, de maisons de passe et d'établissements sordides où les marins de toutes nationalités trouvaient un logement à bon marché. Alors, oui, les violences étaient fréquentes et, ce soir, elles avaient produit un meurtre.

Le corps gisait non loin de nous, respectueusement dissimulé sous une bâche goudronnée. Je demandai à Evans d'écarter cette dernière afin d'observer au mieux la victime à la lumière de la lanterne. Il s'exécuta, puis s'éloigna avec un haut-le-cœur. J'espérais qu'il n'allait pas être malade.

En dépit de la pénombre et de l'atrocité des blessures, il m'apparut d'emblée que nous n'avions pas affaire à l'une des innombrables filles qui peuplaient les rues de Londres. Peut-être était-ce l'un des « détails singuliers » qui avaient alarmé Phipps. Bien charpentée, la victime était vêtue de façon respectable sans toutefois porter ni chapeau ni bonnet, pas plus qu'un châle ou un manteau. Elle semblait n'être sortie d'une maison du voisinage dans la fraîcheur du soir que le temps d'effectuer une rapide commission. Même à cette heure tardive, ainsi que je l'avais remarqué, de nombreuses petites boutiques étaient encore ouvertes pour attirer les derniers chalands de la journée. Côtoyant les gredins et les canailles qui traînent toujours aux abords des ports, allaient et venaient des citoyens beaucoup plus honorables : des travailleurs de retour chez eux, des femmes pressées à la recherche d'un ingrédient pour leur dîner ou des enfants chargés de rapporter pour deux pence de thé. Les pauvres n'achètent pas leur thé en paquet mais par petites pincées, servies dans une feuille de papier repliée, qui correspondent à la quantité nécessaire pour une infusion. La défunte accomplissait-elle ce genre de course ? À cet instant, sa famille était-elle en train de l'attendre chez elle ?

Je me penchai et tâtai le bas de sa jupe. Dans la mauvaise lumière, celle-ci m'apparaissait de couleur sombre. Le tissu était de qualité, l'ourlet tressé d'un galon qui en constituait l'unique ornement. Il ne s'agissait pas d'une personne dans le besoin et ma première idée – qu'elle était sortie pour un achat de dernière minute – m'apparaissait désormais moins probable. Elle semblait du genre à tenir son garde-manger bien rempli. Une honnête femme, à première vue, et cela avait suffi à effaroucher Phipps.

Il était difficile de lui donner un âge car une moitié de son crâne avait été sauvagement enfoncée. Je l'estimai à une cinquantaine d'années. Elle ne portait ni boucles d'oreilles ni alliance, mais son assassin les avait peut-être dérobées. À moins que l'infâme Parker n'ait détroussé le cadavre avant de donner l'alerte. Je n'en aurais guère été surpris.

J'entraînai Barrett à part. Parker, quoique visiblement soulagé d'être libéré de la tutelle de l'agent, nous suivit du regard avec appréhension.

— Cet individu avait-il du sang sur lui ? demandai-je.

— Un peu, répondit Barrett à voix basse. Sur la manche droite, monsieur, et sur les mains. Il raconte qu'il a trébuché sur elle et qu'il l'a d'abord secouée par l'épaule. Il la croyait ivre. Mais en grattant une allumette, il a vu les blessures, le sang, et il a compris qu'elle devait être morte.

— Eh bien, nous ne devons pas le laisser filer, avertis-je. Amenez-le au poste et faites-lui vider ses poches. Puis consignez sa déposition et notez son adresse en vous assurant de son exactitude. Raccompagnez-le chez lui vous-même ou, si vous ne pouvez faire autrement, envoyez-y un collègue. Si l'un ou l'autre de ses vêtements est taché de sang, obligez-le à en changer et rapportez les effets souillés pour de plus amples examens. Je ne suis pas disposé à prendre la moindre parole de Mr Harry Parker pour argent comptant.

Un grondement de roues nous parvint de la rue. Un fourgon fermé venait d'arriver pour conduire la victime à la morgue. Par égard pour la défunte, les murmures au-dessus de nous cessèrent quelques instants.

— Je vous confie la responsabilité de l'endroit, Morris, lui dis-je. Protégez-le de sorte que nous puissions revenir pour l'étudier à la lumière du jour. Vous me ferez votre rapport demain matin.

— Bien, inspecteur Ross, acquiesça le sergent avec résignation.

J'étais désolé de l'abandonner ainsi mais il n'y avait rien d'autre à faire pour le moment. Je pris la direction de mon domicile pour y retrouver mon épouse.

CHAPITRE 2

Inspecteur Benjamin Ross

Ma petite maison est située à deux pas de l'immense gare de Waterloo, aussi me trouvais-je du bon côté de la Tamise mais néanmoins à bonne distance de chez moi et dans un quartier où j'avais peu de chances de croiser un cab. Je dirigeai mes pas vers le fleuve, espérant trouver un ferry qui, le remontant, pourrait me conduire à proximité du pont de Waterloo.

Je n'eus aucun mal à m'orienter. Il me suffisait de suivre mon odorat. Les quais et les pontons ne se trouvaient qu'à quelques rues. On a commencé à construire des navires pour la Royal Navy à Deptford sous le bon roi (ou le terrible roi, selon votre opinion) Henri VIII[1]. Avec un tel patronage, quel lieu n'aurait pas prospéré ? Et Deptford ne fit pas exception, du moins pour un temps. Une portion de campagne séparait l'endroit des derniers taudis insalubres de Londres et les gens élégants y firent édifier de belles demeures. Élisabeth Ire y vint en personne accueillir Francis Drake au retour de ses aventures. Ce fut à

1. Henri VIII (1491-1547) est notamment célèbre pour avoir fait exécuter deux de ses cinq épouses, Anne Boleyn et Catherine Howard.

Deptford qu'elle le sacra chevalier sur le pont même de son vaisseau qui y avait jeté l'ancre. Ce fut aussi à Deptford, prétend-on, que sir Walter Raleigh étendit sa cape sur une flaque pour éviter à sa souveraine de salir ses souliers. Même un visiteur aussi exotique que le tsar Pierre le Grand de Russie vint y admirer les charpentiers de marine œuvrer parmi le fracas des marteaux, le crissement des scies et les relents écœurants du goudron bouillonnant.

Au gré de son expansion, Londres a depuis englouti les champs et les petites propriétés, sa monstrueuse gueule de brique dévorant tout sur son passage. Désormais plongé de façon quasi permanente dans la gangue de fumée qui enveloppait la capitale, Deptford a perdu les faveurs de la bonne société. Pis, la Royal Navy se détourne depuis peu de son vaste arsenal. Les navires modernes sont bardés de fer et leur construction sera dorénavant confiée à des chantiers privés.

Un autre type de commerce avec le gouvernement s'est par ailleurs tari maintenant que la tristement célèbre déportation des condamnés vers l'Australie a enfin cessé. « Quel dommage ! se plaignent les armateurs et les capitaines de Deptford. Cela nous faisait une activité régulière. »

Je tournai dans une ruelle étroite et déserte. Des becs de gaz étaient disposés à chacune de ses extrémités mais leurs pâles rayons ne diffusaient qu'une lueur fantomatique sur les murs avoisinants et n'en atteignaient pas le milieu où me guettait un gouffre à l'obscurité incertaine. Je me demandai si j'avais été bien avisé de laisser derrière moi les clameurs et la foule, et si l'endroit était aussi désert qu'il le paraissait. Bien que rien ne fût plus sonore à mes oreilles que mes propres pas, ceux-ci n'étaient pas le seul bruit. Je perçus dans mon dos le grincement de roues mal graissées et leur vacarme chaotique que produisaient leurs rebonds sur le pavé inégal. Je m'immobilisai et me retournai.

Je ne fus pas surpris de constater qu'une charrette à bras s'était engagée dans la ruelle. Elle était chargée d'une haute pile de marchandises recouverte d'une bâche. Elle progressait avec difficulté dans ma direction, poussée par une créature extraordinaire.

J'emploie le mot « créature » car, au premier coup d'œil, j'avais douté de son humanité. À contre-jour du réverbère au coin de la rue, je n'avais d'abord pu discerner qu'une masse noire et indistincte, courbée par l'effort, et munie de chaque côté d'ailes qui battaient comme celles d'une gigantesque chauve-souris. Puis, cahin-caha, la charrette avait pénétré dans l'étroit cercle de lumière que projetait une lampe à huile fixée au-dessus de la porte d'un entrepôt. J'avais alors enfin identifié à qui j'avais affaire : un chiffonnier.

C'était une activité des plus courantes et cette rencontre n'avait rien d'étonnant. Sous la bâche, j'entraperçus un empilement désordonné de guenilles et de toutes sortes de vieilles nippes. Une vague de soulagement me submergea. Je me réprimandai d'avoir ainsi cédé à mon imagination. À quoi diable m'étais-je attendu ? Ce fut le moment que choisit la lune pour venir à mon secours et jeter sa pâle clarté sur mon compagnon.

L'homme semblait vêtu d'un échantillon des pauvres hardes qu'il avait récoltées au fil des ans : un pantalon trop large, une sorte de veste en prince-de-galles et un foulard crasseux autour du cou. Par-dessus le tout, il avait passé un ample manteau de soirée qui devait jadis avoir appartenu à quelque amateur d'opéra habitant un quartier plus huppé que celui-ci. Je devinai enfin ce que j'identifiai comme un col en velours. C'était ce dernier vêtement qui m'avait suggéré des battements d'ailes. L'individu arborait de longs cheveux gris et broussailleux qui émergeaient d'un haut-de-forme cabossé tel qu'aurait pu en porter un dandy il y avait de cela une quarantaine d'années et qui lui tombaient sur les épaules. Il avait le visage émacié et marqué de rides profondes. Il paraissait incroyablement vieux et je me demandai comment il trouvait la force de pousser son chargement sur le pavé. Voyant que je l'observais, ses lèvres flétries s'entrouvrirent en une hideuse grimace qui révéla une rangée de dents gâtées. Me revint aussitôt l'image des bâtiments que je venais de quitter. Sa bouche présentait même quelques vides semblables au terrain vague où l'on avait découvert la femme assassinée.

— Bien le bonsoir, monsieur, croassa-t-il en inclinant la tête de côté.

Sur ses joues, sa peau fripée se creusa en profondes crevasses. Il semblait tout à la fois me regarder, regarder autour de moi et, même, à travers moi. J'avais la sensation d'être scruté par un animal sauvage. Il était sans aucun doute âgé mais peut-être pas autant que je l'avais d'abord cru.

— Bonsoir, répondis-je.

Il s'apprêtait à reprendre sa progression mais je tendis la main pour l'arrêter. Il obtempéra, reposant les pieds de sa charrette et lâchant les brancards. Il ne chercha toutefois pas à se redresser et demeura dans sa posture recourbée. Peut-être souffrait-il d'une sorte de difformité du dos, à moins qu'il n'eût passé tant d'années derrière sa carriole qu'il en avait oublié comment se tenir droit. Son œil fugace continuait à se promener sur moi. Je me sentais mal à l'aise.

— Vous travaillez dans le quartier d'habitude ? lui demandai-je.

Pour l'encourager à me répondre, je sortis de ma poche un shilling que je fis miroiter.

Une serre plus qu'une main jaillit pour s'en emparer. J'eus un mouvement de recul en sentant ses doigts froids et écailleux frôler les miens.

— D'la police, hein ? fit-il d'une voix rauque. De ceux qui portent pas d'uniforme, pas vrai ?

Je ne m'étonnai pas qu'il m'eût si aisément percé à jour. Qu'ils possèdent ou non un emploi, les pauvres reconnaissent d'instinct les représentants de la loi.

— C'est exact, confirmai-je.

— Je ramasse mes chiffons un peu partout, pas juste dans le coin. Là où y a des gens, y a ce qu'ils jettent. Il m'arrive même de passer le fleuve, vers l'ouest. La récolte est bonne par là-bas.

Ce devait être en une telle occasion qu'il avait glané le manteau de soirée et le huit-reflets. Mais comment parvenait-il à pousser sa charrette aussi loin ?

— Vous étiez dans les parages un peu plus tôt ce soir ?

Il plissa les yeux.

— Oui. Une fois revenu de Greenwich. J'étais à l'hôpital de la marine.

Je connaissais l'établissement. Il n'était pas installé dans un édifice mais dans un navire, anciennement l'un des plus fameux vaisseaux de ligne de la Royal Navy. Une fois désarmé, il avait été racheté par une société philanthropique et reconverti en hôpital pour les marins marchands, le fleuve constituant un cordon sanitaire tenant le rivage à distance de leurs maladies.

— Qu'alliez-vous faire là-bas ?

Ce n'était pas le genre d'endroit que l'on visitait pour le plaisir.

Je surpris un regard de malice au coin de ses yeux chassieux. Il pencha le buste vers moi, comme pour me faire une confidence. Je n'étais pas certain de vouloir l'entendre.

— Ils ont toujours quelques bricoles pour moi. Quand des malades leur arrivent avec des fièvres, ils brûlent leurs affaires, mais tout ce qui finit pas au feu, vu que les morts en ont plus besoin et que personne les réclame, on voit pas d'inconvénient à me les donner.

Malgré moi, je reculai d'un pas. Il s'en aperçut et me coula un ignoble sourire.

Je ne pouvais plus regarder sans épouvante les frusques entassées sur sa charrette et je m'efforçai de ne pas penser aux germes dont elles étaient infestées, cohabitant avec les poux et les puces. J'espérais qu'il disait vrai et que l'hôpital détruisait bel et bien par le feu les effets des malades atteints de fièvres. Les marins étrangers avaient la réputation de porter la petite vérole.

— Vous n'auriez pas… commençai-je d'une voix dont mes propres oreilles décelaient le malaise. Vous n'auriez pas remarqué une femme d'une cinquantaine d'années, plutôt forte et bien habillée dans les environs, par hasard ? Il y a, disons, trois heures ? Seule ou en compagnie d'un homme, peut-être ?

— Une pauvresse ? croassa-t-il.

Je hochai la tête.

— Non, une femme d'allure respectable.

— Nan, ça me dit rien. Je les remarque que quand elles pourraient avoir quelque chose pour moi.

Puis, tout à coup, il ajouta :

— Y a quelqu'un qui a été suriné, pas vrai ? Par là-bas ?

Et il pointa le doigt dans la direction d'où je venais.

— Oui. Comment le savez-vous ? lui demandai-je avec vivacité.

Il renifla et passa sa patte crasseuse sur son visage.

— Un meurtre ? Tout le monde est au courant et parle que de ça pendant des jours. Je me suis arrêté au Clipper pour me rincer le gosier. C'est là que j'ai appris la nouvelle.

— Comment vous appelez-vous ? m'enquis-je.

— Jeb la Chiffe. Vous pouvez demander à n'importe qui dans le coin. C'est le nom sous lequel on me connaît.

— Et l'état civil, sous quel nom vous connaît-il ?

— Fisher. On m'a appelé comme ça à l'orphelinat parce qu'on m'a repêché du fleuve comme un poisson quand j'étais bébé. Quelqu'un m'y avait jeté comme un ballot. Mes langes se sont accrochés à une épave et ça m'a maintenu assez longtemps à la surface pour qu'un batelier me tire de la baille. L'orphelinat, c'est toute ma famille.

Une enfance passée dans une si triste institution n'en est pas une. Mais il y avait survécu.

— Eh bien, Jeb Fisher, si vous entendez quoi que ce soit concernant ce meurtre qui vous semblerait digne d'intérêt – par exemple, si quelqu'un raconte avoir vu cette femme plus tôt dans la soirée –, venez me trouver à Scotland Yard. Inspecteur Ross.

— Et pour ma peine ? essaya-t-il de négocier.

— Vous serez récompensé si ce que vous me rapportez se révèle être vrai. Ne cherchez pas à inventer des histoires.

Il opina du chef, puis, sans ajouter mot, il saisit les brancards de sa carriole et s'apprêta à reprendre son chemin. Si endurci que je l'étais par mon expérience, je reçus alors un tel choc que je ne pus réprimer un cri d'effroi.

La toile goudronnée qui recouvrait son infecte marchandise bougea et je crus d'abord qu'un rat s'y était faufilé en passager clandestin. Mais c'était pire, bien pire… Une minuscule main humaine avait émergé de la bâche et, du bout des doigts, en avait saisi le bord pour la remettre en place. Je m'élançai et la rejetai au contraire en arrière. Là, devant moi, un enfant était tapi parmi les haillons.

C'était une fillette, de quatre ou cinq ans tout au plus, avec de longs cheveux blonds en bataille et un éclat féroce dans le regard. Elle était vêtue d'une robe de velours sale et froissée, trop ample pour son corps grêle, sur laquelle était épinglé un châle en crochet. Elle me fixait avec une expression qui avait quelque chose de calculateur et rien d'enfantin.

Abasourdi, j'interpellai Fisher :

— Qui est-ce ?

— Ma petite-fille, me répondit-il dans un gloussement rocailleux. Elle m'accompagne souvent dans mes tournées. Dis bonsoir à l'inspecteur, Sukey.

La petite, qui ne paraissait nullement me craindre, s'exécuta avec obligeance.

— Bonsoir, monsieur.

— Qu'est-ce qu'il vous prend de transporter une enfant parmi ces saletés ? m'écriai-je, hurlant presque.

— Elle apprend le métier, déclara-t-il avec bonhomie.

— À son âge ?

— On n'est jamais trop jeune pour commencer, rétorqua-t-il. Elle est douée pour les affaires, ma Sukey. Quand on va dans les beaux quartiers, là où il y a de l'argent et de la qualité, elle va frapper aux portes pendant que je l'attends avec la charrette. Moi, les gens ne m'accueillent pas toujours avec le sourire. Ils prétendent qu'ils n'ont rien pour moi juste pour me voir déguerpir. Mais elle, ça les ennuie de la renvoyer les mains vides. Ils lui demandent de patienter et puis ils vont lui dénicher une babiole quelconque, souvent d'une jolie couleur. J'ai récupéré de la bonne marchandise grâce à elle.

— Mais que fait-elle là-dedans, au milieu de ces hardes innommables ?

— Elle se garde au chaud… Pas vrai, Sukey ? Fait frisquet ce soir. Ça lui fait un nid douillet et confortable.

— Et le risque de maladie ? protestai-je.

— Elle est née dans la chiffe, elle vit dans la chiffe, comme sa mère et comme toute ma famille. On tombe pas malade, nous autres. On a comme qui dirait une protection naturelle. Il y a personne en meilleure santé qu'un chiffonnier. Allez, souhaite la bonne nuit à l'inspecteur, Sukey.

— Bonne nuit, m'sieu ! piaula la gamine avant de regagner à tâtons son abri sous la bâche.

— On sera bientôt à la maison, monsieur, me précisa son grand-père (si tant est qu'il le fût). Elle n'en a plus pour longtemps là-dessous.

Sur ces mots, il s'arc-bouta résolument contre la masse de sa carriole et reprit tant bien que mal son chemin.

Je le regardai s'éloigner. Soudain, une porte s'ouvrit à son passage et son attirail et lui se trouvèrent un instant éclairés par un aveuglant rai de lumière. Puis il disparut au coin de la rue, en route vers je ne sais quelle tanière où sa misérable famille et lui avaient élu domicile. Qui que ce fût, la personne qui avait été assez curieuse pour ouvrir sa porte m'avait remarqué. Elle la referma aussi vite, me replongeant dans l'obscurité.

Je n'avais touché ni l'homme ni son infecte marchandise, mais ma peau me démangeait.

CHAPITRE 3

Elizabeth Martin Ross

L'épouse d'un policier ne dispose d'aucun moyen de savoir à quelle heure son mari sera de retour le soir. En conséquence, notre modeste foyer voyait défiler les dîners trop cuits avec lesquels alternaient, dans les cas extrêmes, des assiettes froides mises patiemment de côté. Aujourd'hui, Ben devait rentrer plus tard qu'à l'accoutumée car il se rendait à Cambridge. Cela m'avait procuré un temps libre inhabituel que j'avais mis à profit pour rendre une visite longtemps repoussée à ma tante Parry. C'est une dame assez fortunée qui habite Dorset Square, dans le quartier chic de Marylebone, de l'autre côté du fleuve.

Pour cette raison, j'étais moi-même rentrée tard et j'avais un peu espéré que Ben m'aurait précédée en dépit de son voyage. Mais le salon était aussi sombre et désert que les autres pièces. Notre domestique Bessie m'ayant accompagnée, la maison s'était refroidie. Je lui demandai de préparer le feu dans la cheminée du salon, puis d'aller peler les pommes de terre dans la cuisine. Avant de l'y rejoindre, je me rendis à l'étage pour ôter mon plus beau chapeau et passer un tablier. Je m'étais arrêtée en chemin chez un marchand de tourtes auquel j'en avais acheté une grande, à la croûte bien dorée, fourrée à la viande et aux rognons. Si tout cela donne l'impression d'un repas improvisé à la va-vite, c'est que c'en était un.

Je dois ici préciser que Tante Parry n'est pas réellement ma tante mais la veuve de mon parrain, Josiah Parry. À mon arrivée à Londres, elle avait eu la bonté de m'offrir un toit et une situation en faisant de moi sa dame de compagnie. Elle me pardonnait encore à grand-peine de l'avoir quittée pour me marier, avec un policier de surcroît, ce qui était encore plus affligeant. Non pas que j'eusse été pour elle un modèle de dame de compagnie, avec ma tendance à me mêler d'affaires dont une lady ne devrait pas se préoccuper (de meurtres, par exemple). Mais Tante Parry se sentait facilement délaissée et elle se complaisait à me rappeler que je l'avais abandonnée. Bessie était elle-même employée à Dorset Square, comme fille de cuisine, et je l'avais prise avec moi lorsque j'en étais partie pour établir mon propre foyer. Parfois, Tante Parry choisissait aussi de se plaindre à ce sujet. Remplacer une fille de cuisine ne présentait guère de difficulté et je n'aurais pas été surprise que ma tante n'eût même jamais vu cette pauvre Bessie, qui trimait au sous-sol, mais elle ajoutait ce débauchage à la liste de ses griefs.

Ma visite du jour avait été plus pénible que de coutume car j'avais eu la stupéfaction de trouver Tante Parry plus agitée encore qu'à son habitude. Son médecin lui avait imposé un traitement rigoureux. En un mot, un régime.

— Un régime ? répétai-je.

— Un régime ! me confirma Tante Parry d'une voix tremblante d'émotion.

Son chevrotement se propagea comme l'onde provoquée par un caillou jeté dans une mare jusqu'à ce que sa considérable silhouette s'agitât tout entière.

Du temps où je travaillais pour Tante Parry, j'avais souvent assisté à ses préparatifs du matin. Pendant que Nugent, sa femme de chambre, formait avec ses cheveux des boucles compliquées qu'elle finissait par épingler en une sorte de pièce montée, ma tante m'énumérait les assommantes visites auxquelles il me faudrait l'accompagner ce jour-là. J'avais alors souvent cherché l'évasion dans la contemplation d'un portrait à l'huile accroché au mur. Je savais que le modèle était Tante Parry et que le tableau avait été réalisé dans sa jeunesse, juste avant son mariage. Elle était la seconde épouse de Josiah avec qui elle avait une importante différence d'âge. Le portrait montrait une jeune femme dans une robe de bal en soie rose à la mode des années 1830, avec des manches bouffantes qui descendaient bas sur le bras comme cela se faisait à l'époque et un corsage « bateau » coupé droit en travers de la poitrine. La jeune fille se tenait assise, un assortiment de fleurs des champs fraîchement coupées sur les genoux, comme si battre la campagne en robe de soie rose pour cueillir des fleurs était la chose la plus naturelle du monde. Les amples boucles de sa chevelure encadraient un visage poupin mais avenant, avec une petite bouche et de grands yeux bleus. Un sourire énigmatique effleurait ses lèvres roses. Au sommet de son crâne, ses cheveux (véritables ou postiches) étaient noués sur un invisible support de manière à former un nœud d'Apollon. L'image m'évoquait un angelot démesuré que l'on aurait introduit de force dans un corset, mais je voyais ce qui avait séduit Oncle Josiah.

Hélas, le chérubin s'était depuis transformé en dame d'un certain âge, obèse et irritable. Les yeux bleus affichaient désormais un air de dépit universel, sauf quand ils se posaient sur la table d'un plantureux festin. Aussi n'étais-je pas étonnée d'apprendre qu'un médecin avait finalement osé lui préconiser un régime. Ce devait être un homme bien courageux…

— Est-ce votre médecin habituel qui vous a fait cette suggestion ? m'enquis-je.

Tante Parry hocha la tête. À ses oreilles, ses pendants turquoise se lancèrent dans une danse furieuse.

— Le Dr Bretton est un homme charmant. Je ne le crois pas capable d'une telle cruauté. Mais il ne voyait aucune explication à mon essoufflement, à ma fatigue et aux terribles brûlures d'estomac dont je suis affligée. C'est pourquoi il m'a adressée à un spécialiste, le Dr Bruch.

Elle poussa un profond soupir.

— Il est allemand et, semble-t-il, très éminent. (Son visage s'illumina quand elle ajouta :) Les personnes les plus distinguées le consultent.

— Je suis certaine que le Dr Bretton ne vous aurait confiée qu'à un confrère ne présentant que les meilleures références.

Ainsi, son médecin s'était-il dérobé et, comme dans le jeu de société, il avait passé le « cadeau empoisonné » aussi vite que possible à son plus proche voisin.

— Assurément. Le Dr Bretton a toujours été fort dévoué à ma santé. Bref, reprit Tante Parry d'un ton pincé, je me suis rendue au cabinet du Dr Bruch, sur Harley Street, avec la plus absolue confiance. Je lui ai décrit mes symptômes en détail, y compris…

Elle baissa la voix.

— … y compris mes embarras gastriques répétés.

Puis, lançant ses mains potelées en l'air, elle s'écria :

— Et voilà le conseil qu'il me donne ! Que je prenne de l'exercice ! Une femme d'aussi délicate constitution que la mienne ? Comment le pourrais-je ? Et que je perde du poids ! Quand bien même une chose pareille fût-elle possible et souhaitable, cet affreux régime signifie me priver de l'innocent plaisir d'un thé décent. Vous vous êtes sans doute demandé pourquoi Simms n'avait apporté qu'un si modeste plateau cet après-midi.

Tante Parry considéra avec tristesse les dernières miettes d'un gâteau au carvi et l'assiette désormais vide qui avait contenu de minces tranches de pain tartinées d'une fine couche de confiture de fraises. Il était vrai que cette frugalité inhabituelle m'avait intriguée.

— Pas de scones, se lamenta Tante Parry d'une voix lugubre. Pas de muffins ni de brioches ni de gâteaux gallois ni de biscuits d'aucune sorte, pas même les plus simples. Quant aux autres pâtisseries, les choux, les meringues, j'en ai presque perdu le souvenir, conclut-elle dans un soupir.

— Et l'exercice ? risquai-je, craignant que cette évocation ne cause de nouveaux émois parmi les épaisseurs de soie et de dentelle qui me faisaient face.

La réaction fut assez violente. Tante Parry s'agrippa aux bras de son fauteuil. Son teint naturellement coloré fonça jusqu'à une inquiétante nuance de pourpre qui approchait celle de sa robe. Ses yeux lançaient des éclairs d'indignation.

— Comme vous le savez, Elizabeth, j'écris d'ordinaire mes lettres dans mon lit et ne me lève qu'après avoir répondu à tout mon courrier. Puis Nugent m'aide à me vêtir et me coiffe. En des temps plus gais, je prenais ensuite un léger repas.

À l'époque où je vivais ici, j'accompagnais Tante Parry à table et les quantités préparées au sous-sol par Mrs Simms, infatigable devant les fourneaux de sa cuisine, m'avaient toujours largement suffi pour la journée. Inutile de préciser qu'en ce qui concernait Tante Parry cela ne lui permettait de tenir que jusqu'aux gâteaux qui agrémentaient son thé en fin d'après-midi, lequel était suivi de près par le repas du soir.

— Maintenant, à cause du Dr Bruch, il me faut me lever et m'habiller à dix heures du matin. Dix heures, Elizabeth !

— Notre maison est debout à six heures et demie, précisai-je étourdiment.

— Par votre maison, vous voulez sans doute dire la bonne qui est à votre service. Il est en effet normal qu'elle débute son travail à cet horaire matinal. Mais vous-même, à quelle heure vous levez-vous ?

— Pas beaucoup plus tard, avouai-je. Voyez-vous, mon mari doit être à Scotland Yard à huit heures.

Tante Parry me considéra avec plus de peine que de reproche.

— Vous avez voulu épouser ce policier. Vous auriez pu rester auprès de moi dans une demeure confortable.

— Je vous serai éternellement reconnaissante de votre bonté, Tante Parry.

Je m'abstins de lui demander où se trouvait sa dernière dame de compagnie en date. Avait-elle pris ses jambes à son cou, comme toutes les autres avant elle ?

Tante Parry était déjà revenue à son principal sujet de préoccupation : elle-même.

— Donc il me faut désormais m'habiller et avaler un ridicule petit déjeuner, limité à un unique œuf à la coque et deux toasts. Le Dr Bruch m'a dit que je pouvais prendre un bol de porridge si je le souhaitais. Du porridge, Elizabeth ! C'est de l'avoine ! Suis-je un cheval ? Après cela, je dois délaisser ma correspondance et demander à James de me conduire à Regent's Park. Là, je marche une demi-heure escortée par Nugent. À cette période de l'année, avec ce froid, ce temps affreux, rendez-vous compte ! J'ai averti le Dr Bruch que, si je succombais à la pire fluxion de poitrine qui soit, ce serait uniquement pour avoir suivi ses conseils.

Tante Parry pencha vers moi son buste comprimé dans son corset.

— Il a ri, Elizabeth ! me confia-t-elle dans un soupir étranglé.

— Ri, Tante Parry ? C'est impossible… un médecin ?

— Eh bien, gloussé, si vous voulez, concéda-t-elle. Il a accueilli mes paroles avec une inconcevable légèreté. Il m'a répondu que je n'avais qu'à bien me couvrir et qu'il ne m'arriverait rien. Bref, après cela, James me ramène ici, où m'attend un misérable déjeuner constitué de viande froide et de riz au lait. Et l'après-midi, pas même un thé digne de ce nom pour compenser ! Néanmoins, quand Patience arrive, je sonne pour qu'on nous apporte du thé chaud et je m'assure que Simms trouve toujours quelque chose de convenable pour aller avec.

— Miss Wellings doit nous rejoindre ? fis-je avec surprise.

Patience Wellings était la fiancée de Frank Carterton, le neveu de Tante Parry. Peu de temps auparavant, il avait coup sur coup été élu au Parlement et pris la décision de se marier. L'un comme l'autre inquiétaient Tante Parry. J'avais brièvement rencontré Patience lorsqu'elle était venue à Londres en compagnie de ses parents, quelque temps après l'annonce des fiançailles. Mr et Mrs Wellings avaient à l'évidence été sidérés par Tante Parry. Patience s'était montrée beaucoup plus à son aise. Elle m'était apparue comme une jeune fille enjouée et dégourdie, aux jolies boucles brunes. Elle m'avait beaucoup plu. Ce qui n'était pas plus mal car Frank m'avait prise à part pour me demander avec le plus grand sérieux mon opinion à son sujet. J'avais pu l'assurer que son choix me paraissait excellent, ce dont il avait paru soulagé.

— Je serais ravie de la revoir, poursuivis-je. Mr et Mrs Wellings sont-ils à Londres eux aussi ?

Tante Parry secoua la tête.

— Non. Les affaires de son père le réclament et sa mère avait d'autres obligations. Patience demeure à Goodge Place, chez des parents à elle. Les Pickford.

Elle hésita avant de s'incliner de nouveau vers moi, signe d'une nouvelle confidence à venir.

— Elizabeth, j'ai peur que notre cher Frank ne se soit engagé de façon précipitée ! Ces fiançailles ont été si soudaines. Je suis convaincue qu'elles ont été conclues à l'insistance de Mr Gladstone. Je ne trouve rien à redire concernant Patience. C'est une fille bien élevée, polie, souriante. Il est facile de se prendre d'affection pour elle. D'ici un an ou deux, avec du soutien et des influences bénéfiques, elle pourrait être resplendissante. Mais elle vient d'une famille provinciale, sans aucune expérience de la bonne société. Et elle sort tout juste de l'enfance. Dix-neuf ans à peine. Elle est si jeune ; elle pourrait sans difficulté commettre un faux pas dramatique. Oh, Elizabeth ! C'est presque une sauvage tant son ignorance du monde est totale. Chaque fois qu'elle ouvre la bouche, je redoute ce que je vais entendre. Bien entendu, ce cher Frank trouve cela charmant.

— Elle apprendra, la réconfortai-je.

— Auprès de qui ? répliqua Tante Parry avec vivacité. Ne viens-je pas de vous dire que son entourage est dépourvu de toute espèce de raffinement ?

Jugeant peut-être sa critique excessive, elle continua d'une voix radoucie :

— J'ai cru comprendre qu'il s'agissait d'une famille d'une certaine importance dans la circonscription de Frank. Des gens respectés, qui se sont illustrés dans les affaires locales. Il y a là-bas un parc où l'on a érigé une statue de son grand-père. Pour avoir aidé à faire venir le chemin de fer, il me semble, et avoir ainsi grandement contribué à la prospérité de l'endroit. Frank m'a dit qu'il s'est fait construire une belle maison dans le style gothique. Toutefois, cela reste une ville industrielle. À cause des fourneaux, Frank raconte qu'elle est en permanence recouverte d'un épais nuage de fumée noire.

Elle soupira.

— Je crains que mon cher neveu lui-même, malgré son excellente éducation et les avantages qu'il a eus de longtemps séjourner ici, à Dorset Square, ne soit… un innocent !

Par chance, j'avais reposé ma tasse, sans quoi elle m'aurait échappé des mains. Frank ? Un innocent ? Tant s'en fallait. Le cœur sur la main, certes, et bien intentionné. Mais à l'époque où j'avais fait sa connaissance, il faisait allègrement les quatre cents coups. Il était très habile pour cacher ses fredaines à sa tante chérie. De plus, après une brève carrière de diplomate, il siégeait désormais à Westminster, où il représentait une circonscription industrielle des Midlands, réputée pour ses faïenceries, avec tous les problèmes que cela supposait. Je ne doutais pas que Frank fût parfaitement au courant des réalités de la vie.

— Hmm… fut tout ce que je trouvai à répondre.

Par chance, au même instant, la sonnette de la porte d'entrée retentit au loin.

Tante Parry se redressa.

— Ah, parfait, lança-t-elle avec vivacité. Voici cette chère Patience. Il va nous falloir plus de gâteaux. Mrs Simms doit en avoir en réserve en bas. (Puis, à voix basse, elle ajouta :) Nous reprendrons cette conversation une autre fois, ma chère Elizabeth.

Les raisons de l'inquiétude de Tante Parry me resteraient donc inconnues, du moins pour le moment.

* * *

Quelques instants plus tard, Patience entra pour ainsi dire en bondissant dans la pièce. Autour de ses joues éclatantes, des grappes de boucles brunes frémissaient, comme animées d'une vie propre. Elle portait une robe bleu foncé, ornée d'un galon tressé, qui paraissait flambant neuve. Elle l'avait retroussée et épinglée au-dessus de l'ourlet afin d'éviter de la salir sur le pavé humide. Peut-être avait-elle choisi cette couleur pour mettre en valeur les saphirs de sa bague de fiançailles, son seul bijou à l'exception d'une paire de petites boucles d'oreilles en corail. Un courant d'air frais l'avait suivie dans le salon surchauffé de Tante Parry.

— Ma chère enfant, fit cette dernière une fois échangées les salutations d'usage, tu es bien rouge.

— C'est parce que je suis venue à pied, Mrs Parry, expliqua Patience avec gaieté.

— À pied ? Depuis Goodge Place ? s'écria Tante Parry, incrédule.

— Mais oui ! Il fait froid mais la pluie a laissé place à un soleil magnifique. Et puis, j'ai l'habitude, vous savez. Chez nous, je marche tout le temps. J'ai d'excellentes chaussures, assura Patience.

Son ourlet relevé nous révélait en effet de jolis petits souliers de marche, de ce modèle que l'on appelait « balmoral » et qu'avaient popularisé les membres féminins de la famille royale à la suite de leurs vacances en Écosse durant lesquelles elles s'adonnaient à de longues marches. D'une propreté impeccable au début de leur journée, les chaussures de Patience étaient à présent copieusement maculées de boue.

— Seule ? se récria Tante Parry en levant les mains au ciel, tout aussi horrifiée par cette idée que par la fange. On aura demandé à une domestique de vous accompagner, sans doute ?

— Oh, non. Enfin, ma tante Pickford me l'a proposé, mais je lui ai répondu que je connaissais le chemin. J'ai un plan, précisa-t-elle.

— Un plan ? articula Tante Parry d'une voix à peine audible.

— Oui, Mrs Parry. Un plan des rues que Frank m'a donné. C'est très utile. Et, bien sûr, j'avais prévu large.

Tante Parry m'adressa un regard qui signifiait sans ambiguïté : « Vous voyez ce que je veux dire. »

Puis, se tournant vers Patience, elle déclara avec fermeté :

— Un plan, ma chère enfant, ne saurait tenir lieu de chaperon. Une demoiselle ne déambule pas dans Londres avec une carte pour toute protection ! J'en parlerai à Frank.

— Oh, Frank n'y voit pas d'inconvénient, répliqua Patience, nullement chagrinée par ces remontrances.

Je me souviens que lorsque j'étais arrivée, seule, dans la capitale pour y prendre mon emploi auprès de Tante Parry, on n'avait même pas envoyé une bonne à ma rencontre. J'avais pris un cab et je m'étais présentée sans incident à Dorset Square. Par la suite, j'avais fait tous mes déplacements seule et à pied. Mais il est vrai que je n'étais pas la fiancée de Frank.

À l'évidence, Tante Parry trouvait la conversation avec Miss Wellings éprouvante. Après l'arrivée des gâteaux et du thé chaud, peu de mots furent échangés. Une fois les dernières miettes englouties, elle se retira dans sa chambre pour se reposer et me laissa le soin de tenir compagnie à la future épouse de son neveu. Comme elle se dirigeait vers la porte, elle me glissa, au moment où elle passa près de moi, un regard entendu. On attendait quelque chose de ma part.

Que devais-je faire ? Transformer Patience en parangon de savoir-vivre en lui dispensant quelques recommandations ? J'étais loin de posséder moi-même ce genre d'aptitudes sociales et, quand bien même je l'aurais voulu, j'aurais été tout à fait incapable de les lui enseigner. Et puis j'appréciais Patience telle qu'elle était. Et, plus important, Frank aussi.

Je n'eus pas à me soucier de trouver un sujet de conversation à présent que nous étions seules. Sitôt Tante Parry disparue, Patience se pencha vers moi et dit :

— Chère Mrs Ross, je suis si contente de vous trouver ici. C'est précisément vous que je voulais voir.

— S'il vous plaît, appelez-moi Lizzie, lui demandai-je, curieuse de connaître la suite.

— Merci ! fit Patience avec un grand sourire. J'en avais moi-même le désir car Frank vous nomme toujours ainsi, mais je ne voulais pas vous paraître impertinente. Tante Pickford me répète tous les jours de faire attention à respecter les usages et à éviter de mettre les pieds dans le plat. Vous m'appellerez Patience, j'espère ?

À l'évocation de ses pieds, mon regard se reporta sur ses souliers crottés et je me demandai si je ne devais pas… « Non ! » décidai-je. Je n'avais pas à me mêler de cela. En revanche, il y avait à l'évidence autre chose dont Patience souhaitait ardemment que je me mêle. Mon cœur se serra. Frank ne l'aurait tout de même pas mise dans l'embarras ? Je le croyais sincèrement plus sage que cela. Du moins, je l'espérais pour ses électeurs.

Les manières de Patience perdirent de leur entrain et elle se mit à tripoter les poignets de sa robe.

— C'est très délicat, lâcha-t-elle soudain, et je ne sais par où commencer. Oh, Mrs Ross, Lizzie… Il n'y a que vers vous que je puisse me tourner !

— Votre tante Pickford… commençai-je, alarmée.

— Oh non, Lizzie, pas Tante Pickford ! Elle écrirait aussitôt à maman ou, pis, à papa !

« Reste calme, Lizzie », me commandai-je. Je savais que j'étais sur le point d'apprendre quelque chose qui, d'une façon ou d'une autre, serait soit très embarrassant, soit tout à fait épouvantable. Quoi que ce fût, je ne voulais pas l'entendre. Mais cela mettait sans conteste cette pauvre Patience au supplice et, après tout, ce n'était qu'une fille de dix-neuf ans perdue dans une ville étrangère.

— Patience, repris-je, vous feriez mieux de commencer par le début et de ne pas vous précipiter, s'il vous plaît. J'espère que vous avez bien réfléchi et que vous ne comptez pas me révéler quelque chose que vous risqueriez de regretter plus tard.

— Mais je n'ai personne d'autre à qui en parler ! explosa la jeune fille en serrant si fort les poings que ses doigts blanchirent, ce qui fit ressortir le saphir de sa bague. Cela concerne mon frère, Edgar.

— Je ne crois pas l'avoir rencontré, remarquai-je avec prudence. Est-il au courant de votre démarche concernant son… problème ? Parce que, si c'est une affaire personnelle, quelle qu'elle soit…

— Écoutez-moi d'abord, je vous en supplie ! implora Patience. Vous comprendrez quand je vous aurai tout raconté. Edgar est plus âgé que moi. Il a vingt-cinq ans. Il est venu à Londres pour étudier la médecine à la faculté de St Bartholomew. À présent, il est médecin assistant et il continue son apprentissage à l'hôpital. Le Bart's, on le surnomme.

Les étudiants en médecine étaient coutumiers des situations délicates. Je le savais par les histoires que me rapportait jadis mon défunt père à propos de ses confrères.

— Le problème, c'est qu'Edgar a très bon cœur mais guère de sens commun, continua Patience. Je ne devrais peut-être pas le dire mais, en toute honnêteté, c'est la vérité.

Edgar commençait à ressembler à Frank Carterton quelques années auparavant.

— Je le comprends, fit Patience avec sérieux. Il est venu à Londres de notre ville de province, comme moi aujourd'hui. Notre cité est florissante et, ces dernières années, beaucoup de gens s'y sont fait bâtir de belles demeures. Nous avons une toute nouvelle salle de concert. Les gens reçoivent, donnent de grandes fêtes et aspirent à faire les choses convenablement. Mais à Londres, eh bien, ce n'est pas pareil. Ici, on se sent, disons, gauche. Je commets des erreurs, je le sais. J'aurais dû laisser Tante Pickford demander à une domestique de m'accompagner aujourd'hui, n'est-ce pas ? Et ne pas venir à pied toute seule jusqu'ici depuis Goodge Place ? J'ai bien vu la tête de Mrs Parry quand je le lui ai raconté. Elle a peur que je ne sois pour Frank un motif d'embarras, c'est cela ?

— Non, Patience, bien sûr que non.

J'espérais me montrer convaincante mais c'était la stricte vérité. Je faisais une bien piètre menteuse.

— Si, c'est sa crainte, persista Patience, et je ne l'en blâme pas. Mais je compte faire tout mon possible pour ne pas décevoir Frank. Tout le monde l'apprécie chez nous, vous savez, et on est ravi qu'il représente nos intérêts à Westminster. Mais… comment exprimer cela ? Étant donné que Mrs Parry me considère déjà comme une sorte de problème, il est hors de question qu'elle sache pour Edgar.

— Mais qu'a-t-il fait, enfin ? m'impatientai-je.

— Il joue et il doit des sommes considérables qu'il est incapable de rembourser, déclara Patience. Je ne peux pas en parler à mes parents ni à Oncle et Tante Pickford parce que l'information parviendrait aussitôt à la maison.

— Frank est-il au courant ? Car, en toute franchise, Patience, vous ne devriez pas me confier des choses que vous lui cachez. Cela me met dans une position très délicate.

— Je lui ai expliqué qu'Edgar avait été imprudent, qu'il s'était acoquiné avec un groupe de condisciples peu recommandables et qu'il jouait. En revanche, je n'ai pas trouvé le courage de lui rapporter qu'il était venu me demander de l'argent.

— À vous ? m'écriai-je.

— Oui. Je dispose en mon nom d'un petit pécule que m'a légué ma grand-mère. Elle avait stipulé qu'au cas où je demeurerais célibataire je serais libre d'en disposer à mes vingt et un ans. Si, par contre, je me fiançais avant, tout en ayant plus de dix-huit ans, il me serait permis d'en consacrer une partie à mon trousseau et à l'installation de mon futur foyer. Son intention était de protéger mon avenir, au cas où les affaires de mon père auraient périclité et l'auraient mené à la ruine. Je devais pouvoir me marier en grande pompe. Les affaires de papa ayant au contraire prospéré, il compte payer mon trousseau ainsi que toutes les dépenses liées à la noce. Dans la perspective de son prochain mariage, Frank a également reçu une jolie somme de la part de Mrs Parry. Et Oncle et Tante Pickford ont la générosité de m'héberger à Goodge Place et de prendre à leur charge presque toutes mes dépenses. Si bien que mes économies sont intactes. Et Edgar le sait.

— Par exemple ! fis-je avec colère. Edgar n'a aucune raison de vous solliciter ainsi. Il devrait aller voir votre père et tout lui avouer ! Il en serait consterné mais je suis certaine qu'il réglerait les dettes.

— Oh oui, sans aucun doute. Et quand Edgar est venu me trouver, c'est exactement ce que je lui ai conseillé de faire. J'ai refusé de lui donner de l'argent car Frank et moi pourrions en avoir besoin. Cela coûte cher de vivre comme il sied à un membre du Parlement. Il nous faudra entretenir deux maisons, l'une dans sa circonscription et l'autre ici, à Londres. Edgar affirme qu'il me remboursera. Mais avec quoi ? C'est pourquoi j'ai refusé, même si j'ai eu le sentiment d'être cruelle envers lui et qu'il en a été très déçu.

— Vous avez agi comme il le fallait, Patience, la réconfortai-je. Vous m'en voyez soulagée.

— Après tout, je sais qu'en dernière extrémité papa paierait et éviterait à Edgar d'être jeté dans un horrible cachot.

— On n'emprisonne plus guère les gens pour dettes de nos jours, Patience. Ce n'est plus aussi courant qu'il y a une vingtaine d'années, la rassurai-je.

— Ce n'en serait pas moins un scandale et Edgar pourrait être renvoyé du Bart's. « Tu n'as pas d'autre choix que d'aller parler à papa », voilà ce que je lui ai dit. Et puis une affaire de ce genre dans ma famille ne rejaillirait-elle pas sur la carrière de Frank ?

— Et Edgar vous a-t-il écoutée ? A-t-il été trouver votre père ? demandai-je sans réel espoir.

— Non, reconnut Patience. Il est allé voir un prêteur sur gages. Cela lui a permis de payer ses dettes de jeu mais, à présent, il est pourchassé par cet individu. Pour être honnête, Lizzie, quand j'ai appris ça, j'aurais pu… j'aurais pu lui lancer quelque chose à la figure. Nous avons eu une terrible dispute. Il m'a reproché de ne pas l'avoir aidé, ce à quoi j'ai rétorqué que c'était lui qui avait commencé par perdre au jeu, puis qui avait été trop lâche pour aller parler à papa. Nous nous sommes quittés en très mauvais termes.

Il y eut un silence pendant lequel je retournai tout cela dans ma tête sous le regard plein d'espérance de Patience.

— Que croyez-vous que je puisse faire ? lui demandai-je enfin à brûle-pourpoint.

L'espoir s'envola du visage de la jeune fille.

— Je pensais que vous auriez une idée. Vous connaissez ces choses. Vous vivez à Londres, vous êtes mariée à un inspecteur de police. Moi, j'ignore tout sur tout !

— Très bien, Patience, je vais vous donner mon conseil, même si je pressens qu'il ne va pas vous plaire. Tout d'abord, vous avez eu raison de ne pas prêter ou donner d'argent à votre frère. Ce n'est certainement pas l'usage qu'envisageait votre grand-mère lorsqu'elle vous a couchée sur son testament et cela aurait pu encourager Edgar et l'entraîner dans un cercle vicieux. On ne peut pas éternellement « déshabiller Pierre pour habiller Paul », comme dit l'expression. De cette manière, il n'épongerait jamais ses dettes et les choses ne feraient qu'empirer car le prêteur exigerait des intérêts.

— Oui, il m'a avoué que les intérêts sur la somme initiale croissaient de façon alarmante.

— Il n'y a qu'une voie possible : celle qui mène à votre père. Ce ne sera agréable ni pour lui ni pour vos parents. Avec sa réussite à ses examens, le fait qu'il ait été engagé comme médecin assistant au Bart's, ils éprouvent pour lui une légitime fierté, et ses déboires leur causeront un choc. Mais votre père comprendra. Edgar n'est pas le premier jeune homme à se laisser entraîner sur la mauvaise pente par de mauvaises fréquentations. Il en a honte et il essaie de cacher son inconduite à vos parents. Mais ce n'est pas possible. Soit il passe aux aveux… soit ce sera à vous de le faire.

— Oh, mais c'est impossible ! gémit Patience. Edgar considérera que je l'ai trahi !

— En ce moment, c'est lui qui trahit tout le monde. Vous n'avez pas le choix, Patience. Mais avant cela, il vous faut tout raconter à Frank. Vous serez bientôt mariés. Vous ne pouvez débuter votre union avec un tel secret sur le cœur. Qui plus est, un scandale pourrait ébranler sa carrière. Aussi est-il capital que toute cette affaire soit réglée avant votre mariage.

— J'imagine qu'il ne vous serait pas possible de lui parler, Lizzie ? demanda Patience d'une toute petite voix. Il a tant d'estime pour vous.

— Ce n'est pas moi qui dois l'épouser, répliquai-je avec fermeté (tout en chassant de mon esprit le souvenir de la proposition que Frank m'avait faite un jour). Il doit y avoir de la confiance entre une femme et son mari, Patience. Frank est très compréhensif.

— Oui, Lizzie, fit Patience, l'air triste.

— Et à présent, déclarai-je en me levant pour aller sonner, le soir commence déjà à tomber. Je vais appeler Simms et lui demander de vous héler un cab pour vous ramener à Goodge Place. Avez-vous assez d'argent ?

— Oui, Lizzie.

La jeune fille s'efforça de retrouver un peu d'assurance.

— Et à l'avenir, je ne viendrai plus à pied. C'est promis, affirma-t-elle.

— Tant mieux. Tante Parry en sera rassurée. Oh, et veillez toujours à prendre une voiture fermée à quatre roues. Seules les femmes légères se déplacent en cabriolet et sans chaperon.

— Vraiment ?

Amusée par cette information, Patience s'illumina.

— Il faudra que j'y prête attention ! Je ne crois pas avoir jamais vu de femme légère.

— Quand vous fréquenterez la bonne société, je suis certaine que vous en aurez l'occasion.

CHAPITRE 4

Inspecteur Benjamin Ross

Le lendemain matin, j'arrivai à Scotland Yard en ruminant un sentiment de culpabilité. Après mes déplacements à Cambridge puis à Deptford la veille, j'étais rentré si tard à la maison que Lizzie avait renoncé à m'attendre et s'était couchée. Il est vrai qu'il était presque minuit. Mon dîner tenait en deux assiettes posées au chaud sur la cuisinière mais je n'avais pas l'énergie de me mettre à table. J'avais eu faim plus tôt dans la soirée mais la fatigue avait eu raison de mon appétit. Je me glissai dans le lit en essayant de ne pas déranger mon épouse.

— Ben ? murmura-t-elle.

— Oui, répondis-je.

Et ce fut toute notre conversation.

J'avais complètement oublié que Lizzie m'avait annoncé le matin précédent qu'elle comptait rendre visite à sa tante Parry. Ce ne fut qu'au petit déjeuner, lorsqu'elle commença à me parler d'une sorte de régime que suivait Mrs Parry et de Miss Wellings, la fiancée de Frank Carterton, que la mémoire me revint. Toutefois je fus incapable de dissimuler le vide de mon expression et la discussion n'alla pas plus loin.

Avant de repartir en vitesse pour le travail, je notai néanmoins que Lizzie avait l'air préoccupé. Puis, en chemin, il m'apparut que ce n'était pas tant de la préoccupation que de l'indignation. Peut-être estimait-elle que je la négligeais ? Jamais elle ne s'était plainte de mes horaires capricieux. Je décidai que, le soir même, quoi qu'il arrivât d'ici là et quels que fussent nos progrès – ou leur absence – dans l'affaire de Deptford, je rentrerais plus tôt chez nous et j'aurais une conversation civilisée avec mon épouse.

L'enfer, dit-on, est pavé de bonnes intentions.

Ma première tâche de la journée fut d'envoyer un message à Deptford pour demander que l'on convoque de nouveau Parker afin de l'interroger. Ensuite, je dus faire la déplaisante mais nécessaire démarche de me rendre à la morgue de l'hôpital St Thomas où le Dr Carmichael devait procéder à l'autopsie.

Carmichael est un chirurgien de la vieille école qui n'a accepté que très récemment les idées nouvelles sur la propagation des maladies. En conséquence, la morguc cmpestait le phénol et les murs carrelés suintaient d'humidité en raison du pulvérisateur que l'on utilisait pour le répandre. De ce fait, l'atmosphère y était non seulement âcre mais moite. J'en eus le souffle coupé et me mis à tousser. Au moins cela permettait-il de couvrir les autres odeurs méphitiques de l'endroit. Après avoir essuyé mes yeux embués et salué le Dr Carmichael, j'observai que le progrès scientifique ne l'avait pas encore convaincu d'abandonner son habituelle tenue de dissection, une vieille redingote sale dont il était très fier. Ses taches représentaient pour lui un honneur, m'avait-il expliqué, car elles rendaient aussi bien compte de sa carrière que n'importe quel rapport.

Il n'avait pas non plus renoncé à Scully, son assistant, comme je pus le constater dès mon arrivée. Scully est une créature au visage blême, avec de longs cheveux d'un noir terne et de pâles yeux protubérants. Il se tenait non loin, revêtu d'un ample tablier de caoutchouc. Il avait disposé les instruments de Carmichael sur une table et attendait patiemment de les passer à son maître. Ses traits livides trahissaient une curieuse expression de satisfaction. Scully aimait son travail.

— J'ai étudié la victime, déclara Carmichael sans préambule. Mais juste sous son aspect extérieur, bien entendu. Toutefois, je ne m'attends pas que l'examen du corps lui-même vienne ajouter quoi que ce soit aux conclusions que j'ai déjà pu tirer. On l'a violemment frappée à la tête avec un objet d'un certain poids. Ce pouvait être à peu près n'importe quoi. Il vous faudra trouver l'arme du crime pour la comparer avec la blessure. Rien n'indique qu'elle se soit débattue. Pas d'autres lésions, comme elle en aurait par exemple eu sur les bras si elle les avait levés pour se protéger. Pas d'ongles abîmés pour avoir tenté de griffer son assaillant.

— Plusieurs coups ? demandai-je.

— Sans aucune hésitation. Une attaque que je qualifierais de sauvage et, ajouterais-je, menée par surprise.

— Quel âge lui donnez-vous ?

— Oh, pas plus de cinquante-cinq ans. Peut-être moins. C'est une femme corpulente, bien nourrie. Elle ne pratiquait pas un travail manuel.

Carmichael souleva autant qu'il lui était possible l'une des mains raidies de la malheureuse.

— Voyez ses ongles. Comme je vous l'ai dit, ils sont intacts. Leur forme est impeccable. La paume est douce. Mais si vous voulez bien vous approcher, inspecteur Ross…

Je m'avançai avec réticence. Je crus apercevoir Scully réprimer un sourire et je lui lançai un coup d'œil, mais il s'était déjà détourné, fourrageant parmi sa collection d'instruments. Je contemplai la victime. C'est toujours un moment désagréable qu'aucun policier n'apprécie. Il inspire à la fois l'effroi et la pitié car même le dur à cuire le plus redoutable semble démuni et vulnérable une fois étendu sur la table d'autopsie. Installé à proximité, le pulvérisateur de phénol continuait à projeter des gouttelettes sur le cadavre dont la peau miroitait comme du marbre.

« Je l'ai vue pour la première fois hier soir, dans la fange de Skinner's Yard, pensai-je, mais je ne la rencontre que maintenant. Hier soir, elle n'était qu'un "corps". Aujourd'hui, elle symbolise l'énigme de nos destinées humaines. »

La veille, je n'avais pu distinguer ses traits avec précision. À présent, je constatais que cette femme avait un visage rond, un nez retroussé et la peau tavelée d'imperceptibles cicatrices, souvenir sans doute d'une maladie infantile comme la rougeole ou la varicelle. Ses cheveux brun-roux étaient parsemés de mèches grisonnantes et, ainsi que me permit de le constater le chignon que les événements avaient desserré sur sa nuque, d'une texture épaisse et résistante. Une alimentation saine, conclus-je. Elle ne vivait pas dans la misère.

Je portai mon attention vers la main que tenait le chirurgien.

— Tenez ! fit celui-ci. Vous voyez ces taches sombres au bout des doigts et les traces noires sous l'ongle de l'index de la main droite ? Par ailleurs, bien qu'elle ne présente aucune callosité à l'intérieur des mains, on remarque sur l'index une légère induration, juste ici, au-dessus de la jointure, à l'opposé du pouce.

Carmichael reposa le membre.

— Alors, dites-moi, Ross ? Qu'est-ce que cela vous inspire ?

— Elle était droitière, risquai-je.

Carmichael montra des signes d'impatience. Il attendait plus de ma part. Les taches ? Elles étaient d'un bleu tirant sur le noir mais il ne s'agissait pas d'ecchymoses. Alors quoi ?

— De l'encre ? suggérai-je.

Dieu merci j'avais vu juste. Carmichael opina du chef.

— Oui, de l'encre. Les mains en apprennent toujours beaucoup sur une personne. Sa profession n'était pas de laver la vaisselle ou de briquer les parquets. Mais elle écrivait énormément, assez pour que son doigt en soit taché de façon presque indélébile et que s'y forme un léger cal. La plume était son outil de travail, mon cher !

— Elle copiait des documents ? hasardai-je. Avec des lettres personnelles, il aurait fallu entretenir une sacrée correspondance pour avoir de tels stigmates. Mais si elle recopiait des pièces juridiques, par exemple, ce serait possible.

— Comptabilité !

Carmichael avait exprimé son opinion avec autorité.

— Croyez-moi, Ross ! Vous pouvez me faire confiance. Vous finirez par découvrir qu'elle tenait un registre, voire plusieurs, et qu'il s'agissait à coup sûr de livres de comptes. Avec de longues colonnes de chiffres.

— Les agences comptables emploient des hommes en général, observai-je. Peut-être aidait-elle quelqu'un à gérer une petite affaire ? Un commerce ?

— Eh bien, je ne doute pas que vous le découvrirez, déclara Carmichael avec une réconfortante confiance dans mes capacités. À présent, la main gauche…

Il fit le tour de la table et leva l'autre main pour appuyer sa démonstration.

— Vous voyez l'annulaire ? On note un mince renfoncement. Elle portait habituellement une bague. Une alliance, je suppose.

— Nous ne l'avons pas retrouvée. Mais j'avais constaté l'absence de bijoux.

— Les oreilles à présent.

Carmichael s'approcha de la tête et écarta les cheveux avec précaution.

— Elles sont percées et le diamètre des trous indique le port fréquent de boucles d'oreilles. Mais vous allez voir…

Carmichael étendit la main en direction de Scully qui lui passa derechef une loupe.

— Tenez, les lobes montrent chacun des lésions au niveau des trous, de légères écorchures. Selon moi, ses boucles d'oreilles lui ont été enlevées de façon précipitée.

— Le corps a été dépouillé, en déduisis-je. Je m'y attendais.

Il nous faudrait interroger Harry Parker avec attention.

— J'ai aussi jeté un coup d'œil à ses vêtements. Par ici, sur la paillasse.

Carmichael me conduisit jusqu'à un haut plan de travail accolé au mur du fond. Il posa la main sur une pile de linge pliée avec soin.

Il y avait une jupe bleu foncé et un corsage ajusté de même couleur mais d'une autre confection. L'étoffe de laine légère de la jupe était de bonne qualité et ne présentait aucun motif. Trois minces galons tressés en ornaient le bas. Le corsage présentait une simple encolure lacée et une rangée de boutons en tissu uni sur le devant. La chemise, le corset, le jupon et la culotte étaient d'une même batiste simple mais fine. Elle ne portait pas de crinoline. (Cette mode, m'informe mon épouse, est en train de passer – enfin ! oserais-je dire – mais quand on n'a pas les moyens de changer sa garde-robe au gré des caprices saisonniers, on se raccroche à l'ancienne.) Je me demandais si cette absence dénotait un caractère pratique plutôt qu'un souci des tendances vestimentaires. À côté étaient posées une paire de bas en fil d'Écosse et des chaussures légères mais commodes. Deux rubans froissés étaient étendus côte à côte : ses jarretières. Je trouvai cette vision étonnamment pathétique.

— Elle faisait peu de cas de la mode, observai-je avec plus de désinvolture que d'ordinaire, cherchant à cacher mon instant de faiblesse. Mais elle prenait soin d'elle et ce n'était certainement pas une femme pauvre, ajoutai-je d'un ton d'une neutralité plus à propos.

Carmichael, toujours professionnel, indiqua le corsage.

— Là, sur la poitrine, vous pourrez distinguer des trous d'épingle. Avez-vous besoin de la loupe ?

— Merci, non. Je les vois. Une broche ?

— Peut-être. Dans ce cas, elle devait être lourde et portée tous les jours. La perforation est nette et le tissu endommagé de façon irrémédiable. Bien sûr, ce n'est qu'une hypothèse…

Il releva la tête et me fixa de son regard perçant.

— Vos hypothèses ont souvent été d'une grande aide pour la police, docteur Carmichael, lui dis-je.

Il parut flatté.

— Oh, avec mon métier, on garde son sens de l'observation affûté, voilà tout. Mon opinion est qu'il s'agissait d'une montre. Vous savez, une de ces petites montres de gousset, maintenues par un ruban ou une chaînette. Elle l'avait épinglée à son corsage de façon à pouvoir la consulter régulièrement. Il était important pour elle de respecter son emploi du temps quotidien. Vous en déduirez ce que vous voudrez.

— Elle tenait à être ponctuelle, ou elle appréciait que les autres le soient.

Carmichael m'avait fourni plusieurs renseignements précieux.

— C'était une femme d'affaires, conclus-je.

* * *

— Une femme d'affaires, hmm ? fit le superintendant Dunn après avoir écouté mon rapport.

Mon supérieur tambourinait du bout des doigts sur son bureau et me lorgnait entre ses paupières plissées. Avec sa large carrure, son teint coloré et son goût pour le tweed, son allure avait toujours évoqué davantage le fermier que le policier. Ce jour-là, son épaisse chevelure broussailleuse et ses joues rouges d'avoir marché d'un pas vif pour venir au travail lui donnaient plus que jamais des faux airs de propriétaire terrien.

— C'est une possibilité, monsieur. J'ai déjà envoyé quelqu'un à Deptford pour retrouver Parker, le type qui a découvert le corps. Nous sommes à peu près sûrs que la victime a été détroussée.

— Une fois morte ? interrogea Dunn. Ou est-ce un larcin qui a mal tourné ?

— Je suspecte qu'elle a été dépouillée *a posteriori*, ce qui nous ramène à Harry Parker. S'il ne l'a pas tuée mais a trébuché sur son cadavre, comme il le prétend, je ne serais pas surpris qu'il ait fait main basse sur les objets de valeur avant de détaler et de percuter un agent. On n'a par exemple retrouvé ni bourse ni porte-monnaie. Si elle était sortie faire une course, comme on peut le supposer, elle aurait eu de l'argent sur elle. Ce qui me paraît vraiment curieux, monsieur, c'est qu'elle n'avait pas de chapeau. Le sergent Morris et un agent ont cherché partout.

— Ah, grogna Dunn.

Il s'écarta de son bureau, se leva et se dirigea vers la fenêtre. Il s'y campa, le regard au loin, les mains jointes derrière le dos. S'adressant à moi par-dessus son épaule, il dit :

— Jamais elle ne serait sortie de chez elle tête nue, c'est cela ? Ce n'est pas faux. La moindre mendiante, la moindre prostituée s'évertue à épingler une sorte de couvre-chef à ses cheveux. Suggéreriez-vous qu'elle a été assassinée à l'intérieur, Ross ? Puis son cadavre transporté là où on l'a découvert ?

— Dès le départ, la question de savoir comment elle s'était retrouvée dans un lieu aussi sordide et à l'écart m'a intrigué. Quel motif aurait-elle eu de se rendre d'elle-même, à pied, dans un endroit pareil ? Non, non. Selon moi, la mort l'a surprise ailleurs.

— Dans ce cas, il faut concentrer nos recherches sur les bâtiments avoisinants !

— Morris est sur place, monsieur, avec deux hommes, pour faire du porte-à-porte.

« Non pas qu'on en tirera grand-chose », pensai-je.

Dunn pivota sur ses talons.

— Et ensuite, que comptez-vous faire ?

— Me rendre à Deptford, monsieur. J'espère qu'ils auront arrêté Parker pour que je puisse l'interroger de nouveau. J'ai aussi envoyé les agents Biddle et Murphy faire le tour des prêteurs sur gages des environs. Si quelqu'un lui a dérobé son alliance, ses boucles d'oreilles et une broche ou une montre, il essaiera de les revendre ou de les mettre en gage.

Quoi qu'il en soit, ils demanderont aux prêteurs de surveiller ces objets et de nous prévenir sur-le-champ si on leur en apporte.

— Ils en voient de semblables tous les jours, objecta Dunn. Et nous ne disposons d'aucune description précise. Si on les leur présentait ensemble, évidemment… Mais oui, oui. Il faut alerter les prêteurs. Bien sûr, il y a d'autres moyens d'écouler des objets volés…

— Mais les receleurs seront très vite au courant que la police fait la tournée des prêteurs. Le voleur pourrait alors trouver son butin trop encombrant et ne plus pouvoir le liquider dans l'immédiat.

— Aussi longtemps que ces objets resteront en sa possession, non seulement il ne pourra tirer aucun profit de son forfait, mais ils en constitueront la preuve. S'il les a encore, conclut Dunn avec un rare sourire, il a du tracas à se faire.

* * *

Elizabeth Martin Ross

Je dormais si profondément hier soir quand Ben est enfin rentré à la maison que je me suis à peine aperçue qu'il m'avait rejointe au lit. Ce matin, au petit déjeuner, notre conversation fut hâtive et décousue. Je lui ai raconté ma visite à Tante Parry et, à son expression, j'aurais aussi bien pu être allée sur la lune. Puis il m'a dit qu'il était sur une nouvelle affaire de meurtre, à Deptford, pour laquelle on n'avait aucun suspect. Je savais d'expérience que, tant que l'enquête ne serait pas terminée, elle monopoliserait son esprit et il serait inutile d'essayer de lui parler d'autre chose.

En y repensant après son départ pour Scotland Yard, je me réjouis de ne pas avoir eu le temps ni l'occasion de l'informer des soucis de Patience avec son frère. Ce n'était pas une histoire pour la police et Ben n'avait aucune raison personnelle de s'intéresser à Edgar. Ni lui ni moi n'avions rencontré ce jeune homme. D'un autre côté, Ben connaissait Patience, et Tante Parry et Frank étaient ma seule sorte de famille à Londres. Non pas que Ben appréciât Frank. Pour le dire succinctement, Ben considérait les Parry comme des casse-pieds. Il était inutile d'aggraver les choses avec les dettes de jeu d'Edgar. Mais j'aurais aimé que Ben ait un peu plus d'estime pour Frank. Je ne peux m'empêcher d'avoir pour lui une certaine tendresse, ce qui, bien entendu, est la raison pour laquelle Ben le déteste !

Patience occupait néanmoins toujours mes pensées. Elle devait convaincre Edgar d'aller trouver son père, cela ne souffrait aucune discussion, et je ne pouvais guère faire davantage que la soutenir dans sa résolution. En revanche, j'avais pleinement conscience que cette affaire pourrait devenir embarrassante pour Frank, et c'était ce qui me tracassait.

Mes craintes étaient sur le point de s'aggraver. En début d'après-midi, Bessie vint me prévenir avec un air de conspiratrice que quelqu'un m'avait apporté un message de la part de Miss Wellings.

— Où ça ? demandai-je sans malice.

— Dans la cuisine, répondit Bessie.

— Pouvez-vous me l'apporter ici ?

Ici désignant notre minuscule salon.

— Je peux vous l'amener si je réussis à lui faire ôter ses souliers, répliqua Bessie. Elle a déjà sali tout mon beau carrelage.

— Miss Wellings se trouve dans la cuisine ?

Je me levai d'un bond afin d'en avoir le cœur net.

— Non, m'dame. C'est une domestique. D'une maison de Goodge Place. Son message n'est pas par écrit. Je lui ai demandé. Sinon je vous l'aurais apporté sur un plateau, comme il se doit ! se défendit Bessie.

Je me demandai s'il valait mieux attendre que la messagère enlève ses chaussures ou gagner du temps en accompagnant Bessie à la cuisine. J'optai pour la cuisine.

M'y attendait une jeune femme à l'air dégourdi qui promenait autour d'elle un regard critique. Elle portait une robe en bombasine noire ornée d'un col en dentelle, un petit chapeau en feutre et un ample châle à motifs cachemire. Elle avait relevé et épinglé sa jupe, laissant apparaître des souliers en effet couverts de boue. Des traces de pas menaient de la porte de service à l'endroit près de la table où elle se tenait.

— Vous venez de la part de Miss Wellings ? m'enquis-je. Ne vous a-t-elle pas confié un billet ?

— Non, m'dame, répondit la fille d'un ton vif.

Elle n'avait pas un accent londonien, c'était certain, mais il me sembla reconnaître des intonations du Staffordshire. Ce devait être la femme de chambre de Mrs Pickford qui avait suivi sa maîtresse à Londres.

— Elle ne voulait rien mettre par écrit, poursuivit la fille, de peur que Mrs Pickford le voie. Elle vous demande d'avoir l'amabilité de vous rendre cet après-midi à Goodge Place.

Je jetai un coup d'œil à la pendule. Il me faudrait partir tout de suite.

La servante suivit mon regard et ajouta :

— Si vous voulez, madame, vous pouvez venir avec moi. Une fois là-bas, je passerai par le sous-sol et vous, vous n'aurez qu'à vous présenter à la porte d'entrée, comme pour une visite ordinaire.

Ah ! Le plan apparaissait au grand jour. Cela ne pouvait que concerner Edgar. Patience ne tenait en aucun cas à ce que les Pickford découvrent ses ennuis et, à cet effet, je devais prétendre ne venir la voir que par courtoisie. Tout cela était des plus malséants et Ben, eût-il été au courant, m'aurait sans nul doute fermement incitée à me faire excuser. Mais j'étais là, Ben n'y était pas, la servante m'avait soumis sa proposition et je n'avais aucune excuse.

— Bessie, pourrais-tu te rendre en vitesse à la gare et m'y retenir un fiacre ?

L'énergique jeune femme se réjouit visiblement à l'idée de retourner à Goodge Place de façon si confortable.

Son cab était-il, par un heureux hasard, le prochain dans la file, ou Bessie, ignorant l'ordre de priorité, l'avait-elle cherché en particulier ? Elle ne le précisa pas. Mais je vis arriver mon vieil ami Wally Slater. Tiré par Victor, son cheval, son « bahut » vint s'immobiliser avec fracas devant notre porte et Wally descendit de son perchoir.

— Content de vous voir, Mrs Ross, me dit-il tout en m'ouvrant la portière avec une courbette respectueuse. C'est pour une nouvelle enquête ?

— Non, Mr Slater. Juste pour une visite de courtoisie.

À l'évidence, il ne me croyait pas. Tandis qu'il me donnait la main pour m'aider à monter dans la voiture, ses traits cabossés d'ancien lutteur de foire se tordirent en un sourire et un clin d'œil complices.

La servante jeta à Wally un regard mêlé de curiosité et d'inquiétude, puis se hâta de me rejoindre.

D'un sifflement, Wally mit Victor en marche et nous étions partis. Ce ne fut que bien après notre départ, alors que nous franchissions le pont de Waterloo, que je pensai à demander à ma compagne comment elle s'appelait et si elle connaissait la raison pour laquelle sa maîtresse avait un désir si pressant de me voir.

— Ça doit avoir un rapport avec Mr Edgar, répondit la fille, confirmant ainsi mes soupçons. Et mon nom est Lucy, m'dame.

— Mais Mr Edgar ne sera pas lui-même présent ? m'inquiétai-je, beaucoup trop tard cependant.

— Si, m'dame. Du moins, Miss Patience l'espère. Elle l'a fait prévenir tantôt. Il a répondu qu'il viendrait. Mais avec Mr Edgar, on ne sait jamais, conclut Lucy avec la familiarité des domestiques de confiance.

* * *

— Je vous attendrai, Mrs Ross, promit Wally après nous avoir déposées à Goodge Place. Ne vous inquiétez pas, vous n'en aurez pas pour cher. Je vous ai amenée ici, je vous ramènerai chez vous. L'inspecteur insisterait.

Je le remerciai, secrètement rassurée.

J'avais bien fait d'avoir une brève conversation avec Lucy en chemin. Comme on m'introduisait dans un petit salon à l'arrière de la maison, deux personnes se levèrent pour m'accueillir. L'une était Patience, qui paraissait si soulagée et heureuse de me voir que je craignis aussitôt le pire, et l'autre, un grand jeune homme athlétique qui possédait la même chevelure brune et bouclée que Patience et qui aurait pu être séduisant s'il n'avait affiché un air buté et contrarié.

— Mon frère Edgar ! s'exclama Patience en désignant d'un geste le gentleman.

Edgar Wellings s'inclina avec raideur et déclara d'un ton brusque :

— Je vous suis obligé. Ma sœur et moi vous sommes obligés…

Il décocha un rapide coup d'œil à Patience.

— Nous vous sommes obligés, répéta-t-il. D'avoir eu l'amabilité de venir.

Puis il se tut, ayant à l'évidence dit ce qu'on attendait de lui. Je dus réprimer un sourire car il ressemblait très exactement à un petit garçon rebelle ayant appris de mauvais gré à saluer les grandes personnes.

— Et nous sommes conscients qu'il était fort malpoli de notre part de solliciter ainsi votre présence à l'improviste, enchaîna Patience, mais Edgar sera retenu au Bart's presque toute la semaine. Nous devions profiter de son seul après-midi libre.

— Je comprends.

Nous nous assîmes tous les trois.

— J'ai demandé qu'on nous apporte du thé aussitôt que notre visiteuse arriverait, précisa Patience. Tante Pickford reçoit dans le grand salon, c'est pourquoi nous sommes relégués dans cette petite pièce.

— Et elle ne doit pas me voir, ajouta Edgar, pince-sans-rire.

— C'est faux ! protesta Patience.

— C'est la vérité ! répliqua Edgar. Il est inutile que nous fassions mine de prendre innocemment le thé. Vous me trouvez sur le banc des accusés, Mrs Ross ! Je suis ici pour me défendre bien que je n'aie aucun argument en ma faveur. Et pour qu'on me dise ce que je dois faire bien que je n'en aie aucune intention, et cela pour d'excellentes raisons. Sauf que ma sœur se refuse à les entendre !

— Docteur Wellings, commençai-je, incapable de retenir plus longtemps mon sourire. Je ne vais pas vous faire la leçon. Ce serait on ne peut plus déplacé. Et si vous le préférez, nous ne parlerons pas du tout de votre situation. Je peux vous laisser si vous le souhaitez.

— Oh non, Lizzie ! s'écria Patience comme je m'apprêtais à me lever.

Elle tendit les mains vers moi dans un geste implorant.

— Oh, Edgar, ne sois pas si mufle ! Lizzie est venue nous apporter son aide. Elle est d'une grande sagesse. C'est Frank qui le dit.

Edgar esquissa un sourire ironique.

— La sagesse n'est pas mon fort, Mrs Ross.

Décidément, Edgar me plaisait. Ce qui ne voulait pas dire qu'il ne constituait pas un problème, et pour un certain temps sans doute.

— Je vous en prie, appelez-moi Lizzie. Quand votre sœur et Frank seront mariés, nous serons presque parents, même si je ne suis guère que la filleule de feu Mr Parry.

— Frank semble être plus que moi le sujet de cette entrevue, observa Edgar qui se rejeta en arrière sur son siège en soupirant. Vous n'imaginez pas, Lizzie, à quel point mes parents sont fiers que Patience épouse un membre du Parlement, qui plus est l'un des représentants de notre cité. Moi, en comparaison, je suis le vilain petit canard.

— Mais n'ont-ils pas aussi des motifs de fierté à votre égard ? répliquai-je. Ils ignorent vos dettes et votre obligation de les rembourser à un prêteur sans scrupule ?

— Non, ils n'en savent rien et je n'ai pas l'intention de le leur dire. Ainsi que vous le suggérez, ils sont fiers de moi. Ce serait pour eux un choc terrible. Je ne me soucie pas que de moi-même, ajouta-t-il avec empressement. Croyez-moi ! C'est bien beau de la part de Patience et de la vôtre, Lizzie, de me conseiller de rentrer à la maison et, tel le fils prodigue, d'implorer la clémence de mon père, mais vous ne connaissez pas les petites villes de province.

— Oh, mais je les connais ! le démentis-je. Je ne suis arrivée à Londres qu'il y a quatre ans. Je suis venue du Derbyshire à la mort de mon père. Il était médecin. Je suis parfaitement au fait des mœurs de la bonne société provinciale, soyez-en sûr.

— Dans ce cas, vous savez à quel point les gens sont… vertueux ? explosa Edgar. Oh, sacredieu… je me suis laissé emporter, pardonnez-moi… à quel point ils sont critiques. Ils blâment le moindre écart. La respectabilité est leur seul juge ! Mes parents seraient horrifiés d'apprendre ce que j'ai fait. Ils n'oseraient jamais en parler. Chaque fois qu'une de leurs relations leur demanderait de mes nouvelles, ils seraient dans l'obligation de mentir. Cela leur serait difficile car ils sont eux-mêmes d'une grande honnêteté. On ne tarderait pas à suspecter la vérité.

Edgar secoua ses boucles sombres.

— Oh, Lizzie… Les gens sont si prompts à déceler l'odeur du scandale ! À son embarras, les amis de ma mère devineraient aussitôt que quelque chose ne va pas. Quant à mon pauvre père, dès les premières rumeurs sur mon imprudence financière, son commerce et lui en subiraient les conséquences.

Et avec un accent similaire à celui de Lucy, la femme de chambre, Edgar se lança dans une soudaine tirade :

— « Le jeune Wellings s'est brûlé les ailes ! Il risque d'en coûter une jolie somme à son père pour le sortir d'affaire. Et il y a ce grand mariage qu'ils veulent offrir à leur fille. Tout cela va les ruiner ! »

— Assez, Edgar ! se fâcha Patience, rougissant. Tu embarrasses Lizzie et moi aussi !

— Du calme tous les deux, ordonnai-je.

Ils se turent avec obéissance, comme deux écoliers dissipés pris en flagrant délit par un professeur sévère.

— Tout ce que vous dites est sans doute vrai, Edgar, admis-je. Néanmoins, il vous faut aller trouver votre père et le plus tôt sera le mieux. Vous le savez aussi bien que moi. Mais peut-être qu'auparavant nous pourrions essayer de convaincre votre créancier, premièrement, de vous accorder un délai supplémentaire et, deuxièmement, de geler la somme à son montant actuel, sans y ajouter d'autres intérêts. S'il a la certitude d'obtenir très vite son argent, il pourrait accepter.

— Elle pourrait accepter, corrigea Edgar de façon inattendue. Mon prêteur est une prêteuse et le plus fielleux et redoutable des dragons qui soit. Si mes cours de médecine ne m'avaient appris que le cœur est nécessaire au fonctionnement du corps humain, j'aurais juré que Mrs Clifford n'en possède pas. Elle ne pense qu'à ses affaires, on croirait une machine. Elle vit à Deptford.

Il lâcha un soupir exaspéré.

— Mrs Ross, je me dois de vous dire que votre suggestion est d'un inconcevable optimisme. Mrs Clifford n'écoutera aucun de vos arguments raisonnables. Lui rendre visite serait une totale perte de temps. Et pis encore, une démarche humiliante.

— Edgar, l'apostrophai-je sur un ton plus incisif que je ne l'aurais voulu, vous ne pouvez vous permettre le luxe d'épargner votre amour-propre ! C'est un autre prix qu'il va vous falloir payer. Considérez cela comme un intérêt additionnel sur votre emprunt. Vous n'y couperez pas.

Son visage prit une teinte rouge mat.

— Vous avez raison, bien sûr. Mais considérez qu'il serait tout aussi humiliant pour une femme respectable telle que vous de traiter avec cette vieille sorcière. Vous n'imaginez pas à quel point elle est déplaisante. Je frémis à l'idée du langage qu'elle pourrait employer. Et tout cela pour rien ! Quant à confier cette mission à ma sœur, c'est hors de question.

— Pourquoi cela ? interrogea Patience, un éclair guerrier dans le regard. Je n'ai pas peur de Mrs Clifford ou de ce qu'elle pourrait me dire. Dois-je te rappeler, Edgar, que c'est toi qui es venu me soumettre ton problème. Tu ne peux pas considérer à présent que je ne dois pas me compromettre. Crois-tu que je ne me suis pas déjà assez compromise ? N'était-ce pas déjà humiliant de demander conseil à Lizzie ? Oh, Lizzie…

Elle se tourna vers moi.

— J'ai dû vous paraître très impolie. Ce que je voulais dire, c'est qu'Edgar nous avait mis l'un et l'autre dans l'embarras et que, par ma faute, vous étiez à l'évidence à votre tour dans une position inconfortable. Jamais je n'aurais dû vous troubler avec cette histoire.

Elle avait prononcé ces derniers mots d'une voix tremblante et je compris que, en dépit de son attitude pugnace, Patience était à deux doigts de pleurer.

— Je suis très heureuse que vous soyez venue me trouver, Patience, la rassurai-je. Et je ne veux plus entendre de telles paroles. Elles ne sont bonnes qu'à susciter rancœurs et pertes de temps. Nous allons nous passer de thé et nous rendre de ce pas à Deptford chez Mrs Clifford. Il fera bientôt sombre, aussi ne devons-nous pas perdre un instant.

— Je viens ! asséna la jeune fille. Je ne veux pas être laissée en retrait. Cesse de me regarder comme ça, Edgar. Je vous accompagne.

— Dans ce cas, en route ! leur lançai-je sans laisser à Edgar le temps de réagir.

Son visage luisait de transpiration. Agitant les jambes, les croisant et les décroisant sans cesse, il lui était devenu impossible de tenir en place sur son siège. Lors de sa dernière intervention, il s'était levé pour arpenter la pièce. Une minute de plus et il dirait quelque chose qu'il regretterait plus tard, se sauverait de la maison et nous ne pourrions plus rien faire.

— Mon cab m'attend dehors. Nous pouvons partir sans plus tarder.

Je me levai.

À cet instant, une domestique apparut avec le plateau du thé. Elle sembla stupéfaite de nous trouver sur le départ. Patience la renvoya ainsi que le plateau à la cuisine où, à coup sûr, la fille aurait une bonne histoire à raconter à propos des disputes et des éclats de voix qu'elle avait surpris à l'étage des maîtres. Si, après avoir laissé le génie sortir de la bouteille, Edgar se figurait pouvoir l'y faire rentrer, il se méprenait gravement. Il ne faudrait pas longtemps – pas longtemps du tout, même – avant que les Pickford n'aient vent des dissensions au sein de leur maison et ne demandent des explications.

Quant à moi, je savais que j'étais déjà plus impliquée dans cette affaire que je ne l'aurais souhaité mais j'étais loin d'imaginer que le pire restait à venir.

CHAPITRE 5

Inspecteur Benjamin Ross

Quand, vers deux heures, j'arrivai à Deptford, il y régnait une ambiance feutrée. Les petites boutiques étaient ouvertes et plutôt fréquentées par des chalands d'apparence respectable, pour l'essentiel des maîtresses de maison qui faisaient leurs provisions. On ne voyait nulle part les marins en goguette qui avaient causé tant de problèmes à Phipps ces derniers temps. Soit ils avaient regagné leurs navires, soit ils croupissaient en prison. Propres et pimpantes, les tavernes avaient fait disparaître les traces de la nuit précédente. Tandis que les fêtards achevaient d'évacuer dans le sommeil leurs excès de la veille, de nouveaux clients commençaient à arriver mais, pour l'heure, ils étaient encore sobres et tranquilles.

Je dépassai le Clipper, l'établissement où Jeb la Chiffe Fisher avait entendu parler du meurtre. Le fourgon d'un brasseur était garé juste devant et deux magnifiques chevaux de trait attendaient patiemment la fin de la livraison. Leurs robes brossées avec soin étincelaient et les médaillons de cuivre qui ornaient leur harnachement brillaient comme de l'or. Les brasseries se livraient à une sorte de compétition pour savoir laquelle aurait le plus bel équipage.

Une fois déchargés, les fûts de bière étaient poussés par un serveur vers une trappe ouverte à même la chaussée. Là, de musculeux livreurs les descendaient dans les caves en les faisant rouler le long d'une rampe. Les tonnelets finissaient leur course vers les profondeurs dans un énorme fracas évoquant un tonnerre soudain au milieu d'une journée d'un calme parfait. Les chevaux ne bronchaient pas, ne fût-ce que d'une oreille.

Un vieil homme vêtu d'un manteau rapiécé et coiffé d'un suroît cabossé en toile enduite comme en portaient jadis les marins examinait patiemment les abords du Clipper à la recherche de mégots. Quand il trouvait quelque chose, si infime que ce fût, il le plaçait avec soin dans un sac en coton. Une fois celui-ci rempli, je savais qu'il en vendrait le contenu à des fabricants de cigares bon marché. Ils nettoieraient le tabac, le feraient sécher et le réutiliseraient. Le vieillard alla jusqu'à scruter entre les sabots du magnifique attelage en se glissant sous le ventre des bêtes. De temps à autre, celles-ci tournaient vers lui leur tête superbe avec une curiosité modérée, moins dérangées toutefois par sa présencc que par les mouches qui s'attardaient sur leurs robes soyeuses.

Çà et là, on voyait courir des gamins et palabrer quelques vieillards. Bref, le quartier apparaissait sous son meilleur jour, démentant sa mauvaise réputation.

— Attendez que la nuit tombe, me prévint Morris, qui m'avait accompagné, lorsque je lui fis cette remarque.

J'étais curieux de rencontrer l'inspecteur Phipps. Je découvris un homme entre deux âges, d'allure militaire, qui se tenait très droit et arborait une fine moustache couleur sable. Au sommet de son crâne, ses cheveux avaient battu en retraite pour ne laisser subsister qu'un dôme poli. Tout autour, ce qui lui restait de chevelure était de la même nuance de blond que sa moustache et parsemé de mèches grisonnantes.

Après nous être serré la main, il entreprit de me faire un bref compte rendu des derniers développements avec la précision militaire que suggérait son maintien.

— Le témoin, Harry Parker, demeure hélas introuvable ce matin, déclara-t-il. J'avais déjà envoyé un agent à sa recherche avant que ne me parvienne votre requête. Mais l'oiseau s'était envolé. Nous avons appris auprès de ses compagnons de chambrée qu'il a quitté les lieux hier soir.

— Comme on pouvait s'y attendre, soupirai-je.

— Il refera surface, affirma Phipps avec confiance. À moins qu'il n'ait réellement quelque chose à cacher. Ici, c'est son habitat naturel. Partout ailleurs il sera perdu. En attendant, j'ai fait savoir sur les docks que je devais être aussitôt informé s'il y pointait son museau. Tôt ou tard, il lui faudra gagner de l'argent.

— S'il a dépouillé la victime et réussi à liquider quelque objet de valeur, il ne réapparaîtra pas avant d'avoir mangé ces gains illicites, remarquai-je.

— J'ai su que vous aviez envoyé des hommes faire le tour des prêteurs sur gages, enchaîna Phipps. Pour ma part, j'ai demandé à un agent d'aller rendre visite aux receleurs habituels. Il leur a expliqué que si les objets nous étaient restitués sans tarder, et accompagnés d'informations sur la personne qui les leur avait apportés, ils auraient accompli leur devoir et n'auraient pas à craindre une arrestation. Hélas, nous ignorons de quoi il s'agit au juste. Mais ils savent qu'il s'agit d'un meurtre et cela les incitera à se montrer plus coopératifs qu'à l'accoutumée.

Phipps marqua une pause.

— Malgré tout, je ne suis guère optimiste. Le voleur peut tout aussi bien choisir de cacher son butin le temps que les choses se tassent.

— Ou le jeter à la Tamise s'il craint qu'il ne le mène à la potence, ajoutai-je.

Phipps frappa dans ses mains.

— En revanche, reprit-il avec entrain, j'ai pour vous quelqu'un susceptible de détenir des informations importantes. C'est une jeune femme, une domestique, qui s'est présentée il y a une demi-heure pour nous signaler la disparition de son employeuse. La fille s'appelle Britannia Scroggs et sa patronne Mrs Clifford. Scroggs l'a vue pour la dernière fois hier en début de soirée, vers six heures et demie. Étant donné que la victime est une femme, j'ai pensé que vous souhaiteriez l'interroger. Nous avons déjà pris une brève déposition.

Phipps produisit une feuille qu'il me tendit.

Un instant me suffit pour parcourir le document, lequel était, en effet, fort succinct. Phipps n'avait nulle intention de faire le travail de Scotland Yard à sa place.

Britannia Scroggs, vingt-trois ans, déclarait être employée comme cuisinière et femme de chambre par une certaine Mrs Stefanie Clifford. Celle-ci était veuve et Britannia vivait « à demeure » dans une chambre située sous les combles. Elle se levait tôt et Mrs Clifford un peu plus tard. Toutefois, sa maîtresse était en général descendue pour huit heures et demie. Mais, ce matin, à dix heures, Mrs Clifford ne s'était toujours pas montrée. La bonne avait alors commencé à craindre qu'elle ne soit malade. Elle s'était rendue jusqu'à la chambre de Mrs Clifford et avait toqué à la porte. N'obtenant pas de réponse, elle était entrée et avait constaté que le lit n'était pas défait. Elle avait fini par venir au commissariat faire part de son inquiétude.

— Je tiens en effet à lui parler, confirmai-je à Phipps.

* * *

Britannia Scroggs était une jeune femme à la mine flétrie, vêtue d'une robe brune et d'un châle au crochet en laine vert foncé. Son bonnet démodé laissait entrevoir des cheveux blonds. Elle paraissait plus âgée que ses vingt-trois ans et dans ses yeux se lisait l'expression inquiète et défiante des pauvres de Londres. Cependant, elle ne semblait pas mécontente de me voir. Je la soupçonnais de savourer ce moment d'attention dans une vie par ailleurs insignifiante. Songeant à la remarque de Carmichael sur le caractère éminemment révélateur des mains, je jetai un coup d'œil aux siennes. Elles étaient déjà abîmées par le labeur et leurs jointures noueuses suggéraient un début de rhumatismes. Si tel était le cas, Britannia ne serait bientôt plus en mesure de travailler. J'éprouvai un accès de pitié. La pauvre trimait sans doute depuis l'enfance.

— Eh bien, Miss Scroggs, commençai-je sur un ton encourageant, parlez-moi de votre maîtresse, Mrs Clifford.

— Elle a disparu, répondit abruptement la domestique.

Lorsqu'elle avait ouvert la bouche pour prononcer ces mots, j'avais aperçu une dent cassée.

— D'après ce qui est consigné dans votre déposition, vous vous en êtes rendu compte ce matin vers dix heures.

— Elle est pas descendue déjeuner, précisa Britannia en opinant du chef. D'habitude, à huit heures et demie, elle est à table et je lui sers deux œufs pas trop cuits et quatre toasts.

Apparaissant puis disparaissant au gré des paroles de la jeune femme, l'incisive ébréchée distrayait mon regard. Je redoublai de concentration pour tâcher de l'oublier.

— Des œufs pas trop cuits… répétai-je, songeur. Donc, vous ne pouvez pas lui préparer son petit déjeuner tant qu'elle n'est pas descendue.

— Bien sûr que non, fit Britannia avec impatience. Sinon, les œufs seraient durs comme des cailloux. Et froids, par-dessus le marché !

J'avais la sensation qu'on observait dans la maison de Mrs Clifford une routine stricte qu'il me serait utile de connaître.

— Et le midi, à quelle heure déjeune-t-elle ? demandai-je.

— Déjeune ? railla Britannia. Elle fait pas des manières pour se nourrir comme les rupins. Elle prend un vrai dîner à midi et demi, comme dans le temps. En général, du bœuf bouilli et des carottes, ou un hachis, et un peu de poisson le vendredi. Elle aime aussi beaucoup les tripes aux oignons. Quel rapport ?

Ignorant son indignation, je poursuivis :

— Et le soir ?

— Le soir ? À six heures précises, je lui apporte au salon un plateau avec du thé et des toasts ou des muffins si le vendeur est passé. À six heures et demie, je viens la débarrasser et je rapporte le plateau à la cuisine pour faire la vaisselle. Après ça, ma journée est finie.

— Et ensuite, vous sortez ?

— Je fréquente pas les pubs, si c'est c'que vous voulez dire ! répliqua sèchement Britannia. J'en ai pas les moyens, je suis trop fatiguée et, de toute façon, notre mère nous a envoyés au catéchisme méthodiste quand on était gosses. Ni boisson, ni jeu d'argent, ni mauvais langage, ou sinon, on va droit en enfer, voilà c'que j'y ai appris.

— Je vois, fis-je, impressionné par l'éclat quasi belliqueux de son regard et craignant presque qu'elle ne me demande de prêter serment. Dans ce cas, que faites-vous après votre service ?

— Je raccommode mes vêtements ou je me lave les cheveux, répondit-elle après un temps de réflexion. Une fois par semaine, je rends visite à Ma. La plupart du temps, je me couche tôt et je dors. Je me lève à cinq heures et demie le matin, vous savez. Mrs Clifford aime trouver la maison en ordre, propre et astiquée quand elle descend. Comme ça, après, elle n'est pas dérangée. De toute façon, je ne sors pas le soir.

— Bien, conclus-je avant de revenir aux événements récents. Ce matin, à dix heures, Mrs Clifford ne s'étant pas montrée comme d'habitude, vous êtes allée voir ce qui se passait.

— J'ai pensé qu'elle était peut-être malade. Sans savoir d'une façon ou d'une autre si elle comptait se lever, je ne pouvais pas continuer mon travail. J'avais besoin de connaître ses intentions pour le dîner. Si elle voulait de la viande, il fallait que j'aille chez le boucher. J'ai frappé à sa chambre et elle a pas répondu, alors j'ai entrouvert la porte et j'ai juste jeté un coup d'œil à l'intérieur, vous comprenez. J'ai tout de suite vu que le lit était intact. Personne n'y avait dormi, c'est certain. Mais je me suis dit qu'elle était peut-être sortie et qu'elle l'avait fait elle-même, même si c'était pas son habitude. C'est bien pour ça qu'elle me paie, pas vrai ?

— Mais vous ne l'aviez pas entendue.

— Non. Alors je suis allée voir dans le placard si elle avait pris sa cape et ses bottines. Mais elles étaient là. La cape est en laine, bleu foncé, garnie de rubans de velours tout autour, vraiment jolie. Elle la porte toujours en hiver avec un petit bonnet assorti qu'elle attache sur le haut de la tête avec des rubans. Il était sur l'étagère et les bottines étaient par terre à l'intérieur du placard. Donc elle n'était pas sortie ! conclut, triomphante, la domestique.

Quand je lui demandai l'heure qu'il était à ce moment-là, la bonne me répondit onze heures et quart environ.

— Mais l'inspecteur Phipps m'a dit que vous n'étiez venue signaler sa disparition qu'il y a une demi-heure ? m'étonnai-je.

— Elle aurait pu revenir, pas vrai ? J'étais obligée de l'attendre un peu, expliqua Britannia qui, tout à coup, serra les poings et éclata avec rage : Vous devez comprendre ! Mrs Clifford est quelqu'un de très discret. Elle aime pas qu'on mette le nez dans ses affaires. J'ai pas osé aller demander aux voisins s'ils l'avaient vue parce que ça aurait donné lieu à des ragots. Si elle s'en était rendu compte à son retour, elle m'aurait écorchée vive !

— Dans ce cas, qu'est-ce qui vous a fait changer d'avis ?

— Le tapis de la cheminée, répondit-elle. Quand je suis allée dans le salon pour y mettre de l'ordre, comme d'habitude, j'ai remarqué qu'il n'était pas à sa place. Je me suis dit qu'elle avait dû le déplacer mais je trouvais quand même qu'il était à un endroit bizarre, au centre de la pièce, en travers du grand tapis persan.

— Où aurait-il dû être ? demandai-je sans réfléchir.

Britannia me toisa avec mépris.

— Devant la cheminée, pardi ! Quoi qu'il en soit, j'avais l'intention de demander à Mrs Clifford pourquoi elle l'avait changé de place mais, ne la voyant toujours pas revenir, j'ai commencé à repenser à tout ça. D'abord, je me suis dit qu'elle m'avait peut-être laissé dans le salon un mot que j'aurais pas remarqué, alors j'y suis retournée. Là, pas de message mais toujours ce tapis mis de façon curieuse et, ma foi, ça me chiffonnait. C'est une vieille carpette et ça me faisait drôle de la voir là, au beau milieu de la pièce. D'autant que le tapis persan est vraiment joli, alors je comprenais pas pourquoi elle l'aurait à moitié recouvert avec cette serpillière.

Elle marqua une pause et me scruta.

Je compris qu'elle attendait de ma part un signe lui indiquant que je suivais son raisonnement.

— Oui, c'est certain, marmonnai-je.

Britannia m'adressa un hochement de tête reconnaissant.

— Alors j'ai décidé de le remettre là où il aurait dû se trouver. Je me disais qu'aujourd'hui tout allait de travers. J'ignorais où elle était, les œufs de son petit déjeuner attendaient encore dans un bol dans la cuisine, et maintenant l'heure du dîner approchait et je savais toujours pas ce que je devais lui faire à manger. Donc je me suis dit, bon, ma fille, au moins tu peux remettre ce tapis à sa place !

« Pour le déplacer plus facilement, j'ai commencé à le rouler. Et c'est là que j'ai vu qu'il y avait une grosse tache humide sur le tapis en dessous. Elle a dû renverser du thé hier soir, j'ai pensé. Je ne l'ai pas remarqué en venant chercher le plateau et elle ne me l'a pas signalé. Comme le tapis est couvert de motifs de toutes les couleurs, je pouvais pas être sûre que c'était bien du thé mais ça en donnait l'impression. Je suis allée dans la cuisine chercher une bassine d'eau et un chiffon propre et, une fois de retour dans le salon, je me suis agenouillée pour essayer de nettoyer. Sauf que c'était pas du thé, parce que le chiffon est aussitôt revenu tout rouge et imprégné d'une drôle d'odeur. C'était du sang.

— Quoi ? m'écriai-je en me levant d'un bond. Vous en êtes certaine ? Sacré nom, ma fille, pourquoi ne pas nous l'avoir dit tout de suite ?

— Je vous raconte les choses comme elles se sont passées, repartit Miss Scroggs avec hauteur. Et comme j'ai essayé de le faire quand je me suis présentée ici tantôt, ajouta-t-elle. Sauf que j'en ai pas eu la possibilité. À peine j'avais commencé à leur parler de sa disparition que l'autre inspecteur, celui avec la moustache, m'a dit qu'il vaudrait peut-être mieux que je garde mon histoire pour un de ses collègues en civil qui devait arriver de Scotland Yard. « Vous lui donnerez tous les détails, qu'il m'a dit. Il sera là d'une minute à l'autre. »

Britannia avait produit une assez bonne imitation des attitudes et des intonations de Phipps.

— Ce doit être vous, je suppose ? demanda-t-elle alors de façon inattendue.

J'acquiesçai d'un signe du menton, un instant réduit au silence par l'inébranlable assurance de la jeune femme.

— Du coup, j'ai pas eu à attendre trop longtemps, vu que vous êtes là. Enfin bref, dès que j'ai vu que c'était du sang – et je sais le reconnaître quand j'en vois et quand j'en sens, merci bien ! –, j'ai examiné le salon de plus près. Et j'ai constaté qu'il manquait aussi un accessoire au serviteur de cheminée. Le tisonnier, précisa-t-elle pour conclure.

Elle se redressa sur sa chaise, ses mains de travailleuse croisées sur les genoux, et me fixa d'un air triomphant.

* * *

Après cela, nous nous rendîmes en nombre chez Mrs Clifford. Le sergent Morris et moi-même étions accompagnés de l'inspecteur Phipps, qui bouillait visiblement de colère. Je le soupçonnais d'avoir le sentiment d'avoir « perdu la face », comme disent les Chinois, pour être passé à côté des taches de sang sur le tapis. Il avait dès le départ refilé l'affaire au Yard et catégoriquement refusé de s'y intéresser. Cependant, à la lumière des dernières révélations, il tenait désormais à participer à l'enquête. Il avait emmené l'agent Barrett. Nous allions à pied, guidés par une Britannia Scroggs grincheuse.

— Regardez-nous ! lança-t-elle d'un ton accusateur. Un vrai défilé du carnaval ! Qu'est-ce que les gens vont penser ? Il ne manque plus que la fanfare.

Comme ses voisines mitoyennes, la maison était dans le style sobre mais agréable de l'époque Régence, édifiée en brique, enduite de stuc et blanchie au lait de chaux. Ces logements avaient dû être construits au début du siècle pour des artisans respectables et des employés pleins d'avenir dont beaucoup devaient travailler pour les chantiers navals. On atteignait la porte d'entrée, de couleur noire, par une volée de marches en pierre impeccablement balayées et lessivées, sans aucun doute par Britannia. Le rutilant heurtoir en cuivre témoignait lui aussi de son don énergique pour la propreté. Au-dessus de la porte, un auvent, soutenu par deux joufflus chérubins sculptés, protégeait les visiteurs de la pluie. La demeure était étroite mais élevée. Le salon se trouvait sur la gauche en entrant. Au premier, deux fenêtres à guillotine signalaient les chambres et, plus haut encore, un chien-assis saillant de l'abrupte toiture en ardoise indiquait le logis de Britannia.

— Hmm, souffla Phipps en étudiant la façade. Mrs Clifford est locataire ?

— Non, la maison lui appartient, répondit Britannia.

Au même moment, un rideau bougea à la fenêtre du salon de la maison voisine. La domestique sortit une clé.

— Entrons, fit-elle avec impatience. On nous regarde. Suivez-moi.

Nous nous pressâmes sans plus attendre dans l'étroit vestibule, à l'exception de Barrett, demeuré à l'extérieur pour dissuader les curieux.

L'initiative n'était pas du goût de Miss Scroggs.

— Quelle idée de laisser là votre planton ! Pour que tout le monde le voie !

Elle nous conduisit dans le salon où nous pûmes constater par nous-mêmes la tache de mauvais augure sur le tapis. Elle nous montra également la bassine et le linge qu'elle avait utilisés pour essayer de la nettoyer. Dans le récipient, l'eau avait pris une désagréable teinte brun orangé et le sang avait séché sur le chiffon. Phipps et moi échangeâmes un regard.

— Miss Scroggs, dis-je, savez-vous si Mrs Clifford a de la famille ? Qu'en est-il de son mari ?

— Je ne l'ai jamais entendue en parler, répondit Britannia. Peut-être qu'il est mort, ou qu'il a fichu le camp comme certains font parfois. En tout cas, elle n'a jamais prononcé un mot à son sujet.

Je balayai le salon du regard. Mrs Clifford n'avait pas succombé à la tendance du moment qui voulait qu'on s'y entoure d'une profusion de bibelots, de plantes vertes et de napperons. Les murs étaient dépourvus de tableaux hormis une petite broderie encadrée où on lisait « Sois sage aujourd'hui » au milieu d'une frise de bleuets. Il y avait une glace au-dessus de la cheminée et, sur le manteau, une paire de chiens en porcelaine ainsi qu'une hideuse pendule en marbre noir à colonnes de cuivre. Nulle part on n'apercevait de coussin. J'avais vu dans des abbayes des parloirs meublés de façon plus confortable. Frappé par l'absence de photographies, je demandai à Britannia s'il y en avait de Mr Clifford quelque part dans la maison.

— Non, elle aime pas trop les photographes, répondit la jeune femme.

— Et les enfants ? Elle en a ?

— Pas que je sache. Mais c'est possible. Ils sont peut-être morts, suggéra-t-elle en guise d'explication raisonnable. Ma en a eu sept et maintenant je suis toute seule pour m'occuper d'elle. Mon frère aîné, Billy, a pris la mer quand il avait quinze ans. On ne l'a pas revu depuis, ni eu aucune nouvelle en vingt ans, alors il a dû se noyer. Ma sœur, Maria, n'a pas survécu aux fièvres qui ont suivi la naissance de son premier. Mon jeune frère, Eddie, est passé sous les roues d'un wagonnet dans une mine de charbon. Et les autres, ils sont tous morts de la diphtérie quand ils étaient petits. En une semaine. Tous les trois. Ce qui fait qu'il y a plus que moi.

— Je suis sincèrement désolé, dis-je, touché par cette tragique histoire et la simplicité avec laquelle Britannia l'avait résumée.

— Ma a vraiment eu du chagrin pour Eddie, continua-t-elle. Mais c'était de sa faute. Il s'était accroché au bord du wagonnet, comme font les garçons, vous savez, pour faire un tour. Sauf que le cheval s'est emballé sans crier gare et Eddie a lâché prise.

Je n'aurais pas dû me laisser distraire de l'enquête mais je m'entendis demander :

— Et votre père ?

— Un accident sur les docks, lâcha-t-elle sans plus de détails.

Je ne tenais pas à en savoir plus long sur les malheurs qui avaient frappé la famille Scroggs et je regrettais ma question.

— Bien, repris-je. Votre maîtresse portait-elle des bijoux lorsque vous l'avez vue pour la dernière fois hier soir ?

— Son alliance, répondit aussitôt Britannia, et sa montre, épinglée à son corsage. Des boucles d'oreilles aussi, ajouta-t-elle après une pause. Jolies, en or avec des rubis. Et des vrais, à mon avis, pas du verre teinté.

Le Dr Carmichael méritait vingt sur vingt.

— Elle les avait hier ? insistai-je.

La servante déclara que Mrs Clifford les portait tous les jours. Je lui suggérai de se rendre dans la cuisine en compagnie de Morris pour lui décrire de son mieux ces objets et, en ce qui concernait les boucles d'oreilles, essayer, si elle en était capable, de les dessiner.

— Après cela, commandai-je à Morris, vous l'emmènerez à la morgue et vous lui demanderez d'identifier le corps. Il semble qu'il n'y ait aucune famille.

Le sergent disparut avec Britannia. Avant que je n'entende la porte de la cuisine se refermer, me parvinrent les protestations de la jeune femme :

— Comment ? Et maintenant vous voulez me faire ressortir pour aller voir un cadavre ?

Elle paraissait moins horrifiée à cette perspective que contrariée par le dérangement.

Phipps se tourna vers moi et me dit :

— Cette Mrs Clifford, elle n'a jamais été mariée. Elle ne se fait appeler « Mrs » que par souci de respectabilité, vous verrez. On est très à cheval sur ce genre de choses par ici.

D'un coup d'œil par la fenêtre, je constatai qu'une foule nombreuse s'était maintenant assemblée devant la maison. Quand j'allai ouvrir la porte d'entrée, Barrett, assiégé, parut soulagé de me voir.

— Ils ne veulent pas s'en aller, monsieur.

— Rentrez chez vous ! criai-je aux badauds. Vous gênez une enquête de police !

— Ah ! me répondit un murmure collectif de satisfaction.

Crime il y avait donc.

— Allez-vous-en, tout de suite ! ordonnai-je.

Une poignée de curieux commença à se mouvoir.

De retour dans le salon, j'y trouvai Morris, une feuille de papier à la main. Britannia y avait dressé la liste des bijoux que portait sa maîtresse avant sa disparition et, d'une main assurée, représenté la montre de gousset ainsi que les boucles d'oreilles. Elle s'attardait près de nous avec l'air de quelqu'un guignant le compliment.

— J'ai toujours été bonne en dessin, expliqua-t-elle avec complaisance quand nous l'eûmes dûment félicitée. Au catéchisme, on nous donnait du papier et des crayons de couleur pour illustrer des scènes de la Bible. J'étais douée pour représenter les ânes parce que mon oncle en avait un. Il était marchand des quatre-saisons et la bête tirait sa carriole. La maîtresse disait que j'avais un bon œil.

Britannia fronça les sourcils.

— Ça voulait dire que je dessinais bien, pas que j'y voyais que d'un côté, précisa-t-elle.

— À présent, si vous voulez bien accompagner le sergent, Miss Scroggs. Il va vous emmener reconnaître le corps.

La jeune femme fit la moue, bien décidée cette fois à faire entendre ses objections.

— Et pendant ce temps-là, qui va vous surveiller vous autres ? maugréa-t-elle. Quand madame n'est pas là, c'est moi la responsable de la maison.

— Allons, fit Morris en lui empoignant le bras.

— Lâchez-moi ! lui ordonna-t-elle. Je ne suis pas votre prisonnière, et pas votre tendre amie non plus.

Mais elle consentit à le suivre.

— Au moins, à présent, nous avons quelque chose d'un peu plus précis à montrer aux prêteurs sur gages, fis-je observer à Phipps.

Je saluai d'un geste de la main Britannia qui s'en allait.

— Cette fille a la langue bien pendue, déclara Phipps. Mais rien de ce qu'elle raconte ne nous est utile, si vous voyez ce que je veux dire. Elle pourrait nous apprendre beaucoup de choses mais elle ne le fait pas. Pas tant qu'elle n'y est pas obligée, ajouta-t-il après une pause.

— Je l'ai constaté aussi, acquiesçai-je. Je crois qu'elle aime être au centre de l'attention. Mais si sa patronne est aussi discrète qu'elle le prétend, Miss Scroggs doit rarement avoir l'occasion de briller.

Nous parcourûmes de nouveau du regard le salon lugubre et un même instinct nous dirigea l'un et l'autre vers un secrétaire situé dans un coin de la pièce.

Il paraissait fermé à clé mais, en nous approchant, nous distinguâmes autour de la serrure des marques qui révélaient qu'elle avait été forcée.

— Joli travail, observa Phipps en étudiant les éraflures. Celui ou celle qui a fait ça n'en était pas à son coup d'essai.

— Mrs Clifford aurait-elle surpris un cambrioleur ? m'interrogeai-je à haute voix. Ce bâtiment possède-t-il une entrée de service ?

Nous entreprîmes d'explorer les lieux et nous découvrîmes qu'il y avait à l'arrière de la maison un jardinet tout en longueur dont une portion était pavée. Une autre partie était occupée par des commodités, un lavoir et une grande benne à charbon. Dans le mur du fond, une porte en bois ouvrait sur une ruelle étroite, laquelle longeait tout le pâté de maisons avant de déboucher dans une rue perpendiculaire.

Mon propre domicile présentait une semblable disposition et je notai en moi-même de mettre un verrou plus solide à la porte de notre jardin sitôt que je disposerais d'une demi-heure pour ce genre de travaux domestiques (à supposer que cela arrive un jour).

De retour dans la cuisine, j'examinai avec soin la serrure de la porte de service.

— Elle n'a pas été crochetée. Aucun intrus n'est entré par là.

— À moins qu'un complice ne lui ait ouvert. Il va falloir interroger de nouveau la fille Scroggs, grogna Phipps.

Nous poursuivîmes nos investigations dans la petite salle à manger, située entre le salon et la cuisine, que nous avions jusque-là délaissée. Pour autant que nous pussions en juger, rien ne semblait y avoir été déplacé. Une nappe en chenille rouge couvrait la table pour en protéger la surface. Le buffet contenait toute sorte de vaisselle, dont un service en porcelaine de belle facture. Quelque chose dans la façon dont l'ensemble était rangé suggérait qu'on n'avait rien sorti ni utilisé depuis longtemps. Dans les tiroirs garnis de feutrine étaient rangés des couverts ainsi que des serviettes damassées jaunies par les ans et le manque de lavages. Je n'imaginais pas Mrs Clifford recevoir souvent et cette pièce, ainsi que tout ce qu'elle contenait, ne devait guère servir. L'endroit sentait le renfermé. Une fenêtre donnait sur un passage qui longeait le mur de la cuisine et menait au jardin. Nous l'inspectâmes. Le loquet de la guillotine était intact.

Nous retournâmes une fois encore dans le salon en prenant soin de contourner la tache macabre sur le tapis. J'ouvris l'abattant endommagé du secrétaire, qui, lorsqu'il était abaissé, offrait une surface plane pour écrire.

L'intérieur présentait le traditionnel assortiment de casiers tandis qu'au-dessous un espace de rangement plus vaste était occupé par plusieurs registres. Mais quelqu'un nous avait devancés. Les casiers avaient été vidés de tous les documents et papiers qu'ils contenaient, semblait-il pour les examiner à la hâte, après quoi on les avait bourrés dans le rangement inférieur avec les registres.

— Il était pressé, dis-je. Je me demande ce qu'il cherchait…

— De l'argent… marmonna Phipps.

Nous apportâmes les registres sur la table et nous les ouvrîmes. S'y alignaient des dates inscrites avec soin et, en face de chacune, un symbole incompréhensible. « Un code », pensai-je. Dans une troisième colonne étaient consignées des sommes d'argent, certaines considérables.

Phipps tourna quelques pages, puis il se redressa.

— Ross, fit-il de son ton pincé de militaire, cette femme est une prêteuse. Cela ne fait aucun doute !

— Et ce seraient ses clients ? suggérai-je en indiquant les symboles.

— Probable. Mais s'il existe une clé permettant de déchiffrer ces hiéroglyphes, elle la garde sans doute dans sa tête.

— En échange de l'argent, elle doit demander une contrepartie à ses clients, une signature, une reconnaissance de dette... Mais elle ne conserve pas des pièces aussi compromettantes dans son secrétaire, peut-être par crainte de ce genre d'effraction de la part d'un débiteur incapable de la rembourser et prêt à tout. Mais où, dans ce cas ?

Nous décidâmes d'étudier de près les papiers qui avaient été arrachés des casiers. La première chose qui attira notre attention fut une lettre à l'en-tête d'un établissement bancaire de renom. Je la pliai et la glissai dans ma poche.

— Nous regarderons ça, déclarai-je. Si elle prête de l'argent, elle a peut-être des sommes importantes à la banque.

Phipps scrutait la pièce d'un œil perçant.

— Une grenouille, lâcha-t-il, mystérieux.

— Pardon ?

Je regardai autour de moi, interloqué.

— Une grenouille. Une tirelire. Je n'en vois nulle part, développa-t-il. Or si elle est prêteuse, il y en a nécessairement une, ici, dans la maison. Même si elle met ses bénéfices à la banque, il lui faut malgré tout conserver une réserve d'argent liquide, soit pour satisfaire les demandes les plus urgentes, soit pour encaisser les remboursements qu'elle vient de recevoir.

Nous fouillâmes la maison de fond en comble, jusqu'au logis de la bonne sous les toits, mais nous ne trouvâmes aucune sorte de cassette ou de coffret. Dans la chambre de Mrs Clifford, en revanche, nous tirâmes une commode de sa position contre le mur afin d'en regarder l'envers. Cela peut paraître étrange mais il n'est pas rare que les gens cachent quelque chose en le fixant au dos d'un meuble qui, d'ordinaire, n'est jamais déplacé. Il n'y avait ni clé ni lettre, qui sont les objets habituellement dissimulés de cette façon, mais, au moment où nous nous apprêtions à remettre la commode en place, Phipps remarqua une latte de plancher branlante au niveau de la plinthe. Elle se souleva sans peine avec l'aide d'un canif. En dessous se trouvait une petite boîte. Ce n'était pas la cagnotte espérée mais le genre de petit coffret en bois fruitier où l'on range des cigarettes. À l'intérieur, nous découvrîmes un lourd crucifix en argent et une montre d'homme en or.

— Ça vaut une petite somme, ça, apprécia Phipps en parlant de la montre. Elle l'a cachée là derrière pour être sûre que la bonne ne tombe pas dessus.

J'examinai le boîtier à la recherche d'une inscription ; il n'y en avait pas.

— Seraient-ce des reliques de feu Mr Clifford, qui aurait donc bel et bien existé ? m'interrogeai-je. Ou cela constituait-il un remboursement en nature ?

Phipps n'eut aucun mal à se faire une idée sur la question.

— Je vous l'ai dit, je ne crois pas qu'elle ait jamais été mariée. Ou pas d'une façon reconnue par la loi. Elle a accepté ça en échange de billets.

J'étais curieux de savoir ce qui le rendait si sûr de lui.

— Je suis d'accord, certaines femmes se présentent parfois comme veuves sans l'être, uniquement pour le statut social que cela leur confère. Mais comment avez-vous la certitude que c'est le cas ici ?

Phipps me décocha un sourire jaune auquel je ne m'attendais pas. Avec sa moustache couleur de sable et ses traits effilés, il ressemblait à cet instant de façon déconcertante à un renard.

— L'argent, Ross. Cette femme aime l'argent. Elle sait comment en gagner. Elle n'a ni besoin d'un mari pour l'entretenir ni envie qu'un homme contrôle sa fortune.

Son analyse ne manquait pas de perspicacité. De façon générale, la loi donne au mari une mainmise absolue sur l'éventuel argent dont dispose son épouse le jour de son mariage ou celui qu'elle gagne par la suite. Il y a beaucoup de discussions pour que cela change mais sans résultat pour l'instant. Une veuve ou une célibataire, en revanche, dispose de ses biens comme elle l'entend. « Mrs » Clifford pouvait fort bien avoir vu son intérêt à demeurer seule. Et alléguer son veuvage juste pour une question de statut.

— Une fois Morris de retour, et si la fille a identifié le corps comme étant celui de sa maîtresse, j'emporterai les registres du rez-de-chaussée ainsi que cette montre et ce crucifix comme pièces à conviction, informai-je Phipps. J'en donnerai reçu à la bonne, ainsi qu'à vous, si vous le souhaitez.

— Je vous en serais reconnaissant, dit-il. Quelqu'un pourrait se présenter et nous interroger à leur sujet.

— À ce propos, nous allons placer une annonce dans les journaux afin de demander aux parents de la défunte de se faire connaître.

— Nous risquons d'attirer une foule de prétendus proches qui ont Dieu sait pourquoi perdu le contact avec elle mais voudront savoir si elle a laissé un testament ! prévint Phipps.

— À ceux-là, nous dirons d'aller se trouver un avocat. Nous avons besoin de personnes capables de nous donner des informations précises la concernant. Une victime au sujet de laquelle personne ne sait rien ne nous fournit aucune piste.

Nous regagnâmes le salon où Phipps recommença à spéculer sur l'hypothétique « grenouille ». Cela me préoccupait moi aussi.

— Si quelqu'un a pénétré dans la maison, il peut avoir emporté la boîte, si elle était assez petite, remarquai-je. Il n'est peut-être pas surprenant de ne rien avoir trouvé. Cela pourrait suggérer la présence d'un intrus. Les serrures que nous avons examinées étaient intactes mais une fenêtre n'aurait-elle pu rester ouverte ?

Phipps, de son côté, était déterminé à mener la vie dure à Britannia Scroggs. Ne pas avoir réussi à obtenir de sa part l'intégralité de l'histoire avant mon arrivée lui restait en travers de la gorge.

— Comment être sûrs que ce n'est pas la fille qui l'a dérobée ? Elle avait tout le temps nécessaire entre le moment où elle a compris que sa maîtresse avait disparu et celui où elle est venue nous le signaler. Dans l'intervalle, elle aurait eu tout loisir d'escamoter la cagnotte. Si Mrs Clifford en possédait une, Scroggs l'a sans doute vue à un moment ou à un autre.

— J'y penserai, déclarai-je avec fermeté.

Je voulais qu'il soit clair que j'étais le responsable de cette affaire. Phipps n'avait pas voulu s'en mêler au départ, faisant aussitôt appel à Scotland Yard. À présent qu'il semblait désireux de reprendre les rênes de l'enquête, je n'allais pas les lui céder.

Nous étions depuis un moment plongés dans l'étude des papiers du secrétaire quand un brouhaha en provenance de l'entrée nous avertit du retour de Morris et Britannia.

— C'est elle ! s'écria la domestique en faisant irruption dans le salon suivie de Morris qui tentait en vain de la maîtriser. Un assassin lui a fracassé la tête !

— Miss Scroggs a identifié le corps comme étant celui de Mrs Stefanie Clifford, énonça Morris, impassible.

— Asseyez-vous, Miss Scroggs, lui dis-je en indiquant une chaise.

Elle s'exécuta, sortit un mouchoir et se moucha bruyamment.

— Elle me traitait comme il faut, marmonna-t-elle. Elle était un peu revêche mais, tant que je faisais les choses à son idée et que je mettais pas le nez dans ses affaires, elle était gentille avec moi.

— Ses affaires, c'était prêter de l'argent ? lui demandai-je à brûle-pourpoint. Nous avons de bonnes raisons de le penser.

Britannia leva vers moi ses yeux rougis.

— Oui, concéda-t-elle d'une voix sombre.

— Conservait-elle une sorte de cagnotte quelque part dans la maison ?

— Une boîte marron avec une poignée en cuivre sur le dessus, répondit-elle. Elle est dans le bureau.

Elle désigna le secrétaire dont elle ne sembla s'apercevoir qu'à cet instant du désordre.

— Hé ! s'exclama-t-elle. Qui a fait ça ? C'est vous ? Elle laissait jamais les choses dans cet état. Elle était toujours soigneuse et organisée, Mrs Clifford. Je savais que j'aurais dû rester ici avec vous. Police ou pas, vous n'avez pas le droit d'abîmer la propriété des gens !

— Donc vous saviez qu'elle était prêteuse, repris-je en ignorant ses protestations. Et vous saviez qu'elle gardait de l'argent dans ce meuble.

Britannia saisit aussitôt le sens de ces affirmations. Elle se contint.

— Hé, fit-elle sèchement. Je l'ai pas fauché. J'ai même jamais touché à son bureau ! Ça faisait cinq ans que je travaillais pour elle. Elle avait confiance en moi.

— Quelqu'un l'a pris, insistai-je.

— Alors c'est lui ! cria la jeune femme.

— Qui ça, lui ? criai-je à mon tour.

Britannia prit un air calme et solennel.

— Hier soir, un visiteur est venu. Il devait être huit heures ou un peu avant. Ils se sont disputés. Je ne l'ai pas vu s'en aller.

— Quoi ? nous écriâmes Phipps et moi d'une seule voix.

Je m'obligeai à garder mon sang-froid.

— Britannia, pourquoi faut-il que vous nous livriez vos informations par petits bouts ? Pourquoi ne pas nous avoir raconté toute l'histoire d'un seul coup ?

— Parce que c'étaient ses affaires ! se défendit-elle avec vigueur. Je savais pas qu'elle était morte avant de la voir sur ce billot. J'allais pas tout vous déballer, non plus ? Elle aurait pu revenir. Je ne pouvais parler de ses affaires à personne, ni à vous ni à personne d'autre !

— Britannia Scroggs, commença Phipps sur un ton qui laissa supposer qu'il comptait prendre les choses en main et l'arrêter, je suis prêt à parier qu'il n'y a jamais eu de visiteur et que vous venez de l'inventer.

Je lui fis avec insistance signe de se taire.

— Écoutez-moi, Britannia. S'il y a quelque chose d'autre, quoi que ce soit, il faut que vous nous le disiez maintenant. Vous m'entendez ?

— Rien d'autre, murmura la fille, prête à retomber dans sa bouderie. Et il y a bien un type qu'est venu la voir. Je mens pas.

— Elle recevait souvent des visites tardives ?

— Oui, répondit-elle en me lançant un regard matois. Elle prêtait de l'argent. Ses clients tenaient pas à ce que ça se sache. Sinon tout le monde aurait été au courant que leur situation n'était pas fameuse. Alors ils venaient souvent à la nuit tombée. Elle leur ouvrait elle-même. Peut-être qu'elle voulait pas que je les voie. De toute façon, si tard, j'étais dans ma chambre, là-haut, au grenier.

— Mais vous pouviez les entendre ?

— Ça dépendait de l'heure et ça dépendait du bruit qu'ils faisaient ! rétorqua Miss Scroggs. Sinon, c'étaient pas mes affaires et, comme je vous l'ai déjà dit, elle aimait pas qu'on s'y intéresse de trop près. Ça valait pour moi aussi. Elle ne me disait rien et je ne fouinais pas. Elle ne l'aurait pas toléré.

Je visualisai la façade de la maison et la haute lucarne surplombant la rue.

— D'accord. Mais avez-vous jamais eu l'occasion d'apercevoir un de ces visiteurs depuis votre chambre ? Peut-être même celui d'hier soir, qui sait ? Serait-ce pour cela que vous êtes si sûre que quelqu'un est venu ? Vous avez regardé dehors ?

— Oui, reconnut Britannia. Il se trouve que je l'ai fait. J'étais justement à la fenêtre et j'ai vu un type sous un réverbère. Il regardait la maison. Ensuite, il a ôté son chapeau et l'a mis sous son bras.

Elle mima le geste.

— Je le connaissais pas, reprit-elle. Enfin… je ne pourrais pas vous dire son nom ou autre chose. Mais il portait un huit-reflets et il était vêtu comme un gentleman.

Son hésitation ne m'avait pas échappé et je la saisis au vol avec avidité.

— Vous l'aviez déjà vu ici ?

— C'est possible, admit Britannia avec prudence. Un beau gars, assez jeune, un peu le genre dandy. C'est tout ce que je peux dire.

À cet instant, nous entendîmes le grondement des roues d'un véhicule qui s'immobilisait devant la maison, puis, peu de temps après, l'agent Barrett se quereller avec quelqu'un qui semblait déterminé à entrer.

Je quittai le salon, franchis l'étroit couloir et ouvris la porte. Au pied du perron, un petit groupe de personnes échangeait des propos animés avec le brave Barrett. Elles exigeaient visiblement qu'il leur cède le passage. À quelque distance, l'attroupement des voisins s'était reformé et avait même grossi. La rumeur avait dû circuler qu'« il se passait quelque chose ». Jeunes ou vieux, tous étaient là, depuis des bambins jusqu'à un vieillard en chaise roulante, que poussait une fille en costume d'infirmière, captivée sous son bonnet à volants. Tous regardaient, emplis de curiosité. Plus loin, d'autres encore se hâtaient de rejoindre la foule avant qu'il ne soit trop tard.

Je constatai aussi la présence d'un cab d'apparence familière près duquel je repérai la silhouette massive de Wally Slater. Rayonnant de son terrifiant sourire, le cocher caressait la tête de son cheval. J'avais la sensation d'un cauchemar absurde.

Je fermai les yeux, les rouvris. Non, je n'avais pas des hallucinations. Je ne connaissais pas le grand échalas surexcité qui demandait à Barrett pour quelle raison il lui barrait le passage mais je reconnus la jeune femme qui l'accompagnait. C'était Miss Wellings, la fiancée de Frank Carter, et derrière eux se tenait… ô mon Dieu, était-ce possible ? Ma femme ?

— Lizzie ! m'étranglai-je.

— Ben ? s'écria-t-elle en m'apercevant au même moment. Que se passe-t-il ici ?

Avant d'avoir eu la possibilité de lui répondre, Britannia, qui m'avait suivi dans le couloir, me bouscula et pointa son index osseux vers le jeune homme.

— C'est lui ! cria-t-elle. C'est lui qu'est venu hier soir. Celui dont je vous ai parlé. Je l'ai bien vu sous la lumière du gaz. Suffisamment, en tout cas. C'était lui, je serais prête à le jurer.

Elle s'avança vers l'inconnu telle une furie vengeresse avant d'être interceptée par Barrett, qui se démena pour la retenir. La foule, sentant qu'un drame se jouait, poussa un grondement d'approbation.

Au-dessus du bras de Barrett qui l'étreignait, Britannia s'égosilla :

— C'est vous ! C'est vous qui avez fracassé le crâne de cette pauvre Mrs Clifford. Vous êtes un assassin, voilà ce que vous êtes, et vous serez pendu pour ça !

CHAPITRE 6

Inspecteur Benjamin Ross

Il n'y avait pas d'autre solution que de faire entrer Lizzie, Patience Wellings et le jeune homme dans la maison et de refermer la porte au nez de la foule. Privée de la suite du spectacle, celle-ci nous hua et siffla. Phipps retourna dehors pour aider Barrett à disperser ce qui virait à l'émeute.

— Quelles horribles gens ! D'où sortent-ils ? hoqueta Patience.

J'aurais pu lui répondre que, à Londres, les badauds s'attroupent autour du moindre incident comme des mouches autour d'un quartier de viande.

— Que font-ils devant cette maison ? demanda mon épouse, qui ne perdait jamais son sens pratique, tout en me fixant d'un œil sévère comme si j'en étais en quelque façon responsable ; ce qui, d'un certain point de vue, n'était pas tout à fait faux.

Invitant les nouveaux venus à me suivre, je les conduisis dans la cuisine après avoir pris la précaution de fermer la porte du salon pour éviter qu'ils ne regardent à l'intérieur en passant. J'envoyai Britannia dans sa chambre à l'étage, ce qui la fit enrager.

— Moi aussi, j'aurais des questions à lui poser ! lança-t-elle, furieuse, avant de prendre à partie le jeune homme : Pourquoi qu't'as voulu la tuer ? À nous regarder comme un bel innocent ! Tu crois qu'on va tous penser que t'es trop distingué pour faire une horreur pareille, c'est ça ? Eh bien, je t'ai vu, moi. Je t'ai vu hier soir, sur le trottoir, devant cette maison. Pile sous le réverbère que t'étais. Même que t'as enlevé ton chapeau pour le mettre sous ton bras comme le jeune gandin pour lequel tu te prends !

Morris l'empoigna par le coude et l'entraîna, toujours vitupérante, vers l'escalier. Nous l'écoutâmes s'éloigner à pas pesants en direction de l'étage tandis que continuaient à nous parvenir ses imprécations, tantôt destinées à Wellings, tantôt au sergent, qui l'avait escortée. Un lointain claquement de porte mit fin à sa tirade. Morris nous rejoignit.

— En voilà une qui sait comment vous casser les oreilles, grommela-t-il.

— Vous feriez mieux de rester dans le couloir au cas où elle chercherait à redescendre pour écouter à la porte, lui suggérai-je avant d'aller retrouver le groupe dans la cuisine.

Lizzie et Patience Wellings débordaient manifestement de questions mais, pour le moment, elles parvenaient à se contenir. Le jeune homme, en revanche, s'adressa aussitôt à moi.

— Je n'ai rien… articula-t-il d'une voix empreinte du même désarroi que son visage. Je n'ai rien fait à personne. Qu'est-il arrivé ?

— Qui êtes-vous ? lui demandai-je sèchement.

Il se ressaisit.

— Je m'appelle Wellings. Edgar Wellings.

— C'est mon frère ! intervint Patience, qui se jeta au bras du garçon et prit sa défense : Je ne sais pas ce qu'on lui reproche mais il n'a rien fait de mal.

Elle me défiait du regard, les joues écarlates, petite mais vibrante de détermination.

— Que s'est-il passé, Ben ? me demanda à son tour Lizzie d'un ton plus mesuré.

Nous lancer dans cette discussion tous les quatre serait un désastre.

— Mesdames, j'ai vu que Slater et son cab vous attendaient dehors. Si vous voulez bien leur permettre de vous raccompagner chez vous. Peut-être voudrez-vous rester, Mr Wellings ? Il semblerait que vous pourriez nous aider.

— Je ne veux pas abandonner mon frère ! protesta furieusement Patience, qui, de toute évidence, n'avait pas la qualité qu'espéraient lui inspirer ses parents en la baptisant ainsi.

Dieu merci, Lizzie prit les choses en main.

— Allons, venez, ma chère, fit-elle en entraînant Patience hors de la cuisine.

— Asseyons-nous, Mr Wellings, l'invitai-je. Au fait, je me présente : inspecteur Ross, de la division en civil de Scotland Yard.

Il manifcsta sa surprise.

— Vous êtes donc le mari de Lizzie ?

— C'est exact mais cela n'a rien à voir avec ma présence ici.

Je lui indiquai une chaise.

Cette fois, il s'exécuta. Il ôta ses gants, les rangea dans son chapeau et, après un instant d'hésitation, déposa celui-ci sur un tabouret voisin. Je me rappelai ce qu'avait dit Britannia Scroggs à propos du jeune homme – celui-là même qui se tenait en face de moi, affirmait-elle – qu'elle avait vu s'attarder sous un bec de gaz et glisser sous son bras son chapeau de soie. Britannia avait en outre précisé que l'individu était bel homme et un « dandy ». Wellings correspondait assez bien à la description. Mais il était loin d'être le seul.

Je lui avais accordé le temps nécessaire pour qu'il reprenne ses esprits mais je ne tenais pas à lui en laisser assez pour inventer une histoire crédible.

— Bien, Mr Wellings, commençai-je. Que faites-vous ici ? Et pourquoi, j'en suis curieux, être venu en compagnie de deux dames, dont l'une n'est autre que mon épouse ?

Il me fixa, fronçant ses sourcils bruns.

— Je voulais voir Mrs Clifford. Mrs Ross et ma sœur m'ont accompagné car nous avions discuté tous les trois de… euh… la situation dans laquelle je me trouve. Où est Mrs Clifford ? s'enquit-il alors d'un ton quelque peu hésitant. La bonne a crié qu'elle était morte. Mais il doit s'agir d'une erreur.

— Elle est morte, confirmai-je. Et les indices dont nous disposons pour le moment suggèrent qu'elle a été assassinée dans son salon.

Il devint si pâle que je crus qu'il allait s'évanouir. Mais il se ressaisit.

— Quand ? demanda-t-il abruptement.

— Hier soir.

Cette fois, Wellings hocha la tête avec force.

— Non, non, hier soir, elle était vivante et en pleine santé.

— Vous paraissez très sûr de vous. Êtes-vous donc venu ici hier soir, ainsi que la bonne l'a déclaré ?

Wellings poussa un long soupir.

— Il vaut sans doute mieux que vous sachiez tout mais, en ce qui concerne son décès, je ne suis au courant de rien ! Hier soir, je suis passé la voir brièvement. À mon départ, elle était vivante, très vivante même.

— Commencez par le début, lui suggérai-je. Comment connaissiez-vous cette dame ?

— Ce n'était pas une dame ! répliqua Wellings avec une moue de mépris. Plutôt une vieille mégère cupide, sans cœur et sans scrupule.

Phipps, qui était rentré, s'était glissé dans la cuisine et adossé au mur derrière Wellings sans que celui-ci se doutât de sa présence. Mon homologue de Deptford haussa ses sourcils blonds mais, fort heureusement, demeura silencieux. Je partageais sa surprise. Wellings ne débutait pas sa défense de la meilleure des façons. Dès sa première phrase, il laissait entendre qu'il était en mauvais termes avec la victime.

Peut-être le jeune homme avait-il lui aussi compris qu'il avait parlé avec trop de franchise.

— D'ordinaire, reprit-il d'un ton compassé, on ne dit pas du mal des morts ou, du moins, pas sitôt après leur décès. Mais cette femme était une prêteuse et elle présentait tous les pires traits de cette misérable profession.

— Et c'est pour cela que vous la connaissiez ? Vous étiez l'un de ses clients ?

— Oui, avoua Wellings avec franchise.

Comme je gardais le silence, il développa :

— Je suis venu à Londres afin de poursuivre mes études à la faculté de médecine de St Bartholomew. Je suis à présent médecin assistant et je continue mon apprentissage au sein de l'hôpital lui-même.

Il marqua une pause, comme s'il s'attendait à quelque commentaire de ma part. Constatant que je me contentais d'un mouvement de tête, il reprit avec une nervosité désormais manifeste :

— Au cours de mes études, j'ai eu quelques fréquentations douteuses. Ce que vous devez comprendre,

Ross, dit-il en se penchant en avant, c'est qu'un étudiant en médecine – et un médecin plus encore – est le témoin de spectacles terribles, d'événements tragiques et éprouvants.

— Un officier de police aussi, répliquai-je sans la moindre compassion. S'il n'est pas capable de les supporter, cela veut dire qu'il n'est pas fait pour ce métier.

Il demeura un instant interdit, puis il rougit.

— Oui, bien sûr. Je ne sous-entendais pas que… Enfin, bref, peut-être me comprendrez-vous ?

— Possible, fis-je. Je vous écoute.

— Il faut pouvoir s'ôter ces choses de l'esprit, déclara Wellings. On a besoin de sortir, de se distraire, de se changer les idées, vous voyez ? Entre autres choses, je me suis lié avec une petite bande qui jouait aux cartes… pour de l'argent. Les mises étaient modestes et, au départ, cela n'avait guère d'importance si je perdais de temps à autre car il m'arrivait tout aussi souvent de gagner. Mais… les choses sont peu à peu devenues sérieuses. On m'a introduit dans des cercles où les enjeux étaient très élevés… et où ce n'étaient plus des parties entre amis. Quand je perdais, je devais payer. Bientôt, je me suis retrouvé à court d'argent. Un camarade de jeu, que je connaissais depuis mes années d'étudiant, m'a alors parlé de cette femme… celle qui vit dans cette maison. Il était disposé à me la présenter. Il me disait qu'il avait lui-même eu recours à elle et que tout s'était passé de façon très professionnelle. Comme elle habitait de l'autre côté du fleuve, ici, à Deptford, personne susceptible de me reconnaître ne serait au courant de mes visites. Et c'est ainsi que cela a commencé…

Cette fois, Wellings se tut et attendit que je parle.

— Hier soir, vous étiez venu lui emprunter de l'argent ?

Il secoua la tête avec un air misérable.

— Non, lui demander un délai supplémentaire pour lui rembourser ce que je lui devais. J'avais eu une période de déveine. J'avais continué à jouer parce que j'étais convaincu que, tôt au tard, la chance finirait par tourner. Mais cela ne s'est jamais produit.

Comme cette histoire m'était familière. Combien d'autres avant lui avaient espéré tromper le hasard. Et combien d'actes désespérés avaient trouvé là leur origine !

Wellings paraissait des plus affligés.

— Je vous jure, Ross, que j'ai commencé à me dire que j'étais maudit ! Cette femme, Mrs Clifford, fait payer des intérêts, bien entendu. C'est comme cela qu'elle gagne de l'argent. Quand je n'étais pas en mesure de la payer, ne serait-ce qu'un acompte, elle devenait désagréable. Elle menaçait d'informer le Bart's. Cela aurait ruiné ma carrière. Elle aurait été terminée avant même d'avoir commencé !

« Bien sûr, j'aurais pu aller trouver mon père, tel un mendiant, et m'expliquer. J'aurais pu lui demander de payer ce que je devais. Mais je m'y refusais. L'idée même me révoltait. Je redoutais sa colère, plus encore sa déception. Je pensais, j'espérais qu'il y aurait une autre solution.

— Laquelle ?

Il devint écarlate et baissa les yeux sur ses mains jointes.

— Vous allez me prendre pour un mufle, lâcha-t-il timidement. Et vous aurez raison car c'est ce que je suis. Je ne peux pas prétendre le contraire. Voyez-vous, ma sœur Patience…

Il s'interrompit et leva vers moi un regard interrogatif.

J'acquiesçai d'un signe de tête.

— Je connais Miss Wellings.

— Elle est fiancée avec un dénommé Carterton. C'est le représentant de notre ville au Parlement. Patience dispose d'un peu d'argent en propre. Il lui a été légué par notre grand-mère. Le testament stipulait que si Patience se fiançait avant ses vingt et un ans, elle pourrait disposer de la somme pour son trousseau, les préparatifs du mariage et tout le reste. Ma grand-mère voulait être certaine que Patience conserve ses perspectives intactes au cas où les affaires de mon père péricliteraient. Dans le commerce ou l'industrie, une telle éventualité est toujours possible. Mon père n'est pas un propriétaire terrien qui garde toujours la possibilité de vendre quelques arpents en cas de besoin. Mais, fort heureusement, ses affaires ont au contraire prospéré, si bien qu'il a largement les moyens d'offrir un beau mariage à Patience. Celle-ci n'ayant donc pas besoin de son argent dans l'immédiat, j'ai pensé…

Sa voix s'éteignit.

Dans son dos, je vis Phipps froncer les sourcils. Il s'abstint cependant de tout commentaire.

— Vous envisagiez d'emprunter à votre sœur l'argent destiné à son « coffre d'espérance », comme on dit parfois.

Il releva les yeux et son regard croisa le mien.

— Oui, lâcha-t-il simplement. Je vois bien que vous me tenez pour une canaille et je ne vous en blâme pas. Je l'aurais remboursée. Une fois établi comme médecin, j'en aurais eu les moyens. Il aurait peut-être fallu attendre quelques années mais, puisque les choses restaient dans la famille, cela n'aurait pas posé de problème et ma sœur aurait fini par récupérer son argent. La situation n'aurait rien eu à voir avec celle dans laquelle je me trouve avec Mrs Clifford.

— Et Miss Wellings a-t-elle accepté de vous prêter la somme nécessaire ?

— Non, avoua le jeune homme, mortifié. Elle a refusé. Elle m'a incité à aller trouver notre père. Il me fallait tout lui confesser et implorer sa miséricorde.

« Sage petite », pensai-je. Si elle avait consenti à secourir ce panier percé, elle n'aurait jamais revu un sou, si brillante que pourrait être par ailleurs la carrière médicale du garçon. Ce genre d'individu avait des dettes toute sa vie.

— Parlons maintenant d'hier soir, lui dis-je. Pourquoi êtes-vous venu voir Mrs Clifford ? Pour lui expliquer que vous étiez incapable de la payer ?

— Oui et non, répondit le jeune Wellings. Voyez-vous, je pensais que Patience céderait tôt ou tard. En insistant, j'étais persuadé de finir par la convaincre.

Dans son dos, Phipps arborait désormais une mine si outragée qu'avec ses traits et son poil de renard il semblait véritablement sur le point de lui sauter à la gorge.

Je commençais à me dire que Frank Carterton s'apprêtait à hériter du genre de beau-frère qu'un homme qui se destine à une carrière politique ne souhaite en aucun cas avoir. Lizzie en serait contrariée. Et tout ce qui la contrarie me contrarie moi aussi.

— Mrs Clifford doit – ou devait – sans doute posséder quelque document attestant de votre dette envers elle. Une sorte de reçu peut-être ?

— Oui, oui, maugréa-t-il avec humeur. Elle avait des bordereaux à cet effet imprimés d'avance, comme la bonne femme d'affaires qu'elle était. Y étaient indiqués la somme empruntée, les intérêts qui s'y ajouteraient et la date d'échéance. En cherchant bien, vous devriez retrouver le mien et ceux de ses autres clients.

Phipps et moi avions minutieusement fouillé la maison mais nous n'avions rien vu qui ressemblât à de telles reconnaissances de dettes. Nous avions mis la main sur le registre mais, à lui seul, il ne suffisait pas. Qu'était-il advenu de ces si importants récépissés que décrivait Wellings ?

— Comment êtes-vous venu ici hier soir ? lui demandai-je. Par quel moyen de transport, à quelle heure, et qui vous a ouvert ?

— J'ai pris le train à Charing Cross, de l'autre côté de la Tamise. Je suis descendu à la gare de New Cross.

— Vous avez conservé votre billet de retour ?

— Non. Je l'ai donné à un agent qui les recueillait à la sortie. Ensuite, depuis New Cross, j'ai gagné la rue principale de Deptford, d'où je suis venu ici. En marchant vite, ce n'est pas si loin. Je suis arrivé ici à huit heures moins vingt. Je le sais car j'ai consulté ma montre à ce moment-là. J'ai tapé au carreau juste à gauche de la porte d'entrée.

— Pour quelle raison ? Pourquoi ne pas avoir utilisé le heurtoir ?

De façon inattendue, Wellings sourit.

— Parce que la vieille était très discrète sur ses affaires. Pour être juste, ses clients ne tenaient pas non plus à se faire remarquer. Frapper à la porte par une soirée tranquille aurait attiré tous les voisins à leur fenêtre. La règle est donc – ou plutôt était, devrais-je dire – de toquer à la vitre. Si elle était dans le salon, elle n'avait qu'à s'approcher pour identifier son visiteur.

« Voilà qui explique pourquoi Britannia t'a vu ôter ton chapeau, pensai-je. Tu voulais permettre à Mrs Clifford de te reconnaître. »

— Comme il y a un réverbère juste devant la maison, elle voyait sans difficulté qui se trouvait dehors, précisa Wellings, confirmant ma théorie. Si elle acceptait de vous recevoir, elle vous ouvrait. Sinon, elle vous faisait signe de vous en aller. Et si elle ne venait pas à la fenêtre, cela signifiait qu'elle n'était pas chez elle et il était inutile d'attendre. Hier, elle m'a fait entrer et nous sommes allés dans le salon. C'était là qu'elle faisait toutes ses affaires. Avant de me retrouver ici avec vous (il désigna d'un geste la cuisine), je n'avais vu aucune autre pièce de la maison. Uniquement le couloir et le salon.

Il s'interrompit.

— Et vous dites que c'est là… qu'elle a…

— Des indices suggèrent une agression meurtrière, coupai-je.

— Quand je suis parti, elle était bien vivante, s'obstina-t-il. Comment vous convaincre ? Je ne peux que vous répéter la vérité.

— Nous en étions au moment où elle vous a conduit dans le salon… le repris-je.

— Oh, oui. Eh bien, nous avons discuté… euh, de façon véhémente. Je lui ai expliqué que je pouvais peut-être obtenir l'argent d'un des membres de ma famille, sans mentionner ma sœur ni laisser comprendre que la personne en question était une femme. Par conséquent, ai-je plaidé, elle n'avait aucune raison de me menacer de tout révéler au Bart's. Elle m'a ri au nez de la plus désagréable des façons. On aurait juré entendre un vieux volet rouillé. Elle m'a dit : « Les jeunes mirliflors comme toi, leur famille finit toujours par payer. Je suis sûre que, chez toi, on met les plus grands espoirs en toi. Dis à ce parent, quel qu'il soit, que tu as dix jours. Cela lui laisse tout le temps de réunir la somme. »

« J'ai essayé de lui faire comprendre que cela prendrait sans doute un peu plus de temps. Après tout, je n'avais pas encore réussi à persuader Patience. Mais la Clifford ne voulait rien savoir. Elle m'a plus ou moins jeté dehors. Je n'ai pas insisté et je suis parti.

— Mais vous reconnaissez vous être querellé avec elle. Des paroles virulentes ont été échangées, des menaces. Ce n'est pas allé plus loin ?

— Ce n'était pas une innocente visite de courtoisie ! s'emporta Wellings dont les joues s'empourprèrent.

Puis il esquissa un geste d'apaisement et reprit d'un ton plus calme :

— Je vous prie de m'excuser. Oui, nous avons eu des mots. Elle se montrait si intransigeante et déraisonnable. Je le lui ai dit. J'étais très en colère, je ne le nie pas.

— Vous auriez même pu vous estimer dans votre droit en la frappant, suggérai-je.

— Oui, concéda le jeune Wellings en fronçant les sourcils. Comme n'importe qui à ma place. Mais je ne l'ai pas fait. Je ne suis pas resté ici plus de vingt minutes. J'ai de nouveau regardé ma montre en partant parce que je ne voulais pas rater mon train. Donc si quelqu'un est venu ici et a tué cette… l'a tuée, il est arrivé après mon départ.

J'adressai un signe à Phipps. Wellings pivota et découvrit l'inspecteur. Son visage refléta d'abord l'inquiétude, puis la colère.

— Qui est-ce ? interrogea-t-il.

— L'inspecteur Phipps, de Deptford, répondis-je. À présent, si vous voulez bien nous attendre, docteur Wellings…

Phipps et moi sortîmes dans le couloir, où nous retrouvâmes Morris. Je fermai la porte de la cuisine et pris la parole à mi-voix :

— Je vais l'emmener au Yard, en train et en cab, pour y prendre sa déposition et la lui faire signer. Vous, sergent, dis-je à Morris, allez demander à cette fille de préparer ses bagages. Un crime a été commis dans cette maison et il est impossible qu'elle reste ici. Nous ne pouvons pas prendre le risque qu'elle « fasse le ménage » ou déplace quoi que ce soit. Et nous devons aussi tenir compte de sa sécurité au cas où le tueur reviendrait sur les lieux. Il n'a peut-être pas trouvé ce qu'il cherchait.

Je me tournai vers Phipps.

— De toute évidence, il avait un but en fouillant le salon mais rien ne nous permet d'affirmer qu'il s'agissait de la cagnotte. Nous savons grâce à Wellings que les clients de Mrs Clifford signaient un reçu en bonne et due forme où figuraient la somme empruntée, les intérêts, les échéances de remboursement et, peut-être, les pénalités encourues. Je mettrais ma main au feu que la personne qui a fracturé le secrétaire cherchait celui de ces documents sur lequel figurait sa signature. Elle a peut-être pris l'argent pour masquer son intention réelle. Et si elle est repartie bredouille, elle pourrait vouloir retenter sa chance. De toute façon, la propriétaire de la maison et employeuse de Miss Scroggs est décédée. Rien ne justifie donc plus la présence ici de cette dernière.

Je m'adressai de nouveau à Morris :

— Si elle n'a pas la possibilité d'emporter toutes ses affaires, informez-la qu'elle pourra revenir plus tard, sous escorte policière, pour récupérer le reste. Qu'elle n'emporte que le nécessaire pour un jour ou deux. Ensuite, vous l'accompagnerez chez sa mère. Comme il nous faudra pouvoir la localiser facilement, si la vieille fait des difficultés, n'hésitez pas à l'intimider pour qu'elle accepte d'héberger sa fille quelque temps.

— Bien, monsieur, fit Morris avec raideur.

Il prit aussitôt la direction de l'escalier pour aller rejoindre Britannia Scroggs qui devait être en train de fulminer dans son antre sous les combles.

Puis je me retournai vers Phipps :

— Je vous serais très reconnaissant si, pendant mon absence, vous pouviez faire en sorte que des scellés soient apposés sur cette maison. J'en souhaiterais sur la porte d'entrée, sur celle du salon, sur celle de la cuisine et… sur celle qui donne sur la ruelle, au fond du jardin. Et j'aimerais aussi que la fenêtre du salon soit scellée.

— Je m'en occupe, affirma mon collègue. On pourra clouer deux ou trois planches en travers des portes du jardin et de la cuisine. On mettra des sceaux en cire sur la porte d'entrée et la fenêtre, et je laisserai un homme en faction.

Il se racla la gorge et ajouta d'un ton dégagé :

— Vous n'avez pas dit à ce jeune homme que le corps avait été découvert à Skinner's Yard…

— Non. S'il est innocent, laissons-le croire qu'on l'a trouvé ici, sur le lieu même de son agression. Et s'il est coupable, il se demandera pourquoi nous avons passé cela sous silence. Cela l'inquiétera et il ne saura pas quelle histoire nous raconter.

Comme je m'apprêtais à partir en compagnie de Wellings, un cri strident et inhumain retentit au-dessus de nos têtes.

— Comment ça, aller vivre chez ma mère ? vociféra Britannia. Comment voulez-vous ? Elle n'a qu'une petite pièce et un lit minuscule ! Où je vais dormir, moi ? Par terre ? Et si elle veut pas de moi, qu'est-ce que je ferai ?

Devant la maison, quelques curieux s'attardaient encore, pleins d'espoir. Lorsqu'ils virent paraître Wellings, des cris retentirent :

— C'est l'assassin ? On l'a arrêté ? Où est le panier à salade ?

Le vieillard au fauteuil roulant fut pris d'une dangereuse excitation, agitant sa canne et s'égosillant :

— À l'assassin ! À l'assassin ! Qu'on pende ce misérable !

Blanc comme un linge, Wellings paraissait terrorisé. Il y avait de quoi. Se retrouver ainsi visé par les invectives de la foule est une expérience terrible.

— Ignorez-les, lui conseillai-je.

Je lui empoignai le bras, non pour l'empêcher de fuir mais pour m'assurer qu'il ne s'effondrerait pas sur le trottoir. Il m'emboîta le pas en titubant.

J'avais craint que les badauds ne nous accompagnent, regrettant presque de n'avoir pas pris l'agent Barrett avec moi. Mais, outre que quelques-uns avaient préféré rester sur place, au cas où, la plupart renoncèrent dès le coin de la rue. Un ou deux plus tenaces nous suivirent encore un peu mais l'ennui les gagna rapidement. Après cela, en dehors de quelques regards intrigués sur le chemin, il ne resta plus qu'un gamin dépenaillé d'une dizaine d'années pour s'intéresser à nous jusqu'à la gare. Enfin, puisque Wellings n'opposait aucune résistance, il n'y avait rien à voir et lui-même finit par se lasser et nous abandonner.

À l'extérieur de la gare, je remarquai de nouveau le vieil homme au suroît, toujours le nez collé aux pavés à la recherche de bribes de tabac. L'endroit était sans doute propice. Peut-être dans sa jeunesse avait-il navigué sous les ordres de Nelson ? L'homme ne nous prêta aucune attention. Seul lui importait de remplir son petit sac de coton de précieux mégots.

CHAPITRE 7

Elizabeth Martin Ross

Patience n'était pas du tout en état de rentrer chez son oncle et sa tante à Goodge Place, aussi avais-je demandé à Wally de nous conduire chez moi. Là, Bessie et moi l'abreuvâmes de thé très fort et lui passâmes un flacon de sels sous les narines jusqu'à ce qu'elle le repousse en protestant. Enfin, j'envoyai Bessie à la taverne la plus proche pour y acheter une petite flasque de brandy.

— Il ne faut… pas boire… d'alcool, hoqueta Patience entre ses sanglots.

— C'est thérapeutique ! soutins-je avec fermeté.

Je me demandai comment elle ferait lorsque, une fois mariée avec Frank, il lui faudrait recevoir à dîner ses amis politiques. En tant qu'hôtesse, il lui serait difficile de s'abstenir de leur servir vin, porto et autres liqueurs.

Patience finit par se laisser convaincre. Elle toussa, crachota, mais le remède opéra.

— Je me sens un peu mieux, avoua-t-elle. Enfin, pas à propos de ce qui s'est passé. C'est… épouvantable ! Je ne parviens pas à y croire. Edgar n'a évidemment pas commis… n'est pas coupable de ce dont cette fille l'accuse. Il ne ferait pas de mal à une mouche !

Et puis, il est médecin. Jamais il ne tuerait quelqu'un de propos délibéré.

Cela, je le savais, ne constituait pas une garantie. Toutefois, les membres du corps médical étaient plus enclins à recourir aux poisons qu'aux objets contondants. Mais, dans son désespoir, Edgar avait-il été pris de panique au point de frapper ?

— En l'absence de démenti de sa part, nous devons accepter que votre frère se trouvait hier soir à Deptford, énonçai-je avec prudence. La bonne en paraissait tout à fait certaine. Il se rendait là-bas pour y emprunter de l'argent à Mrs Clifford, laquelle est, semble-t-il, décédée. Bien sûr, la fille peut se tromper et, depuis, Edgar a peut-être réfuté sa présence sur les lieux. Ben nous a chassées avant que nous puissions le savoir.

Il ne pouvait agir autrement mais je n'en étais pas moins contrariée.

— Même s'il y était, argua Patience avec fougue, il n'a pas pu, n'aurait pas pu, assassiner quelqu'un !

La tête de Bessie apparut à la porte du salon.

— Encore un peu de thé, mesdames ?

— Pas pour moi, merci, répondit Patience d'une voix sépulcrale. Et je ne boirai pas non plus une goutte supplémentaire de ce brandy, merci, Lizzie. Tante Pickford va le sentir à mon haleine quand je rentrerai.

Brusquement, l'effroi se lut dans son regard.

— Ô mon Dieu, mon Dieu, qu'allons-nous dire à Oncle et Tante Pickford ? Ils sauront la vérité. Si Edgar devait être emprisonné… Votre mari va-t-il l'arrêter, Lizzie ?

— Je l'ignore, lui répondis-je sans détour. C'est possible, s'il accorde foi à ce que raconte cette fille. Mais pas nécessairement. Tout dépendra, à mon avis, de ce qu'Edgar aura pu dire pour sa défense et des éclaircissements qu'il aura apportés.

— Oh, comme j'aimerais être encore là-bas, à pouvoir écouter ses explications et lui apporter mon soutien ! gémit Patience.

Je me retins de lui dire que je l'aurais souhaité aussi.

Comme Patience demeurait silencieuse, je sentis un changement s'opérer dans son humeur.

— Lizzie, fit-elle, soudain très calme, nous devons aller prévenir Frank. Tout de suite, sans attendre une minute de plus.

— Il est peut-être au Parlement, objectai-je. S'il y a une séance de la Chambre…

— Nous essaierons son appartement. Votre domestique peut-elle nous retrouver ce cocher ?

J'ordonnai à Bessie de se mettre aussitôt en quête d'un cab, si possible celui de Wally. Je fis quant à moi chauffer de l'eau pour permettre à Patience de faire un brin de toilette. Puis je l'aidai à peigner et remettre ses cheveux en place. Le temps d'en avoir fini, la jeune fille avait retrouvé dans la voix et dans l'apparence son aplomb habituel.

Bessie réapparut, éclatante de triomphe.

— Il était au pub, précisa-t-elle. Mais je l'en ai sorti en un tournemain. Sa voiture attend dehors.

Nous retrouvâmes Wally dans la rue. Il était encore tôt mais le jour faiblissait déjà.

— Ni lui – je veux parler de mon cheval – ni moi n'avons pour ainsi dire dîné, se plaignit le cocher.

— Je suis désolée, Mr Slater, m'excusai-je. C'est une urgence.

— Quand on fait appel à eux, les Slater répondent toujours présent ! s'enorgueillit Wally. J'avais un oncle qui avait fait toute la campagne d'Espagne avec Wellington. Vous pouvez compter sur les Slater. Sonnez trompettes et nous voilà, prêts à en découdre !

— Il est amusant, me glissa Patience une fois dans le cab, mais il est si effrayant que je me demande s'il a des clients ! Malgré cela, il est très… très serviable, n'est-ce pas ?

J'acquiesçai. Wally était en effet à la fois attentionné et digne de confiance. J'omis cependant d'ajouter que son envolée sur son sens atavique du devoir me suggérait qu'il avait aussi vidé une ou deux pintes avant que Bessie ne l'arrache à la taverne. J'espérais que sa conduite n'en serait pas affectée.

* * *

Frank Carterton s'était déniché un confortable meublé au deuxième étage d'une élégante maison sur Bedford Square. Nous l'y trouvâmes, étendu les pieds en l'air sur une méridienne, en gilet et bras de chemise, en train de lire son courrier.

— Sacré bon sang ! s'exclama-t-il quand sa logeuse nous fit entrer. Je voulais dire… quelle bonne surprise !

Il nous embrassa toutes les deux sur les joues avec davantage d'empressement cependant pour Patience que pour moi.

— Nous ne voulions pas vous déranger, Frank, déclarai-je en indiquant la correspondance dispersée sur le tapis.

— Oh, ne vous en faites pas pour ça, fit-il avec désinvolture. Un électeur…

Il rassembla les lettres et les posa sur une table.

— Je vais faire préparer du thé.

En contemplant le salon de Frank pendant qu'il s'occupait de nos rafraîchissements, je me demandais quel pouvait être le loyer d'un tel logement.

Il avait besoin d'une adresse respectable et d'un certain prestige. Je me souvins de ce que m'avait dit Patience : après leur mariage, il leur faudrait entretenir deux maisons, l'une à Londres et l'autre dans sa circonscription. L'héritage de la grand-mère de Patience ne serait pas de trop. Edgar était-il incapable de s'en rendre compte ? Ou était-il trop accaparé par ses propres soucis ?

J'en vins à la conclusion qu'Edgar Wellings, quoique sympathique, avait été choyé à l'excès par une famille aimante. Il était arrivé à Londres sans avoir conscience que les gens ne le traiteraient pas avec la même affectueuse indulgence. Il découvrait maintenant d'une façon brutale combien le monde est cruel et impitoyable, particulièrement avec les jeunes hommes frivoles et dépensiers.

Je ne doutais pas qu'il deviendrait un jour un excellent médecin. Son intelligence n'était pas en cause. Mais il n'avait aucun sens commun et je me demandais s'il en acquerrait jamais. Il avait débuté dans la vie en contractant des dettes de jeu et il se trouvait à présent mêlé à cette sordide affaire de Deptford. Durant notre brève conversation au cours du petit déjeuner, Ben m'avait parlé d'une nouvelle enquête sur un meurtre, et cette bonne quasi hystérique avait proféré à l'encontre d'Edgar de folles et incroyables accusations. Qu'allions-nous dire à Frank ?

Celui-ci réapparut, rajustant sa veste.

— Mesdemoiselles, le thé nous sera servi dans un instant, déclara-t-il. Je suis bien entendu enchanté de vous voir l'une et l'autre, mais aussi, dois-je vous avouer, quelque peu déconcerté. Rien d'urgent concernant Tante Julia ? s'inquiéta-t-il en se tournant vers moi.

— Oh non, Mrs Parry se porte à merveille, le rassurai-je. Tout juste est-elle un peu chagrine à cause du régime que lui impose son médecin.

— Oh, ce régime ! fit Frank avec un grand geste de lassitude. Elle s'en plaint presque sans arrêt. Elle doit le suivre, je le lui ai dit. C'est pour son bien.

Un coup frappé à la porte annonça l'arrivée du plateau du thé. Nous patientâmes le temps que la logeuse le déposât, puis, une fois qu'elle fut repartie, Patience prit l'initiative de remplir les tasses. Je devinais qu'elle n'était pas pressée d'exposer à Frank la délicate raison de notre visite. Peut-être espérait-elle me voir prendre les devants.

J'observai du coin de l'œil Frank qui regardait avec fierté sa promise faire la démonstration de son adresse à manier la théière sans pratiquement rien renverser dans les soucoupes. Il venait de passer le cap de la trentaine. C'était jeune pour débuter une carrière de parlementaire mais ses voyages diplomatiques, en Russie d'abord puis en Chine, l'avaient mûri. Ce n'était plus le garnement dont j'avais fait la connaissance à peine quatre ans auparavant. Il avait aussi renoncé à ses costumes de dandy et cessé de boucler ses cheveux au fer. (Il me sembla toutefois qu'il avait profité d'aller enfiler sa veste pour se recoiffer.)

J'avais peut-être été trop dure dans mon jugement initial sur Edgar Wellings. Qui sait s'il n'apprendrait pas lui aussi de ses expériences ? Mais, bien que je souhaitasse de tout cœur me tromper à son sujet, je ne pouvais me départir de mes doutes.

Patience reposa la théière d'une main tremblante et leva vers moi des yeux suppliants. Elle implorait ce qu'elle était venue chercher auprès de moi : de l'aide.

— Frank, commençai-je, nous n'ignorons pas vos soucis et nous savons à quel point vous êtes débordé.

Mais il y a quelque chose dont nous souhaiterions vous parler. Patience ne voulait pas vous déranger inutilement mais la situation a évolué…

— De quoi s'agit-il ? s'enquit Frank, qui se tourna vers sa fiancée et lui demanda avec un sourire : Tu ne te serais pas attiré des ennuis dans la grande ville, Patience ?

— Non, répondit tristement la jeune fille. Pas moi. Edgar.

Elle lui livra alors toute l'histoire, jusque dans le moindre détail, à l'exception du fait qu'Edgar lui avait demandé de l'argent. Pendant le trajet, Patience et moi étions convenues que ce chapitre était clos puisqu'elle avait refusé. Frank n'avait pas besoin d'être importuné avec cela. Il y avait déjà assez de choses à lui révéler.

Frank écouta sans un mot, puis il se leva et alla à la fenêtre, d'où il contempla la place en contrebas, les mains jointes derrière le dos.

Patience endura ce silence aussi longtemps qu'elle le put avant d'éclater en sanglots.

— Oh, Frank, je suis tellement désolée !

— Ce n'est pas ta faute, répliqua Frank sans se retourner.

— Je n'aurais pas dû attendre pour te prévenir.

Patience me supplia du regard.

— Frank, intervins-je avec douceur, Patience est bouleversée.

Frank pivota, se dirigea vivement vers sa fiancée, s'accroupit devant elle et lui saisit les mains.

— Allons, fit-il. Ne pleure pas. Une seule de tes larmes suffit à me rendre malade.

— Oh, Frank ! s'écria Patience en riant malgré sa détresse.

Frank lui tapota la main et se pencha pour l'embrasser de nouveau, cette fois sur le front. Puis il se tourna vers moi.

— Il faudrait que j'aie une conversation avec Ross, dit-il. Mais ce ne sera sans doute pas si simple. Je ne peux pas m'immiscer dans une enquête policière.

— Laissez-moi d'abord lui parler ce soir, suggérai-je. Il ne me révélera rien qui ne lui soit permis, bien sûr, mais je lui expliquerai que Patience et moi sommes venues vous rendre visite pour vous avertir. Nous n'avons entendu que les accusations de la domestique. Elle a pu se méprendre. Je ne vois pas d'autre explication.

Patience se redressa.

— Jamais Edgar ne commettrait un meurtre ! Cette femme avait à moitié perdu la raison. Je ne sais pas si c'est à cause du choc qu'elle a proféré de si épouvantables accusations, ou si elle est simple d'esprit, mais elle disait vraiment n'importe quoi !

— À présent, je vous serais obligé de raccompagner Patience à Goodge Place, me dit Frank. En fait, je vais même venir avec vous. Il faut que quelqu'un mette les Pickford au courant.

— Oh non, j'avais oublié Oncle et Tante Pickford, gémit Patience.

— Je me charge d'eux, déclara Frank avec fermeté. Et maintenant, en route. Je dois être ce soir à la Chambre.

À Goodge Place, Frank aida Patience à descendre de voiture.

— Slater va vous reconduire chez vous, Lizzie, précisa-t-il. Et merci, ma chère, d'être pour Patience une amie si dévouée. Je suis désolé si cela vous met dans une position délicate vis-à-vis de Ross.

Il alla trouver Wally pour lui donner ses instructions mais aussi, je m'en aperçus, pour régler notre course. Lorsqu'il reparut à la portière, il m'informa que le cocher avait été payé jusqu'à la fin de la journée.

— Frank, je n'attendais pas cela de vous ! protestai-je.

— Taisez-vous, vous n'êtes pour rien dans toute cette affaire. Patience et moi vous sommes des plus reconnaissants. À présent, allons débusquer les Pickford dans leur tanière !

Et tandis que Patience et lui s'apprêtaient à relever le périlleux défi d'annoncer la mauvaise nouvelle à Goodge Place, Wally et le pauvre Victor me ramenaient à la maison.

CHAPITRE 8

Inspecteur Benjamin Ross

Lorsque nous arrivâmes au Yard, Wellings s'effondra sur une chaise et me dévisagea d'un œil effaré.

— Ce vieil homme, balbutia-t-il, il voulait qu'on me pende !

— À mon avis, vous êtes loin d'être le seul qu'il enverrait à l'échafaud, observai-je. Ce genre de vieillard est obsédé par la loi et l'ordre, et considère que les coupables devraient tous être châtiés avec la dernière sévérité. Les individus tels que lui refusent d'entendre parler de réforme pénitentiaire ou d'allègement des peines. Ne pensez plus à lui.

Il se frictionna le front et murmura :

— Comment le pourrais-je ? Ô Seigneur ! Elle était vivante quand je l'ai quittée, je vous le jure.

Je lui expliquai qu'il lui fallait de nouveau raconter tout ce qui s'était passé, sans omettre aucun détail, pour que l'agent Biddle puisse le consigner.

Sous la dictée, Biddle nota son témoignage d'une écriture lente et appliquée. Une ou deux fois, Wellings montra des signes d'impatience mais, en fin de compte, nous recueillîmes toute l'histoire et Wellings signa.

— Et maintenant ? me demanda-t-il avec appréhension. Suis-je en état d'arrestation ?

— Non, vous êtes libre de vous en aller. Si vous deviez être inculpé, je vous placerais en détention. L'hôpital en serait informé. De même, si vous décidez tout à coup de quitter Londres, le Bart's le saura et cela mettra un terme à votre carrière médicale. C'est pourquoi je ne crains pas que vous vous enfuyiez. Vous devez rester en ville. C'est compris ? Inutile d'inventer un parent malade ou je ne sais quelle urgence qui vous rappellerait chez vous.

— Je ne compte aller nulle part ! rétorqua sèchement Wellings avant de se laisser aller à un profond soupir. Ça se présente mal pour moi, n'est-ce pas ? Je me trouvais là-bas hier soir et la bonne m'y a vu. Je le reconnais. Tout comme je reconnais que Clifford et moi avons échangé des propos peu amènes. Mais vous devez me croire sur parole quand je vous dis que je ne l'ai pas laissée pour morte sur le tapis.

— Oh, cela, je le sais, lui dis-je.

Je tendis la main pour arrêter les mots qui s'apprêtaient à jaillir de sa bouche et éteindre la lueur d'espoir qui déjà s'allumait dans ses yeux.

— Je sais que vous ne l'avez pas abandonnée sur le tapis, rien de plus. En revanche, j'ignore encore si vous l'avez frappée, peut-être mortellement.

Wellings venait de comprendre qu'on avait omis de lui communiquer une information capitale.

— Qu'est-ce que cela veut dire ? demanda-t-il de but en blanc.

— Cela veut dire que, bien que nous ayons de bonnes raisons de penser qu'elle a été sauvagement agressée dans son salon, ce n'est pas là que nous l'avons découverte. On l'a trouvée ailleurs.

— Ailleurs ? s'écria Wellings en se levant d'un bond.

Le visage inquiet de Biddle apparut à la porte. Je lui fis signe de disparaître.

— Rasseyez-vous, docteur Wellings, et reprenez votre calme. Le corps de Mrs Clifford a été découvert tard hier soir sur un terrain vague appelé Skinner's Yard et situé à un demi-mile environ de chez elle.

Wellings demeura quelques instants silencieux sur son siège. Puis il me dit d'un ton meurtri :

— Vous n'avez pas été franc avec moi, inspecteur Ross.

— J'enquête sur un meurtre, docteur Wellings. Il ne s'agit pas d'une conversation entre amis.

Il rougit.

— Mais vous me laissez croire qu'on me suspecte de l'avoir tuée ! Dois-je maintenant considérer qu'après mon départ cette femme a, pour une raison inconnue, quitté son domicile et trouvé la mort sur ce terrain vague, peut-être victime d'un vol qui aurait mal tourné ? Non, non, se corrigea-t-il aussitôt. C'est vrai, vous m'avez affirmé qu'elle avait sans doute été agressée chez elle. Puis-je vous demander d'où vous vient cette certitude ?

— De taches de sang sur le tapis, entre autres indices.

Je n'avais aucune raison de lui parler du secrétaire mis à sac.

— Alors je suis disculpé ! s'exclama-t-il avec soulagement. Pourquoi diable m'avoir contraint à dicter à votre agent cette interminable déposition ?

— Parce que votre témoignage est essentiel pour l'enquête. Vous étiez sur les lieux, vous l'avez admis vous-même. Comme vous le savez, la bonne vous a vu. Vous vous êtes querellé avec Mrs Clifford. Cela fait toujours de vous un suspect, dois-je insister. Ne sortez pas d'ici en considérant qu'il en va différemment. Vous êtes loin d'être « disculpé », comme vous le dites.

Toutefois Wellings avait repris confiance et, dans un brusque changement d'humeur, il se mit en colère.

— Écoutez, j'aurais été tout à fait incapable de charger Clifford sur mon épaule et de la trimballer dans la rue ! Je n'ai aucune idée de l'endroit où se trouve Skinner's Yard. Et puis on m'aurait vu en chemin. Deptford n'a rien d'un petit coin tranquille, Ross.

Il marqua une pause et fronça les sourcils.

— Voyons, elle a dû être attaquée à son domicile. D'après ce que vous dites, les symptômes – je veux dire, les indices – ne suggèrent pas autre chose. Mais sa blessure n'était pas fatale, sans quoi jamais elle n'aurait pu se relever, sortir de chez elle et, comme cela s'est sans doute passé, aller jusqu'à l'endroit où elle est morte.

Je demeurai silencieux. Wellings me dévisageait et, quand il reprit la parole, le ton de sa voix indiquait qu'il avait surmonté sa panique initiale et qu'il avait désormais recouvré son sang-froid. J'avais maintenant devant moi un médecin confronté à un diagnostic difficile.

— Les personnes grièvement blessées sont capables d'accomplir des efforts surhumains. À l'hôpital, il n'est pas rare de voir dans nos services des victimes d'accidents qui se présentent à nous sur leurs deux jambes malgré d'importantes lésions au niveau des organes ou d'autres parties du corps. Pas plus tard que la semaine dernière, nous avons vu arriver un homme avec un couteau planté dans le crâne.

Je fus presque tenté de sourire car Edgar Wellings n'avait décidément aucun instinct de conservation. Un peu plus tôt, il avait insisté sur le fait que la découverte du cadavre de la prêteuse loin de chez elle l'innocentait. Et voilà qu'il clamait que, même dans un état grave, elle aurait été capable de quitter son domicile.

— Donc votre opinion de médecin est que Mrs Clifford, en dépit d'une profonde blessure à la tête, aurait pu se rendre jusqu'à Skinner's Yard ?

Mais Wellings n'était pas naïf à ce point – ou alors, il avait enfin repris possession de toutes ses facultés.

— On peut concevoir qu'un blessé accomplisse des miracles pour trouver une assistance médicale mais, si cette femme était aussi sévèrement atteinte que vous le suggérez et se vidait de son sang, jamais elle n'aurait pu aller si loin sans aide. Écoutez, Ross, vous dites qu'on l'a retrouvée sur une sorte de terrain vague. Était-elle – enfin, sa dépouille… – habillée pour sortir ? Avait-elle un chapeau ? Un manteau ? Quoi que ce soit de ce genre ? Il faisait froid hier soir.

— Non, elle était vêtue comme elle l'aurait été chez elle, en robe, l'informai-je.

Voir Wellings tiraillé entre la nécessité de se défendre et l'envie de spéculer était des plus fascinants.

— Elle n'aurait jamais mis le pied dehors sans châle ni couvre-chef, au minimum, marmonna-t-il.

— Sauf si son seul but était de trouver du secours, objectai-je.

— Exact, eut-il l'amabilité de me concéder. Mais dans ce cas, pourquoi ne pas s'être tout simplement adressée à un voisin ?

Il était temps de lui rappeler que c'était moi qui posais les questions.

— Lorsque vous l'avez vue, vous rappelez-vous si elle portait des bijoux ?

Il manifesta sa surprise.

— Je ne m'en suis pas préoccupé. J'étais là pour parler affaires. Oh, elle avait une petite montre de gousset. Je m'en souviens parce qu'elle l'a regardée pendant que j'essayais de m'expliquer. Je ne pourrais jurer de rien d'autre.

Ce détail m'intrigua.

— Elle a consulté sa montre ? Était-ce vers le début ou la fin de votre conversation ? Vous a-t-elle donné l'impression d'attendre un autre visiteur ?

— C'était peu avant mon départ. Je dois avouer, me déclara le jeune homme avec franchise, que j'ai interprété cela comme le signe que je lui faisais perdre son temps et qu'elle n'avait plus rien à me dire.

— C'est aussi une possibilité, fis-je, songeur. Portait-elle des boucles d'oreilles ?

Il parut plus interloqué encore par ce qu'il considérait à l'évidence comme des questions tout à fait sans importance.

— Je vous l'ai dit, je ne pourrais jurer de rien d'autre que de la montre. Je n'étais pas d'humeur à me soucier de ses bijoux ! Sapristi, pour quelle raison cela vous intéresse-t-il ?

Je n'avais aucune intention de satisfaire sa curiosité.

— Projetez votre esprit dans le passé et faites lentement défiler vos souvenirs devant vos yeux, lui proposai-je. Si vous le pouvez, visualisez-les comme des scènes figées dans le temps, comme des images au travers d'une lanterne magique.

La réaction de Wellings à cette suggestion fut des plus inattendues. Alors qu'il avait de toute évidence estimé jusque-là que je lui faisais perdre son temps en prenant un malin plaisir à le tourmenter, il sourit et ne put bientôt plus contenir son enthousiasme.

— Oui, oui, une lanterne magique ! Excellente analogie ! Je m'intéresse de très près au fonctionnement du cerveau humain, vous savez, fit-il avec sérieux. Du point de vue médical, bien entendu. Que nous rappelons-nous véritablement ? Et que croyons-nous seulement nous rappeler ? Il est très facile de s'embrouiller dans ses souvenirs lorsqu'on les prend comme ils viennent, n'est-ce pas ? Mais redonner un semblant d'ordre à ces fragments épars de mémoire, de la même façon que l'on peut reconstituer un récit à partir des plaques d'une lanterne magique, voilà, voilà qui est très astucieux !

Il m'adressa un sourire radieux.

— Il faudra que j'écrive un article là-dessus, soyez-en sûr ! C'est une idée remarquable, Ross ! Comment diable n'y ai-je jamais pensé ?

C'était à mon tour d'être déconcerté.

— Mon intention n'est pas de vous embrouiller, pas plus que je ne vous demande d'inventer ou de laisser libre cours à votre imagination, l'avertis-je. J'ai déjà assez de témoins qui le font dans chacune de mes enquêtes. Certains vont jusqu'à soutenir des invraisemblances grossières pour la seule raison qu'ils se sont persuadés de leur véracité.

— Oui, oui ! acquiesça Wellings, qui se pencha en avant, tout à fait passionné. Il y a les vrais souvenirs et les faux. Et je crois, comme vous semble-t-il, qu'il existe aussi une mémoire enfouie. C'est celle-là que vous souhaitiez que je retrouve lorsque vous m'avez invité à envisager la scène comme une série de plaques de lanterne magique. Le sujet peut avoir su – ou vu – quelque chose qu'il a depuis oublié. Et puis il y a aussi, selon moi, une mémoire apprise. Le sujet est convaincu de quelque chose qui, pourtant, ne s'est peut-être jamais produit.

Wellings semblait si heureux de discuter de ses théories qu'il paraissait devoir continuer tant que je ne l'interromprais pas. Étant donné ses compétences médicales, peut-être avais-je été imprudent de le lancer sur cette voie. Aussi mis-je sans tarder le holà pour le ramener à ce qui m'intéressait.

— En effet, en effet… Mais laissez-moi vous poser une question. Quand vous êtes arrivé devant la porte de la maison, vous avez ôté votre chapeau de manière qu'elle puisse voir votre visage à la fenêtre une fois que vous auriez toqué au carreau, c'est cela ?

Il opina du chef.

— Tout à fait.

— Quelle a été sa réaction lorsqu'elle a vu que c'était vous ? Vous a-t-elle semblé surprise ? En colère ? Déçue ?

— Contrariée, répondit Wellings. Mais juste un instant. Elle a écarté le rideau, a regardé au-dehors, m'a reconnu, a grimacé et s'est détournée de la fenêtre. Pour être franc, je n'étais pas sûr de son intention de me laisser entrer. Mais j'ai attendu. Très peu de temps après, elle m'a ouvert, m'a attiré précipitamment à l'intérieur, puis elle a claqué la porte derrière moi.

— Précipitamment ? Pourquoi une telle hâte ?

— Pour que les voisins ne me voient pas, j'imagine.

Cela confirmait les déclarations de Britannia Scroggs sur le caractère très « secret » de sa maîtresse.

Il n'avait rien d'autre à ajouter à sa déposition. Je m'apprêtai donc à laisser notre jeune génie de la médecine rentrer chez lui. Je lui précisai qu'il ne devait parler de tout cela à personne, notamment à ses confrères. Il lui faudrait en particulier résister à l'envie de débattre de ses théories sur les mystères du cerveau humain.

— Et essayez de ne pas non plus en parler avec votre oncle et votre tante, ou avec votre fiancée, lui recommandai-je. Ou avec mon épouse, ajoutai-je.

— Il me faudra bien leur dire quelque chose, souligna-t-il. Surtout à Oncle Pickford. Quant à ces dames, elles sont déjà au courant… du moins, en partie.

— Vous devez bien sûr informer votre oncle des faits principaux mais, en dehors de cela, précisez-lui que la police vous a demandé la discrétion. Par ailleurs, cela pourrait être le bon moment pour lui avouer vos problèmes d'argent. Je ne vois pas comment vous pourriez y couper.

Il soupira, se leva et remit son chapeau.

— Quelle sale histoire, bon sang, et penser que j'y suis mêlé ne la rend que plus déplaisante. Oui, oui, il faut que j'avertisse Oncle Pickford et que j'écrive à mon père.

Je me demandai s'il le ferait, ou s'il laisserait à Patience le soin de communiquer la mauvaise nouvelle. Le coquin était tout à fait capable de demander à sa sœur de s'en charger.

* * *

Après le départ de Wellings, et muni de sa déposition, j'allai trouver le superintendant Dunn pour lui faire part des récents développements.

— Entre nous, Ross, me dit-il, je suis tout disposé à croire l'inspecteur Phipps lorsqu'il affirme avoir aussitôt fait appel à nous parce qu'il était en sous-effectifs. Mais quand cette Britannia Scroggs est venue signaler la disparition de sa maîtresse ce matin, vous pouvez être sûr qu'il aura reconnu le nom de Clifford. Une prêteuse qui opère sur son territoire ? Impossible qu'il ne la connaisse pas ! Cela l'aura doublement soulagé de ne pas être chargé de l'enquête et d'attendre votre arrivée pour écouter ce que cette fille avait à raconter. Il ignore à qui cette femme a pu prêter de l'argent et il craindrait d'avoir à déranger dans leur salon des gens d'apparence très respectable.

Dunn s'adossa à son fauteuil et joignit devant lui ses doigts courtauds.

— Dites-moi, Ross, votre épouse connaît la sœur de Wellings ainsi que le député qu'elle doit épouser ? Cela ne va pas constituer un obstacle à votre enquête, hmm ?

— Non, monsieur, répondis-je d'un ton ferme. Et s'il m'apparaissait que ce devait être le cas, je vous en informerais.

— Il me faudrait alors vous retirer l'affaire et la confier à quelqu'un d'autre. Peut-être aurais-je même intérêt à le faire dès à présent. D'un autre côté, étant donné vos liens avec la famille, Frank Carterton ne peut pas prétendre être trop occupé pour vous recevoir. Et ni le Dr Wellings ni ses proches ne sauraient avoir d'objection à des questions à caractère personnel. Il reste une chose cependant…

Dunn me fixa par-dessus ses mains jointes.

— Vous me pardonnerez cette question mais l'expérience m'a rendu prudent. Mrs Ross ne compte pas jouer les détectives cette fois, n'est-ce pas ? Elle l'a fait par le passé et, même si j'admire son intuition et sa ténacité, je n'aimerais pas la voir s'en mêler. Vous devez le lui faire clairement comprendre, Ross.

— Oui, monsieur, je le lui dirai. (Lui dire, certes, mais de là à ce qu'elle m'écoute, c'était une autre histoire.) Quant à l'inspecteur Phipps, enchaînai-je, il me semble partagé entre le désir de ne pas avoir la responsabilité de cette affaire et le besoin naturel d'être le patron sur ses terres. Il est furieux contre Britannia Scroggs parce qu'elle ne lui a pas parlé du tapis taché de sang. Quoique, pour être plus juste, il ne lui en ait pas donné l'occasion.

Dunn frappa du plat des deux mains sur son bureau.

— Dans ce cas, il n'aurait pas dû tergiverser ! Puisqu'il nous a appelés, soit il laisse le Yard faire son travail, soit il se tient tranquille et se met à notre disposition.

Il secoua sa tête aux cheveux drus.

— Au pis, nous pourrions aussi le laisser mener l'enquête tout seul, qu'il le veuille ou non.

Il s'autorisa un gloussement avant de reprendre aussitôt son sérieux.

— Mais c'est impossible. C'est à nous, au Yard, de prendre cette affaire en main. Car nous allons être amenés, en effet, à poser nos gros croquenots sur les beaux tapis de quelques personnages influents !

* * *

Un peu plus tard, Morris était de retour, éreinté, le visage en feu, après avoir accompagné Britannia chez sa mère et fait comprendre à cette dernière que sa fille devait demeurer chez elle.

— Asseyez-vous, sergent, lui proposai-je. Racontez-moi comment vous vous en êtes sorti. Britannia est-elle en sûreté entre les mains de sa maman ?

— On peut le dire comme ça, rétorqua Morris en se laissant tomber avec reconnaissance sur une chaise en bois beaucoup trop étroite pour sa solide carrure. Eh bien, Mr Ross, voici comment ça s'est passé…

« Je ne crois pas que cette fille ait cessé un instant de parler jusqu'à ce qu'on soit arrivés. Quand je dis "parler", "crier" serait plus juste. Tout le monde pouvait l'entendre dégoiser. C'était son but, bien entendu ! Et puis, rien qu'en me regardant, on voyait bien que j'étais de la police. Alors les gens ont pensé que je l'avais arrêtée. La nouvelle a circulé. Tous les traînards se sont passé le mot. On demandait constamment ce qu'elle avait fait. Des gens sortaient des boutiques et des tavernes en courant. Tout le long du chemin, on a traîné une bande de gosses derrière nous. Tout ça a contribué à nous ralentir et il nous a fallu presque une heure pour arriver à destination.

« En découvrant la maison, j'ai eu la surprise de constater que ce devait avoir été un joli petit endroit dans le temps. Elle a dû être construite il y a un siècle environ, quand le coin était encore occupé par les maraîchers, et elle a plus l'aspect d'une chaumière que d'une maison de ville. Aujourd'hui, elle est en piteux état, parce que trop de gens y habitent, selon moi. Vous savez comment font les propriétaires, à entasser une famille dans chaque pièce. Au moment où on est arrivés, suivis de notre cortège qui sifflait et faisait un raffut de tous les diables, un type costaud est sorti de la baraque. Une véritable armoire à glace avec une casquette qui lui couvrait les oreilles et le haut du visage. Le plus drôle, monsieur, c'est qu'il ne nous a même pas jeté un regard. Il est aussitôt parti dans la direction opposée.

— Il n'était peut-être pas pressé de faire la connaissance d'un officier de police, fût-il en civil, fis-je observer.

— Tout à fait mon avis, Mr Ross. Il n'avait pas la conscience tranquille, voilà ce que j'ai pensé. Après ça, on est entrés, laissant les curieux nous attendre dehors. Mrs Scroggs a une petite chambre pour elle toute seule au rez-de-chaussée, tout comme sa fille nous l'avait dit. Ça lui fait plus de place et d'intimité qu'à d'autres. La pièce dispose d'une cheminée avec un large foyer à l'ancienne. Une flambée de misère s'y consumait sous une marmite en fer-blanc posée sur un trépied. J'ignore ce qui mijotait à l'intérieur mais il s'en dégageait une odeur si nauséabonde que je n'y aurais goûté pour rien au monde. Au-dessus de l'âtre il y a une étagère sur laquelle la vieille range sa vaisselle et ses ustensiles de cuisine. Elle dispose aussi d'une petite table bancale, d'un fauteuil dans le style gallois, d'un tabouret à trois pieds et, dans un coin, d'un tout petit lit. Scroggs devra dormir par terre. Voilà pour le mobilier. Il y avait une corde accrochée en travers de la pièce à laquelle séchait du linge. Une chemise d'homme à ce qu'il m'a semblé, et un jupon. À cause des frusques qui gouttaient par terre, l'atmosphère était humide et malsaine. Le manteau de la vieille pendait à un clou derrière la porte et, en dehors de ce dernier et du jupon humide, la mère Scroggs paraissait avoir la totalité de ses vêtements sur le dos.

« Vous pouvez imaginer la scène quand je suis entré avec Britannia. La nouvelle de notre arrivée nous avait précédés. Quelqu'un l'avait reconnue et s'était précipité pour avertir la vieille que sa fille s'était fait pincer. Quand on est arrivés, elle était dans tous ses états. Elle n'arrêtait pas de croasser : "Qu'est-ce qu'elle a donc fait ? Qu'est-ce qu'elle a donc fait ?", avant de gémir : "C'est une bonne fille, elle a rien fait de mal !"

« Britannia lui a demandé de se calmer, vu qu'elle n'avait pas été arrêtée. Puis elle lui a expliqué qu'elle avait dû quitter son logement et qu'elle venait s'installer chez elle parce que sa maîtresse avait été assassinée. Mais ça n'a fait qu'empirer les choses. "Quoi ? s'est écriée la mère. Assassinée ? Mais alors, t'as plus de travail ? Comment qu'tu vas trouver une autre place, logée et tout comme tu l'étais chez Mrs Clifford ? Et moi, comment que j'vais faire sans les deux shillings que tu me donnais pour la semaine ?"

« Et puis elle s'est laissée tomber sur le sol, s'est couvert la tête de son tablier et s'est mise à se balancer d'avant en arrière en geignant et en se lamentant. Comme Britannia n'arrivait pas à la relever, j'ai fini par lui ordonner de le faire. Alors elle s'est remise sur ses pieds en se cramponnant au bras de sa fille. Et c'est à ce moment-là qu'elle a semblé voir ses bagages pour la première fois. "Tu peux pas rester ici ! qu'elle s'est mise à hurler. Il y a pas la place." "J'ai pas le choix, a répondu Britannia. Ordre de la police." "Comment ça, ordre de la police ? Oh ? C'est c't individu-là, la police ?" Elle pointait son doigt sur moi. "De quel droit il m'oblige à te prendre chez moi ?" "Ils ont besoin de savoir où me trouver, Ma. Je peux pas rester chez Mrs Clifford puisqu'elle est morte, je te l'ai dit", a expliqué Britannia.

« Maintenant, Mr Ross, il faut que vous sachiez qu'il y a une chose que les pauvres redoutent par-dessus tout, et c'est l'hospice. Ce n'est pas juste l'endroit, vous comprenez, c'est surtout l'humiliation. Quand on n'a plus rien d'autre, l'éviter est la dernière chose à laquelle on se raccroche pour ne pas déchoir complètement. Alors quand j'ai vu que la vieille Scroggs était décidée à faire des difficultés, je suis intervenu.

« "Si vous n'avez pas la possibilité de lui fournir un toit, madame, je peux emmener votre fille à la salle commune pour ce soir. Et demain, elle n'aura qu'à solliciter une place définitive à l'hospice. Cela dans le cas où vous ne pourriez pas l'héberger une ou deux nuits, le temps pour elle de se trouver un lit quelque part et un nouvel emploi."

« "Ça va déjà être assez commode de retrouver une place en venant d'une maison où un meurtre a été commis ! a pesté Britannia. Si en plus je dois dormir dans la salle commune… Vous avez vu ce qu'on y ramène ? Les ivrognes, les mendiants, les infirmes et j'en passe. Une belle référence à présenter à un employeur ! Quant à demander une place définitive, vous pouvez y compter ! Jamais je ne travaillerai dans leur atelier. Ils m'y feraient trier de l'étoupe. C'est ça le boulot qu'on y donne."

« Mon stratagème avait fonctionné. La vieille a cessé ses jérémiades et a dit : "Personne de cette famille ira à l'hospice ! Pas tant que j'y serai pas moi-même, ce qui risque d'arriver, Britannia, si tu retrouves pas du travail pour pouvoir me donner un peu d'argent. C'est ce qui me permet de payer mon loyer ici. Mais aucun Scroggs a jamais demandé l'aumône ! Nous sommes des gens respectables."

« Pour finir, il a été convenu que Britannia resterait chez sa mère et qu'elle nous communiquera sa nouvelle adresse si elle trouve une place logée, comme la précédente. Mais, d'ici là, nous savons où elle est.

« Le plus drôle, Mr Ross, c'est que je ne peux pas m'empêcher d'avoir pitié de ces deux femmes bien qu'elles aient failli me rendre sourd avec toutes leurs criailleries. Je pense à cette pauvre vieille qui a eu sept enfants et qui, pour ses vieux jours, ne doit sa subsistance qu'aux quelques shillings que lui verse le dernier de ses rejetons qui soit en vie…

Je le coupai :

— Vous avez bien dit qu'une chemise d'homme était en train de sécher ? Mais cette pauvresse habite seule et son lit n'est même pas assez grand pour être partagé avec sa fille…

— Un ouvrier lui aura donné quelques pence pour qu'elle la lui lave, suggéra Morris après un instant de réflexion. À moins qu'elle ne la porte comme chemise de nuit… Quoi qu'il en soit, j'ai dû jouer des poings pour m'extirper de cet endroit. Une foule de gens du quartier s'était formée à la porte et jusque sur la moitié de la longueur de la rue. Quelqu'un m'a lancé du crottin mais je n'ai pas vu qui.

* * *

Vers la fin de son récit, Morris avait commencé à perdre quelque peu la voix. Je le remerciai de ses efforts et le congédiai. Je n'étais guère étonné que le sergent et Miss Scroggs aient suscité un tel remue-ménage. La scène devant la maison de Mrs Clifford m'avait rappelé combien le mot « meurtre » suffisait pour faire rappliquer une foule à la curiosité morbide. Et puis la populace ne laisse jamais passer l'occasion d'injurier la police.

Je pris le chemin de la maison en me préparant à subir à mon tour un interrogatoire. De la part de ma chère épouse.

CHAPITRE 9

Inspecteur Benjamin Ross

— Oh, Ben, comme je suis heureuse de te voir ! s'exclama Lizzie aussitôt que je passai la porte. Qu'as-tu fait à Edgar Wellings ?

Bessie s'attardait dans le vestibule avec l'intention affichée de me débarrasser de mon manteau mais, plus sûrement, pour glaner les dernières nouvelles.

— Je n'ai rien fait à ce pauvre garçon, me défendis-je. Excepté l'accompagner jusqu'au Yard et demander à Biddle de prendre sa déposition. Puis je l'ai laissé repartir.

— Oh, Dieu merci, tu ne l'as pas envoyé en prison, souffla Lizzie.

— Il mériterait d'être derrière les barreaux ! observa Bessie, qui semblait partager l'avis du vieillard à la chaise roulante.

— N'as-tu rien à faire dans la cuisine, Bessie ? la rabrouai-je.

« Il se trouve que je n'ai nul besoin de le retenir dans une cellule. Je sais où le trouver. Mais, beaucoup plus important, Lizzie, qu'as-tu fait avec Patience Wellings ?

— Nous sommes allées voir Frank. Et avant que tu ne me dises que j'aurais dû le laisser en dehors de tout cela, c'était son idée à elle. Elle ne pouvait pas le maintenir dans l'ignorance. Frank a été très bien. Il l'a accompagnée à Goodge Place pour mettre son oncle et sa tante au courant. Je suis revenue ici, aussi je ne sais pas comment ils ont pris la nouvelle. Patience est complètement bouleversée, tu t'en doutes.

— On peut gager qu'ils n'ont pas dû être enchantés, estimai-je. J'ai incité notre jeune ami à informer sa famille mais, une fois de plus, c'est sa sœur qui a retiré les marrons du feu pour lui, on dirait. Je n'ai guère de sympathie pour cet Edgar et je plains cette pauvre Patience. Quant à Carterton, il réussira d'une façon ou d'une autre à se sortir de cette histoire sans une égratignure, comme toujours. J'espère seulement qu'il ne se présentera pas au Yard pour mettre son grain de sel. Je me fiche qu'il siège au Parlement. Cette affaire regarde la police.

Je pris une profonde inspiration avant d'ajouter :

— Et, Lizzie, ma chère, cela vaut pour toi aussi. Le superintendant Dunn craint que tu n'essaies de fouiner de ton côté.

Ainsi que je m'y attendais, mon épouse ne s'en montra nullement ravie.

— Je ne vois pas du tout pourquoi il s'est senti obligé de le préciser ! répliqua-t-elle avec hauteur. Bien sûr que je sais que c'est à la police d'enquêter. C'est un crime épouvantable. Si déplaisante que semble avoir été Mrs Clifford, rien ne justifie un meurtre.

Lizzie prononça ces paroles avec un air d'inébranlable moralité. L'expression « parangon de vertu » me vint à l'esprit.

— Tu sais à quel point Dunn a tendance à s'inquiéter, arguai-je mollement. Et ce ne serait pas la première fois…

— Non sans succès dois-je te rappeler ! Cependant, poursuivit-elle en élevant la main, ne te fais aucun souci. La dernière chose que je souhaite, c'est de te causer des ennuis avec ton supérieur. Je ferai de mon mieux pour soutenir Patience, cela va de soi, puisqu'il s'agit d'une affaire privée. Une affaire de famille. Je crois d'ailleurs que je devrais passer à Goodge Place demain.

— Lizzie ! protestai-je.

Elle se pencha vers moi, devançant toute objection que j'aurais pu m'apprêter à émettre.

— Ne penses-tu donc à rien ? Il faut que quelqu'un prévienne Tante Parry !

Je devais reconnaître que j'avais complètement oublié Tante Parry.

Elizabeth Martin Ross

Le lendemain matin, je me dépêchai de me rendre à Goodge Place. Il était beaucoup trop tôt pour une visite respectable mais l'urgence commandait. On me conduisit vers le petit salon où j'avais rencontré Edgar et dont Patience semblait avoir fait son refuge personnel. Comme je m'y attendais, celle-ci ne put contenir sa joie en me voyant. Elle s'élança vers moi et m'accueillit en me prenant dans ses bras.

— Oh, Lizzie ! Je suis si contente que vous soyez venue. Ce pauvre Edgar est-il retenu prisonnier dans l'une de ces effroyables cellules ?

— Non, la rassurai-je. Ben l'a laissé repartir après lui avoir fait signer sa déposition. Mais c'est loin d'être terminé, Patience. Edgar n'est pas tiré d'affaire et Ben lui a enjoint de ne pas quitter Londres.

— Le Bart's est-il au courant ? demanda Patience avec angoisse. Ça ne serait pas pour leur plaire.

— À ma connaissance, non, personne n'a informé l'hôpital. Du moins, pas encore.

Patience afficha son soulagement.

— Je suis si heureuse qu'il n'ait pas passé la nuit en prison ; il y aurait attrapé le typhus. J'étais sur le point d'envoyer de nouveau Lucy vous porter un mot pour vous demander de venir. Cela a été épouvantable ici, absolument épouvantable ! Vous ne pouvez pas imaginer. Et le pire, c'est qu'il va falloir recommencer. Frank dit que nous devons rendre visite à Mrs Parry cet après-midi. Nous ne pouvons pas lui cacher plus longtemps la vérité. D'après Frank, cela finira de toute façon par arriver jusqu'à elle. Elle ne le lui pardonnerait jamais si elle venait à l'apprendre par quelqu'un d'autre.

J'avais déjà averti Ben à ce sujet. Même si Tante Parry préférait habituellement ignorer tout ce qui était susceptible de perturber son univers confortable, l'affaire était beaucoup trop sérieuse. Frank avait raison. Avant longtemps, la rumeur porterait la nouvelle à ses oreilles et il fallait l'y préparer.

— Frank et moi espérons de tout cœur que vous nous accompagnerez à Dorset Square, insista Patience en me conduisant vers une chaise. Mrs Parry vous écoute. Frank le dit tout le temps. Vous seriez en mesure de la tranquilliser.

— Elle m'écoute, certes, mais elle me désapprouve souvent, l'avertis-je.

— Mais Frank affirme que vous n'avez pas peur d'être franche avec elle, de ne rien lui cacher. Personne d'autre ne l'ose. Même Frank doit veiller à ses paroles. Elle lui verse une rente mensuelle, vous savez, et il en a besoin. Siéger au Parlement coûte horriblement cher.

Je retrouvai là Frank Carterton tel que je l'avais toujours connu, habile à manœuvrer sa tante dans le sens de ses intérêts. Mais s'il voyait en moi un pion docile dans son jeu, il se trompait. Patience semblait quant à elle avoir une totale confiance dans ma capacité à raisonner Tante Parry ; de cela aussi, il me faudrait la détromper. Enfin, pour ce qui était d'aider ladite Tante Parry à recouvrer son calme lorsqu'elle apprendrait le scandale qui frappait les Wellings, cela exigerait plus que mon intervention.

— Je viendrai, déclarai-je, pas seulement pour vous, ni même pour Frank, mais pour elle. Mrs Parry semble une nouvelle fois dépourvue de dame de compagnie et elle aura besoin de quelqu'un auprès d'elle. Cela va lui causer un choc terrible. J'ignore comment elle va réagir. Vous ne devez pas trop compter sur mon influence, Patience.

— Elle n'a pas de dame de compagnie, en effet. La dernière en date est partie au bout d'un mois à peine, précisa-t-elle, amusée. Frank raconte qu'elle en a eu des tas. Elles ne restent jamais. (Et, à voix basse, elle ajouta :) Il paraît que l'une d'elles a été assassinée !

— Oui, c'est exact. J'ai succédé à la malheureuse en question. C'est pour la remplacer que je suis venue à Londres, vous savez. Je ne me suis pas attardée non plus, précisai-je en m'autorisant un sourire.

Patience se redressa et croisa les mains sur ses genoux.

— Quel étrange endroit que Londres. Des gens y sont assassinés tout le temps !

— Pas tout le temps, quand même, protestai-je.

— Plus souvent que chez nous, en tout cas. Que vous a dit d'autre l'inspecteur Ross à propos d'Edgar hier soir ?

— Juste qu'il ne l'avait pas arrêté. Ben ne me confie pas les détails de ses enquêtes, vous savez. Ce ne serait pas très convenable.

Patience fit la moue.

— À votre place, je lui poserais des questions.

— Oui, j'en suis persuadée. Et je reconnais que cela m'arrive de temps à autre. Mais vous constateriez comme moi que l'on n'obtient guère de réponses satisfaisantes… quand on en obtient. Mais à présent, dites-moi comment votre oncle et votre tante ont pris la nouvelle.

Patience me fit alors son compte rendu. Je me sentis bientôt fort aise de ne pas avoir été présente. Frank et elle étaient convenus que ce serait lui qui débuterait en expliquant qu'Edgar avait contracté des dettes de jeu, essentiellement aux cartes. En conséquence, Edgar s'était retrouvé dans une position financière délicate, laquelle, il en avait conscience, aurait constitué un motif d'inquiétude pour sa famille.

— À ce stade, Frank s'est arrêté pour reprendre son souffle, indiqua Patience. Mon oncle et ma tante étaient si abasourdis qu'ils l'avaient écouté jusque-là sans mot dire. Mais ensuite, ô mon Dieu, quelle scène abominable…

Patience ferma un instant les yeux.

— Oncle Pickford a aussitôt demandé à Frank comment il était au courant de tout cela et pourquoi Edgar n'était pas là en personne pour s'expliquer. Frank a essayé de le ménager. Il lui a dit que la situation s'était quelque peu compliquée et qu'Edgar n'avait pas eu la possibilité d'être présent car il avait dû accompagner la police à Scotland Yard.

Submergée par ses souvenirs, Patience demeura quelques secondes incapable de continuer. Frank n'aurait sans doute pas pu leur apprendre la nouvelle de manière à la rendre moins dramatique.

Patience se ressaisit et reprit le fil de son récit. Elle était aussi d'avis que rien de ce qu'aurait pu dire Frank n'aurait été accueilli avec retenue. En l'occurrence, Tante Pickford s'était mise à hurler « comme une possédée », selon le mot de Frank un peu plus tard. En homme au caractère pratique, Oncle Pickford lui avait promptement demandé de contrôler ses nerfs ou de se retirer. Puis il s'était tourné vers « ce pauvre Frank » comme si « tout était sa faute ».

Pour quelle raison son neveu avait-il été emmené au Yard ? Frank lui expliqua qu'Edgar devait une importante somme d'argent à une femme demeurant à Deptford. Oncle Pickford l'interrompit pour lui demander qui elle était et ce qu'Edgar faisait à Deptford.

La femme en question était une prêteuse, lui répondit-on. À ce mot, le visage d'Oncle Pickford prit une teinte violacée et Patience craignit qu'il ne fût frappé d'apoplexie. « Pourquoi diable ce garçon est-il allé trouver une prêteuse ? S'il avait besoin d'argent, il n'avait qu'à demander à un membre de la famille, à son père ou à son oncle ! » s'écria Pickford à pleins poumons. On devait l'entendre dans toute la maison et sa femme le supplia de se modérer.

Cette prière ne fut pas mieux accueillie. « Taisez-vous, Matilda ! C'est déjà assez d'avoir à écouter Frank nous conter cette… cette histoire ahurissante. Restez assise. Patience, va t'occuper de ta tante ! »

Patience avait alors essayé à son tour d'intervenir en expliquant à quel point ce pauvre Edgar se sentait désemparé et honteux. C'était pour cela qu'il n'avait pas osé s'ouvrir plus tôt de sa situation.

Tandis qu'en arrière-plan Tante Pickford gémissait et que Patience s'efforçait de son mieux de la réconforter, Oncle Pickford s'était lancé dans une longue diatribe sur les états d'âme d'Edgar. « Désemparé ? C'est bien le moins ! Ce misérable devrait être ici, à genoux, en train d'implorer notre pardon. »

— Je ne crois pas qu'Edgar ferait jamais une chose pareille, si désolé fût-il, observa Patience. Quoi qu'il en soit, mon oncle a déclaré qu'Edgar s'était non seulement couvert de honte, mais qu'il avait attiré l'opprobre sur sa sœur, ses parents et tous les habitants de Goodge Place.

Hors d'haleine, Oncle Pickford avait fini par bafouiller, puis se retrouver à court de mots. Reprenant la parole, Frank avait dû avouer que, hélas, l'histoire ne s'arrêtait pas là. La prêteuse avait été assassinée. Et Edgar avait été conduit à Scotland Yard car une domestique employée dans la maison où s'était déroulé le crime l'accusait d'en être l'auteur.

À ce moment-là, Patience s'était précipitée pour soutenir sa tante qui paraissait sur le point de défaillir. Mais son malaise ne fut qu'éphémère, Mrs Pickford étant trop déterminée à savoir la suite pour perdre complètement ses esprits.

« Un meurtre ? tempêta Pickford. Ce garçon est-il devenu fou ? »

Tout en s'employant à réconforter sa tante, Patience était de nouveau intervenue pour affirmer qu'il était impossible qu'Edgar eût tué qui que ce soit. La bonne de Deptford s'était certainement trompée. Sur ces entrefaites, Oncle Pickford avait déclaré qu'il se rendait sur-le-champ à Scotland Yard pour exiger la libération de son neveu.

De façon héroïque et, au dire de Patience, avec une éloquence admirable, Frank avait réussi à le persuader d'attendre le lendemain.

— C'est-à-dire aujourd'hui, précisa Patience. Je dois dire que je suis certaine que Frank fera à la Chambre des discours merveilleux. Personne d'autre que lui n'aurait pu empêcher mon oncle de se ruer tête baissée à Scotland Yard dès hier soir. En revanche, il y est allé ce matin, Lizzie…

« Ô mon Dieu, pensai-je, à l'heure qu'il est, Ben doit être en train de ferrailler avec l'Oncle Pickford. » Je jetai un coup d'œil à la pendule. Mais Patience avait déjà repris son récit.

« Que vais-je écrire à mon beau-frère ? avait lancé, furieux, Oncle Pickford, campé devant la cheminée, les pouces accrochés aux emmanchures de son gilet. Comment lui avouer que toute cette pitoyable affaire a eu lieu sans que j'en aie le commencement d'un soupçon ? Mon neveu mène une vie de débauche qui le conduit à la ruine, à déshonorer la famille et même, si cela se trouve, à l'échafaud, et pas un instant je ne remarque que quelque chose ne tourne pas rond ! »

Frank avait essayé de le calmer en soulignant que rien n'aurait pu éveiller ses soupçons. Patience, outrée, déclara que l'Oncle Pickford s'était alors montré très grossier envers Frank.

— De quelle façon ? demandai-je, fascinée.

— Il a dit que notre famille était des plus honnêtes, du moins il l'avait toujours cru. Frank ne trouvait peut-être rien de curieux à ce que personne ne se rende compte de l'inconduite d'Edgar, peut-être parce qu'à Londres on voyait les choses différemment. Mais de là où nous venions, dans notre ville, les gens étaient plus regardants. Et il espérait que Frank, en tant que membre du Parlement, ferait preuve de la même vigilance lorsqu'il s'agirait de savoir ce qu'il se passait dans sa circonscription.

« À ces mots, Frank est devenu effroyablement rouge, continua Patience. Je m'attendais à une réplique cinglante de sa part. Il en aurait eu le droit mais cela n'aurait en rien arrangé la situation. Par chance, il s'est produit une… euh, diversion… qui nous a interrompus au meilleur moment.

— Comment cela, une diversion ? fis-je, intriguée.

Patience expliqua que l'Oncle Pickford, tout à son indignation et à sa colère contre Frank, ne s'était pas rendu compte à quel point il se tenait près du feu. Assise dans un coin à respirer un mouchoir imbibé d'eau de Cologne, Tante Pickford n'y avait pas non plus prêté attention. Et c'est ainsi qu'une étrange odeur de brûlé, pareille à celle du tissu roussi, avait bientôt commencé à se répandre dans la pièce.

— Nous avons alors vu de la fumée s'élever des basques de la redingote d'Oncle Pickford ! raconta Patience. Cela a suscité un certain émoi, vous imaginez. Enfin, il y avait déjà un certain émoi mais pour d'autres raisons. Ma tante s'est levée d'un bond en poussant un cri et s'est mise à hurler que mon oncle avait pris feu. Comme Frank suggérait à ce dernier d'enlever sa veste, ma tante a voulu l'aider. Cela n'a fait que le fâcher davantage et il lui a ordonné de se tenir à l'écart. Puis il a ôté lui-même son vêtement et l'a jeté, fumant, sur le tapis.

« Frank s'est saisi d'un vase et en a renversé le contenu – fleurs comprises – sur la redingote. Il a fait preuve d'une grande présence d'esprit et évité davantage de dégâts, insista la jeune fille avec un sourire satisfait. Mais je crois aussi que le geste l'a amusé.

Cela, je n'en doutais pas.

— Et ensuite ? demandai-je.

Mr Pickford était monté d'un pas rageur à l'étage chercher une autre veste pendant que Lucy était venue ramasser le vêtement endommagé.

— Elle est entrée dans la pièce à l'instant même où mon oncle en sortait, nota Patience. Il ne me surprendrait pas qu'elle écoutât à la porte. Oncle Pickford ne sera pas le seul à écrire chez nous pour raconter cette histoire. Lucy est originaire de la même ville que nous et elle informera sa mère.

Frank avait demandé à la domestique de donner en cuisine l'instruction de faire monter du thé à Mrs Pickford. En attendant, Patience s'était employée à la réconforter. Fort heureusement, le thé était arrivé très vite. Lucy l'avait apporté elle-même bien que ce ne fût pas son rôle en tant que femme de chambre. Mais elle tenait manifestement à ce que l'incident « restât dans la famille » et s'efforçait de le cacher aux autres membres du personnel.

— Elle voulait aussi demeurer auprès de ma tante mais je lui ai dit tout net que je pouvais m'en occuper.

À son retour, changé et quelque peu calmé, Mr Pickford avait trouvé tout le monde en train de boire le thé. Après avoir si mal commencé, les choses finissaient de façon à peu près convenable. Oncle Pickford avait répété qu'il se rendrait dès le lendemain matin à Scotland Yard pour exiger la libération d'Edgar. Cela ne ferait pas de mal à ce gredin, disait-il, de passer une nuit en prison à méditer sur ses écarts de conduite. Après cela, il écrirait lui-même à son beau-frère.

« Je ne serais pas étonné de voir toute la famille débarquer à Londres ! » avait-il conclu.

Voyant enfin poindre parmi tous ces événements quelque chose à quoi elle pouvait être utile, Mrs Pickford avait déclaré qu'elle demanderait à la cuisinière d'envoyer sans attendre quérir des provisions supplémentaires. S'ils avaient trois invités de plus à nourrir, il fallait que le boucher livre au moins trois beaux rôtis.

Inspecteur Benjamin Ross

Je savais que Lizzie avait l'intention de se rendre à Goodge Place dans la matinée et je me demandais dans quel état d'esprit elle trouverait ses habitants. L'oncle d'Edgar avait été mis au courant la veille au soir puisque Carterton et Patience avaient l'intention expresse de le faire lorsque Lizzie les avait quittés. Le premier réflexe de Pickford devait avoir été de se ruer à Scotland Yard. C'était un miracle s'il n'avait pas surgi dans mon bureau pendant que j'interrogeais son neveu.

Pourtant, il n'avait pas paru. Je ne pouvais hélas guère espérer que sa visite me soit encore épargnée aujourd'hui et je rassemblais déjà mes forces dans cette perspective.

Sans surprise, Biddle se présenta peu après dix heures et me fit l'annonce suivante :

— Un monsieur est ici qui demande avec insistance à vous parler, monsieur. Un dénommé Herbert Pickford. Il affirme que vous savez qui il est. Nous avons arrêté son neveu. Et il exige qu'on lui explique ce que c'est que ce satané bazar.

Biddle rougit et précisa :

— Ce sont ses paroles, monsieur, pas les miennes.

— Je comprends, Biddle. Faites-le entrer.

Je m'étais formé une image de l'oncle Pickford depuis que Lizzie m'avait appris son existence. Je l'avais imaginé grand, large d'épaules, le teint vif et plein d'assurance. Il s'enorgueillissait de parler sans détour et était aussi perméable aux émotions qu'un bloc de granit, un peu à l'image des hommes qui dirigeaient les mines de charbon lorsque, enfant, j'y travaillais. Et voilà qu'à présent je recevais en chair et en os ce personnage dans mon bureau.

Comme de juste, Pickford était corpulent, rougeaud et doté d'une paire d'yeux protubérants qui me foudroyaient sous d'épais sourcils. Mais il avait aussi une taille plutôt inférieure à la moyenne, les jambes courtes, et se tenait les pieds bien écartés pour maintenir en équilibre son ample gabarit.

En conséquence, ses mensurations semblaient identiques dans toutes les directions, ce qui lui donnait à peu près la morphologie d'un boulet de canon. Ses cheveux d'un gris métallique commençaient à se clairsemer et (peut-être pour compenser ce crâne dégarni) il arborait d'abondants favoris assortis à ses sourcils broussailleux.

— Pickford ! me lança-t-il en guise de salutation, et il se planta devant moi son chapeau de soie sous le bras, les pans de sa veste ouverts sur un gilet richement brodé, rehaussé d'une lourde chaîne de montre en or qui bâillait sur sa substantielle rotondité.

— Asseyez-vous, je vous en prie, Mr Pickford, l'invitai-je. J'ai entendu parler de vous.

— Oh, vraiment, par exemple ? rétorqua-t-il. Par mon vaurien de neveu, sans doute ?

Sans me laisser le temps de lui répondre, il me demanda à brûle-pourpoint :

— D'où êtes-vous originaire ?

— Du Derbyshire.

Cela eut l'air de lui convenir. Le boulet semblait moins proche de l'explosion. Au contraire, il opina d'un air approbateur.

— À vous entendre, je pensais bien que vous n'étiez pas de Londres. Eh bien, Mr Ross – ou inspecteur Ross, devrais-je dire –, qu'avez-vous fait de mon neveu ?

— Rien du tout. J'ai enregistré sa déposition. Je lui ai enjoint de ne parler ni à ses amis ni à qui que ce soit de l'enquête, et de ne pas quitter la capitale. Et je l'ai remis en liberté.

— Comment est-ce possible ? interrogea Pickford, déconcerté. Carterton nous a dit qu'Edgar était accusé de meurtre. Complètement absurde, bien entendu. La seule personne qu'il risquera jamais de tuer, ce sera un de ses patients, un jour ou l'autre, et encore, ce ne sera pas intentionnel. Mais, à ma connaissance, vous ne laissez pas les assassins aller et venir à leur guise. Si vous soupçonnez mon neveu d'un tel crime, pourquoi ne l'avez-vous pas mis sous les verrous ?

— Edgar Wellings poursuit ses études de médecine au Bart's et il ne fera rien qui y mettrait sa situation en péril, expliquai-je. Je suis certain qu'il ne cherchera pas à s'enfuir et, s'il le faut, je n'aurai aucun mal à le retrouver.

— Tout comme moi, assura Pickford, la mine grave. En sortant d'ici, je compte me rendre tout droit à l'hôpital pour obtenir toute l'histoire de la bouche même du gaillard.

— Ah, quant à cela, Mr Pickford, commençai-je avec précaution, oserais-je vous suggérer qu'il serait préférable pour moi – mais aussi, d'ailleurs, pour votre famille – que vous renonciez à cette démarche ?

— Que voulez-vous dire ? fit Pickford, piqué au vif.

— Songez, s'il vous plaît, à ce qu'est un hôpital, monsieur. C'est un vaste endroit où se côtoient des quantités de personnes de toutes sortes. Les patients, les infirmières et les médecins, bien sûr, mais aussi le personnel d'entretien, les gardiens, les visiteurs, les accidentés qui attendent en compagnie de leurs amis ou de leurs proches d'être soignés... Vous n'y trouveriez nulle part où aborder avec la discrétion nécessaire un sujet aussi délicat avec votre neveu. Par ailleurs, il lui serait impossible de délaisser sans une bonne raison ses obligations pour vous recevoir. La direction de l'établissement apprendrait la vérité et – n'oublions pas que nous parlons ici d'un meurtre – il serait aussitôt suspendu de ses fonctions. L'ensemble de ses collègues ainsi que le personnel infirmier seraient au courant. La rumeur se propagerait comme un feu de broussaille et se diffuserait bientôt à l'extérieur, colportée par chaque visiteur.

— Ah... murmura Pickford.

Je lui donnai le coup de grâce.

— À l'entrée des grands hôpitaux, on croise, en outre, presque toujours un journaliste en quête de l'indiscrétion qui fera un titre sensationnel dans l'édition du soir. Ce n'est pas, j'imagine, le genre de chose que vous souhaiteriez pour la réputation de votre famille.

Pickford me dévisageait avec ses yeux exorbités de façon inquiétante mais reconnut de mauvaise grâce que j'avais raison.

— Nous ne tenons pas à le faire savoir à la terre entière, c'est certain.

— Ce qui est tout à fait compréhensible, Mr Pickford. Aussi, je vous recommande plutôt de faire porter un mot à l'hôpital par une personne de confiance pour informer votre neveu que vous lui rendrez visite chez lui, une fois sa journée terminée. Ou, mieux encore, lui demandant de passer vous voir à Goodge Place, où vous seriez maître de la situation.

Cette dernière idée plut manifestement à Pickford, qui déclara :

— Fort bien. Je vais confier une lettre à son intention à un de mes employés avec pour instruction de la lui remettre en main propre.

Il m'examina un instant, puis ajouta :

— C'est un soulagement que vous ne l'ayez pas inculpé. Pensez-vous devoir en arriver là ?

— Je n'en ai aucune idée, concédai-je. L'enquête commence à peine.

— Ce garçon est un imbécile, asséna Pickford. Inutile de le nier. Mais je le croyais raisonnable et, à mon grand regret, je me suis trompé. Oh, ce n'est pas un méchant bougre et il réussit plutôt bien dans ses études. Mais jouer aux cartes et perdre son argent comme ces jeunes bons à rien qui mènent une vie de patachon…

Il renifla.

— Et pis encore, emprunter à une prêteuse ! Car c'est ce qu'il a fait, si j'ai bien compris.

— C'est ce qu'il a fait, confirmai-je.

— L'écervelé. Tout de même, une femme… Je trouve cela extraordinaire. On ne peut pas dire que ce soit un métier féminin, non ? Ça ne me surprend guère que ça se soit mal terminé pour elle. Aucun doute sur le fait qu'elle ait été assassinée ?

Il affichait une expression inquiétante. Si cela avait été quelqu'un d'autre, j'aurais juré le voir m'adresser un clin d'œil. Mais ses yeux globuleux l'empêchaient pratiquement de ciller. Il paraissait tout au contraire s'employer à faire se toucher ses paupières. Je me demandai comment il faisait au moment de s'endormir.

Je m'arrachai à cette distrayante interrogation.

— Aucun doute, monsieur, je le crains. Cette femme a succombé à une violente agression.

Pickford hocha lentement la tête d'un côté à l'autre.

— Je n'imagine pas du tout mon neveu commettre un acte pareil. Frapper une femme ? Non, monsieur, jamais il ne ferait cela. Le coupable, quel qu'il soit, pourrait aussi bien recommencer. Et ce n'est pas Edgar.

— Lui-même le nie avec la dernière énergie.

— Dans ce cas, pourquoi l'avoir arrêté ? Oui, oui, vous lui avez demandé de rester dans les parages mais j'essaie d'envisager les choses de votre point de vue. Qu'avez-vous d'autre dans votre dossier ?

Nouvelle périlleuse manœuvre des paupières.

— Un témoin à charge, monsieur. Toutefois, je ne dirais pas, à proprement parler, que je l'ai arrêté. Je l'ai interrogé sur le lieu probable du crime. Il s'y est présenté, en compagnie de votre nièce et de mon épouse, alors que nous étions en train de l'inspecter. Je l'ai ensuite invité à me suivre ici même afin de formaliser sa déposition. Vous devez admettre, Mr Pickford, qu'Edgar Wellings a un mobile incontestable. Il était dans l'incapacité de rembourser son emprunt et terrifié à l'idée que son père ne découvre sa situation. Il ne nie pas s'être trouvé sur place le soir même du crime. Le témoin que j'ai mentionné l'y a vu. Et il ne nie pas non plus s'être vivement disputé avec la victime lors de cette visite. C'est pourquoi il est important qu'il reste à Londres. J'aurai, selon toute vraisemblance, besoin de lui reparler, ne serait-ce que pour vérifier certains éléments. Ou si de nouveaux indices venaient à émerger…

Pickford tapota le bord de son chapeau de son index boudiné.

— Il doit y avoir autre chose, dit-il d'un ton perspicace. Si vous disposez d'un témoin contre lui, je vous imagine mal le laisser filer. Il y a sans doute une bonne raison pour laquelle vous ne l'avez pas flanqué hier soir dans une cellule et jeté la clé à la Tamise.

— Le corps de la victime a été déplacé.

Je ne voulais pas trop lui en dire mais Edgar lui ferait sans aucun doute part de ce détail.

— Nous ignorons dans quelles circonstances et, pour le moment, nous ne disposons d'aucun élément qui incriminerait votre neveu pour cela. Quand nous avons découvert la victime, elle se trouvait à bonne distance de chez elle, quoique toujours à Deptford.

— Quand on l'a déplacée, était-elle mourante ou aussi morte que du gibier ? demanda Pickford.

— Oh, je pense qu'elle devait être morte comme du… qu'on l'a transportée après son décès. Mais établir l'heure exacte d'un meurtre n'est pas aussi simple que beaucoup l'imaginent. Il n'est pas impossible qu'elle ait quitté son domicile fatalement blessée mais encore vivante. En revanche, il semble peu probable qu'elle ait pu aller si loin sans recevoir de l'aide.

— Drôle d'histoire, marmonna Pickford. Avec ça, qu'est-ce que je vais pouvoir dire à toutes ces dames ?

— Quelles dames ? fis-je, interdit.

— Pour le moment, je n'ai à trouver des paroles de réconfort que pour mon épouse et la petite Patience. Mais les parents du garçon vont rappliquer à Londres aussitôt qu'ils recevront ma lettre. Et mes belles-sœurs les accompagneront. Elles sont quatre, voyez-vous : Matilda, mon épouse, Dorothy, la mère d'Edgar, Caroline et Amelia. Quand elles étaient petites, on ne les connaissait que comme les sœurs Briggs, et non par leurs prénoms, tant elles étaient inséparables. On ne les voyait jamais qu'ensemble, à l'église, aux petites réunions que nous organisions dans la salle commune. Leur père était quincaillier et il avait fort bien réussi dans son métier. J'ai épousé l'une des quatre, Walter

Wellings une autre, et les deux dernières sont demeurées célibataires.

Pickford marqua une pause et sembla tout à coup se radoucir à ces souvenirs.

— C'étaient de bonnes filles, qui avaient la tête sur les épaules, et pas vilaines avec ça. C'est malheureux qu'aucun parti ne se soit présenté pour Caroline et Amelia. Je ne dis pas seulement cela parce que deux vieilles filles constituent une charge pour le reste de la famille, mais aussi parce que je suis certain qu'elles auraient fait d'admirables maîtresses de maison et je trouve ça dommage. Caroline, il y a bien un jeune gars qui avait demandé sa main. Mais le mariage ne s'est jamais fait. J'en ai été soulagé parce qu'il ne me revenait pas. Il était employé aux écritures chez un grossiste. Il voulait améliorer sa condition et il lorgnait surtout sa dot, voilà mon opinion.

Oncle Pickford – je me surpris à l'appeler ainsi dans mes pensées et je me recommandai sévèrement la prudence, sans quoi, dans un moment d'inattention, je m'adresserais à lui sous ce titre ! – Mr Pickford, donc, s'arracha à ces considérations et fixa ses gros yeux sur moi.

— Et maintenant, Caroline et Amelia sont devenues deux véritables fouines. Elles n'ont rien d'autre à faire que s'occuper de ce qui ne les regarde pas. La maison va grouiller de bonnes femmes, conclut-il d'un air accablé. Toutes à pleurnicher et à avoir des vapeurs, puis à papoter à n'en plus finir en me mettant tout sur le dos.

— Que peut-on vous reprocher, monsieur ? demandai-je, étonné.

Pickford se leva et enfonça d'une claque son chapeau sur son crâne.

— Voyez-vous, inspecteur Ross, quand je suis à Londres, j'y représente les affaires familiales. Cela fait de moi *de facto* le chef de famille ici. Je remplace mon beau-frère vis-à-vis de ses enfants. La petite Patience habite chez moi et il m'incombait de garder un œil sur le jeune Edgar. Vous ne pouvez pas imaginer, Ross. Edgar a toujours été leur préféré. Comment vais-je leur expliquer tout cela ? Croyez-moi, monsieur, je suis dans une situation infernale !

— Avez-vous déjà… euh… rencontré la tante de Mr Carterton ? Mrs Julia Parry ? lui demandai-je.

— Non. J'ai entendu parler d'elle, bien sûr, répondit Pickford, qui me lança alors un regard noir. Elle est comme les autres, c'est cela ? Prompte elle aussi à hurler et à s'évanouir ?

— Pour ce qui est de s'évanouir, je ne saurais dire. Elle a hérité, me semble-t-il, des nombreuses propriétés de feu son mari et c'est une femme avisée. Mais elle est toute dévouée à Frank. Elle ne restera sans doute pas sans réagir.

— Allons bon, lâcha Pickford d'une voix sombre. Ce Carterton, il a de l'avenir, une carrière politique en devenir. Comment tout cela va-t-il affecter son mariage avec Patience ? Aura-t-il même lieu ? Voilà qui va tracasser ces dames !

CHAPITRE 10

Inspecteur Benjamin Ross

À peine Herbert Pickford avait-il quitté mon bureau que je reçus un autre visiteur en la personne de l'émotif agent Evans.

— L'inspecteur Phipps vous adresse ses compliments, monsieur. Harry Parker a été retrouvé. Nous le retenons en ce moment même dans une cellule à Deptford au cas où vous souhaiteriez lui parler. Mr Phipps m'a demandé de vous préciser qu'il y resterait aussi longtemps que nous pourrions le garder. Mais, étant donné qu'il n'a pas commis d'autre crime que celui d'avoir ignoré nos instructions en quittant son domicile, nous ne pouvons pas l'arrêter. Et nous aurons besoin de la cellule d'ici ce soir, monsieur. On attend deux nouveaux navires, l'un en provenance de Bergen, l'autre de Hambourg.

Evans m'avait salué avant le début de son intervention et me salua de nouveau à la fin.

— Où était-il ? demandai-je.

— C'est l'agent Barrett qui lui a mis la main dessus, monsieur. Il traînait sur les docks. Il n'avait plus un sou et il cherchait de l'embauche.

Par conséquent, si Parker avait dérobé la montre, la bague et les boucles d'oreilles, il ne les avait pas vendues, pas même un seul de ces articles. La bague aurait été le choix le plus évident. L'or est facile à écouler. Mais il ne l'avait pas fait et le besoin d'argent l'avait fait sortir de son trou. Phipps avait raison : à Deptford, Parker était chez lui et, loin de son territoire familier, il dépérissait.

Donc quelqu'un d'autre avait pris les bijoux. Je me rappelai l'animation qui régnait à Deptford le soir où Morris et moi y avions été appelés. Une bonne douzaine de passants pouvait s'être aventurée dans Skinner's Yard, avoir découvert le corps et l'avoir dépouillé de ses objets de valeur avant de filer. Là-bas, personne ne souhaite avoir affaire à la police, s'il peut s'en passer. Harry Parker avait seulement joué de malchance en tombant nez à nez avec Barrett, « décidément sa bête noire », pensai-je, un sourire au coin des lèvres.

La clarté du jour me permit de mieux voir Parker que je ne l'avais pu dans l'obscurité du terrain vague, mais son apparence ne s'en trouva pas pour autant améliorée. Il paraissait même plus petit, plus tassé et, à coup sûr, plus nerveux. Il avait apporté avec lui les odeurs de sa tanière portuaire : bière éventée, huile, résidus de charbon, goudron et eau de cale. S'y mêlaient des effluves inattendus d'épices exotiques et de tabac. Quelque cargaison qu'il avait aidé à décharger… ou dans laquelle il s'était servi.

— On vous avait demandé de rester à notre disposition, lui dis-je d'un ton sévère. Pourquoi vous êtes-vous enfui ?

— Je me suis pas enfui, se défendit Parker. J'ai été contraint de quitter mon logement. Mon propriétaire voulait plus de moi.

— Quand était-ce ?

— Le soir même. Un de vos gars est venu avec moi pour voir où je créchais. Le proprio n'aime pas trop que ses locataires soient raccompagnés par la police. Il m'a demandé de partir sur-le-champ et il m'a flanqué à la porte. Il était trop tard pour me trouver une place dans un asile de nuit et j'ai dû dormir sous une porte cochère. Le lendemain, j'ai été rendre visite à mon frère à Limehouse, histoire de lui demander s'il pouvait m'héberger un moment. Mais j'ai pas réussi à trouver du travail là-bas. Alors j'ai dû revenir.

Il renifla et s'essuya le nez du revers de la main.

Il disait probablement la vérité. Quand je lui demandai où il logeait désormais, il me répondit qu'il s'était trouvé une chambre dans le coin.

— J'la partage avec deux autres types et j'aime pas trop leurs mines, ni à l'un ni à l'autre.

— Vous devez nous en donner l'adresse exacte. Et si vous déménagez, il vous faudra en informer le commissariat de Deptford. Et dire où vous allez.

Parker me considérait avec un mélange d'incompréhension et de crainte.

— Pourquoi que vous vous intéressez à moi comme ça ? J'ai rien fait.

— Vous avez découvert le corps, lui rappelai-je.

— Mais j'ai pas fait exprès ! protesta-t-il d'une voix plaintive. Je vous ai expliqué l'autre soir. J'ai trébuché dessus. J'ai cru qu'elle avait bu. Je l'ai secouée par les épaules parce que j'me disais qu'elle ferait mieux de pas rester là, dans le froid, à risquer de mourir d'une pneumonie.

— Très attentionné de votre part, répliquai-je d'un ton sec. Vous n'en auriez pas profité pour regarder si elle n'avait pas quelques objets de valeur sur elle ?

— Bien sûr que non ! se récria Parker en feignant une dignité outragée. C'est pas correct de m'accuser.

Je ne suis pas un voleur. Ça s'est passé comme je vous l'ai raconté. Je l'ai trouvée, je suis retourné dans la rue en vitesse et j'ai averti un agent.

— Vous ne l'avez pas beaucoup cherché, il me semble. Vous lui êtes rentré dedans à ce que m'a dit l'agent Barrett.

— Que je lui sois rentré dedans ou que j'aie dû courir partout pour le trouver, ça ne change rien, rétorqua Parker. Je l'ai prévenu qu'il y avait un macchabée.

Il se cala sur sa chaise et m'adressa un regard satisfait.

— C'est comme ça et vous pouvez pas prouver autre chose, conclut-il.

Certes, rien ne me permettait de le contredire mais j'étais convaincu qu'il me cachait quelque chose. Il avait eu tout loisir de cogiter et d'échafauder un récit – de son point de vue – inattaquable.

— Avez-vous reconnu de qui il s'agissait ? lui demandai-je, non parce que je m'attendais que ce fût le cas mais pour me donner le temps de réfléchir.

Sans l'avoir voulu, j'avais mis le doigt sur une faiblesse de son témoignage. Je vis passer un éclair de frayeur dans ses yeux étroits avant qu'il ne les baisse sur ses mains occupées à triturer sa casquette.

— Aucune idée, marmonna-t-il.

— Vous vous êtes tout de même rendu compte que c'était une femme.

Il me répondit d'un ton exaspéré.

— Pour sûr que je m'en suis rendu compte ! Elle portait une robe. Y a pas de réverbères dans Skinner's Yard, précisa-t-il en relevant les yeux. J'ai pas pu distinguer son visage, je le jurerais sur une pile de bibles s'il le fallait. Vous allez pas vous figurer que je connais toutes les bonnes femmes de Deptford !

Je réfléchissais à toute allure. Malgré sa conviction d'avoir parfaitement ficelé son histoire, il avait commis une erreur.

— Si ma mémoire est bonne, vous avez déclaré que vous aviez sur vous une boîte d'allumettes, repris-je.

Il ouvrit une bouche béante.

— Moi ? Non, jamais de la vie. Pour quoi faire ?

— Qu'est-ce que j'en sais ? N'importe quoi ! Mais vous nous avez dit le soir même que vous en aviez gratté une pour voir plus précisément ce sur quoi vous aviez trébuché.

— Oh oui, c'est vrai. J'avais oublié ! Oui, j'ai juste voulu savoir sur quoi j'avais failli me casser la figure. Ça m'a fait une drôle de surprise quand j'ai vu que c'était quelqu'un. Alors, oui, j'ai vérifié si elle était seulement ivre. Mais j'ai pas regardé son visage, pas de près.

Ce n'était pas de la certitude que j'entendais dans sa voix, c'était du soulagement. Je n'avais pas tiré le bon fil. Dommage, cela m'avait semblé une possibilité. Et maintenant ?

Je me penchai en avant et lui demandai en détachant bien mes mots :

— Dans ce cas, Harry, dites-moi, avez-vous vu quelque chose… ou quelqu'un ?

Cette fois, il fut incapable de masquer son effroi. Il détourna ses yeux chafouins et les dirigea vers l'angle de la pièce.

— J'ai vu personne, parole, répondit-il d'une voix sourde en s'adressant au mur. C'est pour ça que j'étais allé dans Skinner's Yard, parce que je pensais y être seul. J'avais pas l'intention d'y rester plus de cinq minutes. Jamais je me serais approché de cet endroit si j'avais su ce qui allait m'arriver.

Il avait recouvré son sang-froid. Il reporta son regard sur moi. Ses petits yeux sombres, si semblables à ceux d'un rat, étaient à présent indéchiffrables.

— J'ai rien vu, ni personne, affirma-t-il. C'est tout ce que j'ai à dire.

Ses lèvres s'entrouvrirent sur ses dents décolorées. Était-ce pour se moquer de moi ou, tel un animal sauvage acculé, pour me mettre au défi de me frotter de nouveau à lui ?

— Parker, commençai-je avec fermeté, si vous dissimulez des informations dans une affaire d'une telle gravité, vous risquez de gros ennuis. On pourrait vous accuser de chercher à entraver le travail de la police. Mais vous avez l'occasion de me donner ici et maintenant tous les détails en votre possession.

— Je viens de le faire, rétorqua-t-il, revêche.

— Très bien ! fis-je d'un ton vif. Envisageons le problème sous un autre angle. Si vous disposez d'informations concernant un meurtre et si vous ne me les communiquez pas – ou à l'un de mes collègues –, eh bien, ces secrets que vous tenez tant à conserver vont devenir pour vous une charge très dangereuse. Je vous soupçonne d'en savoir plus que vous ne le dites et le coupable pourrait le soupçonner aussi.

La peur rejaillit dans ses yeux. Mais il se mura dans son obstination.

— Il y a rien de plus, je vous ai raconté tout ce que je savais.

Je tentai de me faire encourageant.

— Si vous vous confiez à moi, Parker, je peux vous protéger.

— Non, vous le pouvez pas, grogna-t-il.

— Ah ! Donc il y a bien quelque chose que vous ne m'avez pas révélé.

— Mais non ! s'insurgea-t-il. Tout ce que je voulais dire, c'est que je voyais pas comment un policier pouvait me protéger à moins de m'escorter toute la journée. Pour le cas où il y aurait eu quelque chose. Sauf qu'il n'y a rien. Vous m'embrouillez à la fin. Je sais plus où j'en suis maintenant.

— Réfléchissez bien, Parker, lui recommandai-je. Votre silence pourrait ne pas être une protection suffisante. Bon ! fis-je en levant la main pour prévenir toute nouvelle dénégation intempestive. Admettons que quelque chose vous a échappé. Cela vous reviendra peut-être. N'importe quoi, si banal que cela vous paraisse, venez aussitôt me trouver. Inspecteur Ross. C'est d'accord ?

— Vu ! fit-il promptement, calculant à l'évidence qu'acquiescer était le meilleur moyen de mettre fin à notre conversation.

Il était de toute façon inutile de la prolonger. Il me fallut le relâcher, non sans lui avoir bien fait comprendre qu'il devait nous laisser une adresse où nous pourrions le retrouver et qu'une nouvelle disparition était hors de question. Il déguerpit sans demander son reste mais trahissant dans chacun de ses gestes son soulagement.

L'inspecteur Phipps décida de se montrer.

— Du nouveau ? demanda-t-il.

— Rien du tout. Pas pour le moment, du moins. Mais je ne désarme pas. Il nous cache quelque chose. Il est complètement paniqué. L'ennui, c'est que, pour l'instant, ce n'est pas de moi qu'il a peur mais de quelqu'un d'autre.

Je m'apprêtai à m'en aller à mon tour.

— J'ai tenté de le convaincre que la police constituait sa meilleure protection. Hélas, il ne me fait pas confiance.

— Il craint d'être considéré comme un indicateur, estima Phipps. Je ne peux pas le garder sous les verrous ici. Non que je ne veuille pas vous rendre service, bien sûr.

— Naturellement, je comprends. Félicitez Barrett de ma part pour l'avoir ramené.

Elizabeth Martin Ross

Comme j'avais consenti à l'accompagner avec Frank à Dorset Square l'après-midi, Patience m'avait proposé de rester déjeuner avec la famille. À peine avais-je accepté qu'elle m'emmena rencontrer sa tante. Mrs Pickford était une petite femme au teint pâle et aux cheveux clairs. Elle m'accueillit avec des airs de faon effarouché et me murmura quelque chose que je ne saisis pas tout à fait et que je n'osai lui faire répéter.

— Oui, Tante Matilda, répondit Patience à ma place. Mrs Ross est mariée à l'inspecteur qui enquête sur notre affaire.

— Mr Pickford est allé à Scotland Yard ce matin, chuchota Mrs Pickford.

— Soyez rassurée, Mrs Pickford, lui dis-je. Mon mari saura faire preuve de tact.

— Mais pas le mien, repartit sans ambages Mrs Pickford.

Elle fit un geste vers Patience, puis vers moi, sans doute pour indiquer qu'il appartenait à sa nièce de poursuivre l'éventuelle conversation.

— Je dois informer la cuisine que nous aurons un convive supplémentaire. Je vous prie de m'excuser.

Et elle fila hors de la pièce.

Le déjeuner promettait d'être une épreuve pénible. Heureusement, Frank avait lui aussi été invité. Il arriva une vingtaine de minutes plus tard et combla le silence de ses habituels bavardages pleins de bonne humeur. Mrs Pickford nous avait aussi rejoints et la présence de Frank l'égaya. Peu de temps après, Mr Pickford vint nous retrouver à son tour et la brève lueur d'animation que la conversation de Frank avait allumée sur le visage de son épouse se dissipa aussitôt.

Je confesse que j'étais impatiente de faire la connaissance de l'oncle de Patience. Son arrivée causa une certaine agitation dans le vestibule, des domestiques ne cessant d'aller et venir sous le feu de critiques tonitruantes. Mais personne ne sembla s'en émouvoir. À la suite des récents événements survenus dans la maison, Mrs Pickford s'était par précaution munie d'un petit flacon de sels et elle demeura sur sa chaise, agrippant la minuscule fiole comme un talisman capable d'éloigner le mal. Je me rendis compte que nous attendions tous en retenant notre souffle de savoir comment s'était déroulée la visite de son mari au Yard. Frank croisa mon regard et grimaça. Puis la porte s'ouvrit avec force et un gentleman petit et très corpulent, au singulier regard exorbité, apparut dans l'encadrement. Me vint alors l'image inopportune d'un de ces décors de théâtre de marionnettes dans lesquels des personnages de papier, montés sur de minces bâtonnets, sont projetés sur et hors de la scène par des mains invisibles.

— Oncle Pickford ! m'informa Patience. Mon oncle, voici Mrs Ross.

Pickford posa son regard globuleux sur moi et s'exclama :

— Ross ? Alors vous êtes la femme de cet inspecteur de Scotland Yard ! Madame, je viens de m'entretenir avec votre mari.

Mrs Pickford intervint timidement pour suggérer que nous poursuivions la discussion à table, le potage étant prêt à être servi. Nous gagnâmes d'un même pas la salle à manger et prîmes place autour de la table. Par modestie, les dames déclinèrent le vin et nous nous contentâmes toutes trois d'un peu d'eau. Mr Pickford remplit généreusement son verre et celui de Frank. Ravivant mon impression initiale d'un théâtre de papier, une servante ouvrit grande la porte au-devant d'un solide jeune homme vêtu d'un gilet noir à boutons de cuivre qui apportait une énorme soupière. Il la déposa avec cérémonie sur la desserte, puis versa dans des bols le potage que la servante, qui lui avait emboîté le pas, vint enfin nous servir. Il s'agissait d'une épaisse soupe de pois cassés au bouillon de jambon qui se révéla très nourrissante.

Une fois le potage terminé, et les bols et la soupière débarrassés, nous patientâmes quelques minutes durant lesquelles l'oncle Pickford tapota avec impatience la nappe du manche de son couteau et souffla pesamment par les narines comme un cheval accablé d'un lourd fardeau. Personne n'avait encore prononcé un mot.

Le rideau se leva alors sur l'acte II (c'était plus fort que moi). La porte s'ouvrit une nouvelle fois de façon soudaine pour laisser entrer le solide jeune homme et deux servantes. Tous trois avançaient d'un pas incertain derrière des plateaux entre lesquels se partageaient un jambon bouilli et une tourte au gibier flanqués de plats de purée de pommes de terre et rutabagas, de carottes au beurre, de choux de Bruxelles, auxquels s'ajoutaient de la sauce blanche et une jatte de compote de pommes. Pickford poussa une exclamation à la vue de la pièce de résistance et cessa de s'agiter et de soupirer. Il se décida même à rompre le silence.

— Vous pardonnerez la simplicité de notre table, Mrs Ross, tonna-t-il. Je n'ai aucun goût pour les plats sophistiqués. J'aime la vraie nourriture.

Mrs Pickford m'adressa un sourire d'excuse mais je n'aurais su dire s'il était pour la rusticité du menu ou celle de son mari.

Il n'était à l'évidence pas dans les habitudes des Pickford de parler pendant les repas. Mr Pickford enfonça sa serviette dans son col et s'attaqua à son assiette avec appétit. Son épouse et sa nièce l'imitèrent. « Ô mon Dieu, pensai-je, si Patience veut tenir correctement son rôle d'hôtesse lorsque Frank recevra à dîner, il lui faudra apprendre l'art de faire la conversation et de manger en même temps ! » Nous achevâmes notre jambon, notre tourte et nos légumes dans un silence seulement interrompu par Mr Pickford lorsqu'il demanda d'un ton irrité :

— Il n'y a plus de carottes ?

Mrs Pickford fit un signe à la servante qui disparut aussitôt et revint quelques instants plus tard avec des carottes et, par précaution, des choux de Bruxelles supplémentaires.

Enfin, Mr Pickford posa son couteau et sa fourchette, et déclara :

— Ce jambon était fameux, Matilda.

Son épouse parut soulagée et sonna pour qu'on apportât le dessert. Après la soupe, le jambon, la tourte, la purée et les légumes, je n'avais plus faim mais je présumais que décliner la suite serait perçu comme une insulte. À présent que la partie sérieuse du repas était terminée, la conversation était de nouveau permise.

— Eh bien, Mrs Ross, commença Pickford tandis que nous attendions.

Il s'essuya la bouche avec sa serviette, se cala sur son siège pour mieux m'étudier et poursuivit :

— Votre époux m'a semblé un homme fort raisonnable. Je suis content que ce soit lui qui s'occupe de cette regrettable affaire. Et très heureux également qu'il n'ait pas mis Edgar sous les verrous. Ce sera une petite consolation pour ses pauvres parents. J'avais l'intention de leur écrire une lettre cet après-midi, une fois vérifiée toute l'histoire avec votre mari. Mais je commence à me dire que je ferais peut-être mieux de leur envoyer un télégramme. Comme ça, je n'aurai pas à m'étendre sur des détails qu'il me faudra de toute façon leur répéter à leur arrivée. Une merveilleuse invention que le télégraphe, n'est-ce pas, Mrs Ross ?

— La police trouve cela très utile, acquiesçai-je.

— Certainement, approuva Pickford. Il faut vivre avec son temps. C'est par ailleurs d'un grand intérêt pour le commerce. Tenez, on peut contacter un client en quelques minutes. J'ai bien dit minutes ! Ou recevoir une commande et la préparer le jour même. Quand on est dans les affaires, Mrs Ross, il faut se tenir au courant des dernières inventions. Je suis heureux d'apprendre que la police n'est pas à la traîne.

— Si tu leur envoies un message par le télégraphe, mon cher, risqua son épouse, Dorothy va croire que quelqu'un est mort, ou sur le point de mourir.

— Eh bien, c'est le cas, quelqu'un est mort : cette malheureuse femme de Deptford ! répliqua vertement Pickford.

— Mais Dorothy et Walter n'en sauront rien, objecta Mrs Pickford, puisque tu ne leur auras rien dit. Ils vont croire que l'un d'entre nous est très malade.

Le visage de Pickford se teinta d'une rougeur inquiétante.

— Je mettrai dans mon télégramme que nous allons tous bien mais que se pose un problème urgent qui nécessite un conseil de famille, voilà ! conclut-il. J'espère que cela te convient, Matilda. Et à présent, cesse de te tracasser et laisse-moi m'occuper de tout.

À cet instant, la porte se rouvrit et le trio de domestiques réapparut, de nouveaux plateaux surchargés entre les mains. J'avais espéré que l'on nous serve quelque chose de léger, de la gelée, peut-être, ou un blanc-manger. Mais le goût de Mr Pickford pour la « vraie nourriture » s'étendait visiblement aux desserts. Furent soumis à notre admiration une grande tarte aux fruits, une superbe génoise (fourrée aux dattes) et un flan. Le tout fut disposé sur la desserte sur laquelle on plaça enfin, dans un geste théâtral, un pot de crème. Les servantes se retirèrent tandis que le garçon aux boutons de cuivre se tenait au garde-à-vous, une grande cuillère de service à la main.

— Par quoi voulez-vous commencer, Mrs Ross ? me demanda Mrs Pickford.

J'optai pour une petite part de tarte et le garçon m'en présenta une portion immense. Je rencontrai le regard amusé de Frank. Il avait déjà déjeuné chez les Pickford, lui.

Frank profita de l'interruption occasionnée par ce troisième service pour informer Pickford de son intention de rendre visite à sa tante au cours de l'après-midi.

— En compagnie de Patience et de ma cousine Elizabeth, précisa-t-il.

Je devinai que Frank tenait à insister sur le fait que les problèmes d'Edgar seraient gérés « en famille », même si j'étais mariée à l'officier de police chargé de l'enquête.

— Vous allez l'informer de la situation, j'imagine ? grogna Pickford entre deux bouchées de gâteau aux dattes.

— Je ne peux laisser ma tante Julia dans l'ignorance, monsieur. Nul doute qu'elle finirait de toute façon par l'apprendre.

Frank hésita et lança un coup d'œil en direction de Mrs Pickford.

— Je crains que les journaux du soir ne consacrent des articles à cette affaire. Les lecteurs sont friands de meurtres. Nous ne pouvons guère espérer que la presse passe celui-ci sous silence.

Mrs Pickford poussa un petit cri et s'affaissa sur sa chaise. Droit dans mon champ de vision se tenait le jeune domestique à côté de la desserte. Il écoutait avec intérêt. La nouvelle parviendrait à la cuisine en même temps que la vaisselle sale.

— Ne vous alarmez pas, madame, je vous en prie, la pressa Frank. Ces mêmes lecteurs, si avides d'histoires sordides, auront oublié celle-ci dès demain si on leur offre un scandale ou un nouveau drame.

— Je suppose que Mrs Parry doit être mise au courant, grommela Pickford. Oui, oui, bien sûr, c'est nécessaire.

À cet instant, le regard de Matilda Pickford croisa le mien au-dessus de la table et il était impossible de se méprendre sur son expression implorante.

Ainsi que je m'y attendais, tandis que les messieurs reprenaient la direction du salon, elle s'attarda sur le seuil de la salle à manger.

— Montons nous rafraîchir, proposa-t-elle avec un signe de tête à l'intention de sa nièce.

Patience se dirigea vers l'escalier mais Mrs Pickford demeura immobile. Une fois que la silhouette massive de son mari et celle, haute et élancée, de Frank eurent disparu, et que Patience se trouva trop loin au-dessus de nous pour nous entendre, elle s'adressa à moi à la dérobée :

— Ma chère Mrs Ross, pardonnez ma question, mais tout cela ne risque pas d'affecter les perspectives de Patience, n'est-ce pas ? À ce que j'ai compris, Mrs Parry est la parente vivante la plus proche de Mr Carterton. Et Patience m'a dit qu'elle était très attachée à son neveu. Elle a beaucoup soutenu ses projets politiques. Je suppose donc qu'un jour, si tout se passe bien…

Mrs Pickford s'était rappelé à temps qu'il aurait été inconvenant d'évoquer le testament de Tante Parry, mais j'avais saisi où elle voulait en venir. Tout le monde, moi comprise, était certain que Frank serait son héritier.

— Bref, reprit Mrs Pickford, Mrs Parry n'aura-t-elle aucune objection à ce mariage maintenant qu'Edgar s'est comporté de façon si imprudente et a causé un tel scandale ? Ce sera à n'en pas douter la première chose que ma sœur Dorothy me demandera à son arrivée. Après avoir pris des nouvelles d'Edgar, bien entendu.

— Frank est déterminé à soutenir Patience et je crois que Mrs Parry y sera très sensible, répondis-je avec prudence.

Mrs Pickford ne parut pas enchantée par cette réponse mais Patience se penchait par-dessus la rampe, curieuse de connaître la teneur de nos conciliabules. Nous nous mîmes donc en route pour la rejoindre.

Le répit fut de courte durée. Mrs Pickford était résolue à me questionner. Pour cela, il lui fallait écarter Patience.

— Grand Dieu, ma chérie, tes cheveux se sont mis n'importe comment. Lucy ! Accompagnez Miss Patience dans sa chambre et recoiffez-la.

Malgré ses réticences, Patience dut nous abandonner, non sans nous avoir auparavant décoché un regard pénétrant. Mrs Pickford préféra l'ignorer et concentrer son attention sur moi.

— Je sais que vous êtes aussi préoccupée que toute notre famille par cette pénible affaire, Mrs Ross, commença-t-elle.

— Je comprends votre anxiété, madame, l'assurai-je. Mais je vous en prie, ne vous tourmentez pas pour cela. Mon mari veillera à ce que l'enquête concernant le… l'affaire soit menée de façon discrète et efficace. Quant à Mrs Parry, ainsi que je vous l'ai dit, elle se laissera guider par Frank.

— Mais elle ne connaît pas Edgar ! protesta sa tante. Frank affirme que nous devons nous attendre à des articles dans la presse ce soir. Pis, imaginez qu'il ne se passe rien de plus intéressant de la semaine et que les journaux fassent leurs choux gras du meurtre de Deptford ! Ils pourraient publier ce genre d'illustrations révoltantes, si violentes et vulgaires, dont sont parfois accompagnés les faits divers. Mrs Parry pourrait en tirer des conclusions erronées, penser qu'Edgar est une canaille de la pire espèce ! Alors que c'est le plus gentil des garçons. Jamais il ne voudrait, jamais il ne pourrait tuer quelqu'un et la pensée qu'on puisse le jeter en prison…

— On ne l'y a pas mis ! la coupai-je sèchement. Il est tout à fait libre de ses mouvements. S'il est prisonnier, ce n'est que de ses obligations au Bart's, où il doit avoir bien trop à faire pour se préoccuper de cela.

— Eh bien, il le devrait, répliqua Mrs Pickford. Vous l'avez rencontré, me semble-t-il, Mrs Ross ?

— En effet. Ici même. Et je me trouvais aussi à Deptford avec lui quand… quand nous avons découvert ce qu'il s'y était passé.

— Dans ce cas, poursuivit Mrs Parry avec fermeté, pourrai-je informer mes sœurs à leur arrivée que vous plaiderez sa cause auprès de Mrs Parry ?

— Je ferai de mon mieux, affirmai-je. Mais je ne voudrais pas m'immiscer…

— Ma chère Mrs Ross, je ne vous demande en aucune façon de vous immiscer, comme vous dites. Mais je me dois d'avoir des paroles de réconfort pour Dorothy, la mère d'Edgar, quand je la verrai. Elle sera dans tous ses états. Et Amelia et Caroline, mes autres sœurs, ne vaudront guère mieux.

Mrs Pickford soupira avant d'ajouter :

— Il serait illusoire d'espérer qu'elles ne viennent pas à Londres avec Dorothy et son mari. Herbert dirait qu'il serait prêt à le parier.

Une expression embarrassée se peignit sur son visage.

— Je ne veux pas dire par là qu'il s'adonne aux jeux d'argent. Personne dans notre famille n'est aussi inconsidéré. Ou, du moins, ne l'était jusqu'à aujourd'hui. Je ne parviens pas à comprendre où Edgar a pu contracter de telles habitudes, Mrs Ross. J'espère tant que Mrs Parry n'ira pas s'imaginer que nous sommes tous des paniers percés ! Ô mon Dieu, que va-t-elle penser de nous ?

Elle se pencha vers moi et me saisit la main.

— Chère Mrs Ross, je m'en remets entièrement à vous pour rectifier toute idée fausse que Mrs Parry pourrait concevoir à notre égard. Et à présent, descendons retrouver ces messieurs, conclut-elle avec un sourire éclatant.

Un peu plus tard, Frank, Patience et moi-même prenions en cab la direction de Dorset Square. Frank, à son habitude, était d'un incurable optimisme.

— Ça ne s'est pas trop mal passé, estima-t-il en faisant référence au déjeuner. Votre oncle s'est considérablement assagi, ma chère. Quant à vous, Lizzie, je vous annonce que notre vieux ronchon s'est entiché de Ross. C'est un coup de chance inespéré ! Et maintenant, il ne nous reste plus qu'à porter notre affaire à la connaissance de Tante Julia.

Patience m'agrippa le bras.

— Vous lui direz que vous connaissez Edgar et que c'est vraiment un brave garçon, hein, Lizzie ? Tante Pickford vous l'a aussi demandé, n'est-ce pas ? Dites à Mrs Parry à quel point mon frère est quelqu'un d'aimable, de généreux et d'attentionné.

— Vous veillerez aussi à ce qu'elle n'ait pas une sorte de crise nerveuse, ajouta Frank. Vous n'avez pas votre pareil pour la calmer.

Décidément, tout le monde se reposait sur moi.

CHAPITRE 11

Elizabeth Martin Ross

Comme l'a dit le poète, « les plans les mieux combinés des souris et des hommes tournent souvent de travers[1] ». Nous aurions dû garder ces vers à l'esprit car nos habiles stratagèmes pour circonvenir Mrs Parry furent bien vite tués dans l'œuf. Frank avait eu raison de nous mettre en garde contre les articles que la presse populaire consacrerait à l'affaire. Quand Simms, le majordome, nous ouvrit la porte de Dorset Square, il affichait un air de conspirateur inhabituel.

— Mr Carterton, fit-il à voix basse. Les journaux du soir viennent d'arriver, monsieur. Mais je ne les ai pas encore portés à Mrs Parry. Elle vous attend et j'ai pensé qu'il était peut-être préférable que vous lui parliez auparavant.

— Bravo, Simms, le félicita Frank. Vous avez eu tout à fait raison. Est-ce Mrs Parry qui a réclamé la presse ?

— Oui, monsieur. Elle a fait porter un message au marchand de journaux le plus proche demandant

1. Robert Burns (1759-1796), « *À une souris dont j'avais détruit le nid avec ma charrue* » (1785).

qu'un garçon lui apporte les premières éditions dès qu'il les recevrait.

— Donc elle a eu vent de quelque chose, conclut Frank, pensif. Quelqu'un a vendu la mèche…

— Je le crains, monsieur, acquiesça Simms avec regret.

— Qui donc ?

Mais avant que le majordome n'ait pu lui répondre, un bruissement nous parvint de l'escalier et une dame vêtue avec élégance entreprit de descendre. Je reconnus avec consternation une voisine de Dorset Square, Mrs Belling. C'était une femme acariâtre qui ne m'avait jamais appréciée et qui appréciait sans doute Patience moins encore car elle avait un temps caressé l'espoir que Frank épouse sa fille Dora. Comme cela avait dû la réjouir de pouvoir colporter la terrible nouvelle sitôt qu'elle en avait eu connaissance ! Comment elle-même l'avait-elle apprise ? Je l'ignorais. Mais, en matière de commérages, Londres, si vaste et morcelée fût-elle, ressemblait le plus souvent à un grand village.

Nous échangeâmes des salutations glaciales dans le vestibule, puis, tandis qu'elle sortait, nous nous dirigeâmes à notre tour vers le salon du premier étage.

— Zut ! enragea Frank à mi-voix. Il fallait que cette vipère nous précède. Nous allons devoir réviser notre stratégie, Lizzie. Laissez-moi lui parler.

Je n'avais certes aucune intention d'entamer moi-même la conversation.

Tante Parry était assise près de la cheminée dans une posture majestueuse. Je fus frappée par la façon avec laquelle elle avait modelé son attitude sur notre reine Victoria. Avec son ample silhouette et sa désapprobation rayonnante, elle présentait une ressemblance saisissante avec notre souveraine. Son expression n'était guère surprenante : Mrs Belling avait dû se délecter de la mettre au courant des événements. Tante Parry avait non seulement été prise tout à fait au dépourvu mais laissée, en outre, dans le plus complet embarras.

— Comment allez-vous, Tante Julia ? demanda Frank en s'inclinant et en lui baisant la main.

— Tu fais bien de me poser la question, répondit Tante Parry d'une voix tremblante d'émotion.

Elle avait le visage très rouge, et la proximité de l'âtre n'en était pas la seule cause. Mrs Belling avait trouvé matière à une douce revanche et en avait tiré le maximum. Elle n'avait sans doute pas dit que Frank n'aurait jamais été impliqué dans une telle affaire s'il avait épousé Dora, mais le message devait avoir été assez clair à déchiffrer.

— Par le ciel, que se passe-t-il ? poursuivit-elle avec passion. Mrs Belling est venue m'apprendre qu'un membre de votre famille, Patience… de votre famille, Miss Wellings, se reprit-elle en fixant sur la jeune fille un œil accusateur, a été arrêté pour meurtre !

En entendant cette accusation calomnieuse, j'oubliai mon intention de laisser Frank diriger la conversation.

— Pour être exact, Ben ne l'a pas arrêté, Tante Parry. Edgar Wellings ne l'a accompagné à Scotland Yard que pour y faire sa déposition. Puis on l'a laissé partir. Il n'a jamais été, à aucun moment, en état d'arrestation ! martelai-je.

Tante Parry me décocha un regard de givre.

— Mr Morton l'a vu être emmené de cette maison où a eu lieu ce meurtre épouvantable. Emmené par votre mari en personne. Si ce n'est pas une arrestation, qu'est-ce que c'est ?

— Qui diable… pardonnez-moi, Tante Parry et vous aussi, mesdames ! Qui donc est Mr Morton, si je puis me permettre ? intervint Frank avec colère.

— Mr Morton est un ami des Belling. Il réside à Deptford. C'est un architecte de marine, depuis longtemps en retraite, qui, pendant de longues années, a pris part à d'importants chantiers navals sur les docks. C'est un très vieux monsieur. Il est infirme à présent et ne quitte plus son domicile qu'en chaise roulante. Sa santé le retient à Deptford malgré les scènes d'émeute qui s'y déroulent parfois le soir. De toute façon, il ne sort pas de chez lui à ces heures tardives, conclut Tante Parry.

— Mais comment a-t-il su qu'il s'agissait d'Edgar Wellings ? interrogea Frank.

— Il avait déjà eu l'occasion de le voir. Mr Morton a un neveu qui exerce lui aussi la médecine. Il rend régulièrement visite à son oncle et, un jour où le temps était un peu plus clément, il s'est joint à sa promenade de l'après-midi. Au détour d'une rue, le neveu a poussé un cri de surprise. Il a expliqué à Mr Morton qu'il venait d'apercevoir un jeune médecin du Bart's sur le trottoir d'en face. Il lui a dit que ce collègue se nommait Wellings et il se demandait ce qui l'amenait à Deptford.

— Quand était-ce, Tante Parry ? demandai-je vivement.

Elle agita une main potelée et chargée de bagues.

— Oh, il y a deux semaines environ. Le neveu de Mr Morton n'a pas fait signe à Wellings, étant occupé avec son oncle. Mais celui-ci, bien qu'invalide, n'a aucun problème de vue et sa mémoire fonctionne très bien. Quand il a aperçu le jeune homme qu'escortait l'inspecteur Ross, il a aussitôt identifié le Dr Wellings.

« Un vrai village, pensai-je de nouveau, exaspérée. Même à Londres, vous n'êtes jamais certain qu'aucune de vos connaissances ne vous voie. » Edgar avait peut-être pensé qu'en s'adressant à une prêteuse établie au sud de la Tamise, personne ne remarquerait ses allées et venues. Manifestement, il s'était trompé.

— C'est sans doute Mr Morton que j'ai vu ce matin-là, lui dis-je. Il y avait en effet dans la rue un monsieur âgé en chaise roulante accompagné d'une infirmière. Il était très agité.

Tante Parry empoigna les bras de son fauteuil.

— C'est bien normal avec un meurtre commis sur le pas de sa porte !

— Mais pas par mon frère, affirma Patience, qui fit irruption dans la conversation avec un ton et une attitude si résolus que toutes les têtes se tournèrent vers elle.

— Dans ce cas, pourquoi a-t-il été arrêté ? s'étonna Tante Parry.

— Tante Parry, veuillez s'il vous plaît admettre qu'il n'a pas été arrêté, persistai-je. Ben l'a seulement conduit à Scotland Yard pour y recueillir son témoignage.

— Je ne vois pas en quoi c'est différent. Et dites-moi, je vous en prie, ce que vous faisiez à Deptford, Elizabeth ?

— À ma demande, Lizzie a eu la gentillesse de nous accompagner, mon frère et moi, répondit Patience d'une voix si ferme et si sonore qu'il s'ensuivit un instant de silence.

Je vis Frank la contempler, un léger sourire s'attardant sur ses lèvres. « Vous ne vous êtes pas trompé en la choisissant », songeai-je. Quoi que lui réserve sa carrière politique, elle le soutiendrait contre vents et marées, et tiendrait tête à ses adversaires.

Avec un heureux à-propos, Simms interrompit ce moment en apportant le service à thé, suivi par une servante chargée d'une génoise.

Mrs Parry considéra le gâteau avec dépit.

— Une génoise nature ! Comme si tout cela ne suffisait pas à me tourmenter, il me faut supporter le sinistre régime du Dr Bruch ! Au moment où j'aurais le plus besoin de réconfort.

L'arrivée des boissons et de la nourriture avait néanmoins eu pour effet de l'apaiser. Quand la conversation reprit, son attitude intransigeante avait laissé la place à une expression renfrognée. Mais je demeurais la cible de son ressentiment.

— J'aurais cru qu'en voyant sa propre épouse sur les lieux, et averti du lien avec cette famille, l'inspecteur n'aurait pas contraint le Dr Wellings à le suivre de façon si ostensible, observa-t-elle.

— Il s'était formé un important attroupement de voisins curieux, lui expliquai-je. Les gens commençaient à s'agiter et l'agent posté devant la porte de la maison ne parvenait pas à les convaincre de se disperser. Je suis certaine que, pour sa sécurité, Ben a jugé préférable de rester aux côtés du Dr Wellings pour traverser la foule.

— Il aurait pu lui demander de se présenter plus tard à son bureau.

Puis Mrs Parry se tourna vers Patience. Son humeur ne s'était pas améliorée et elle ne semblait pas disposée à tolérer la moindre contradiction.

— Votre frère n'aurait pas suscité une telle attention s'il ne s'était montré entre les mains de la police.

— Je me dois de vous signaler, Tante Parry, intervins-je à haute voix, que parmi les badauds les plus tapageurs se trouvait Mr Morton, l'ami de Mrs Belling. Il n'était pas avare d'injures.

Mrs Parry m'étudia d'un œil songeur.

— Vraiment ? lâcha-t-elle avant de reporter son attention sur Patience. Mais d'abord, que faisiez-vous là-bas en compagnie de votre frère et d'Elizabeth ? lui demanda-t-elle.

— Le Dr Wellings y avait affaire, s'empressa de répondre Frank. Ce n'était qu'une malheureuse coïncidence, rien de plus.

— À Deptford ? Je me demande de quel genre d'affaire il pouvait s'agir. Et pour quelle raison la présence d'Elizabeth était nécessaire.

Patience se mordit la lèvre et rougit.

Mrs Parry s'adressa ensuite à Frank :

— Rien de tout cela n'est rattaché à votre nom, j'espère ? Votre carrière débute à peine. Vous ne pouvez pas vous permettre d'être associé à quelque sordide affaire de ce genre.

Puis, pivotant vers Patience, elle ajouta :

— Pas plus qu'il ne saurait être question de poursuivre les préparatifs de ce mariage tant que les doutes n'auront pas été dissipés, l'innocence de votre frère clairement établie par la police et tout ce déplorable incident oublié.

Patience blêmit et hoqueta. Elle jeta un regard implorant à son fiancé, puis à moi.

— Je suis certaine que Ben va éclaircir cette affaire, assurai-je. Et avec la plus grande discrétion.

— En êtes-vous si sûre, Elizabeth ? persifla Tante Parry, qui laissa échapper un profond soupir. Rien de tout cela ne serait arrivé si vous n'aviez pas épousé ce policier, vous savez.

Cette remarque était si injuste et, en même temps, le fruit d'une logique si tortueuse, que nous en restâmes cois.

Jusque-là, Tante Parry n'avait montré aucun signe du malaise que Frank redoutait. Elle sembla se rendre compte que le moment était venu de tempérer son agressivité et d'apparaître plus vulnérable.

— J'ai les nerfs en charpie, nous informa-t-elle. Et un gâteau aussi insipide n'y remédiera pas. Sonnez, Elizabeth. Je suis persuadée que Mrs Simms saura trouver quelque chose de plus intéressant dans sa cuisine. Frank, fit-elle en se tournant vers lui, ne parlons plus de cela pour le moment. Venez me voir demain matin. Seul. Je souhaiterais m'entretenir avec vous en privé.

Patience se mordit la lèvre en coulant à Frank un regard plein d'appréhension. Nous savions tous à quel point il dépendait financièrement du soutien de sa tante. Je devinai qu'on s'apprêtait à le lui rappeler. Soit le nom d'Edgar Wellings était lavé de tout soupçon, sans délai et sans équivoque, soit quelqu'un en paierait les conséquences. Et, pour le moment, la seule personne contre laquelle Mrs Parry pouvait prendre des mesures de rétorsion était son neveu. Elle réduirait – voire lui couperait – sa pension.

Quand nous quittâmes Dorset Square, Tante Parry n'avait été frappée d'aucune crise nerveuse mais j'étais des plus préoccupées. Une fois n'est pas coutume, Frank était visiblement abattu et la pauvre Patience ravalait ses larmes.

* * *

Le soir, je fis à Ben le récit de ma journée pendant notre dîner. Après nous être autorisé un sourire à l'évocation de l'oncle Pickford, Ben s'assombrit.

— Je suis navré que tu aies eu à endurer de si pénibles moments, dit-il. Que Mrs Parry estime que tu sois à blâmer pour quelque chose est ridicule. Je reconnais qu'en ce qui concerne Carterton sa tante risque de constituer un problème. Il va devoir d'une façon ou d'une autre trouver le moyen de la ramener à de meilleurs sentiments. Mais, le connaissant, je suis prêt à parier qu'il y arrivera !

— Ce lui serait plus facile si Mrs Belling ne s'en était pas mêlée, maugréai-je.

— Eh bien, elle s'en est « mêlée », comme tu dis, mais, de mon point de vue, ce qu'elle a raconté est intéressant. Pas plus tard qu'il y a deux semaines environ, son ami Morton et son neveu ont vu le jeune Wellings à proximité de chez Mrs Clifford, en pleine journée. Cela confirme l'idée que je me suis faite au sujet de ce garçon. Il n'a absolument aucune discrétion ni aucun sens commun. Il reconnaît avoir rendu visite à cette femme le soir où elle a été assassinée et s'être tenu sous un réverbère pour qu'elle puisse voir son visage avant de lui ouvrir sa porte. Mais, à ce moment-là, il s'était fâché avec elle et elle le menaçait. Jusqu'alors, il avait pour habitude d'aller la voir quand cela lui était possible, y compris dans l'après-midi alors que quiconque pouvait le voir et le reconnaître. Et maintenant, nous savons que c'est bel et bien ce qui s'est produit ! Avec un tel manque de précaution et de jugement, quelqu'un comme Wellings peut finir par perdre la tête. Littéralement.

Mon cœur se serra.

— Oh, Ben, cela signifie que tu n'exclus pas Edgar comme suspect ?

— Comment le pourrais-je ? C'est non seulement un imbécile, mais un imbécile désespéré. C'est une espèce très dangereuse, Lizzie.

Inspecteur Benjamin Ross

J'étais plus que navré des reproches que Lizzie avait essuyés à Dorset Square ; j'en étais furieux. Et, le lendemain matin, ma colère n'avait pas disparu.

Il ne me fut pas difficile de concentrer ma mauvaise humeur sur Frank Carterton. Peu importait qu'Edgar Wellings fût à l'origine de toute cette pitoyable affaire. La seule raison pour laquelle Lizzie s'était retrouvée entraînée dans la douloureuse scène de la veille était la demande que lui avait faite Carterton de lui prêter son aide pour amadouer sa formidable tante. Connaissant mon épouse, je dus convenir qu'il était impossible de l'entraîner quelque part où elle ne voulait pas aller. Mais le fait que Carterton sache qu'il pouvait compter sur le soutien de Lizzie ne signifiait pas qu'il devait y faire appel.

Lizzie m'avait indiqué que Patience avait caché à Carterton qu'Edgar lui avait demandé de l'argent. Eût-il été au courant, je suis certain qu'il aurait été le premier à s'en insurger. Ce n'est pas correct de tirer injustement avantage de la bonne nature d'autrui et j'en fais, pour ma part, un principe. Surtout si autrui est ma femme.

Mais il n'y avait rien à y faire, du moins pas pour le moment. Je resterais attentif à la situation et, si nécessaire, j'irais parler moi-même à Carterton.

En attendant, j'avais un meurtre à élucider.

— Il nous faudrait de nouveau interroger Britannia Scroggs, dis-je à Morris. Elle s'est peut-être un peu calmée. Et puis elle a eu le temps de réfléchir. Elle a pu se rappeler quelque chose d'utile. Conduisez-moi chez sa mère. On devrait l'y trouver.

Mais, à notre arrivée, Britannia n'était pas là. La mère Scroggs était seule dans son logis exigu et sans joie. En le parcourant du regard, j'aperçus une pile de draps en désordre dans un coin. Ce devait être là que campait Britannia. Elle avait été chassée de sa petite chambre individuelle sous les toits pour atterrir là. Elle en tiendrait la police pour entièrement responsable. Nul linge ne s'égouttait sur la corde aujourd'hui mais l'atmosphère n'en était pas moins humide et imprégnée d'une odeur fétide. Ma Scroggs n'avait aucun plaisir à voir la police et elle avait choisi pour le montrer d'employer le sarcasme.

— V'là qu'vous v'nez à deux maintenant. C'est pas qu'vous auriez peur de moi et de ma pauvre petite, quand même ?

Malgré le froid qui régnait ce jour-là, le feu n'était pas allumé dans la cheminée. Après sa dernière visite, Morris avait évoqué une sorte de ragoût malodorant qui mijotait dans une marmite mais, cette fois, bien que le récipient en fer-blanc se trouvât à la même place, posé dans l'âtre sur un trépied, rien n'y cuisait. Était-ce la perte de son emploi par Britannia qui imposait davantage de privations encore à ce foyer déjà misérable ?

— Où est votre fille ? demandai-je sans ménagement. On lui avait demandé de demeurer à cette adresse.

Je ne comptais pas me laisser entraîner dans un échange acrimonieux et stérile avec cette vieille chouette sachant que je n'avais guère de chances d'y couper avec sa fille… sur qui me fut tout à coup donnée une première indication. Du coin de l'œil, j'aperçus par la vitre crasseuse un gosse d'une petite dizaine d'années quitter la maison en courant. Il descendit la rue ventre à terre, peut-être pour aller prévenir Britannia, où qu'elle fût, que la police la cherchait de nouveau.

— Elle travaille, répondit Mrs Scroggs avec hostilité. Elle a trouvé dans le coin. Elle peut pas se permettre de rester assise comme une lady, vous savez. Il faut qu'elle gagne sa croûte. Moi, j'ai pas les moyens de la nourrir. Ce serait même plutôt l'inverse.

Elle foudroya Morris du regard et conclut :

— C'étaient pas vos affaires de la ramener ici.

— C'est votre fille, riposta le sergent. Et si elle vous a reversé une partie de ses gages tant qu'elle était chez Mrs Clifford, le moins que vous puissiez faire à présent, c'est de lui offrir un toit.

Elle s'avança d'un pas traînant et vint le défier du regard, son visage fripé encadré par des mèches de cheveux gris qui s'échappaient d'un bonnet douteux. D'une main griffue, elle serra sur sa poitrine les extrémités du châle qui lui couvrait les épaules.

— L'avait un toit, rétorqua-t-elle. L'avait une bonne situation chez Mrs Clifford.

— Mrs Scroggs, intervins-je avec fermeté, vous devez comprendre qu'à présent que Mrs Clifford est morte Britannia ne peut plus vivre chez elle. Elle n'a plus de raison d'habiter dans cette maison. En outre, c'est une scène de crime. L'assassin pourrait revenir.

— Ça m'étonnerait qu'il s'y risque, pas avec la moitié des argousins d'la ville qui tourne autour ! objecta-t-elle.

Je commençais à comprendre d'où Britannia tenait son caractère pugnace.

— Où est votre fille ? insistai-je. Cessez de me faire perdre mon temps. Où travaille-t-elle désormais ?

— Des clous ! s'écria-t-elle avec une surprenante vigueur. Pour que vous alliez lui faire perdre sa place ?

Vous croyez qu'ça plaît aux gens de voir la police à leur porte ?

Ses paroles me firent penser à Harry Parker. Le soir du meurtre, il avait été mis dehors par son propriétaire juste pour la seule raison que Barrett l'avait accompagné afin de vérifier son adresse. Ou, du moins, c'était ce qu'il prétendait. Il me fallait lui reparler ; notre dernière conversation avait été des plus frustrantes. Ce misérable gredin savait quelque chose et, d'une façon ou d'une autre, je devais découvrir quoi.

Après s'être montrée aussi évasive que possible et nous avoir fait perdre un maximum de temps, la mère Scroggs finit par nous avouer que Britannia travaillait au pub le Clipper.

— Où est-ce ? demanda Morris.

Je lui touchai le coude.

— Je connais l'endroit.

Puis, tandis que nous nous éloignions de la tanière des Scroggs mère et fille, j'ajoutai :

— Ce n'est pas très loin de Skinner's Yard.

— Une coïncidence ? interrogea Morris.

— Possible. Il lui fallait trouver du travail de toute urgence et elle a peut-être fait la tournée des débits de boissons pour y demander s'ils n'auraient pas besoin de renfort pour les tâches domestiques.

* * *

Nous trouvâmes sans difficulté Britannia au Clipper. Elle était occupée à lessiver le plancher. Après l'avoir saluée, nous lui demandâmes si nous pouvions échanger un mot avec elle. Elle s'assit sur ses talons, essora sa serpillière et la suspendit au rebord de son seau.

— Pourquoi ça ? questionna-t-elle.

Sur ces entrefaites, apparut un homme imposant vêtu d'un justaucorps en cuir. Son visage en marmelade me rappela la trogne de Wally Slater. Je supposai que ce gaillard, comme le cocher, avait jadis combattu sur le ring. L'homme nous décocha un regard noir et demanda :

— Qu'est-ce qui se passe, Tanny ?

— Rien du tout ! répondit sèchement Britannia.

— Des cognes, pas vrai ? fit l'homme en s'adressant à nous. Le genre chic, en costume civil, tout droit venus du Yard sans doute ?

— Exact, acquiesçai-je. Et vous, vous êtes... ?

— Jethro Smith, le propriétaire. Si vous voulez causer à mon personnel, j'aimerais savoir à propos de quoi.

— Sûrement de l'assassinat de Mrs Clifford, répondit Britannia avec un soupir de lassitude. Je leur ai déjà raconté tout ce que je pouvais.

De sa position accroupie, elle nous considéra entre ses paupières plissées.

— Dites, j'ai encore des vêtements là-bas. J'ai besoin d'y retourner pour les prendre. Vous m'aviez promis que ce serait possible. Mais quand j'y suis allée hier, la maison était condamnée et il y avait un gars devant la porte. Il m'a dit de décamper, ce petit... petit insolent.

— Vous devriez convenir d'un rendez-vous avec l'inspecteur Phipps.

— Oh, celui-là... marmonna Britannia avec mépris. Il faudrait que je fasse tout le chemin jusqu'au commissariat et que je palabre avec lui, c'est ça ? Il m'aime pas, ce rouquin à moustaches, et il respecte pas mes droits légitimes. C'est mes affaires qui sont là-bas et je veux les récupérer ! Si j'arrive à le convaincre, alors il faudra qu'il m'accompagne chez Mrs Clifford.

Mais il faudra qu'il soit d'accord. Parce qu'il prétendra à tous les coups qu'il peut pas sacrifier un de ses hommes pour venir avec moi et m'ouvrir la maison. « Repassez demain », qu'il me dira. Je sais ce que c'est ! J'ai pas le temps de courir partout dans Londres, vous savez.

— Écoutez, grogna Smith. Si vous voulez lui parler, faites-le derrière. Je ne veux pas qu'on vous voie ici. Ça fait fuir la clientèle. Personne ne viendra boire une pinte tant que vous serez là.

— Vous a-t-on déjà fait sentir que vous n'étiez pas le bienvenu quelque part, Morris ? lui demandai-je à voix basse comme Britannia se relevait et s'essuyait les mains à son tablier.

Elle nous mena à travers le bâtiment jusque dans une arrière-cour pavée où étaient empilés toutes sortes de bric-à-brac, chaises cassées, caisses de bouteilles vides et tonnelets de bière qui l'étaient tout autant. Malgré ce fourbi, l'endroit retenait un rayon de soleil humide qui le rendait plutôt agréable.

— Alors ? fit Britannia, les mains sur les hanches.

Sa posture attira de nouveau mon regard sur les jointures noueuses de ses doigts. Briquer les sols d'un pub n'allait pas arranger le mal qui rongeait ses articulations, rhumatismes ou autre chose.

— L'expérience montre que les gens ne se rappellent souvent certains détails que quelques jours après un événement, expliquai-je. Sur le moment, on les oublie avec le choc. C'est pourquoi je me demandais s'il y avait quoi que ce soit qui vous serait revenu depuis notre dernière conversation.

— Quel genre ? répliqua la fille.

Elle croisa les bras sur la poitrine en se cachant les mains. Peut-être m'avait-elle vu les lorgner.

Je fis un effort pour garder mon calme.

— Nous avons parlé du Dr Wellings et de sa visite le soir du crime, lui rappelai-je. Combien de fois l'aviez-vous aperçu chez Mrs Clifford ?

— Oh lui, plusieurs fois.

Elle fronça les sourcils et poursuivit :

— Il a commencé à venir il y a six mois à peu près, ou un peu plus. Arrogant qu'il était la première fois qu'on l'a vu. Il se prenait pour le parfait gentleman.

— Il venait le soir ?

Elle hocha la tête.

— À n'importe quelle heure. Une fois le soir, une fois l'après-midi. Une fois, il s'est présenté un matin alors que je frottais le perron. Ça m'a pas fait plaisir, je peux vous l'assurer ! Je venais juste de finir les marches. Elles étaient toutes belles, blanches et brillantes. Et voilà qu'il pose son gros soulier en plein dessus et y laisse une empreinte de boue. Je lui en ai touché deux mots !

— Que lui avez-vous dit ? demanda Morris par curiosité.

— « Oh ! Regardez où vous mettez les pieds », quelque chose comme ça.

— Ça ne vous dérangeait pas de froisser un client, alors ? observa Morris.

Britannia le considéra avec l'air d'indulgence résignée qu'ont parfois les gens envers ceux qui sont lents à comprendre.

— C'était pas un client, expliqua la fille. Il ne venait pas pour acheter et y avait pas de risques qu'il aille voir ailleurs si l'accueil lui plaisait pas. Endetté jusqu'au cou qu'il était. Il avait beau se donner de grands airs, il était fauché comme les blés ! Il n'avait plus un liard. L'avait tout perdu aux cartes, aux dés et à je sais quoi d'autre. Vu qu'il venait pour emprunter, il était pas en position de faire des histoires, pas vrai ? J'en avais déjà rencontré des comme lui, des tas. Mrs Clifford, elle les appelait son « fonds de commerce ». Il en venait régulièrement, voilà ce qu'elle voulait dire. Elle les aimait bien, rapport à ses affaires.

— Comment cela ? fit Morris, continuant à feindre l'innocence.

— Parce qu'elle savait qu'elle finirait toujours par être payée, pardi. Ces types, ils ont de la famille, et de la famille qui a de l'argent.

Britannia sourit, dévoilant son incisive ébréchée.

— De la famille qui, si elle allait la voir, casquerait. De ça, les clients en avaient tous une peur bleue, parce que les familles, c'est du scandale qu'elles ont une peur bleue.

Quelque part dans mon cerveau retentit une petite clochette qui me signalait qu'elle venait de dire quelque chose d'important. Non pas qu'elle nous eût appris quoi que ce soit de nouveau, mais elle avait présenté les choses sous un angle différent.

Cela avait dû transparaître sur mon visage. Britannia décroisa les bras.

— Elle ne discutait pas de ses affaires avec moi, nous rappela-t-elle d'un ton sans réplique. Et si ça vous dérange pas, à présent je dois retourner à mon travail. Sinon, je vais perdre celui-là aussi.

Alors que nous nous apprêtions à quitter le Clipper, j'avisai un gamin qui traînait dans les parages, occupé à donner des coups de pied dans des cailloux. Il ressemblait fort à celui que j'avais vu filer de la maison de Ma Scroggs. Jethro Smith se tenait à la porte de son établissement. Il salua notre retour d'un regard dédaigneux et cria à l'enfant de décamper. Le gosse ne se fit pas prier.

— Nous en avons terminé pour le moment, Mr Smith, l'informai-je poliment.

Je ne tirai aucun bénéfice de ma courtoisie. Son regard s'assombrit encore.

— Vous ne comptez pas revenir, j'espère ? Mon pub est un endroit respectable. Il ne s'est jamais rien passé ici que je n'aie pu régler moi-même. Je n'ai pas besoin de la police chez moi.

— Vous ne tiendrez pas rigueur de notre visite à Britannia Scroggs, j'espère ? lui demandai-je. Nous enquêtons sur la mort de sa précédente employeuse. Vous ne comptez pas la renvoyer ?

Il me fixa pendant un moment, puis haussa les épaules.

— Je ne lui reproche rien mais je ne veux pas vous revoir.

— Je suis heureux que vous ayez pu lui fournir un emploi, lui dis-je sans trop savoir pourquoi, uniquement pour avoir le dernier mot peut-être.

Mais, dans ce cas, il ne l'entendait pas ainsi car il se pencha vers moi et grogna :

— C'est une bonne fille, Tanny Scroggs, et qui travaille bien. Vous n'avez rien à faire à la persécuter. Allez plutôt poser vos questions aux jeunes gandins qui empruntaient de l'argent à cette vieille sorcière de Clifford. C'est auprès d'eux que vous trouverez les réponses à votre enquête !

— Vous connaissiez Miss Scroggs depuis longtemps ? risquai-je.

— J'connais toute la famille, répondit Smith.

— Il ne reste plus que Britannia et sa vieille mère, il me semble. On ne peut plus guère parler de famille…

— Ils étaient plus nombreux qu'ça ! coupa Smith.

— Vous connaissiez tous les enfants ? Le garçon qui s'est tué en tombant d'un wagonnet, par exemple, ou son grand frère, qui a disparu en mer ?

— Billy, acquiesça Smith. On était copains quand on était gosses. C'est devenu un solide gaillard et je suis sûr qu'il aurait pu combattre sur le ring, mais il avait trop l'idée de voyager. Il s'est engagé comme mousse sur un clipper et il est parti.

— Sa mère et sa sœur pensent qu'il s'est noyé, notai-je, soucieux de continuer à le faire parler de la famille Scroggs.

Il posa ses yeux injectés de sang sur moi.

— Parmi ceux qui prennent la mer, il y en a beaucoup qui finissent au fond de l'océan, grignotés par les poissons !

Il détourna de nouveau son regard et reprit :

— Je ne sais pas ce qu'il est advenu de Billy. Sa mère a sûrement raison. Je connaissais la sœur aussi, celle qui est morte en couches. Ils ont eu leur lot de malheur, les Scroggs, sans qu'il y ait besoin d'en rajouter à présent. Elles n'ont pas besoin d'avoir des ennuis et pas besoin que vous leur traîniez autour !

Sur ces mots, le tavernier tourna les talons et, d'un pas lourd, rentra dans son établissement.

— Bourru mais ça n'empêche qu'il a peut-être raison, observai-je à l'intention de Morris comme nous nous disposions à partir. Nous devrions interroger toutes les personnes qui ont emprunté de l'argent à Mrs Clifford ou qui connaissent quelqu'un l'ayant fait. Si encore nous avions ses reconnaissances de dettes ! Mais nous ne devons pas oublier que Wellings était sur les lieux le soir du crime, à un horaire bien tardif pour une visite d'affaires.

— Les visites du jeune Wellings à n'importe quelle heure du jour pourraient s'expliquer par le fait qu'il n'avait simplement pas le choix, observa Morris. La plupart du temps, on devait avoir besoin de lui à l'hôpital.

— Certes. Mais je ne peux pas m'empêcher de penser à ce vol, Morris.

— Oui, monsieur ?

Le sergent me lança un coup d'œil qui trahit sa curiosité.

— Ce que l'on a dérobé se répartit en deux catégories. D'un côté, il y a la cagnotte et toute la monnaie qui pouvait traîner dans la maison. De l'autre, les récépissés. Supposons que ces derniers étaient l'objectif principal de notre meurtrier. Cela pointerait vers l'un des clients de Mrs Clifford, prêt à tout pour récupérer le document portant sa signature. Il pourrait donc s'agir d'une personne par ailleurs considérée comme tout à fait respectable.

— Un médecin, par exemple, suggéra Morris, pince-sans-rire.

— Comme le jeune Wellings, en effet. Qui que ce soit, il a été assez malin pour emporter aussi l'argent et faire croire à un vulgaire cambriolage, lequel aurait affreusement mal tourné quand la propriétaire aurait surpris son voleur.

« À présent, imaginons que le coupable ne soit pas un client, comme Wellings, mais un truand ordinaire, dont l'objectif premier a toujours été la cagnotte. Il aurait pu être assez futé pour emporter les reconnaissances de dettes dans l'espoir de brouiller les pistes et de laisser penser qu'il fallait chercher l'auteur du crime parmi les clients de Mrs Clifford. Nos soupçons se porteraient soit sur Wellings, qui est venu ce soir-là et que Britannia Scroggs a reconnu depuis la fenêtre de sa mansarde, soit sur un autre visiteur, qui serait passé après le départ de Wellings et que la domestique n'a pas vu. Rappelez-vous, la porte de la cuisine n'a pas été forcée. Apparemment, Mrs Clifford a laissé entrer son assassin.

« Maintenant, si nous poursuivons notre hypothèse que ce dernier n'était pas un client mais plutôt un truand intéressé par l'argent, imaginons-le au moment où il découvre les reconnaissances de dettes dans le secrétaire. Il comprend ce dont il s'agit. Il comprend aussi la fortune que cela représenterait entre les mains d'un maître chanteur. Or lui-même n'est qu'un simple cambrioleur. Il hésite à se lancer dans ce chantage, il ne saurait comment s'y prendre. Alors il décide de les vendre à quelqu'un de plus rompu que lui à cette discipline du crime.

— Mais dans ce cas, comment le coupable se serait-il introduit à l'intérieur ? demanda Morris. À cette heure tardive, Mrs Clifford n'aurait laissé entrer qu'un client qu'elle aurait reconnu. Seule cette fille a pu lui ouvrir la porte. Vous devriez l'arrêter, monsieur. Une fois en garde à vue, il serait plus facile de lui faire cracher le morceau. Elle perdrait ses moyens.

— Je reconnais qu'en dehors de Wellings elle est l'unique personne dont nous sachions avec certitude qu'elle se trouvait dans la maison ce soir-là. Mais réfléchissez un instant, sergent. Vous avez rencontré sa mère et vu la misère dans laquelle elle vit. Et vous avez parlé à Britannia. Est-ce le genre de domestique qu'emploient les demeures respectables ? Non, c'est une bonne à tout faire de la plus humble catégorie, à qui l'on ne confie que les tâches pénibles. Travailler pour Mrs Clifford n'était peut-être pas réjouissant mais elle était logée, nourrie et disposait d'une petite chambre à elle. Ses modestes gages lui permettaient de payer le loyer de sa mère. Elle jouissait même d'un certain statut. Elle n'était pas une fille de cuisine mais pouvait se revendiquer femme de chambre ! Maintenant qu'elle a perdu cette situation, elle en est réduite à lessiver le plancher d'un pub. Et c'est à n'en pas douter ce qui l'attend pour le restant de ses jours. Elle n'est même pas assez jolie pour mettre ses charmes sur le trottoir. Quand vous êtes allé la première fois chez la vieille Scroggs, il y avait du feu dans la cheminée, il me semble ?

— Oui, monsieur. On ne pouvait pas appeler ça une flambée mais ça brûlait, concéda Morris, impassible.

— Aujourd'hui, il n'y avait pas une braise. Son emploi chez Mrs Clifford offrait à Britannia un toit, des repas, un revenu régulier. Pour quelle raison aurait-elle mis tout cela en péril ?

Morris grommela son assentiment avant de solliciter l'autorisation de me faire part de son avis.

— Allez-y, l'invitai-je.

— Tout ce que vous dites est vrai, monsieur, je ne le conteste pas. Mais il y a encore des choses que nous ignorons. Le fait est que, déjà morte ou ne valant guère mieux, la Clifford a été emmenée de chez elle pour être abandonnée à Skinner's Yard. Tant que nous ne saurons pas pourquoi, nous n'aurons pas le fin mot de cette affaire, voilà mon opinion, monsieur. Avec votre permission, conclut-il.

— Je vous l'accorde, concédai-je. Quoi qu'il en soit, Britannia ne va pas se sauver. Comme Parker, tout la retient à Deptford. Sa vieille mère, qui est à sa charge, vit à proximité. Cet aubergiste, qui connaît sa famille et fréquentait ses frères et sœurs quand ils étaient enfants, lui a fourni un emploi. Tant qu'elle s'en tient à son histoire, nous aurons diablement du mal à l'en faire dévier, si tant est qu'elle nous mente ou nous cache quelque chose. Nous avons toutes les pièces, Morris, mais nous ne les assemblons pas encore dans le bon ordre. Et je partage votre avis qu'il nous faut découvrir comment et pourquoi le corps s'est retrouvé à Skinner's Yard.

— L'assassin voulait peut-être s'en débarrasser, suggéra simplement le sergent.

— À Skinner's Yard, il ne serait pas resté longtemps inaperçu.

Anticipant le scepticisme de Morris, j'hésitai un instant, puis continuai malgré tout.

— Wellings m'a raconté comment des personnes gravement blessées à la suite d'un accident se présentent d'elles-mêmes à l'hôpital. Il a lui-même vu arriver un homme avec un couteau fiché dans le crâne. Supposons que quelqu'un ait proposé son aide à Mrs Clifford mais que celle-ci soit morte avant qu'ils n'aient pu trouver du secours. Personne n'a envie d'être surpris en compagnie d'un cadavre de femme. Alors on traîne la malheureuse jusqu'à Skinner's Yard et on l'y abandonne.

— Mais alors, qui l'a dépouillée ? interrogea Morris. Que sont devenues sa montre, ses boucles d'oreilles et son alliance ?

— Parker nie les avoir prises et, bien que je l'aie d'abord soupçonné, je suis à présent plutôt enclin à le croire. En revanche, il a peur, et pas seulement d'être accusé d'avoir détroussé le corps. Non, non, il a vu ou entendu quelque chose… ou quelqu'un. Nous devons de ce pas aller trouver l'inspecteur Phipps. Il faut qu'il envoie un agent nous ramener une nouvelle fois Parker.

Nous ignorions alors qu'il était déjà trop tard.

CHAPITRE 12

Inspecteur Benjamin Ross

Dans ce quartier pauvre de Londres, il était impossible de trouver un cab, aussi Morris et moi prîmes à pied la direction du commissariat de Deptford. Dans des rues bondées, la marche est parfois le moyen le plus rapide d'arriver à destination, d'autant plus que nous ne tardâmes pas à être identifiés comme des représentants de la loi. La foule s'ouvrit alors devant nous comme la mer Rouge devant les Hébreux. Nous essuyâmes quelques regards de travers mais guère d'insultes, sinon un nom d'oiseau de temps à autre que nous choisîmes d'ignorer.

Toutes sortes de sons se liguaient pour agresser nos oreilles. On était en train de construire un navire à coque d'acier dans l'un des chantiers navals privés le long du fleuve et un martèlement tantôt sourd, tantôt métallique formait un bruit de fond permanent. Je savais que la construction sur la Tamise de bâtiments de grande taille posait des difficultés comme l'avait déjà révélé dix ans plus tôt le lancement si compliqué du *Great Eastern*[1].

1. Lancé en 1858, le paquebot *Great Eastern* était, à son époque, le plus grand navire du monde. Plusieurs tentatives furent nécessaires pour le mettre à l'eau depuis son chantier de Millwall, à l'est de Londres.

Combien de temps faudra-t-il aux chantiers privés pour rejoindre le grand arsenal de la Royal Navy au rayon des souvenirs ?

Les navires marchands dont Evans m'avait parlé avaient déversé leurs équipages dans les rues. S'y pressaient quantité de marins de toutes nationalités, dont les visages tannés par le vent et les intempéries avaient la teinte et la texture du vieux chêne. Autour de nous se côtoyaient d'innombrables langages que j'étais incapable de tous identifier. Ici, je repérais une intonation scandinave, là quelque chose qui me paraissait être du russe. Puis quelques mots que je reconnaissais comme de l'allemand. Il ne faisait aucun doute que, ce soir, ces nouveaux arrivants rempliraient les débits de boissons et les bordels, et qu'éclateraient les scènes de désordre habituelles, ne laissant guère de répit à Phipps et ses hommes. Nous passâmes devant un entrepôt où l'on s'affairait à décharger une cargaison de bois. L'atmosphère était imprégnée du parfum capiteux de la résine et, le temps d'un instant, nous pûmes nous croire au milieu d'une épaisse forêt du Grand Nord, des flocons de neige voletant parmi les branches au-dessus de nos têtes avec dans le lointain, peut-être, le hurlement d'un loup. Les débardeurs maniaient les lourdes planches, leurs muscles bandés dégoulinant de sueur. À la froide humidité de novembre se mêlait un étrange parfum et, par endroits, l'air paraissait se troubler. Je soupçonnais le brouillard de se former et, avant le soir, nous aurions droit à une véritable « purée de pois ». Mais, pour l'heure, ces robustes gaillards se passaient de leurs chemises en lambeaux. À la fin de la journée, eux aussi se dirigeraient vers la taverne la plus proche.

Je fis part à Morris de mes réflexions :

— Avec toute cette activité, qui discernerait un quelconque détail parmi la foule, si insolite soit-il ? Si l'un de ces diables, épuisé et assoiffé, croisait une femme titubant, apparemment ivre, soutenue par un, voire deux hommes, qu'en penserait-il ? Rien du tout. Il est même fort probable qu'il ne la remarquerait pas. Quant aux marins étrangers, cela ne les intéresserait pas. Tout ce qui compte pour eux, c'est l'alcool et les filles.

— Et ça ne manque pas par ici, observa Morris en désignant deux jeunes prostituées qui patrouillaient déjà en quête de clients.

Elles portaient des tenues aguichantes bon marché et leurs regards, à la fois vigilants et prédateurs, accentuaient le durcissement précoce de leurs traits juvéniles. Je me demandai quel âge elles pouvaient avoir. Quatorze, quinze ans ? Il existait des foyers, tenus par des œuvres de charité, où l'on recueillait ce genre de gamines. On tentait de les aider en leur donnant des rudiments d'éducation, en essayant de les débarrasser de leurs mauvais penchants et en leur apprenant le travail domestique ou le métier de couturière, par exemple. On les soignait, on les conseillait et on s'efforçait de leur offrir un avenir meilleur. Mais les filles demeuraient rarement longtemps dans ces établissements. Elles ne supportaient pas la rigueur de la discipline, ou se comportaient si mal, se battant entre elles et insultant le personnel dans le plus ordurier des langages, qu'on était contraint de les renvoyer. Les deux ribaudes nous avaient déjà repérés et identifiés pour ce que nous étions. Elles disparurent dans la foule.

Cela me fit penser à Daisy Smith, que j'avais rencontrée sur le pont de Waterloo un soir de brume et qui m'avait parlé du « spectre du fleuve » qui terrorisait alors les filles des rues. Je me demandai où se trouvait la rousse Daisy à présent, pour autant qu'elle fût encore en vie.

À notre arrivée au commissariat, il régnait dans le hall d'accueil une surprenante animation, non pas causée par une clientèle dissipée, mais par un attroupement d'uniformes. Sorti de son terrier, l'inspecteur Phipps se tenait devant le comptoir en compagnie des agents Evans et Barrett. Accoudé derrière la grille, un sergent rougeaud et corpulent écoutait avec intérêt. Un ouvrier entre deux âges, en état d'ébriété évident malgré l'heure précoce, avait été amené au poste. Le sergent de garde aurait vraisemblablement dû le mettre sous les verrous mais la vive conversation avait interrompu les formalités habituelles. Le sous-officier avait préféré profiter du spectacle tandis que l'ivrogne, un instant oublié et heureux de l'avoir été, s'était endormi dans un coin sur une chaise.

Lorsque Morris et moi fîmes notre apparition, toutes les têtes se tournèrent vers nous. Il y eut un instant de silence stupéfait, puis Phipps s'avança.

— Ça par exemple, inspecteur Ross ! Êtes-vous médium ? J'étais sur le point d'envoyer quelqu'un vous chercher.

— Que se passe-t-il ? demandai-je avec appréhension.

— Nous avons été informés par Wapping qu'un corps avait été repêché dans la Tamise ce matin. Il a été transporté à la morgue où l'on envoie là-bas ce genre de cadavres. Un marinier l'a semble-t-il aperçu flottant entre deux eaux et l'a gaffé à son bord. Comme sa barge était chargée, il n'a pas voulu faire demi-tour ou accoster. Il a mis le corps avec sa cargaison et l'a amené jusqu'à sa destination. Il ne s'est arrêté pour le déposer qu'à son retour. Ça n'avait pas l'air de le déranger d'avoir un macchabée à bord, peut-être parce qu'il savait qui c'était, conclut Phipps en grimaçant.

— Il avait reconnu le noyé ? s'étonna Morris en haussant les sourcils.

C'était en effet très inhabituel. Il était courant que le fleuve charrie des cadavres mais on les identifiait rarement aussi vite.

— C'est ce qu'il a dit, confirma Phipps, qui, sous sa moustache, tordit les lèvres en un rictus dépité. Et c'est une mauvaise nouvelle pour nous. Le marinier affirme qu'il s'agit de Harry Parker. Celui de notre enquête. Et comme il a précisé qu'il résidait à Deptford, le directeur de la morgue nous a fait passer l'information que le corps était chez eux et nous demande ce que nous souhaitons en faire.

Phipps esquissa un sourire maussade.

— Je vais envoyer quelqu'un à l'adresse que Parker nous a donnée hier, mais c'est une pension et ils ne sauront rien sur sa famille, ni qui prévenir.

Un silence se fit. Ma poitrine se serra. Nous ne saurions jamais ce que Parker avait vu le soir du meurtre ni ce qu'il savait.

Nos ruminations furent brusquement interrompues par l'ivrogne, qui chuta de sa chaise dans un grand fracas et demeura étendu par terre, couché sur le dos. Il ouvrit les paupières et nous fixa d'un œil trouble.

— Que Dieu vous garde, messeigneurs ! nous lança-t-il avec un léger accent irlandais.

Et il retomba dans son sommeil. Le sergent de garde fit le tour de son comptoir et, avec l'aide de l'agent Evans, il releva le bonhomme et le traîna vers une cellule.

— Parker a mentionné un frère à Limehouse, rappelai-je. Il m'a expliqué qu'il s'était rendu chez lui lorsque nous avons momentanément perdu sa trace. Possible qu'il ait dit la vérité.

Le visage de Phipps s'éclaira.

— Alors ce n'est pas à nous de le retrouver. Limehouse peut s'en occuper.

— Le corps est encore à la morgue de Wapping ? demandai-je, non sans remarquer que l'inspecteur Phipps semblait toujours prompt à se décharger de son travail sur une autre division.

— Autant que je sache, répondit Phipps avec désinvolture.

Il ne se sentait plus concerné.

— Dans ce cas, nous allons nous y rendre et essayer de mettre la main sur ce marinier.

* * *

Ce n'était pas dans de telles circonstances que j'avais souhaité revoir Harry Parker. Je contemplai son corps sans vie. Il ressemblait autant à un rat dans la mort que lorsqu'il était en vie. Il paraissait même plus petit.

— Avez-vous le nom de l'homme qui vous a apporté ce cadavre ? demandai-je au responsable de la morgue. Son adresse ?

— Oui, monsieur. Il s'appelle Frederick Midge. Mais il a repris son travail sur le fleuve et vous n'aurez guère de chances de le trouver avant ce soir.

— Le corps porte-t-il des traces de violence ?

Le fonctionnaire consulta de nouveau sa fiche.

— Nous n'avons rien noté de tel, monsieur. Le plus probable est qu'il était ivre et qu'il est tombé à l'eau.

Il se pencha en avant et pointa le doigt.

— Il y a une marque ici, sur l'épaule. La peau n'est pas entaillée, c'est plus une égratignure. Elle a sans doute été causée *post mortem*, par une collision avec une épave ou par la gaffe du marinier quand il a repêché le corps.

— Si quelqu'un vient le réclamer, informez-nous-en aussitôt à Scotland Yard, insistai-je. Nous avons des raisons de penser qu'il avait un frère dans les environs de Limehouse.

— Il faudra qu'il se dépêche alors, souligna le responsable. On ne pourra pas le garder longtemps ici. Voyez vous-même, la place nous manque. Nous ferons passer une annonce dans la presse locale. Si personne ne se présente, et sitôt que le coroner aura rendu son verdict, il finira soit dans la fosse commune de la paroisse, soit sur la table de dissection d'une école de médecine. Mais ce sera classé comme « décès accidentel », vous pouvez me croire.

— Nous nous rendrons ce soir à l'adresse qu'a donnée le marinier, signalai-je à Morris au moment de notre départ. S'il n'y est pas, nous laisserons un mot lui demandant de se présenter au Yard.

— Et s'il y est, il n'aura rien à nous dire, repartit Morris d'un ton lugubre.

— Sans doute, mais ce pourrait être intéressant de savoir comment Parker et lui se connaissaient. Les mariniers et les bateliers de la Tamise forment une communauté professionnelle très soudée. Quelle relation l'un d'entre eux pouvait-il avoir avec un journalier des docks ?

Il n'y avait rien d'autre à faire que cesser de penser à ce malheureux Parker tant que nous n'avions pas eu la possibilité de nous entretenir avec Frederick Midge.

En attendant, je constatai à mon retour à Scotland Yard qu'un visiteur m'y attendait.

— Un gentleman est là pour vous voir, Mr Ross, m'informa Biddle d'une voix impressionnée.

— Encore Mr Pickford ?

— Non, monsieur, pas le gros… pas Mr Pickford. C'est un gentleman très distingué, monsieur.

Je devinai facilement de qui il s'agissait. Depuis longtemps je me préparais à recevoir la visite de Mr Francis Carterton, membre du Parlement. Le moment était venu.

Il se leva pour me saluer, sa silhouette raffinée, presque de dandy, sanglée dans une redingote bleue à la coupe impeccable et un pantalon lavande. Il tenait à la main un haut-de-forme en soie et une canne à pommeau d'argent.

— J'espère que le moment n'est pas mal choisi pour venir vous voir, Ben ? me demanda-t-il d'un ton joyeux.

Malgré tous mes efforts, je ne peux m'empêcher d'être agacé par Frank Carterton. Ce n'est pas seulement parce que je sais qu'il a courtisé Lizzie avant notre mariage. Ou parce que je ne suis pas sans être au fait de la chaste affection qu'elle conserve secrètement pour lui. Ce n'est pas non plus parce que, à cause de lui, et de ses fiançailles avec Patience Wellings, Lizzie se trouvait mêlée à l'affaire du meurtre de Deptford. Ni même parce qu'il l'avait convaincue de l'accompagner chez sa tante pour essayer de l'amadouer au sujet des déboires de la famille de sa fiancée. Ni parce que, en raison de la stupidité d'Edgar Wellings, Lizzie était devenue une sorte de confidente pour sa sœur, sur laquelle elle se sentait à présent le devoir de veiller. Donc, comme on le voit, j'avais une longue liste de griefs envers Carterton.

Non, c'est, par-dessus tout, parce que ce cher Frank a le chic pour trouver à coup sûr le moyen de m'irriter. À l'instant, par exemple, il m'avait appelé Ben sur mon lieu de travail. Qu'il emploie de temps à autre ce diminutif familier dans un contexte privé ne me dérangeait pas (même si, dans ces circonstances, il me disait en général « Ross »), mais sa visite aujourd'hui concernait une enquête policière dont j'avais la responsabilité. En d'autres termes, il s'agissait d'une entrevue à caractère professionnel. Nous étions à Scotland Yard, pas dans le salon d'une riche lady.

Et s'il pensait qu'en me caressant dans le sens du poil je lui révélerais quelque chose que sans cela je lui aurais caché, il se fourvoyait.

— J'espère que vous n'avez pas attendu trop longtemps, Mr Carterton, lui dis-je d'un ton compassé en serrant la main qu'il m'offrait.

Coûteux gants de chevreau gris ! Mais, toujours respectueux de l'étiquette, il avait ôté celui de sa main droite avant de me la tendre.

Il ne prit pas la peine de masquer son sourire.

— J'aurais dû vous appeler « inspecteur Ross », n'est-ce pas ? Bien, bien, j'imagine que c'est l'usage. Mes sincères excuses, mon cher ami.

Seul Frank Carterton pouvait faire si gracieusement amende honorable et pourtant ne parvenir qu'à aggraver la situation. Maintenant, je savais que j'avais dû lui paraître pompeux.

— Suivez-moi dans mon bureau, grommelai-je. Nous pourrons nous entretenir au calme.

Je l'introduisis dans le grand placard à balais qui me sert de bureau et l'invitai à prendre une chaise. Ce qu'il aurait fait de toute façon. Tout en s'asseyant, il balaya la pièce du regard, notant chaque détail de cet environnement de travail banal et exigu. Eh non, Mr Carterton, nous ne sommes pas à la Chambre des communes !

— Vous devinez l'objet de ma visite, commença-t-il.

Il plia ses gants de chevreau et les rangea avec soin dans son chapeau.

— Je vous attendais, répliquai-je avec rudesse.

En sa présence, je redevenais le gamin qui avait naguère travaillé dans une mine du Derbyshire. Et alors ? Il n'y avait aucune honte à un travail honnête. Même si je n'avais pas moi-même extrait le charbon, j'avais été ce qu'on appelle un « galibot ». Je restais assis pendant des heures dans les noires profondeurs de la mine à ouvrir et à fermer les portes d'aération. Le père de Lizzie m'avait tiré de là et avait payé mon éducation.

Carterton m'étudiait avec une élégance dégagée. J'avais l'affreux soupçon qu'il devinait exactement mes pensées. Si exaspérant qu'il fût, il n'était pas idiot. N'étaient ses liens avec Lizzie, j'aurais même pu l'apprécier. Enfin, le tolérer du moins.

— Vous souhaitiez me parler d'Edgar Wellings, déclarai-je.

— Oui, confirma Carterton. Si je ne m'abuse, vous avez déjà reçu à ce sujet la visite de son oncle, Mr Pickford. Sacré personnage, n'est-ce pas ? ajouta-t-il en souriant tout à coup.

Assailli par le souvenir de Pickford, je ne pus que lui retourner son sourire.

— C'est, je crois, ce que l'on appelle un « caractère », convins-je. Mais il m'a eu tout l'air d'un redoutable homme d'affaires.

— Ma foi, oui ! acquiesça Carterton. Capable en tout cas d'avoir amassé une jolie petite fortune.

Je le sentis qui se faisait à présent sérieux.

— Que comptez-vous faire du jeune Edgar ? demanda-t-il.

— Je n'ai aucune intention particulière le concernant pour le moment. Nous lui avons demandé de ne pas quitter Londres et de se tenir à notre disposition si nous avions de nouveau besoin de l'interroger.

— Oh, ça, il ne va pas partir, assura Carterton. Il est terrifié à l'idée de retourner chez ses parents. Du coup, ce sont ses parents qui vont venir à lui. Toute la famille s'apprête à débarquer à Goodge Place. Il y aura aussi deux tantes célibataires, les sœurs de sa mère. Edgar n'aura d'autre choix que de leur faire face.

Carterton se pencha vers moi.

— Écoutez, inspecteur Ross, Edgar est souvent insouciant, parfois inconscient, mais je ne l'imagine pas un instant recourir à la violence. Le suspectez-vous réellement de cet épouvantable meurtre ?

— Je ne peux pas écarter cette possibilité, lui dis-je. Même si je n'ai aucune raison de l'arrêter ni de l'inculper pour l'instant. Notre enquête se poursuit. Il se trouvait sur place le soir du crime. Nous avons un témoin qui affirme avoir entendu une dispute. Wellings lui-même ne le nie pas. Il avait emprunté de l'argent à cette femme et il était dans l'incapacité de la rembourser. Il était désespéré. De l'avis général, la prêteuse était quelqu'un d'un commerce fort désagréable. Comment dès lors affirmer qu'il est impossible que Wellings ait perdu son sang-froid ?

— Mais le corps n'a pas été découvert dans la maison, il me semble ? objecta Carterton, un brin provocateur. Elle a quitté son domicile, blessée peut-être, mais par ses propres moyens.

— Cela, nous l'ignorons. Elle est partie, certes, mais avec l'aide d'une personne au moins. Car même si elle était encore en vie, elle devait être à l'agonie étant donné ses blessures. Je sais qu'Edgar ne manque pas d'exemples de personnes gravement atteintes qui se sont présentées d'elles-mêmes à l'hôpital, mais je ne pense pas que nous soyons dans ce cas.

D'un ton volontairement détaché, j'ajoutai :

— Quelqu'un a pu vouloir l'emmener se faire soigner pour finir par l'abandonner quand elle s'est effondrée, puis est morte à ses pieds.

Carterton pâlit.

— Vous ne suggérez pas qu'Edgar ait fait une chose pareille ?

— Comment le saurais-je ? ripostai-je.

Il se redressa sur sa chaise et soupira.

— Je ne voudrais pas vous paraître égoïste mais vous voyez bien à quel point tout cela est embarrassant pour moi à titre personnel.

J'opinai du chef.

— Vous voudriez éviter un scandale. Ce ne serait pas très bon pour votre carrière.

— Non, ce ne serait pas bon du tout. En l'état actuel, mon mariage avec Miss Wellings est ajourné jusqu'à ce que les choses soient réglées d'une façon ou d'une autre. Ma tante, Mrs Parry, est inflexible.

Il leva les yeux et son regard croisa le mien.

— Mais ne vous méprenez pas, Ross. Je n'abandonnerai pas Patience. Nous nous marierons, quoi qu'il arrive.

— Et votre avenir en politique ?

Il m'adressa un sourire ironique.

— Si Edgar est condamné à la potence, c'en sera fini de moi à la Chambre. Le spectre de l'infamie, vous comprenez… Marié à une femme dont le frère est un assassin ! Mais tant pis. S'il me faut changer de voie, je le ferai. Ce ne serait pas la première fois.

Je fus tenté de lui demander pourquoi il avait délaissé sa carrière diplomatique naissante pour se présenter au Parlement mais, au fond, je n'avais pas vraiment envie de le savoir. J'avais assez de préoccupations comme cela.

— Carterton ! l'interpellai-je avec fermeté. Je n'aime pas que mon épouse soit impliquée dans cette histoire. Ce n'est pas seulement pour des raisons personnelles. Cela risque de fragiliser ma position en tant que responsable de l'enquête. Si vous l'emmenez de nouveau à Dorset Square, il faudra que j'en informe mon supérieur. Et il ne fait guère de doute qu'il me retirera l'affaire. Me fais-je bien comprendre ?

— Parfaitement, répondit-il. Et je m'excuse pour avoir demandé à Lizzie de nous accompagner chez ma tante. C'était malavisé. C'est juste que Lizzie est si bonne avec Tante Julia… et Patience lui est si reconnaissante de son soutien. Et moi aussi, acheva-t-il.

Un ange passa.

— La situation est difficile pour Patience, reprit Carterton avant de marquer une nouvelle pause. Je ne souhaite pas qu'on vous décharge de l'affaire, Ben. J'ai confiance en vous. Vous irez au fond des choses. Vous découvrirez la vérité. Vous n'accorderez de traitement de faveur à personne et je n'en solliciterai pas. Je ne redemanderai pas à Lizzie de venir avec moi chez Tante Julia. Je vous en donne ma parole.

— Merci.

Nos yeux se rencontrèrent.

— Mais je ne peux pas empêcher Lizzie de se rendre de son propre chef à Dorset Square. Cela dépend de vous.

— Oui, acquiesçai-je, mal à l'aise.

Il savait aussi bien que moi qu'il était à peu près impossible de persuader mon épouse de renoncer à quelque chose qu'elle avait décidé de faire.

* * *

Vers cinq heures, le brouillard commença à se former. Après en avoir été épargné pendant plus d'une semaine, il fallait s'y attendre. Les premiers écheveaux de brume étaient apparus en milieu d'après-midi, puis avaient rapidement épaissi. La température avait chuté. Sur les vitres, de la condensation s'était formée et s'écoulait en filets aussi impénétrables au regard que d'épais rideaux à motifs. Il faisait déjà sombre et le gaz était allumé.

Morris et moi prîmes un cab pour nous rendre chez Frederick Midge, le marinier. Mais quand la visibilité se réduisit encore, la voiture s'immobilisa. Le cocher apparut à la portière pour nous avertir qu'il ne voulait pas aller plus loin en raison du risque d'accident.

— Ce n'est pas tant une collision avec un autre véhicule que je crains que d'écraser un piéton, précisa-t-il. Les gens doivent bien traverser la rue, alors ils font ce qu'ils peuvent. Ils nous entendent, d'accord, mais ils ne nous voient pas avant qu'on soit sur eux. Ils ont du mal à évaluer les distances. Et nous, on ne les voit ni ne les entend. Je peux vous conduire mais ce sera au pas et, pour être honnête, vous irez plus vite à pied, messieurs.

Nous abandonnâmes donc notre moyen de transport, enroulâmes soigneusement nos cache-nez autour de nos visages et nous mîmes en route avec prudence. D'autres passants marchaient à l'aveuglette d'un pas aussi hésitant que le nôtre. De temps à autre, nous bousculions quelqu'un, marmonnions des excuses et reprenions dans la mesure du possible notre progression. Les boutiques étaient éclairées mais leurs lumières ne parvenaient qu'à créer des halos de brouillard plus pâle à proximité immédiate des vitrines et n'aidaient guère à distinguer les détails de la rue. Tout à coup, Morris poussa un cri et jura d'une voix rauque.

— Qu'y a-t-il ? m'inquiétai-je.

— J'ai heurté quelque chose, monsieur ! Quelque chose d'ignoble ! Ô mon Dieu, c'est un cadavre suspendu…

Je m'approchai et tendis la main. Je touchai quelque chose de ferme qui se mit à se balancer à mon contact. Dominant l'odeur de soufre et d'œuf pourri du smog, je décelai des relents de chair morte. J'enlevai mon gant et longeai la chose du bout des doigts. C'était froid, doux et nu. Soudain, j'en atteignis l'extrémité, matérialisée par une petite forme saillante en forme d'entonnoir. Je sentis de l'os et du cartilage. Je retirai ma main en réprimant un hurlement.

Au même moment, un cri retentit derrière nous depuis l'intérieur du bâtiment voisin.

— Hé ! fit une voix masculine. Qui va là ? Ôtez vos sales pattes de voleur de ma viande !

— C'est un quartier de bœuf ou de porc, Morris ! m'exclamai-je avec soulagement. Nous sommes sans doute devant une boucherie. Tenez, il y en a d'autres. Ils sont pendus les uns derrière les autres.

Une silhouette sombre se profila.

— Dégagez ! nous cria-t-elle.

— Police ! répondis-je. Vous êtes le boucher ?

— Lui-même. Joseph Perkins, viandes et gibier de premier choix, nous répondit-on avec méfiance.

— Je vous suggère de rentrer votre marchandise, Mr Perkins. Nous venons de nous y cogner.

— J'étais sur le point de le faire ! assura la silhouette. J'appelle mon commis.

Nous reprîmes notre trajet. Nous croisâmes d'autres formes fantomatiques, qui toussaient et respiraient péniblement comme les pensionnaires d'un sanatorium. Enfin, après ce qui nous parut une éternité, nous arrivâmes dans les ruelles et les allées étroites de Wapping.

Là, après avoir fait fausse route et demandé notre chemin à d'innombrables reprises, nous parvînmes devant une petite maison à la porte de laquelle nous frappâmes.

Une voix la traversa pour nous demander qui nous étions. Lorsque nous nous fûmes identifiés, le battant s'ouvrit et une bouffée d'air tiède et de lumière vive nous submergea. Une large silhouette se tenait devant nous, nous observant.

— Vous venez à propos du cadavre ? demanda-t-elle d'une voix rocailleuse. Vous ne ressemblez pas aux argousins ordinaires.

— Nous venons de Scotland Yard, expliquai-je.

— Crénom, fit-il. Des pontes ! Vous ne devriez pas rester là. Le brouillard entre dans la maison.

Reconnaissants, nous nous engouffrâmes dans la chaleur et nous trouvâmes bientôt dans un salon exigu mais confortable. On nous y installa en invités d'honneur sur les deux meilleurs sièges tandis que Mrs Midge et sa fille aînée s'activaient dans la cuisine derrière nous et qu'un troupeau de jeunes enfants se massait dans l'embrasure de la porte pour observer en gloussant les visiteurs.

— Ne faites pas attention à eux, nous dit leur père en agitant la main en direction de sa marmaille. Selina ! Viens nous débarrasser des gosses !

Une forme féminine apparut et dispersa les enfants. La porte se referma.

— Une chope de bière ? nous proposa Mr Midge avec hospitalité. J'en envoie un au pub avec un pichet. C'est au coin de la rue.

— Non, merci, refusai-je. Je ne tiens pas à obliger un de vos enfants à sortir par une nuit pareille. Et puis nous ne pouvons pas nous attarder. Nous allons devoir faire le chemin en sens inverse dans le brouillard. À ma connaissance, vous avez repêché un corps dans le fleuve ce matin, Mr Midge.

— Ouais, confirma-t-il avec un mouvement de tête. Et si le temps avait été le même que ce soir, jamais on ne l'aurait vu. Mais, au petit jour, quand on a appareillé, l'air était pur comme du cristal.

Il nous étudia.

— J'aurais jamais cru que la mort d'un docker pouvait intéresser Scotland Yard.

— À ce qu'on m'a dit, poursuivis-je, ignorant son évidente invitation à le mettre dans la confidence, vous avez reconnu le noyé.

— Exact. Ça m'a fait un drôle de choc. J'étais là, occupé à mon travail, quand le gamin me crie qu'il y a un corps dans l'eau. Bon, pour vous dire la vérité, j'ai d'abord pensé que c'était juste une épave. Les bateaux étrangers qui remontent le fleuve jettent parfois leurs déchets par-dessus bord, qui dérivent jusqu'au rivage, ou vers la mer quand la marée tourne. Depuis que je navigue sur la Tamise, j'y ai croisé toutes sortes de choses. Des caisses vides, des bouteilles avec des étiquettes d'autres pays… des tas de saletés qui partent avec l'eau de cale. Mais attention, tout n'est pas toujours à jeter. Une fois, j'ai avisé un tuyau de poêle. En soie fine, comme en porterait un gentleman. Il flottait tout seul et il n'avait pas l'air d'être dans l'eau depuis longtemps. Alors je l'ai repêché. Ma femme l'a un peu nettoyé et je l'ai gardé pour les enterrements. J'ai assisté à plus de cérémonies avec ce chapeau que je peux m'en souvenir, ajouta Mr Midge, la mine pensive. Ça fait son effet, un galurin en soie.

— Donc vous êtes allé voir ce que le mousse avait aperçu… intervint Morris avec impatience.

— Oui, mais le jeune Sammy avait déjà donné de la gaffe et l'avait accroché. Il s'était pas trompé, c'était bien un corps. Alors on l'a attiré à nous et on l'a hissé à bord. On l'retourne et là, crénom, v'là que je reconnais le pauv' gars !

Mr Midge se frappa la cuisse, manifestement ravi de ce coup de théâtre.

— « C'est Harry Parker ! » que je m'écrie. « Jamais de la vie », me fait le gamin. Mais je lui dis que si, que je serais prêt à parier la montre en or de mon grand-père.

— D'où connaissiez-vous Parker ? lui demandai-je.

— Il a un peu travaillé pour moi, juste un coup de main pour décharger la marchandise. Deux ou trois fois. C'était un marrant, Harry. On le voyait toujours apparaître le long du fleuve, tantôt ici tantôt là, à la recherche d'un boulot pour la journée. Tout le monde le connaissait. Mais qu'est-ce que je pouvais faire, hein ? J'étais chargé à plein et il ne restait guère de temps avant l'inversion de la marée. Je devais continuer, impossible d'amarrer quelque part. Alors je l'ai étendu dignement, je l'ai recouvert d'une bâche pour lui éviter d'être picoré par les mouettes et on l'a gardé avec nous pour le voyage. Ça me paraissait la chose à faire, vu que je le connaissais.

— Vous voulez dire que, si vous ne l'aviez pas identifié, vous l'auriez rejeté à l'eau pour que quelqu'un d'autre se charge de lui ? fit Morris d'un ton sévère.

— Ah ! D'après vous ? s'exclama Mr Midge avec un clin d'œil, avant d'ajouter vertueusement : Bien sûr que non ! Je connais mes devoirs de chrétien et mes responsabilités en tant que citoyen. Quand vous descendez de cinq générations de mariniers, vous apprenez à respecter le fleuve et tout ce qui s'y passe. On y trouve des créatures noyées, chats, chiens, même un âne une fois… c'est la loi de la nature et il y a pas à s'en soucier. Mais un être humain, vous ne pouvez pas vous en détourner, tout de même.

Mr Midge ne nous apprendrait rien de plus. Nous le remerciâmes pour son aide, lui conseillâmes d'aller réclamer au commissariat de Wapping la récompense à laquelle il avait droit et refusâmes une nouvelle fois qu'il envoie un de ses marmots au pub avec un pichet.

Dehors, le temps semblait plus froid et plus humide, et le brouillard plus dense, après notre brève halte dans le salon douillet de la famille Midge. Il n'y avait pas grand monde dehors, si bien qu'il régnait dans la rue un calme inhabituel. Pourtant, j'entendis un soulier racler le pavé, suivi d'un cliquètement, comme si on avait délogé, puis fait rouler une pierre. Le bruit semblait provenir de l'autre côté de la maison des Midge.

— Vous avez entendu ? demandai-je à voix basse au sergent.

Nous demeurions tous deux immobiles, l'oreille aux aguets. Des rubans de brume tourbillonnaient autour de nous. Parmi eux, je crus voir bouger une large forme indistincte. Je demandai à l'oreille de Morris s'il avait vu quelque chose. Il me répondit par la négative.

— Le brouillard, ça vous joue des tours, monsieur. À condition d'y croire, on peut s'imaginer entouré de fantômes.

— Trop matériel pour un fantôme, répliquai-je. Il y a quelqu'un ? appelai-je.

Mais le silence fut notre seule récompense pour avoir patienté quelques minutes supplémentaires dans l'air humide. Je soupirai.

— Il n'y a rien de plus à espérer, Morris. Rentrons.

Nous nous remîmes en route, apparemment seuls sur notre planète de brume. Deux fois, cependant, je m'arrêtai et scrutai par-dessus mon épaule l'insondable masse grise.

— On nous suit, monsieur ? chuchota Morris.

— Juste une impression.

— Je sais ce que c'est, déclara Morris.

Plus d'une fois au cours de sa carrière, lui aussi avait connu ce frisson qui vous naît entre les omoplates et vous remonte la nuque, et qui révèle au policier d'expérience la présence de quelqu'un sur ses talons.

Nous poursuivîmes notre chemin, nous arrêtant inutilement une fois de plus.

— Il est habile, murmura Morris. Il cesse de bouger en même temps que nous.

— Mais il est là, soufflai-je.

— Oui, monsieur, il est là, confirma le sergent.

Nous étions arrivés au point où nos routes se séparaient.

— Cela va le perturber, remarquai-je. À demain matin, Morris.

Il y avait désormais plus de monde autour de nous, formes troubles qui s'esquivaient les unes les autres ou se percutaient si elles manquaient de vigilance. L'air résonnait d'excuses et de jurons étouffés. Si notre homme avait essayé de prendre Morris ou moi-même en chasse, il avait dû renoncer et lui aussi probablement rentrer chez lui.

Elizabeth Martin Ross

Il était un peu plus de cinq heures de l'après-midi. De retour de la cour avec un seau de charbon, Bessie le posa avec fracas sur le sol de la cuisine et annonça :

— Le brouillard se lève, m'dame.

Je jetai un coup d'œil par la fenêtre. Déjà, une nappe diffuse couvrait les abords de la maison. Il faisait trop sombre à l'intérieur pour pouvoir travailler mais je ne voulais pas mettre le gaz si tôt. Au lieu de cela, j'allumai une chandelle que je plaçai sur la table de la cuisine pour que nous puissions nous occuper des légumes du dîner. Bessie avait ravivé le feu de la cuisinière et l'atmosphère était chaleureuse. J'espérais que Ben ne serait pas retardé et pourrait rentrer à la maison avant que le temps ne se gâte.

Soudain, il se produisit à la porte un grattement et un coup qui nous firent sursauter de peur Bessie et moi. Nous nous regardâmes. Nous n'avions pas entendu grincer la porte qui donne accès à la cour depuis la rue, ni approcher des pas sur la partie dallée.

— Qui ça peut être ? grommela Bessie. Je viens juste de sortir et il n'y avait personne !

Je me rendis à la fenêtre et regardai au-dehors. Je ne distinguai personne. Le coup se répéta, cette fois plus insistant. Il semblait aussi avoir été frappé très bas. Bessie se saisit du tisonnier qui se trouvait près de la cuisinière et le brandit devant elle comme une arme. Puis nous nous approchâmes ensemble de la porte, que j'ouvris à la volée.

Une volute de brume s'engouffra à l'intérieur. Comme je ne voyais toujours personne, une voix nous causa à toutes deux une vive frayeur en s'élevant au niveau de nos genoux.

— Bonsoir ! gazouilla-t-elle.

Nous baissâmes les yeux et découvrîmes la forme d'un petit enfant, soigneusement emmitouflé contre le froid.

— Bien le bonsoir, répondit Bessie. Qui es-tu, dis-moi ? Qu'est-ce que tu veux ?

— Vous auriez des chiffons ? interrogea la voix flûtée. Des vieux habits dont vous n'avez plus besoin ?

Une brume épaisse pénétrait toujours plus abondante dans la cuisine, dont l'agréable tiédeur se dissipait rapidement.

— Tu ferais mieux d'entrer, dis-je à l'enfant.

Bessie me jeta un regard circonspect et, se tournant vers notre jeune visiteur, lui demanda :

— Tu n'es pas tout seul, dis-moi ? Qui est avec toi et où est-il ?

— Il y a grand-père, répondit l'enfant.

— Il est où, ton grand-père ? insista Bessie.

— Il fait les maisons de l'autre côté de la rue, expliqua ce qui se révélait à présent être une petite fille.

De mauvaise grâce, Bessie s'écarta pour laisser passer la fillette et referma la porte derrière elle. Nous étudiâmes notre visiteuse.

Elle était si bien empaquetée dans un amoncellement de vêtements et de châles qu'elle ressemblait elle-même à un ballot de fripes avec des souliers trop grands à une extrémité et une bouille maculée de crasse nichée dans un fouillis de cheveux blonds à l'autre. Le tout était surmonté d'un chapeau de femme en feutre dans lequel était plantée une plume cassée. Bessie n'en restait pas moins sur ses gardes.

— Comment es-tu entrée dans la cour ? Tu n'es pas assez grande pour atteindre le loquet de la porte.

— Je suis montée sur ma boîte, repartit aussitôt l'enfant.

— Ta boîte ? Quelle boîte ? Je ne vois de boîte nulle part ! se récria Bessie.

— Comment t'appelles-tu ? demandai-je, coupant court à cet interrogatoire.

— Sukey, répondit la fillette, qui, revenant à sa préoccupation première, énonça avec une détermination toute professionnelle : On a besoin de vieux habits, n'importe quoi. Même des chiffons, c'est mieux que rien.

Le tisonnier toujours à la main, Bessie se rendit à la fenêtre et scruta l'obscurité du soir.

— Il est peut-être dehors, me dit-elle avec inquiétude, puis s'adressant à l'enfant, elle déclara : On n'a rien pour toi. Va-t'en !

— Non, attends ! fis-je en tendant la main pour arrêter Bessie qui s'apprêtait à rouvrir la porte et à expulser notre visiteuse.

Je venais de me rappeler que Ben m'avait raconté peu de temps auparavant avoir rencontré un vieux chiffonnier accompagné d'une fillette qu'il transportait dans sa charrette. Je me tournai vers l'enfant et lui demandai :

— Ton grand-père, ce ne serait pas Jeb la Chiffe, par hasard ?

La gamine m'observa en fronçant les sourcils et garda le silence.

— Ne t'en fais pas, la rassurai-je. Mon mari connaît ton grand-père. Bessie ! Monte chercher ces deux vieilles chemises de l'inspecteur que nous avons.

— Je comptais y découper des chiffons pour le ménage, objecta la domestique.

— Si la petite a été envoyée faire la collecte par son grand-père, il lui fera des ennuis si elle revient les mains vides, murmurai-je.

— Bon, d'accord, abdiqua Bessie à contrecœur.

Elle me confia le tisonnier.

— Mais gardez ça avec vous tant que je serai partie, m'dame. Elle peut avoir été envoyée en avant pour endormir notre méfiance. C'est une ruse qu'emploient les voleurs, vous savez ! Je vais verrouiller la porte, comme ça personne ne pourra entrer tant que vous serez seule.

— Oui, oui, Bessie. Dépêche-toi juste de rapporter ces chemises. Ça ne te prendra pas plus de cinq minutes. Quant à toi, Sukey, assieds-toi près du fourneau pour te réchauffer.

La fillette escalada la chaise que je lui indiquais et s'y installa, balançant ses courtes jambes auxquelles ses chaussures démesurées donnaient un aspect étrange. Toujours petite femme d'affaires, elle observa :

— Des chemises, c'est bien. Mais la dentelle c'est mieux. Vous n'avez pas de dentelle ?

— Non, Sukey, je n'ai pas de dentelle. Par contre, j'ai du gâteau aux fruits. Tu en veux un morceau ?

Dans la saleté de son visage, ses yeux s'allumèrent.

— Ouais, dit-elle simplement.

Je découpai une part de gâteau et la lui tendis. Elle s'en empara en marmonnant un « Merchi ! ».

— Il fait très froid ce soir pour que ton grand-père t'emmène dehors, remarquai-je. Si je le vois, je le lui dirai.

— Cha va, articula Sukey malgré sa bouche pleine. Je vais toujours avec lui.

— Quel âge as-tu ?

Sukey considéra la question.

— Six ans, je crois. Peut-être cinq, se reprit-elle en fronçant les sourcils, mais six à mon avis. En tout cas, je ne suis plus un bébé.

Non, pensai-je en soupirant, ce n'était plus un bébé. C'était une enfant pauvre et les pauvres n'ont pas droit à l'enfance. On les met au travail sitôt qu'ils en sont capables. À six ans, Ben descendait à la mine. On ne comptait pas les foyers où les mères gagnaient de l'argent en travaillant « à la pièce », par exemple en ourlant des mouchoirs ou en cousant des jeux de boutons sur des présentoirs en carton, et où des petites filles pas plus âgées que Sukey les aidaient à réaliser leur compte quotidien. Vers la fin de la journée, lorsque l'enfant fatiguait, il arrivait souvent qu'on l'attache debout à un meuble pour qu'elle ne s'endorme pas sur son ouvrage.

Sukey ramassait avec application les miettes tombées sur ses genoux et les portait à sa bouche. C'était une petite chose si fragile que je me demandai à quand remontait son dernier véritable repas. Elle deviendrait prématurément chétive et vieille, pensai-je avec tristesse. Mais son grand-père faisait sans doute de son mieux pour l'élever, même s'il l'emmenait dehors par un temps aussi froid et humide que ce soir.

— Mon mari m'a raconté que ton grand-père te laisse monter sur sa charrette. Il m'a dit que, quand il vous a rencontrés tous les deux, tu étais enfouie sous des piles de vêtements.

— L'y fait chaud, marmonna Sukey entre les derniers restes de gâteau.

— J'aurais plutôt cru ça fétide… enfin, que ça sentait mauvais.

J'ignorais si « fétide » figurait à son vocabulaire.

Sukey me dévisagea, manifestement perplexe. Elle était habituée à l'odeur du chiffon et ça ne la dérangeait pas.

— En tout cas, c'est gentil de sa part, me hâtai-je d'ajouter. C'est quelqu'un de gentil, ton grand-père ?

— Oui, affirma la fillette. Il s'occupe de nous quand mon père est pas là.

— Tu as des frères et sœurs ?

— Un frère. J'avais une sœur mais elle a attrapé la fièvre et elle est morte.

— Je suis désolée. Où… où va ton papa quand il s'absente ?

Je craignais que la réponse fût « en prison » mais Sukey déclara :

— Il part sur la mer.

— Ça doit être dur pour ta mère qu'il s'en aille autant.

— C'est pas grave, répondit patiemment Sukey. Parce qu'on a grand-père.

Et, peut-être pour me démontrer que je me faisais un souci inutile et que son grand-père était l'homme de toutes les situations, elle ajouta :

— L'autre jour, il a transporté une femme qui avait trop bu sur la charrette.

— Ça veut dire que tu as dû te serrer contre cette… dame ?

— Non, fit-elle en secouant la tête avec tant de vigueur qu'elle dut retenir son chapeau d'une main. Grand-père m'a demandé de l'attendre au pub pendant qu'il aidait la femme.

— La pauvre n'avait aucun ami pour s'occuper d'elle ?

Sukey fronça les sourcils.

— J'crois qu'elle était toute seule. Elle avait dû drôlement boire pour plus pouvoir marcher. P'pa a dû donner un coup de main aussi. Moi, je l'ai pas vue, ajouta-t-elle avec regret. J'ai entendu p'pa le raconter à m'man après.

— Et tu as une grand-mère aussi ? demandai-je.

La mine de la fillette s'assombrit.

— Je ne la vois pas beaucoup. C'est la mère de p'pa. Il nous amène chez elle des fois, quand il est à la maison, mais elle lui demande toujours de l'argent et il n'en a pas… et puis, elle fait jamais de gâteaux ! conclut-elle avec un regard mélancolique en direction du moule en fer-blanc posé sur la table de la cuisine.

Je compris l'allusion et lui découpai une nouvelle tranche.

Alors qu'elle était en train de la finir, Bessie redescendit à grand fracas. Elle tenait dans ses bras les deux vieilles chemises empaquetées ainsi que deux petits effets en laine de couleur rose.

— De quoi s'agit-il ? m'enquis-je.

— Ce sont des moufles, répondit Bessie avec un air de défiance. Je les avais tricotées pour moi mais elle peut les prendre.

Elle se tourna vers Sukey et lui dit en lui montrant la paire de moufles :

— Tiens, tu vois ça ? Ce n'est pas pour ton grand-père, c'est pour toi. Compris ? Elles seront un peu grandes mais tu pourras y mettre tes menottes et les remonter par-dessus tes manches. Ça te tiendra les doigts au chaud.

Sukey tendit avec obéissance les mains pour permettre à Bessie de lui enfiler les moufles. Je dois reconnaître qu'il me fut difficile de ne pas éclater de rire devant le méli-mélo vestimentaire qu'était déjà cette malheureuse gamine et auquel les moufles apportaient une improbable touche finale. Je songeai à la façon dont, l'hiver, les enfants affublent les bonshommes de neige d'un vieux chapeau et d'une pipe qu'ils leur fourrent dans la bouche.

— À présent, fit Bessie d'un ton brusque, tu vas retourner auprès de ton grand-père. Je te raccompagne !

Elle ouvrit la porte de la cuisine et poussa Sukey devant elle dans les ténèbres qui s'épaississaient. J'entendis claquer la porte de la cour. Quelques instants plus tard, Bessie était de retour.

— Elle a bien une boîte, annonça-t-elle. En carton, pas très grande, mais assez solide pour supporter son poids. Elle la traîne dans l'allée et grimpe dessus à chaque porte pour atteindre la poignée.

— Pauvre petite, soupirai-je. C'est très charitable de ta part, Bessie, de lui avoir donné tes moufles.

— Elles étaient trop petites pour moi de toute façon, grommela Bessie. Et maintenant, laissez-moi m'occuper de ces carottes.

Beaucoup plus tard dans la soirée, après le dîner, Ben et moi nous installâmes devant la cheminée du salon et il me raconta sa journée.

— J'ai perdu Harry Parker. C'était un témoin capital et j'ai été négligent en ne l'interrogeant pas plus à fond.

— Alors tu es certain qu'il n'est pas tombé à l'eau par accident ?

Ben recroquevilla les épaules.

— Les coïncidences, ça existe mais, dans les affaires de meurtre, elles ne sont pas très fréquentes. J'ai ma théorie là-dessus. Quelqu'un considérait Harry comme une menace ou un sérieux problème. Or, Parker était terriblement à court d'argent. Supposons qu'il ait vu, ou entendu, ou appris quelque chose d'une façon ou d'une autre. Au lieu de garder cette information compromettante pour lui, ou de la communiquer à la police, il décide d'aller trouver une autre personne à laquelle il réclame le prix de son silence. Nous ne le saurons peut-être jamais.

« Je craignais qu'en insistant il ne se ferme comme une huître. En revanche, si j'attendais, il finirait soit par commettre une imprudence et laisser échapper une information, soit par avoir si peur qu'il préférerait venir me trouver plutôt que d'affronter le risque seul. Mais en agissant ainsi, j'ai laissé passer ma chance et en ai offert une à l'assassin. Voilà où nous en sommes.

Il poussa un long soupir et ajouta d'une voix calme :

— Il rôde, Lizzie. Il surveillait la maison du marinier quand nous y étions ce soir. Puis il nous a suivis quand nous en sommes partis. Morris l'a senti aussi.

Je frissonnai à l'image des deux hommes cheminant dans les rues plongées dans le brouillard en se sachant suivis par un invisible inconnu.

Pour chasser cette désagréable pensée, je dis :

— À propos de coïncidence, tu te souviens que tu m'avais parlé de Jeb Fisher, le chiffonnier ?

Ben leva les yeux avec surprise.

— Oui, et alors ?

Je lui relatai la visite de Sukey.

Ben parut ennuyé.

— Je comptais changer le loquet de la porte de la cour. Mais si solide soit-il, un loquet n'est d'aucune utilité s'il n'est pas mis. Dis à Bessie que cette porte doit être verrouillée de l'intérieur en permanence.

— Oui, j'y veillerai. Mais, Ben, c'était si triste de voir cette petite chose dehors par une nuit pareille, tirant derrière elle une boîte en carton pour pouvoir grimper dessus.

— Il y a des enfants du même âge qui connaissent un sort bien pire. Elle a une famille avec laquelle elle habite dans quelque masure. D'autres dorment dans une encoignure de porte. J'ai l'impression qu'à sa façon son grand-père prend soin d'elle et, probablement, qu'il l'aime. Tu dis qu'il s'occupe de la famille lorsque son père part en mer ?

— C'est ce qu'elle raconte. Elle a une grand-mère aussi. C'est la mère de son père, pas la femme de Jeb. J'ai cru comprendre qu'elle n'était pas aussi appréciée que lui parce qu'elle ne mettait guère la main à la pâte. C'est même tout le contraire ! Chaque fois qu'elle voit le père de Sukey, elle lui réclame de l'argent. Mais le grand-père semble être une bonne âme, et pas qu'avec sa famille. La petite m'a raconté comment, l'autre soir, il avait pris une femme ivre à bord de sa charrette.

Ben se redressa comme un ressort.

— Une femme ivre ? Quand était-ce ?

— Aucune idée. Le père de Sukey a aidé à charger la malheureuse, donc Jeb devait être rentré chez lui après sa dernière tournée. La gamine n'a pas vu la femme. On l'a envoyée attendre au pub.

Ben tambourina des doigts sur la table, pensif.

— Une femme ivre morte, incapable de se déplacer, inconsciente peut-être… Un peu comme… Et si on avait utilisé un moyen de transport comme celui-là pour déplacer le corps de Mrs Clifford ? lança-t-il dans une bouffée d'enthousiasme. Dans ce quartier, ça ne doit pas être difficile à trouver. Il y traîne sans doute toutes sortes de brouettes et de charrettes à bras utilisées par les marchands des quatre-saisons, les poissonniers et les chiffonniers comme le vieux Jeb pendant la journée. À cette heure tardive, leurs propriétaires n'en ont plus besoin et il doit être facile d'en emprunter une.

Un silence s'installa durant lequel Ben parut se perdre dans ses réflexions. Soudain, il leva les yeux.

— Tu lui as donné mes vieilles chemises ? Qu'est-ce qu'elles avaient, ces chemises ? J'aurais encore pu les porter un moment !

CHAPITRE 13

Elizabeth Martin Ross

Plus tard dans la soirée, une fois Ben convaincu qu'un inspecteur de Scotland Yard ne pouvait décemment pas porter des chemises si défraîchies, nous en revînmes à parler de la famille Wellings. Ou, pour être plus précise, de Frank et Patience, et de la volonté de Ben que je m'abstienne de retourner à Dorset Square, du moins pour un temps.

— Cela me met dans une situation inconfortable, Lizzie chérie. Tu t'en rends compte, n'est-ce pas ? me demanda Ben, la voix anxieuse. Le superintendant Dunn m'a rappelé qu'il ne souhaitait pas te voir t'immiscer…

— Je ne me suis immiscée dans rien du tout ! coupai-je, outrée par cette accusation injustifiée.

— Non, bien sûr que non ! Mais c'est déjà assez que Carterton semble penser qu'il peut débarquer à Scotland Yard quand ça lui chante et me questionner sur une enquête en cours. Au moins, le procédé avait le mérite de la franchise, alors que se servir de toi, c'était sournois.

Il éleva la main pour arrêter mes protestations.

— Oui, sournois, asséna-t-il. Il n'avait pas le droit de solliciter ton aide, que ce soit pour te soutirer des informations qui ne concernent que la police ou pour faire de toi la complice de ses manœuvres auprès de ta tante Parry.

J'avais déjà ouvert la bouche pour nier que Frank m'avait manipulée quand je me fis la réflexion que c'était sans doute exactement ce qu'il avait fait. Utiliser les autres avait toujours été dans ses manières de procéder. Aussi, me contentai-je de dire :

— Mr Dunn verrait-il d'un mauvais œil que j'aille voir Patience à Goodge Place ? Une simple visite familiale. Après tout, elle doit épouser Frank.

— Non, non, tu peux te rendre à Goodge Place, bien entendu, répondit Ben, qui ajouta néanmoins : Mais si ce jeune écervelé du nom d'Edgar Wellings montre le bout de son nez quand tu y seras, prends bonne note de chacune de ses paroles, d'accord ? Et tiens-moi au courant de tout ce que tu pourrais entendre, remarquer ou qui te semblerait digne d'intérêt là-bas.

« Ah ah ! pensai-je. Ainsi, Frank Carterton n'est pas le seul à chercher à se servir de moi. Me voici chargée d'espionner la famille Wellings pour le compte de Scotland Yard. »

Le lendemain après-midi, le brouillard, qui avait commencé à se lever dans la matinée, s'était complètement dissipé. C'est ainsi à Londres : parfois le fog se maintient deux jours, voire plus, et le monde semble s'être arrêté, et parfois, comme ce jour-là, quoique froid et triste, le temps redevient aussi sec et clair qu'il peut l'être en hiver quand toutes les cheminées de la capitale crachent leur fumée. Je me demandais comment Patience supportait la pression des événements. Cela me parut judicieux de profiter de cette atmosphère plus clémente et des dernières heures de lumière avant la tombée précoce de la nuit. Je m'habillai convenablement et me mis en route pour Goodge Place.

Je trouvai la maisonnée en pleine effervescence. Les parents de Patience ainsi que ses deux tantes étaient attendus d'un instant à l'autre.

— Le moment est mal choisi pour vous rendre visite, m'excusai-je.

— Au contraire ! Je suis si heureuse de vous voir ici, Lizzie, déclara Patience. Venez !

Elle me prit le bras et me tira après elle vers le petit salon. Chuchotant comme s'il se tramait quelque complot, elle ajouta :

— Nous risquons moins d'être dérangées ici, même si Tante Matilda court d'un côté à l'autre de la maison en faisant tout un drame des préparatifs. Une minute elle est en haut à s'assurer que les lits ont été aérés et, la minute suivante, elle est dans la cuisine à s'entretenir du dîner avec la cuisinière. Deux fois, elle a envoyé chercher plus de viande chez le boucher et de pain blanc chez le boulanger. Je suis certaine qu'il y a de quoi nourrir non seulement ma famille, mais une armée entière !

J'entendais moi-même la voix de Mrs Pickford qui résonnait à l'étage : « Mais il faut rajouter des serviettes ! Lucy, allez voir dans le placard. Non, non, pas celles-là. Elles sont usées. Qu'en penserait ma sœur Wellings ? »

— Quelles nouvelles d'Edgar ? demandai-je à Patience lorsqu'elle eut fermé la porte. Doit-il venir aujourd'hui ou sera-t-il retenu à l'hôpital ?

— Il affirme avoir trop de travail. Mais il devra être présent ce soir pour dîner avec nous tous.

Patience me regarda, la mine désespérée.

— Et ensuite, oh, Lizzie, ensuite ce sera l'heure de vérité. Aussitôt le repas terminé, papa et Oncle

Pickford l'emmèneront dans le bureau pour, comme dit mon oncle, « en finir une fois pour toutes avec cette mascarade ».

— Edgar devait s'y attendre, remarquai-je. Il ne peut pas feindre la surprise. Après tout, il s'est mis lui-même dans cette situation. Au moins, l'aspect financier sera réglé car votre père remboursera ses dettes, je suppose ?

— Oh oui, confirma Patience. Il le fera. Ce n'est plus l'argent qui préoccupe Edgar désormais, même si cela lui vaudra un épouvantable sermon et qu'il en sera mortifié. Mais la nouvelle de l'enquête pour meurtre sera bien pire. Voyez-vous, mes parents ne sont encore au courant de rien. Apprendre qu'Edgar s'est adonné au jeu, qu'il a contracté des dettes et emprunté de l'argent, tout cela constituera déjà pour eux un coup assez rude ! Mais il faudra aussi leur révéler qu'Edgar a été conduit à Scotland Yard par l'inspecteur Ross.

Ce serait en effet un choc terrible pour les Wellings. Je me demandais comment ils réagiraient.

— Ma chère Patience, essayez s'il vous plaît d'empêcher votre père de venir à Scotland Yard et de demander à y voir mon mari, plaidai-je. C'est déjà suffisant que votre oncle Pickford l'ait fait. Ben est très occupé avec cette affaire et cela ne l'aide en rien que des gens viennent sans cesse le déranger pour réclamer des informations qu'il lui est sincèrement impossible de leur communiquer. Frank aussi est allé le voir, vous savez. Je ne crois pas que Ben supporterait d'être importuné une fois de plus.

— Je ferai de mon mieux, promit Patience d'une voix sombre. Mais on ne fait guère attention à moi. Quand ils sauront qu'Edgar est considéré comme suspect dans une affaire d'assassinat… quand ils apprendront qu'il a sollicité de l'argent auprès d'une prêteuse… et quand ils connaîtront l'horrible sort qu'a subi Mrs Clifford… le premier réflexe de mon père sera de se précipiter à Scotland Yard pour obtenir des détails. Ma mère sera affolée au plus haut point, mes tantes seront hystériques et toutes presseront papa de faire quelque chose.

Patience se renversa sur sa chaise et me regarda avec accablement.

— Que puis-je faire ?

— Ma chère, hormis convaincre votre père de ne pas déranger Ben, vous n'avez rien à faire ! lui dis-je d'un ton ferme. C'est Edgar qui est dans le pétrin, pas vous.

— Mais j'y suis aussi !

Patience se redressa en sursaut et agita les mains.

— Un autre pétrin, si vous voulez, mais lié aux problèmes d'Edgar. Il faudra dire à mes parents que, à cause de tout cela, mon mariage avec Frank est reporté. Mrs Parry est inflexible là-dessus et, vous le savez comme moi, Frank ne peut se dispenser de lui obéir. Tant que l'assassin n'aura pas été retrouvé et Edgar innocenté, il n'y aura pas d'union. Ma pauvre mère en sera très inquiète et mortifiée. Papa aussi. Après les dettes, le meurtre et la police, voilà mon mariage remis en cause. C'en sera trop pour eux. Comme j'aimerais que mes tantes ne soient pas elles aussi du voyage ! Elles ont une influence désastreuse et toujours quelque chose à dire à propos de tout. Et puis, ce ne sont pas leurs affaires de toute façon.

— Ni l'une ni l'autre n'est mariée ? demandai-je.

— Non. Tante Caroline a été fiancée mais son prétendant a été envoyé aux Indes par sa société pour y superviser je ne sais quelles activités. Il y a attrapé une mauvaise fièvre et il en est mort. Tante Caroline porte le demi-deuil depuis.

— C'est très triste, compatis-je.

— Ça l'était au début, reconnut Patience. Mais au bout de vingt ans, continuer à ne s'habiller que de gris, de mauve et, dans les grandes occasions, de violet, il me semble que c'est surtout de l'affectation.

— En effet. Frank sera-t-il présent au dîner de ce soir ?

— Oh non. Cela va tourner au conseil de famille et Frank n'en fait pas tout à fait partie puisque nous ne sommes pas encore mariés. Et peut-être ne le serons-nous jamais, ajouta-t-elle, au bord des larmes.

— Frank est un homme de parole, Patience, lui rappelai-je avec conviction. Je ne dis pas qu'il n'a pas ses… travers, mais quand il affirme qu'il demeurera à vos côtés, il le fera. De cela, vous pouvez être mille fois certaine.

— J'en suis sûre, énonça Patience d'une petite voix. Ce cher Frank est si loyal. C'est l'homme le plus doux, le plus attentionné qui soit. Mais comprenez qu'il a devant lui une belle carrière qui ne se réalisera pas s'il se trouve mêlé à un scandale en raison des déboires de ma famille. Si Edgar… si Edgar devait se trouver plus compromis encore, je serais obligée de libérer Frank de ses engagements. Je ne peux pas le laisser gâcher sa vie à cause de moi.

— Ressaisissez-vous, Patience ! lui ordonnai-je. Ce n'est pas le moment de flancher.

Je ne croyais pas si bien dire car, au même instant, éclata un vacarme effrayant.

— Ils sont arrivés ! s'écria Patience, qui bondit vers la porte du petit salon et l'ouvrit à la volée.

La maison semblait déborder de monde mais aussi de bagages. Il y en avait des quantités : des malles, des cartons à chapeaux, moult paquets mystérieux et un panier à pique-nique. Le solide garçon aux boutons dorés et deux bonnes s'affairaient à rassembler cet équipage pour le monter à l'étage. Par la fenêtre, j'aperçus deux fiacres qui s'éloignaient de la maison au petit trot.

Un certain nombre de personnes avait déjà migré vers le salon mais deux dames d'amples proportions, dont l'une était vêtue d'une agressive nuance de violet, s'attardaient encore dans le vestibule. Elles étaient occupées à se débarrasser de leurs châles et de leurs bonnets, révélant ainsi des silhouettes comprimées à l'extrême dans leurs corsets. Cela, ajouté à la fatigue du voyage et à l'émotion des retrouvailles, faisait qu'elles avaient l'une et l'autre le visage très rouge et inondé de transpiration. Elles s'épongeaient le front tout en jacassant à propos de leur périple, se coupant mutuellement la parole sans se préoccuper le moins du monde de savoir si quelqu'un leur répondait.

Leur ressemblance était par ailleurs frappante. Elles avaient toutes les deux un aimable visage poupin encadré de boucles artificielles. J'étais secrètement ravie d'avoir été avertie de la prédilection de Caroline pour le violet et le mauve car cela me permettrait de la distinguer de sa sœur. Elles n'étaient pas très grandes mais aussi bruyantes l'une que l'autre.

— Quelle foule à la gare ! Il fallait le voir pour le croire ! La locomotive soufflait directement sa fumée dans notre wagon si bien que nous avons dû voiler nos visages pour nous en protéger. Une fois à Londres, je jure que jamais nous n'avions vu une telle affluence sur des quais. Et le bruit ! C'est inimaginable. Comment vas-tu, Matilda chérie ? Comment fais-tu pour supporter le monde dans cette ville ? Nous avons été épouvantées en voyant tant de voitures, d'attelages, d'omnibus, de gens en train de marcher, ou plutôt de courir… tout est si désordonné…

— Mes tantes, me glissa inutilement Patience.

Mais nous avions été repérées. Avec des cris de ravissement, les deux dames fondirent sur Patience et l'embrassèrent. Puis elles dirigèrent leur attention vers moi.

— Mrs Ross, déclara Patience en me désignant. La cousine de Frank. Lizzie, permettez-moi de vous présenter mes tantes Briggs. Voici Tante Amelia et (se tournant vers la dame en violet) Tante Caroline.

— Bonté divine ! s'exclama Amelia. La cousine de ce cher Frank ! Nous sommes enchantées de faire votre connaissance, n'est-ce pas, Caroline ?

— Nous n'avions encore rencontré personne de la famille de ce cher Frank, il me semble, Patience ? C'est une joie de vous connaître, Mrs Ross, s'épancha Caroline. Frank est si beau garçon, et tellement intelligent… Nous avons hâte de le voir épouser notre Patience. Nous ne cessons de lui rappeler la chance qu'elle a, n'est-ce pas, Amelia ?

— Je suis moi aussi très heureuse de cette union, Miss Briggs, l'assurai-je.

Il ne m'appartenait pas de les informer des objections actuelles de Tante Parry.

— Et maintenant, Mrs Ross, reprit Amelia, il vous faut à tout prix rencontrer notre sœur Dorothy et son mari Walter, les parents de Patience.

— J'ai hâte de les connaître, déclarai-je. Mais, pour tout vous dire, j'étais sur le point de m'en aller. Une autre visite m'attend et…

— Vous ne pouvez pas partir sans voir Dorothy et Walter ! Ils sont dans le salon, venez.

Précédée d'Amelia et suivie de Caroline, je fus alors entraînée malgré moi vers le salon, prise au piège de leurs amples crinolines. Patience fermait la marche de notre procession. Dans le salon, nous trouvâmes Mr et Mrs Pickford en compagnie d'un monsieur et d'une dame, sans aucun doute les parents de Patience et d'Edgar. Mr Wellings était grand et d'allure assez distinguée tandis que sa femme, moins corpulente que ses sœurs, arborait une beauté fanée et une mine anxieuse.

Après les présentations s'ensuivirent de nouveaux bavardages. Pour finir, Mrs Wellings demanda si j'étais conviée, ainsi que mon mari, au repas du soir, auquel se joindraient peut-être Frank et d'autres membres de sa famille.

À cette question, une telle consternation se peignit sur les traits de Mr et Mrs Pickford que je dus prétendre haut et fort que mon mari et moi étions, hélas, dans l'impossibilité de venir dîner. Mais que j'étais certaine que nous aurions tous l'occasion de nous revoir très bientôt. En attendant, il me fallait vraiment, vraiment partir…

Tout le monde manifesta ses regrets. Comme Patience me raccompagnait, j'entendis depuis le vestibule Walter Wellings demander :

— Eh bien, cher beau-frère ! Qu'est-il donc arrivé pour que nous soyons tous obligés de rappliquer à Londres ?

Au moment où la porte d'entrée se refermait sur moi, j'entendis, depuis la rue, une soudaine explosion de hurlements et de gémissements féminins. Quiconque serait passé à cet instant devant la maison aurait sans doute imaginé que ses occupantes avaient été agressées ou qu'un incendie s'y était déclaré. Je supposai qu'on venait d'annoncer la nouvelle du report du mariage. Quelles seraient les réactions lorsque seraient révélés les dettes de jeu d'Edgar et les soupçons de meurtre le concernant ? Je n'osais les imaginer.

Inspecteur Benjamin Ross

Je fus content de voir se lever le brouillard vers la mi-journée. Il constitue une gêne pour toutes sortes d'activités et complique le travail de la police d'innombrables façons. La matinée fut calme. Dunn me convoqua et me demanda comment avançait mon enquête. Je lui appris que nous avions hélas perdu un témoin capital, l'homme qui avait découvert la victime.

— Noyé, hmm ? grogna le superintendant.

Il gratta son épaisse chevelure que l'humidité ambiante n'était pas parvenue à faire retomber. Elle ressemblait plus que jamais à une brosse.

— Un acte criminel ? demanda-t-il tout à coup.

— Impossible à dire pour le moment, monsieur. Le corps ne présente aucune marque suspecte. C'est un coup de chance pour nous que Midge, le marinier, l'ait reconnu quand son mousse et lui l'ont hissé à leur bord.

— Je n'aime pas les coïncidences, grommela Dunn.

— On n'a rien sur Midge, précisai-je. J'ai demandé à Biddle de vérifier dans les archives. De plus, Morris et moi avons été lui rendre visite à son domicile hier soir. Il nous a fait l'impression d'un type honnête et travailleur. Il a une famille. La maison est propre comme un sou neuf.

— Oui, oui… fit Dunn en écourtant d'un revers de main ma description du bonheur domestique du marinier. Bon, admettons que les coïncidences existent. Mais comment Parker s'est-il retrouvé dans l'eau ? C'était un témoin important. D'après vous, il en savait plus qu'il ne voulait bien le dire, il cachait quelque chose. Est-ce pour cette raison qu'il est mort ?

— Il est possible que quelqu'un ait voulu le faire taire, monsieur. C'est même mon sentiment mais je n'ai aucun début de preuve à vous présenter, ou à présenter au coroner. Pour être franc, pendant que nous étions chez Midge, j'ai eu la sensation que quelqu'un surveillait la maison. Un voisin curieux peut-être. Il faisait trop sombre et il y avait trop de brouillard pour distinguer quoi que ce soit. Mais qui que ce fût, il nous a suivis un bon moment après notre départ. Nous ne l'avons pas vu, bien entendu, mais Morris a lui aussi senti sa présence.

Dunn opina du chef. Il comprenait.

— Le responsable de la morgue a la certitude qu'il s'agit d'une simple noyade et il a vu défiler pas mal de corps retirés de la Tamise.

— Mais vous n'êtes pas de cet avis ? me demanda Dunn en plissant les paupières.

— Mon instinct, comme le vôtre, monsieur, m'incite à penser que nous avons affaire à un crime. Perdre Parker au moment précis où je m'intéressais de nouveau à lui ? Je ne crois pas que ce soit une coïncidence. Toutefois, il y a quantité d'autres explications possibles et je sais qu'il ne faut en écarter aucune *a priori*. Ce pourrait être un banal accident. Une soirée trop arrosée, une chute malencontreuse sur le chemin du retour, le fleuve en contrebas. Parker m'avait aussi fait part de ses préventions envers ses colocataires. Il s'était retrouvé contraint de partager une chambre avec deux autres types et il m'avait avoué que leurs mines ne lui revenaient pas. Mais s'ils s'en étaient pris à lui, on aurait pu s'attendre qu'il en porte les stigmates. L'inspecteur Phipps a envoyé un homme à la pension en question. Il ne s'attend toutefois pas à y apprendre quoi que ce soit d'intéressant.

— Si la police est venue poser des questions, les colocataires de Parker se seront envolés, constata Dunn avec fatalisme. Et maintenant, venons-en au jeune Edgar Wellings. Nous devrions paraître plus intransigeants dans l'enquête le concernant. Le public ne s'attend pas qu'un suspect manifeste continue à vaquer à ses occupations sans être inquiété. En outre, il ne fait aucun doute que la direction de l'hôpital, quand elle découvrira l'affaire, sera furieuse de n'avoir pas été informée qu'un de ses médecins se trouvait dans une situation aussi grave. Il nous faut les mettre au courant, Ross. Nous disposons des éléments suffisants pour l'inculper.

— Sauf votre respect, monsieur, ils ne tiennent guère quand on y regarde de plus près. Si nous l'arrêtons, franchement, ce ne sera que parce que nous n'avons pas d'autre suspect. Si au moins nous avions retrouvé ces récépissés… Cela nous aurait fourni une liste de noms potentiels ! Chacun d'eux aurait eu une bonne raison de vouloir se débarrasser de Mrs Clifford.

Je marquai un temps.

— La famille du jeune Wellings est sur le point d'arriver chez son oncle et sa tante, à Goodge Place. Je ne l'envie pas. Il regrettera probablement que nous ne l'ayons pas arrêté et enfermé dans une cellule, à l'abri de la fureur de ses proches.

Dunn renifla.

— C'est possible. Mais je vais prévenir l'hôpital. À mon avis, ils décideront de le suspendre de ses fonctions le temps que durera notre enquête. Il ne peut guère s'attendre à moins.

J'avais espéré éviter cela mais je devais convenir que le superintendant avait raison. Nous n'avions aucun autre suspect en vue. Le Bart's devait être informé que l'ombre d'un crime violent planait sur l'un de ses jeunes médecins ; difficile de confier les faibles et les malades à un tel homme tant qu'il n'aurait pas été lavé de tout soupçon. Les gens, cependant, ne peuvent pas toujours se montrer patients et je n'aurais pas été surpris que Wellings soit purement et simplement renvoyé de l'hôpital séance tenante.

— Il n'a pas encore été inculpé, monsieur ! protestai-je. Il s'est montré d'une imprudence et d'une inconséquence inouïes mais il affirme que Mrs Clifford était encore en vie lorsqu'il a quitté son domicile. On l'a retrouvée à près d'un demi-mile de chez elle. Comment aurait-il pu la transporter, morte ou agonisante, jusqu'à Skinner's Yard ?

— Il l'a peut-être frappée et a ensuite amèrement regretté son geste. Voyant qu'elle était encore en vie mais nécessitant des soins urgents, il l'aura emmenée dans l'intention de trouver de l'aide.

— Mais il est lui-même médecin ! objectai-je, m'obstinant à défendre l'infortuné Wellings. Il aurait pu lui donner les premiers secours sur place. Appeler la bonne, qu'il devait savoir chez elle sous les combles, et, avec son concours, porter la malheureuse femme dans son lit. Et ensuite aller chercher quelqu'un.

— Pour qu'une fois morte il se retrouve accusé de l'avoir tuée, les mains encore tachées de son sang et sans aucun argument pour se défendre ! rétorqua vivement Dunn. Allons, allons, Ross, il a de la chance de ne pas croupir derrière les barreaux à l'heure qu'il est. Son oncle avait bien raison de s'étonner que nous ne l'ayons pas arrêté et jeté en prison. En toute logique, c'est ce que nous aurions dû faire. Plus longtemps il pourra se déplacer à sa guise, sans que personne au sein de l'hôpital où il travaille soit averti de la situation, plus notre inaction paraîtra injustifiée. Surtout après la mort de Parker. Si les journalistes découvrent que nous avons un suspect et que nous ne l'avons pas inculpé, j'imagine sans peine ce qu'ils en feront !

Une fois la nouvelle connue, ce qui arriverait sitôt le Bart's informé, la presse s'en donnerait de toute façon à cœur joie, pensai-je.

Dunn avait scruté mon visage et deviné ma perplexité.

— Je vais m'en charger, Ross. Et si Mrs Ross trouve quelque chose à redire, envoyez-la-moi, ajouta-t-il.

— Ma femme comprendra, monsieur, l'assurai-je.

C'était la vérité. Elle comprendrait. Mais elle n'apprécierait pas.

CHAPITRE 14

Elizabeth Martin Ross

Ce soir-là, Ben rentra très abattu. L'enquête n'avançait pas. Pis encore, selon moi, le superintendant Dunn avait l'intention de prévenir l'hôpital St Bartholomew qu'un de leurs médecins assistants, Edgar Wellings, était le principal suspect dans une affaire de meurtre. Nul doute que Patience solliciterait sur-le-champ mon réconfort. Mais elle ne serait pas la seule bouleversée et je risquais de me retrouver avec toute la famille sur les bras.

— Tu n'envisages tout de même pas qu'Edgar ait poussé Harry Parker dans la Tamise ? m'insurgeai-je.

— J'ignore qui est responsable de la mort de Parker mais j'ai la conviction au plus profond de moi-même qu'elle n'est pas fortuite, même si je ne peux me fonder sur aucune indication matérielle.

Une pensée traversa alors manifestement l'esprit de Ben car il claqua soudain des doigts et ajouta :

— Si j'avais mis Wellings sous les verrous, il serait tout à fait hors de cause à ce sujet. Mais en l'état actuel, si improbable que cela paraisse, il nous est impossible de le disculper. J'ai été négligent en ne le gardant pas sous surveillance. On ne peut pas du tout se fier à cette tête de linotte. J'aurais dû ignorer les ennuis que cela aurait pu attirer à Carterton et agir comme je l'aurais fait avec n'importe quel suspect.

— Voyons, c'est ridicule ! m'exclamai-je.

Nous nous querellâmes à ce sujet jusqu'à l'heure de nous coucher. Comme nous mettons un point d'honneur à ne jamais finir une journée sur une dispute, nous conclûmes une trêve. Nous trouvâmes même un point sur lequel nous accorder.

— Ce fichu Wellings est vraiment une source d'ennuis continuels, pesta Ben. Je regrette qu'il n'ait pas choisi de poursuivre ses études ailleurs qu'à Londres, et le plus loin possible. Il paraît que la faculté de médecine d'Édimbourg est excellente.

Cela me fit sourire malgré mes préoccupations.

— Pourquoi ne pas l'envoyer en France ou en Allemagne pendant que tu y es ?

— Encore mieux ! maugréa Ben.

* * *

Lorsque Ben prit la direction de Scotland Yard le lendemain matin, rien ne nous permettait de savoir qu'Edgar n'en avait pas fini de causer des problèmes à tout le monde et pour commencer à lui-même.

Il s'était mis à pleuvoir. Bessie et moi avions prévu de nous rendre comme chaque semaine au marché. Nous avions dressé une liste de ce dont nous avions besoin, pris des paniers, revêtu nos tenues pour sortir, passé des guêtres sur nos bottines, et nous étions fin prêtes lorsqu'un martèlement tapageur ébranla la porte d'entrée. Quelqu'un maniait le heurtoir avec une telle vigueur que je craignis que l'objet ne se détache et ne finisse par terre.

— Qui est-ce ? demanda Bessie en se dirigeant vers l'origine du vacarme. Nous ne sommes pas sourdes ! Hé ! cria-t-elle. Ça suffit ! J'arrive !

Je m'étais élancée à sa suite dans le couloir car une telle sommation laissait augurer de mauvaises nouvelles. Je confesse que mon cœur battait la chamade car, comme toute femme de policier, je vis dans l'angoisse perpétuelle qu'un malheur ne s'abatte sur mon mari. Mais quand Bessie ouvrit la porte, nous découvrîmes que l'impatient visiteur auquel elle s'apprêtait à tenir tête n'était autre que Patience Wellings, debout sous la pluie. Derrière elle, était stationné un cab découvert dont le conducteur se recroquevillait sur son siège, enveloppé dans une cape imperméable.

— Oh, Dieu merci, vous êtes chez vous ! s'écria Patience en me voyant.

Elle se retourna et adressa un signe au cocher. Celui-ci siffla son cheval qui se mit aussitôt en route en clopinant.

— Que se passe-t-il ? lui demandai-je en l'attirant dans la maison.

— Oh, Lizzie, commença-t-elle, éperdue. Vous allez me dire que je n'aurais pas dû prendre une voiture découverte toute seule parce que ce n'est pas convenable mais je n'avais pas le choix, je devais venir sans perdre une minute !

— Laissez-moi vous ôter votre manteau, mademoiselle. Il est trempé, intervint Bessie, toujours pratique.

Débarrassée de son vêtement mais toujours aussi agitée, Patience entra dans le salon. Sous son chapeau, ses cheveux s'étaient défaits et tombaient en boucles de part et d'autre de ses joues rougies. Elle était pétillante et très jolie.

— Vous n'avez rencontré aucun problème en chemin ? lui demandai-je. Personne… euh… personne n'a cherché à arrêter votre cab ou ne vous a interpellée ?

Patience fronça les sourcils.

— Deux fois, à vrai dire, par deux messieurs. L'un d'eux a agité sa canne dans notre direction et a crié « Taïaut ! » comme lors d'une chasse au renard. J'ai trouvé cela très curieux parce qu'il était évident que le cab était occupé.

Je n'étais guère surprise qu'un homme se promenant seul et remarquant, sous la capote ouverte, une jolie jeune fille sans chaperon n'en ait tiré de mauvaises conclusions. Je convainquis Patience de s'asseoir et de reprendre son calme avant de commencer à m'expliquer la raison de sa visite précipitée.

— Edgar a disparu. Il est introuvable ! s'écria-t-elle en ouvrant grands les bras.

Mon sang ne fit qu'un tour.

— Quand ? Comment ? En êtes-vous sûre ? la questionnai-je en rafales.

— Tout à fait sûre. Il ne peut pas être allé bien loin car il n'a pas d'argent, mais, oh, Lizzie, j'ai si peur qu'il ne se soit senti contraint à quelque terrible extrémité et qu'on repêche son corps dans le fleuve !

— Reprenez-vous, Patience. Edgar ne ferait pas une chose pareille. Un instant, je vous prie, lui demandai-je.

Je me rendis à la cuisine pour demander à Bessie de préparer du thé et j'y trouvai la bouilloire déjà sur la cuisinière.

— Qu'est-ce que le jeune monsieur a fait cette fois ? m'interrogea Bessie dans un murmure exagéré.

— Je n'en sais rien. En revanche, je ne crois pas que nous irons faire nos courses aujourd'hui.

« Le thé ne va pas tarder, promis-je à Patience à mon retour dans le salon.

Je m'installai face à elle sur une chaise devant la cheminée. Le feu n'avait pas encore été allumé mais un restant de chaleur de la veille adoucissait la pièce et il ne faisait pas trop froid. De toute façon, des stalactites auraient-elles pendu du plafond que Patience ne s'en serait pas rendu compte.

— Racontez-moi tout depuis le début, la pressai-je. Ou, mieux, depuis mon départ de Goodge Place hier après-midi, après l'arrivée de votre famille.

Patience inspira profondément.

— Après que vous êtes partie, Oncle Pickford a dit à papa et maman – et à mes tantes – qu'une difficulté était survenue. Bien entendu, tous ont voulu savoir de quelle nature. Pour une fois, Tante Matilda a réussi à devancer mon oncle et leur a répondu qu'ils ne devaient pas s'alarmer inutilement mais que, à la différence d'Edgar, Frank ne nous rejoindrait pas pour le dîner. Les fiançailles n'étaient pas remises en question mais les préparatifs du mariage devaient être ajournés. Edgar s'était mis dans une situation délicate et, étant donné sa position publique et très importante au Parlement, Frank ne pouvait en aucun cas se trouver exposé au scandale.

— C'est à ce moment-là qu'elles se sont toutes mises à hurler, intervins-je. J'ai entendu les cris depuis le trottoir.

— Elles sont devenues comme folles, confirma Patience. Ou, du moins, on l'aurait cru. C'est le mot « scandale » qui a porté le coup le plus terrible. Oncle Pickford était furieux. Il fulminait : « Voyez ce que vous avez fait, Matilda ! Je vous avais dit de me laisser m'en occuper. »

« Puis il a pris papa à part dans son bureau pour lui exposer la situation. Tante Matilda et moi sommes restées dans le salon, et ma tante a malgré tout dû expliquer elle aussi à ses sœurs ce qu'il se passait. Je ne sais pas ce qui a été le plus pénible pour elles. Le jeu d'abord, qui leur a fait lever les bras au ciel d'épouvante, puis le recours à une prêteuse pour obtenir de l'argent. À ce stade, nous avons dû nous interrompre et administrer des sels à maman. Mais le pire restait à venir et Tante Matilda ne parvenait pas à se résoudre à l'aborder. J'ai dû moi-même les mettre au courant… au sujet du meurtre, je veux dire. Et aussi du fait qu'Edgar avait été contraint de se rendre à Scotland Yard pour y faire une déposition. Tante Caroline s'est évanouie sur-le-champ, Tante Amelia a fondu en larmes et ma pauvre mère a semblé comme frappée de stupeur. Elle restait assise, figée, incapable de parler ou de bouger. Nous avons redouté une sorte d'attaque. Mais après lui avoir frictionné les mains, humecté le front avec de l'eau de Cologne et fait de nouveau respirer des sels, elle a finalement retrouvé la parole. "Où est-il ?" a-t-elle murmuré.

« Tante Matilda et moi lui avons assuré qu'Edgar viendrait dîner avec nous. Il n'était pas en prison ou rien de ce genre. Cela a considérablement calmé ma mère et mes tantes, lesquelles se sont dites toutes deux convaincues qu'Edgar saurait éclaircir ce qui était à l'évidence une terrible méprise. Oh, Lizzie, à présent je regrette que l'inspecteur Ross n'ait pas arrêté Edgar parce que au moins nous saurions où il se trouve, alors que nous l'ignorons.

Je songeai avec ironie que c'était presque mot pour mot ce que Ben m'avait dit la veille. Enfermé dans une cellule, Edgar n'aurait pu être accusé d'autres méfaits, ni se volatiliser comme cela semblait être le cas.

— Quand vous êtes-vous rendu compte qu'il avait disparu ? Véritablement disparu et non qu'il redoutait juste de montrer le bout de son nez.

— Pour commencer, il n'est pas venu dîner hier soir, sanglota Patience dont le sang-froid était en train de se déliter entièrement.

Par chance, le thé arriva. Bessie et moi parvînmes à la réconforter et ses larmes s'atténuèrent. Au bout de quelques minutes, et de deux tasses de thé, elle réussit à poursuivre, se tamponnant de temps à autre les yeux et le nez.

— Nous avons attendu qu'il arrive ainsi qu'il en était convenu. Bien sûr, nous n'avons parlé de rien d'autre en patientant. Mais il ne se montrait toujours pas. Oncle Pickford a consulté sa montre et déclaré que c'était très impoli de sa part de ne pas être à l'heure. Quant à nous, nous l'avons toutes excusé. Peut-être avait-il eu du mal à trouver un cab, avons-nous dit.

« Nous avons attendu un moment encore. Tante Matilda a commencé à s'inquiéter à propos du dîner. Le visage d'Oncle Pickford est devenu très rouge et celui de papa très blanc. Mon père ne parle pas beaucoup, voyez-vous, mais c'est quelqu'un d'une grande sensibilité. Je voyais à quel point il était anxieux alors que nous n'avions reçu aucun message pour nous informer des raisons de ce retard. Comme vous l'imaginez, tout le monde s'est mis à craindre le pire. Tante Caroline a dit qu'elle était sûre qu'Edgar avait eu un accident à cause de la circulation à Londres. Tante Amelia a suggéré que, en fin de compte, la police l'avait peut-être arrêté et enfermé à la prison de Newgate où il était certain d'attraper une fièvre. Maman a commencé à pleurnicher.

« Pour finir, Oncle Pickford a déclaré qu'Edgar n'avait à l'évidence pas le courage d'affronter sa famille. Cela, et rien de plus alambiqué, était l'explication de sa défection. Oncle Pickford s'est excusé auprès de papa de ne pas avoir anticipé cette éventualité. Mais, en toute sincérité, il n'avait pas songé qu'Edgar pût ainsi lui faire faux bond. Il regrettait à présent de ne pas l'avoir ramené le matin à la maison et enfermé dans sa chambre jusqu'à l'arrivée de ses parents.

« Papa a déclaré qu'Oncle Pickford n'avait pas à se reprocher quelque chose que personne n'aurait réclamé de sa part. Finalement, Oncle Pickford a fait appeler un cab et s'est rendu en personne chez Edgar. Il habite dans une pension où résident de jeunes messieurs qui, comme lui, débutent leur carrière. À son retour, il nous a annoncé que la logeuse n'avait pas vu Edgar de toute la soirée. Elle l'avait conduit jusqu'à la chambre de mon frère et toutes ses affaires étaient en place. Il n'avait ni fait ses bagages ni emporté quoi que ce soit, mais il était déjà revenu du Bart's car son stéthoscope traînait sur la table. En revanche, personne ne l'a vu ressortir. Il a dû se faufiler dehors et s'éclipser. Oncle Pickford a interrogé les autres pensionnaires. Aucun n'avait la moindre idée de l'endroit où il pouvait être.

« Maman et mes tantes ont demandé ce qu'était un stéthoscope et si cela était convenable. Nous leur avons expliqué qu'il s'agissait d'une sorte de cornet acoustique muni d'un tuyau en caoutchouc flexible et que cela servait à écouter le cœur et les poumons des patients. Tante Caroline a estimé que le fait que les médecins n'aient plus à coller leur oreille à la poitrine des dames constituait sans aucun doute un grand progrès, cette pratique étant des plus discutables. Tante Amelia a dit qu'elle était d'accord et qu'elle-même n'avait jamais permis une telle privauté à son médecin. Il était grand temps que quelqu'un invente une autre façon de procéder.

Patience siffla d'exaspération.

— Cela tournait au ridicule, Lizzie. J'ai cru qu'elles allaient se mettre à débattre des mérites de la médecine moderne. Alors je suis intervenue en demandant : « Que faut-il faire à présent ? Appeler la police ? »

— Quel effet cela a-t-il produit ?

— Effroyable, reconnut Patience. « Nom de D... laisse la police en dehors de tout ça ! » s'est écrié papa. Ce n'est pas du tout dans ses habitudes d'user d'un tel langage. Jamais je ne l'avais entendu jurer auparavant et il ne cessait de répéter à Edgar de surveiller son vocabulaire en présence des dames. Cela prouvait à quel point il était affreusement inquiet et irrité.

« Pour finir, nous avons tous été dîner sans Edgar. Personne n'avait le cœur à manger, pas même Oncle Pickford. Le rôti et les légumes étaient froids et la sauce avait figé, mais personne ne s'en souciait, sauf Tante Matilda qui n'arrêtait pas de sangloter. Pour finir, nous sommes toutes montées nous coucher, laissant papa et Oncle Pickford au rez-de-chaussée où ils ont eu une longue conversation. Je n'ai réussi à m'endormir que fort tard mais je me suis levée très tôt ce matin, avant qu'il ne fasse complètement jour. J'avais entendu les roues d'une voiture dehors. J'espérais qu'il s'agissait d'Edgar, venu expliquer où il avait passé la nuit. Mais quand j'ai regardé par la fenêtre, j'ai vu papa et Oncle Pickford qui montaient dans un fiacre. Ils devaient partir à sa recherche, certainement avec l'intention de savoir s'il avait reparu chez lui.

« Le petit déjeuner fut aussi maussade que le dîner. Pire encore en l'absence des hommes. Maman pleurait, mes tantes Briggs se lamentaient et cette pauvre Tante Matilda était comme perdue. Elle me demandait sans arrêt combien nous serions à table pour le déjeuner ! À bout de patience, je lui ai suggéré de commander un repas froid accompagné, le cas échéant, d'une soupe chaude. Comme cela, ceux qui auraient envie de manger le pourraient et, si papa et Oncle Pickford n'étaient pas revenus, rien ne serait perdu. Cette idée lui a quelque peu remonté le moral et elle est allée en discuter avec la cuisinière.

« Ensuite, mon père et mon oncle sont rentrés. À la pension, personne n'avait vu Edgar de la nuit ni eu aucune nouvelle. Ils s'étaient alors rendus au Bart's en espérant l'y trouver. Même s'il ne s'était pas senti capable de se présenter devant nous la veille, il ne se serait pas dérobé à son travail si sa présence était nécessaire. Edgar est très consciencieux.

Le mot « consciencieux » ne me serait pourtant pas venu d'emblée à l'esprit en pensant à Edgar Wellings, mais j'acquiesçai et demandai, sans trop d'espoir :

— Et y était-il ? À l'hôpital ?

— Non, lâcha tristement Patience. Mais il y avait un officier de police, quelqu'un de très haut placé, un certain Mr Dunn.

— Le superintendant Dunn ? Je le connais.

Je sentis un poids s'abattre sur mes épaules. Ainsi, Dunn avait suivi son intention de se rendre au Bart's et d'y informer un responsable que le Dr Wellings était en fâcheuse situation.

— Papa nous a dit que ce Mr Dunn lui avait paru quelqu'un de fort respectable, qui n'avait fait que son devoir, en l'occurrence prévenir l'hôpital de l'implication d'Edgar dans une affaire de meurtre. Et maintenant, Edgar est suspendu de ses fonctions, personne ne sait où il se trouve, tout le monde se morfond de chagrin et d'angoisse à Goodge Place, et je suis venue ici, Lizzie, pour vous demander ce que nous devons faire.

— Il me semble que votre père et votre oncle ont accompli toutes les démarches possibles, commençai-je.

— Non, non ! me coupa Patience. Je voulais dire ce que nous – vous et moi – devons faire.

— Mais que pouvons-nous faire ? articulai-je, stupéfaite par sa confiance absolue dans ma capacité à résoudre les problèmes.

— Eh bien, trouver Edgar, évidemment ! Et l'implorer de venir à Goodge Place pour s'excuser et s'expliquer. Au moins, comme cela, nous saurions qu'il va bien, qu'il ne s'est pas noyé ou... ou qu'il n'a pas commis je ne sais quel geste désespéré. Avaler du poison, par exemple.

— Du poison ! m'exclamai-je. Où se procurerait-il du poison ?

— N'importe où ! répondit Patience avec vigueur. Ce n'est pas difficile d'en trouver. On en met pour les rats et les souris. Et puis il travaille dans un hôpital. L'officine doit y regorger de quantité de flacons de substances toxiques.

S'ensuivit alors un long silence durant lequel je me creusai les méninges à la recherche d'une idée sous le regard plein d'espoir de ma visiteuse. Enfin, une fois parvenue à un plan – sans aucun doute voué à l'échec mais capable de la satisfaire provisoirement –, je pris la parole.

Je commençai par lui expliquer l'inconfort de ma propre position dans cette affaire.

— Depuis sa rencontre avec votre père et votre oncle à l'hôpital, le superintendant Dunn sait qu'Edgar a disparu. Cela signifie que le temps joue en notre défaveur car, selon toute probabilité, il va lancer un avis de recherche à l'intention des agents en patrouille. Il sera furieux lorsqu'il constatera que vous et moi avons mené nos propres investigations. Voyez-vous, Patience, le superintendant a déjà sévèrement chapitré Ben sur une éventuelle interférence de ma part...

— Nous n'interférons pas ! m'interrompit Patience. Nous aidons. Nous allons retrouver Edgar et le ramener à la raison.

— Je suis d'accord. Dans les affaires auxquelles j'ai été mêlée, je n'ai jamais agi qu'avec discrétion et dans le but de me rendre utile. Hélas, ce que vous et moi considérerions comme de l'aide est perçu par Mr Dunn comme une immixtion dans le travail de la police. Il n'aime pas que je « joue les détectives », comme il dit, et il est impossible d'en discuter avec lui. Il est très chatouilleux sur le sujet parce que, ma modestie dût-elle en souffrir, j'ai connu quelques succès par le passé. Voyez-vous, les hommes n'aiment pas quand une femme parvient à faire quelque chose dont ils ont été incapables.

— Comme j'aimerais être aussi intelligente et pratique que vous, soupira Patience, mélancolique. Mais si nous retrouvons Edgar, Mr Dunn vous pardonnera certainement. De toute façon, ni vous ni moi n'aurons à nous rendre nous-mêmes à Scotland Yard. Il nous suffira de conduire Edgar jusqu'à la porte et de le convaincre d'entrer. Personne, ni votre mari ni le superintendant, n'aura à connaître notre intervention. Nous expliquerons à Edgar qu'il lui faudra dire qu'il s'est décidé de lui-même à se livrer à la police. Et voilà !

Patience me sourit avec cette calme assurance que, par-devers moi, je commençais à trouver quelque peu irritante.

— Peut-être, concédai-je. Même si les choses se passent rarement comme prévu… Par ailleurs, j'ignore tout à fait où chercher votre frère. Il n'est nulle part où on pourrait l'espérer : ni à son domicile, ni au Bart's, ni à Goodge Place. Ma seule suggestion est que nous retournions à Deptford en quête d'un éventuel indice…

— Un indice ? répéta Patience, déroutée par ce vocabulaire policier.

— Une indication. Sur l'identité du véritable coupable, par exemple. Mais nous devrons être très, très prudentes, ma chère. Nous ne devons en aucun cas éveiller l'attention de l'inspecteur Phipps, le chef du commissariat local. Cela signifie qu'il nous faudra nous tenir à distance de ses agents, si nous en apercevons. Patience, vous devez me promettre que vous suivrez mes instructions. Je ne vous accompagnerai à Deptford pour y poser quelques questions qu'à cette condition.

Je n'avais aucune idée de qui nous interrogerions mais Patience attendait de moi que j'agisse et j'aurais malgré tout essayé. Ensuite, une fois que nous aurions échoué à trouver le moindre indice sur la cachette d'Edgar ou l'identité de l'assassin de Mrs Clifford, peut-être Patience me laisserait-elle en paix.

Par la fenêtre, je constatai que la pluie avait cessé et qu'un soleil humide était même parvenu à percer les nuages. Je décidai d'y voir un augure favorable à notre aventure. Je demandai à Bessie d'aller nous chercher un fiacre à la gare. L'argent que j'avais mis de côté pour les courses de la semaine s'apprêtait à trouver un autre usage.

* * *

Manque de chance, Bessie ne revint pas avec le cab de Wally mais avec un autre cocher qui nous conduisit néanmoins sans encombre à Deptford. Je lui demandai de nous déposer à proximité des boutiques car je ne tenais pas à ce qu'on nous voie débarquer sur le lieu du crime. Le quartier était noir de monde et personne ne prêta attention à nous. Je m'enquis auprès d'une dame d'allure respectable du chemin de la rue en question. Par chance, elle sut nous l'indiquer.

Tandis que nous marchions, Patience débordait d'enthousiasme et d'idées calamiteuses. La première fut que nous devrions toquer à toutes les maisons du voisinage pour demander si quelqu'un avait vu des visiteurs, autres qu'Edgar, se rendre chez Mrs Clifford.

— C'est hors de question, la dissuadai-je avec autorité. Pour commencer, la police l'a sans doute déjà fait. Et nous susciterions ainsi une telle curiosité que la rumeur parviendrait à coup sûr aux oreilles de l'inspecteur Phipps.

— Dans ce cas, suggéra ensuite Patience, pourquoi ne pas faire semblant de me trouver mal et frapper à une porte pour solliciter un verre d'eau ?

— On soupçonnerait quelque subterfuge, objectai-je. On craindrait qu'un gaillard se tienne aux aguets à proximité et qu'il ne profite de la porte entrebâillée pour se ruer à l'intérieur, faucher ce qu'il pourrait et ressortir aussi vite.

— Grand Dieu ! s'exclama Patience. Est-ce que tout le monde à Londres est si suspicieux ?

— Oui ! affirmai-je tout net, même si je me rendis compte que je n'avais pas fait preuve de la même prudence lorsque j'avais laissé entrer la petite Sukey un soir de brouillard. Ou, continuai-je, on pourrait nous prendre pour deux voleuses, cherchant à se faire ouvrir par la ruse.

— Nous ne ressemblons pas à des voleuses, protesta Patience.

— C'est le propre des escrocs de ne pas laisser paraître ce qu'ils sont, rétorquai-je, sans quoi ils ne séduiraient jamais leurs innocentes victimes.

Patience fut si impressionnée par ma connaissance des mœurs criminelles qu'elle demeura silencieuse pratiquement jusqu'à notre arrivée. Soudain, alors que nous étions proches de notre rue, quelque chose me fit tout à coup m'arrêter et lui saisir le bras.

— Regardez ! hoquetai-je.

Nous n'étions pas les seules à avoir voulu profiter de l'inespéré rayon de soleil. Sur le trottoir d'en face, une jeune infirmière poussait une chaise roulante qu'occupait un vieillard soigneusement enveloppé dans des couvertures. Nous le reconnûmes toutes deux.

— Le vieux monsieur de l'autre jour, celui qui se trouvait devant chez Mrs Clifford quand nous sommes arrivées avec Edgar, souffla-t-elle.

— Ce ne peut être que Mr Morton, l'ami de Mrs Belling, ajoutai-je. Rappelez-vous, c'est par lui qu'elle a appris que votre frère avait quitté la maison sous l'escorte de Ben.

— Il voulait envoyer ce pauvre Edgar à la potence ! s'indigna Patience.

Je laissai ma main sur son bras car je craignais qu'elle ne se précipitât de l'autre côté de la rue pour aller prendre l'infirme à partie.

— Laissez-moi parler, ne dites rien ! l'avertis-je. Il n'est pas impossible que nous apprenions quelque chose.

Le cœur battant, je me dirigeai vers le vieux monsieur, Patience tout près derrière moi. La nurse, sans doute heureuse à la perspective d'un moment de repos, cessa de pousser le fauteuil aussitôt qu'elle se rendit compte de mon intérêt. Le vieillard leva les yeux de surprise.

Je constatai qu'il s'agissait en effet d'un gentleman fort distingué en dépit de son âge. Ce devait avoir été en son temps un très bel homme, l'un de ces élégants de l'époque de la Régence. Sa chevelure, quoique blanche, était encore fournie et un nez aquilin rehaussait des traits restés fins. Il m'évoqua les portraits que j'avais vus du duc de Wellington.

— Je vous demande pardon, monsieur, commençai-je, mais ne seriez-vous pas Mr Morton ? Mrs Belling, que vous connaissez, il me semble, a mentionné votre nom alors que nous rendions visite à Mrs Parry à Dorset Square. Je suis Mrs Ross. Avant mon mariage, j'ai un temps résidé chez Mrs Parry et c'est à ce moment-là que j'ai fait la connaissance de Mrs Belling.

J'espérais avoir été claire dans mes explications.

— Vraiment, madame ? fit-il.

Son ton n'était pas à proprement parler dissuasif mais son regard se fit plus perçant.

— Monsieur, repris-je en souhaitant ne pas paraître trop désespérée, j'ai cru comprendre, au dire de Mrs Belling, qu'un de vos neveux était médecin. Cette demoiselle… (je tendis la main pour inviter Patience à s'approcher)… cette demoiselle est Miss Wellings, dont le frère étudie lui-même la médecine. C'était, je crois, un condisciple de votre neveu.

Le vieil homme avait continué à m'examiner de son œil inquisiteur tandis que j'exposais la situation. Un silence gêné s'installa.

— Ross ? répéta, pensif, Mr Morton. Cela me dit quelque chose.

Il me vint à l'esprit qu'à l'occasion de sa conversation avec Mr Morton à propos du meurtre Mrs Belling avait dû lui dire qu'elle connaissait à Scotland Yard un inspecteur du nom de Ross. Il était fort possible qu'en dépit de son apparent isolement à Deptford Mr Morton sût déjà beaucoup de choses à mon sujet.

— Un meurtre a été commis non loin d'ici récemment, continuai-je.

Mais mon interlocuteur ne me laissa pas aller plus loin.

— En effet, madame, confirma Mr Morton, animé d'une énergie soudaine. Un crime épouvantable et d'autant plus révoltant qu'il a eu lieu ici ! Je me souviens d'un temps où Deptford était un endroit bien différent de ce que vous voyez aujourd'hui. Et (sa voix prit un accent triomphal) je me souviens de vous, Mrs Ross ! Vous êtes entrée dans cette maudite maison alors que la police s'y trouvait. J'étais dehors et je vous ai vue de mes propres yeux !

Il agita un doigt victorieux devant moi.

— Moi aussi, j'étais là ! explosa Patience, incapable de se contenir plus longtemps.

Mr Morton tourna son œil perçant vers elle et son attitude se radoucit.

— Mais oui, en effet, chère enfant, fit-il avant d'ajouter, retrouvant sa sévérité : Ce n'était pas la place d'une demoiselle ! Et l'assassin vous accompagnait, oui, j'en suis sûr. Un jeune homme ! Lui aussi, je le connaissais. Mon neveu, un jour, me l'avait indiqué.

— Mon frère n'est pas un meurtrier ! s'insurgea Patience. Oh, monsieur, on l'accuse à tort. Il n'a pas commis cet acte monstrueux !

— Est-il à Newgate ? demanda Mr Morton avec intérêt.

— Non, monsieur. Il n'a pas été arrêté.

— Comment cela ? s'écria Mr Morton avec agitation. Sacrebleu, la police de notre bonne capitale ne protège-t-elle donc plus les honnêtes citoyens ? Je croyais pourtant que c'était l'objectif de Peel[1] lorsqu'il

1. Deux fois Premier ministre du Royaume-Uni, sir Robert Peel (1788-1850) a créé la police métropolitaine de Londres en 1829, unifiant les différentes forces qui existaient alors, dont les coureurs de Bow Street, unité fondée en 1749 par le juge et écrivain Henry Fielding.

a mis en place son système. J'étais réservé à l'époque, je m'en souviens. On se débrouillait très bien avant. Les coureurs de Bow Street faisaient du bon boulot. Et les criminels étaient punis comme il se doit. Ils finissaient le plus souvent à la potence. Je me rappelle avoir assisté, enfant, à la pendaison d'un bandit de grand chemin. Voilà comment on fait comprendre à un gamin qu'il doit respecter la loi. Emmenez-le voir un brigand se balancer au bout d'une corde. C'est une leçon qu'il n'oubliera pas !

Mr Morton s'était tellement échauffé que je craignis une crise d'apoplexie. Par chance, son humeur s'assombrit soudain et, en guise de conclusion, il ajouta avec une pointe de regret :

— On ne pend plus personne de nos jours, excepté les meurtriers et les traîtres. Et les gens se sentent-ils plus en sécurité pour autant ? Non, madame, que nenni !

C'était pourtant bien l'inefficacité du fonctionnement des forces de l'ordre du temps de la jeunesse du vieux gentleman et du système dont il avait fait l'éloge avec tant de conviction qui avait conduit sir Robert Peel à créer notre police métropolitaine. Mais tout le monde ne se laisse pas convaincre des bienfaits de la modernité.

Sa tirade avait été plus que Patience n'en pouvait supporter. Après avoir manœuvré pour me contourner, elle lança une attaque frontale.

— Et que faites-vous quand il s'agit d'une dramatique méprise, comme dans le cas de mon frère ? demanda-t-elle.

— Cela, ma chère enfant, c'est la raison pour laquelle nous avons des juges et des tribunaux. C'est à eux qu'il revient d'en décider.

— Mais cela ne vous dérange pas d'envoyer sur le banc des accusés un innocent dont la réputation en sera à jamais flétrie ?

Patience défendait son point de vue avec autant d'ardeur que Mr Morton le sien.

Trop loin d'elle désormais pour lui saisir le bras et la retenir, je n'étais plus en mesure de l'arrêter. Nous battre comme des chiffonnières en pleine rue n'arrangerait en rien notre cause auprès de Mr Morton. Je ne pouvais que laisser Patience prendre l'initiative. Nous commencions en outre à attirer l'attention. Des passants ralentissaient l'allure en approchant de nous. Quelques-uns s'étaient déjà attroupés non loin avec, parmi eux, un gamin qui manifestait à notre endroit un intérêt tout particulier. Comme Ben l'avait déjà souvent relevé avec exaspération, les Londoniens adorent les distractions gratuites. Si nous restions sur place plus longtemps, il y aurait bientôt foule.

— Et maintenant ce frère qu'on persécute a disparu ! gémit Patience. Il nous faut le retrouver au plus vite, monsieur. Nous aimerions demander à votre neveu s'il a la moindre idée de l'endroit où il pourrait se trouver. Mon père et mon oncle ont visité tous les lieux évidents et ils interrogent en ce moment ses amis et ses connaissances. Je ne peux pas rester les bras croisés !

— Le lieu le plus évident, rétorqua Mr Morton sans aménité, c'est la prison. Voilà où devrait se trouver votre frère, Miss Wellings.

— Oh non, monsieur !

Alors, à ma stupéfaction, Patience se laissa choir dans un vaporeux nuage de jupes et s'agenouilla à côté du vieillard, tendant les mains dans un geste on ne peut plus théâtral mais ô combien impressionnant. Les badauds murmurèrent leur appréciation. Derrière la chaise roulante, la nurse était fascinée.

— Mr Morton ! supplia Patience. Refuserez-vous de m'aider ? Sans doute aurez-vous à cœur d'éviter une abominable erreur judiciaire. S'il vous plaît, monsieur, je dois retrouver mon frère pour faire éclater son innocence !

Des larmes se formèrent dans ses yeux et roulèrent le long de ses joues rougies.

Je ne sais toujours pas aujourd'hui si ces pleurs étaient spontanés ou si Patience avait, comme on dit, « ouvert les vannes ». Mais cette démonstration eut sur Mr Morton un effet incontestable. Tout à coup, ce vénérable gentleman – probablement un galant en son temps – se trouvait confronté à une ravissante jeune fille, rendue plus belle encore par le charmant désordre des boucles qui encadraient son visage baigné de larmes. Lançant vers lui ses mains jointes dans la prière, elle l'implorait d'être son preux chevalier. Lui qui avait commencé sa journée par sa promenade usuelle sans en attendre davantage que le salut de connaissances croisées au hasard des rues familières.

— Grand Dieu, mon enfant ! s'exclama-t-il. Voyons, voyons, modérez-vous. Séchez vos larmes. Tout ce qui sera en mon pouvoir, ce qui est bien peu, je le crains…

Avisant la foule grandissante, il s'interrompit.

— Nous ne pouvons pas discuter de cela ici. Watkins !

— Oui, monsieur ? interrogea l'infirmière.

— Conduisez-nous à la maison ! Venez, mesdames. Allons poursuivre cette conversation dans un lieu plus approprié.

À la déception manifeste des curieux, nous nous mîmes donc en route, petite procession à laquelle le gamin emboîta le pas jusqu'à ce que Watkins le chasse vertement.

— Patience, chuchotai-je. Quoi que vous fassiez, ne mentionnez pas Frank.

* * *

Mrs Belling avait parlé de la maison de Mr Morton comme de l'une des plus belles de Deptford. C'était une demeure du début de l'époque géorgienne, distribuée de façon symétrique autour d'un porche à colonnade et située dans une petite rue tranquille. Comme nous approchions, je vis du mouvement à l'une des fenêtres du rez-de-chaussée. Quelqu'un guettait le retour du maître. Quelques instants plus tard, la porte d'entrée s'ouvrit sur une gouvernante replète et coiffée d'une charlotte à volants. Elle se précipita à notre rencontre pour aider son employeur à se lever de son siège et l'accompagner à l'intérieur. Un solide valet de pied arriva pour transporter la chaise roulante. Watkins nous convia à entrer.

— Ces dames restent à déjeuner, Hammond, signala Mr Morton à la gouvernante.

Je songeai que cette invitation inopinée allait susciter la panique en cuisine où l'on n'avait préparé qu'un repas pour un vieil invalide. La gouvernante, cependant, acquiesça sans plus de commentaires.

— Si vous voulez-vous bien me suivre, mesdames, nous invita Watkins.

Elle nous conduisit à l'étage jusqu'à une petite chambre à l'évidence inutilisée mais équipée d'une table de toilette et d'un miroir. La domestique nous débarrassa de nos vêtements d'extérieur qu'elle étendit avec soin sur le lit. Puis elle attendit pendant que nous rajustions nos coiffures, nos cols et nos poignets devant la glace. Enfin, nous redescendîmes et elle nous emmena à la salle à manger.

Située à l'arrière de la maison, elle donnait sur un étroit jardin tout en longueur où une statuette de Diane chasseresse dominait un paysage hivernal de branches nues et de feuilles humides qui tapissaient le sol. À l'intérieur, le personnel avait agi avec célérité et le couvert était mis pour trois.

— Mon médecin m'interdit le vin, nous déclara Mr Morton avec dépit, mais je peux vous proposer un verre de sherry.

Nous l'assurâmes que de l'eau nous suffirait amplement. Le déjeuner fut tel que l'on pouvait s'y attendre à la table d'un vieillard. On nous servit un bouillon clair de volaille, du poisson bouilli accompagné de simples pommes de terre à l'eau et, pour finir, un gâteau de riz.

Pendant le repas, Patience conta son histoire en détail. Elle expliqua comment son frère avait été un étudiant brillant, qui n'avait jamais reçu que des éloges avant d'obtenir son diplôme haut la main. Par malheur, il s'était laissé entraîner hors du droit chemin par certains camarades, ce qu'il regrettait aujourd'hui amèrement. Il avait pris goût aux cartes, perdu trop d'argent et, en désespoir de cause, s'était adressé à une prêteuse.

Mr Morton l'écouta d'une oreille attentive, ne l'interrompant que pour observer qu'il avait lui-même vu bien des fortunes familiales dilapidées aux tables de jeu.

Edgar n'avait pas perdu la fortune de la famille, l'assura Patience, seulement contracté des dettes substantielles. N'osant l'avouer à son père, il avait tenté de remédier seul à la situation. Pas une fois elle ne mentionna Frank Carterton ainsi que je le lui avais recommandé. Il était en effet certain que, lors de sa prochaine visite dans cette maison, Mrs Belling aurait droit au récit de cette mémorable aventure, à la suite de quoi elle irait sans délai le colporter à Dorset

Square. La principale préoccupation de Tante Parry était que Frank se tienne à bonne distance de tout scandale. C'était, de son point de vue, la seule chose importante et c'était la raison pour laquelle j'avais enjoint à Patience de ne pas prononcer le nom de son fiancé.

Tante Parry serait déjà assez mécontente d'apprendre que j'avais entraîné Patience à Deptford pour y mener l'enquête. Elle désapprouve tout autant que le superintendant Dunn mes agissements de détective.

Le déjeuner terminé, nous passâmes dans un petit salon pour y boire une tasse de thé. Mr Morton avait pris sa décision.

— Mesdames, je vais vous donner le nom et l'adresse de mon neveu, déclara-t-il. Il s'agit du Dr Henry Morton, fils de mon défunt frère. Il exerce comme médecin assistant dans un cabinet à Egham.

— Egham ? répéta Patience en se tournant vers moi. Où est-ce ? Est-ce loin de Londres ?

— Cela se trouve dans le Surrey, lui répondis-je. Ce n'est pas très loin et nous pouvons y aller en train depuis Waterloo.

— Je vais vous donner une lettre d'introduction, ajouta Mr Morton. J'y expliquerai que je me suis longuement entretenu avec vous à propos de cette affaire et que j'apporte mon assentiment à vos recherches.

— Cher monsieur, fit Patience en prenant ses mains dans les siennes, vous avez été si attentionné et je vous suis – toute ma famille vous est – infiniment reconnaissante.

— Là, là, tempéra Mr Morton, les joues à présent roses de bonne humeur, je suis tout à votre service. Mais j'ignore si Henry pourra vous apprendre quoi que ce soit.

Je partageais son avis. Selon moi, toute cette expédition à Egham ne serait qu'une inutile perte de temps mais cela donnait à Patience l'impression d'agir pour la cause d'Edgar.

Une fois prêtes à partir, nous allâmes saluer et remercier une dernière fois notre aimable hôte. En retour, il me confia le billet qu'il avait écrit à l'intention de son neveu.

Puis, il s'éclaircit la gorge et me dit, d'un ton quelque peu embarrassé :

— Mrs Ross, votre voyage à Egham va occasionner certaines dépenses…

— Oh, j'ai tout ce qu'il faut sur moi ! intervint Patience qui l'avait entendu. Je vous en prie, ne vous souciez pas de cela, monsieur. Ne sachant pas ce que nécessiteraient nos démarches, j'avais pris la précaution d'emporter assez d'argent ce matin.

Elle leva le bras, révélant, pendu à son poignet par un cordon de soie, un réticule en satin brodé de perles. Je l'avais remarqué mais j'avais supposé alors qu'il ne contenait qu'un mouchoir, un flacon de sels, de la menue monnaie peut-être, et qu'elle gardait en sécurité sur elle tout ce qui pouvait avoir de la valeur.

Mr Morton et moi la dévisageâmes, aussi abasourdis l'un que l'autre.

— Ma chère enfant ! s'exclama le vieux gentleman. Vous êtes sortie dans les rues de Londres avec une somme importante dans ce… ce frêle contenant ?

— Mais oui ! affirma Patience. En cas de besoin, vous comprenez. Je ne voulais prendre aucun risque.

— Aucun risque… balbutia Mr Morton. Et celui d'être détroussée par un coupeur de bourses ? Oh, ma chère, ma chère. Bon, trêve de discussions, je vais demander à Bunce, mon valet, de vous accompagner à Egham pour assurer votre protection.

Nous voulûmes protester mais il était catégorique.

— Si j'étais plus jeune et de meilleure constitution, je vous aurais escortées moi-même. Hélas, ma santé et les ans ne me le permettent plus. Mais Bunce va venir avec vous, j'insiste.

CHAPITRE 15

Elizabeth Martin Ross

En préambule à notre expédition dans le Surrey, ordre fut donné au valet Bunce d'aller quérir un fiacre propre.

— Examinez-en minutieusement l'intérieur, Bunce ! ordonna Mr Morton. Il est hors de question que ces dames salissent leurs robes sur des banquettes douteuses.

Le domestique et l'attelage revinrent promptement. Après avoir reçu de Bunce l'assurance que le « bahut » avait été inspecté avec minutie et qu'il était d'une propreté irréprochable, notre hôte nous autorisa, Patience et moi, à prendre congé.

La première étape de notre voyage nous conduisit de l'autre côté du fleuve, à la gare de Waterloo. Bunce était un homme d'une trentaine d'années aux cheveux bruns et affligé d'un léger strabisme. Il ne prononça pas un mot du trajet mais l'un ou l'autre de ses yeux paraissait toujours posé sur nous. Sous cette vigilance jumelle, Patience et moi nous sentions incapables de parler librement, aussi le périple se déroula-t-il en silence.

Une fois dans le hall de la gare, Bunce nous demanda de l'attendre, puis il disparut.

Patience tripotait avec nervosité le cordon de soie qui rattachait son réticule à son poignet. Le valet revint bientôt avec trois billets aller et retour. Mr Morton y avait manifestement pourvu en dépit – ou peut-être à cause – de l'argent que Patience affirmait détenir dans son aumônière. Sans doute avait-il souhaité éviter qu'elle ne l'ouvrît dans un lieu public.

Il y avait un long trajet en train avant d'arriver à destination. Malgré son inquiétude, Patience retrouva un peu de gaieté et se détendit davantage. Même si nous ne découvrions rien à Egham, je compris que le sentiment de faire quelque chose la soulageait de la frustration de se sentir impuissante. Bavardant avec animation, elle contemplait les maisons et le paysage qui défilaient à la fenêtre. De mon côté, j'étais occupée à préparer dans ma tête notre discours pour le Dr Henry Morton, lui expliquant pour quelle raison il nous apparaissait nécessaire de l'impliquer dans les soucis d'Edgar. À notre arrivée, Bunce nous demanda de nouveau de patienter pendant qu'il s'occupait de nous trouver une voiture.

— Savez-vous où habite Mr Morton ? l'interrogeai-je comme il s'apprêtait à partir.

— Oui, madame. On ne peut pas y aller à pied. Ça monte beaucoup.

Et le valet nous quitta d'un pas décidé. Peu de temps après, il était de retour, nous priant de le suivre jusqu'au fiacre.

— Vous savez, Lizzie, murmura Patience à mon oreille, c'est beaucoup plus facile quand Bunce est là pour s'occuper de tout et veiller sur nous. Je me sens comme une enfant gâtée !

— Il est très serviable, confirmai-je, avec moins d'enthousiasme cependant.

Pour ma part, j'avais moins l'impression d'être gâtée que très étroitement surveillée. Bunce rapporterait dans le moindre détail tous nos faits et gestes à son employeur.

— Ce qui me gêne, poursuivit Patience, c'est qu'il me soit si difficile de le regarder en face.

— Bunce ? demandai-je, intriguée. À cause de votre frère ?

— Non, de ses yeux. Je ne sais jamais auquel m'adresser.

Le cab nous conduisit jusqu'à une grande demeure agréable située un peu en retrait de la rue. Bunce donna au cocher l'instruction de nous attendre. Comme je m'en émouvais, il souligna poliment, mais avec fermeté, que nous aurions sans cela du mal à trouver une voiture pour nous ramener à la gare. J'étais désormais plus qu'agacée par le valet. Ce n'était pas sa faute. Il suivait les ordres qu'il avait reçus du vieux Mr Morton. Mais j'ai pour habitude de prendre mes propres décisions lorsque je mène l'enquête, ainsi que je me plais à dire en parlant de mes investigations. Et je n'aime pas qu'on m'observe.

À côté de la porte d'entrée de la maison, une plaque annonçait le nom de deux médecins : le Dr Ernest Appleforth et le Dr Henry Morton. Je demandai à la femme entre deux âges qui nous ouvrit si ce dernier était disponible et s'il nous serait possible de le voir.

— Il ne s'agit pas d'une visite à caractère médical, me hâtai-je de préciser. C'est pour une affaire d'ordre privé. J'ai une lettre d'introduction à son intention. S'il est là, auriez-vous la bonté de la lui donner, s'il vous plaît ? Nous sommes venues exprès de Londres, c'est pourquoi j'espère qu'il nous recevra.

La femme me considéra d'un air vaguement soupçonneux mais elle prit un plateau d'argent sur une console et me le tendit. J'y déposai le billet de Mr Morton. Nous fûmes ensuite menées dans un petit salon, après quoi la femme – une sorte de gouvernante, supposé-je – nous quitta, emportant le plateau et la lettre. Cette sangsue de Bunce s'était enfin détachée de nous et avait disparu, sans doute pour aller boire quelque chose en cuisine. Pour la première fois depuis notre départ de Deptford, nous étions seules.

— Est-ce là, selon vous, que les patients attendent d'être reçus ? me demanda Patience en s'asseyant sur une des chaises alignées le long du mur.

— Probablement, répondis-je.

Quand j'étais enfant, mon père était médecin dans une petite ville. Notre maison disposait d'un cabinet réservé à cet usage et très similaire à la pièce où nous nous trouvions. Elle était meublée avec un nombre inhabituel de chaises à dossier droit. Au centre, une petite table proposait de la lecture sous la forme d'un journal et d'un exemplaire de *The Englishwoman's Domestic Magazine*. Une minuscule flambée luttait pour survivre dans la cheminée. La modeste chaleur qu'elle dispensait était suffisante pour dégourdir l'atmosphère mais pas pour réchauffer le visiteur et l'inciter à se détendre. Ceux qui étaient réellement malades ne s'en formalisaient pas et ceux qui ne l'étaient pas n'étaient guère incités à s'attarder. La seule chose à regarder, quand on ne voulait lire ni le journal ni le magazine, était une aquarelle d'amateur représentant le château de Windsor accrochée au mur. Sinon, l'unique occupation consistait à étudier les autres patients et à s'interroger sur ce qui les amenait. L'endroit était très tranquille et Patience elle-même s'abîma dans une morosité silencieuse.

Le calme fut rompu par un pesant bruit de pas pressés que nous entendîmes approcher avant que la porte ne s'ouvre avec force. Un monsieur entra dans la pièce et referma derrière lui. Ce devait être Henry Morton. Il avait à la main la lettre d'introduction de son oncle. Morton, âgé peut-être de deux ans de plus qu'Edgar Wellings, était de taille moyenne, solidement charpenté, avec des cheveux blonds tirant sur le roux et le teint rose qui va parfois avec. Il avait les yeux très bleus et des cils que leur blondeur rendait presque invisibles.

Son regard passa vivement de l'une à l'autre d'entre nous pour enfin se fixer sur moi.

— Ai-je l'honneur de m'adresser à Mrs Ross ?

— Elle-même, répondis-je. Et voici Miss Wellings, ajoutai-je en désignant Patience.

— Oui, oui ! C'est un plaisir de faire votre connaissance, Miss Wellings.

Il tira une des chaises à lui et s'assit en face de nous. Il me parut embarrassé. Tel un petit garçon, il tambourinait du bout des doigts sur son siège comme s'il hésitait sur la meilleure façon de commencer.

— En quoi puis-je vous être utile ? demanda-t-il enfin tout en donnant l'impression de ne pas vraiment vouloir le savoir.

— Il me semble, monsieur, que vous connaissez Edgar, mon frère, déclara Patience, qui se pencha en avant et poursuivit : Nous espérions que vous pourriez nous aider à le retrouver. Il a disparu. Vous n'êtes sans doute pas sans savoir qu'il a des ennuis.

— Oui, j'ai appris cela, Miss Wellings, répondit-il avant d'ajouter précipitamment en brandissant la lettre : Mon oncle m'en informe dans ce courrier.

Presque imperceptible, son hésitation ne m'avait cependant pas échappé. Il était au courant de la situation d'Edgar avant de recevoir la lettre.

— Nous pensions, docteur Morton, que vous auriez peut-être une idée de l'endroit où pourrait se trouver Edgar, intervins-je. Voyez-vous, il est concerné par une enquête de police.

— Bien qu'il soit tout à fait innocent ! explosa Patience. Il n'a rien fait de mal. Enfin, rien de criminel. Il a seulement perdu de grosses sommes d'argent au jeu.

— Edgar a toujours beaucoup aimé les cartes, affirma Henry Morton imprudemment.

J'étais maintenant convaincue que nous n'avions pas fait ce déplacement en vain. Notre interlocuteur avait des choses à nous apprendre. Un soupçon m'avait en outre traversé l'esprit. Edgar avait raconté à Ben qu'il s'était adressé à Mrs Clifford sur la recommandation d'un ancien condisciple. L'oncle de Henry Morton habitait à Deptford et ce dernier venait lui rendre visite. Il pouvait fort bien avoir connu une prêteuse locale, voire avoir eu lui-même recours à ses services. Si Morton était lui aussi joueur, et s'il avait connu un semblable revers de fortune, il n'aurait pas plus sollicité son irascible vieil oncle qu'Edgar n'avait osé s'adresser à son père ou à son oncle.

Je pris garde de ne pas laisser transparaître ces réflexions sur mon visage. Tous nos ennuis incombaient-ils au bout du compte à ce sémillant jeune médecin ? Il me sembla percevoir dans son attitude une pointe de gêne, et même de défiance maladroite, mais peut-être me faisais-je des idées.

— Il a paniqué et il s'est enfui ! expliqua Patience.

Elle s'en tenait au problème du moment sans se préoccuper des événements qui en avaient été la cause.

— C'était idiot de sa part mais il avait si peur… Pas uniquement de la police, vous comprenez, mais aussi de se présenter devant notre famille. Tout le monde est venu à Londres pour discuter la question de ses dettes.

— Oui, bien sûr, je comprends, marmonna Henry, qui porta son regard sur l'aquarelle du château de Windsor et l'étudia comme s'il la voyait pour la première fois.

— Je crois que vous êtes en mesure de nous aider, docteur Morton, dis-je.

Ses yeux s'arrachèrent soudain du tableau et se posèrent sur moi. Il avait l'air à la fois surpris et coupable…

— Oui, naturellement, si je peux…

— La police est maintenant au courant de la disparition d'Edgar, poursuivis-je. Sa fuite ne fait que renforcer ses soupçons à son sujet car on l'avait sommé de rester disponible. S'il n'est pas de retour à Londres ce soir, des recherches en bonne et due forme seront lancées, si elles n'ont pas déjà commencé. Les journalistes l'apprendront sans aucun doute. Des enquêteurs se sont déjà présentés au Bart's pour le demander et il y a toujours des échotiers dans les parages, n'est-ce pas ?

— Des vautours, commenta Henry Morton d'un ton sec. Attirés par l'odeur du sang.

— Edgar est déjà dans une situation très délicate, ajoutai-je. Et il est en train de l'aggraver considérablement. Il doit rentrer sans tarder, ce soir au plus tard.

Henry Morton poussa un long soupir et se leva.

— Je vois qu'une voiture vous attend à la grille, dit-il.

Cela signifiait-il qu'il s'apprêtait à nous congédier ?

— Je vais vous conduire à lui.

— Oh, docteur Morton ! s'écria Patience en se dressant d'un bond. C'est merveilleux ! Où est-il ?

— Chez moi.

D'un geste vague, Henry Morton désigna l'ensemble de la maison.

— Cet endroit appartient à mon associé, le Dr Appleforth. Je loge près d'ici. Une chose doit être claire cependant, énonça-t-il en nous adressant un regard sévère. Edgar n'est pas mon patient. Il n'est pas venu me consulter pour une question d'ordre médical, aussi ne suis-je pas tenu par le secret professionnel. Mais il est venu à moi parce qu'il avait besoin de temps pour réfléchir. Il pensait, à tort, que personne ne le chercherait ici. J'ignore comment vous avez retrouvé sa piste, mesdames…

Il marqua une pause et attendit.

— Par le plus grand des hasards, lui répondis-je. Nous cherchions de ses nouvelles à Deptford et nous sommes tombées sur votre oncle pendant sa promenade matinale. Or, c'est un ami de Mrs Belling, laquelle est une amie de ma tante, Mrs Julia Parry…

Henry agita la main pour mettre fin à ce flot d'informations.

— Quoi qu'il en soit, c'est peut-être aussi bien. Edgar était – est – un peu dans tous ses états. Il m'a avoué qu'il se cachait de sa famille mais, si la police est aussi à sa recherche, il doit bien entendu rentrer à Londres sans plus attendre. Laissez-moi seulement aller prévenir que je m'absente pour une heure.

Lorsque Patience et moi regagnâmes le vestibule, nous y trouvâmes Bunce qui avait reparu comme par magie, prêt à reprendre sa surveillance.

La vue du valet ne sembla pas ravir Henry.

— Ah, Bunce, fit-il. Mon oncle vous a envoyé en compagnie de ces dames ?

— Oui, Mr Henry, répondit Bunce d'une voix qui réussissait à être tout à la fois obséquieuse et flegmatique. Il m'a demandé de veiller spécialement sur elles. Ce sont ses ordres, monsieur.

Morton prit une profonde inspiration.

— Bon, très bien, ne perdons pas de temps.

Nous montâmes tous les quatre dans le fiacre qui nous emporta.

Il ne nous fallut que quelques minutes pour parvenir à la maison où Henry Morton avait ses appartements.

— Si vous voulez bien m'attendre ici un instant, mesdames, nous demanda ce dernier une fois dans l'entrée. Cela va être un choc pour Edgar de vous savoir ici. Et il va aussi me falloir lui expliquer que je ne vous ai pas prévenues mais que vous avez retrouvé seules sa trace.

Puis, s'adressant à Bunce qui rôdait à proximité, il ordonna sans aménité :

— Bunce, restez ici avec ces dames !

Le valet afficha une mine déconfite. Je me réjouissais de constater que Henry avait lui aussi identifié Bunce comme l'espion de son oncle et qu'il n'avait aucune intention de le laisser être témoin de la réaction d'Edgar lorsqu'il apprendrait qu'il avait été débusqué.

Nous patientâmes quelques minutes durant lesquelles des murmures résonnèrent au-dessus de nos têtes. Soudain, une violente exclamation nous parvint. « Quoi ? »

— C'est mon frère ! s'écria Patience. Nous l'avons retrouvé !

Des pas tonitruants dans l'escalier nous annoncèrent le retour de Henry Morton, plus rose encore qu'auparavant.

— Si vous voulez bien monter, mesdames ?

Patience et moi gravîmes l'escalier tandis que Henry demeurait avec tact dans le vestibule. En retrait,

Bunce marchait de long en large, « hors de lui », selon l'expression courante.

Au premier étage, la porte d'un petit salon était ouverte. Nous entrâmes et trouvâmes Edgar en bras de chemise, le cheveu en bataille, qui nous attendait avec un air de défi.

— Patience, Mrs Ross, écoutez… commença-t-il.

Mais il ne put aller plus loin. En découvrant son frère, Patience vit toutes ses craintes qu'il ne lui fût arrivé malheur s'évaporer. À la place de la jeune femme rongée d'inquiétude ne restait qu'une boule de fureur. Elle traversa la pièce comme une tornade, lui empoigna les bras et se mit à le secouer.

— Edgar ? Comment as-tu pu ? Tu t'es comporté de façon lamentable, tu m'entends ? Tu m'as laissée me débrouiller toute seule avec papa et maman, et les deux tantes ! Comment as-tu pu m'abandonner ainsi ? C'est entièrement ta faute si toute la famille est sens dessus dessous. Pas une minute tu n'as pensé à moi, n'est-ce pas ? Mon mariage avec Frank est repoussé à je ne sais quand. Nous ne nous marierons peut-être même jamais maintenant ! La police est allée te chercher à l'hôpital et tu y es suspendu de tes fonctions jusqu'à ce que tout soit réglé. Maman pleure toutes les larmes de son corps, les tantes s'évanouissent à tour de rôle, Tante Matilda devient folle à force d'essayer de s'occuper de ses sœurs, et papa a été jusqu'à utiliser un langage inconvenant devant les tantes et moi !

Plus rien ne subsistait de l'attitude défiante d'Edgar.

— Je te demande pardon, Patty, balbutia-t-il. J'avais juste besoin d'un peu de temps. Je n'étais pas prêt à les affronter.

— Croyais-tu pouvoir y couper éternellement ? demanda sa sœur. Estimais-tu normal de me laisser essayer de te trouver des excuses ? Je me rends compte à présent que c'est ce que j'ai fait toute ma vie, Edgar. Eh bien, c'est terminé. Tu rentres avec nous sur-le-champ, c'est compris ?

— Oui, oui, bien sûr, promit Edgar. Laisse-moi juste expliquer à Henry…

— Et il y a ça aussi ! lança Patience, ajoutant à sa liste de griefs. Tu as impliqué le Dr Morton, qui n'avait strictement rien à voir avec toute cette affaire, ainsi que Mrs Ross. Ce sont d'innocents étrangers, Edgar, et tu les as entraînés dans ce… ce sordide imbroglio que tu as provoqué.

— Je n'aurais jamais imaginé que tu me trouverais ici, protesta sans conviction le jeune homme. Je sais que je n'aurais pas dû déranger Henry…

— Nous t'attendons en bas ! coupa Patience avec un geste impérieux.

Elle tourna les talons et sortit de la pièce.

— Je suis extrêmement et sincèrement désolé, Mrs Ross, me dit Edgar, anéanti. Pourrez-vous expliquer cela à votre mari ? Je ne cherchais pas à m'enfuir. Cela ne signifie pas du tout que je suis coupable. Ô mon Dieu…

Ses paroles se perdirent dans un gémissement.

— J'essaierai, lui assurai-je. Mais vous feriez mieux de vous rendre sans tarder à Scotland Yard pour vous y expliquer. On doit être en train de vous rechercher à l'heure qu'il est, vous savez.

— Peut-être Ross m'enfermera-t-il dans une cellule ? s'interrogea Edgar avec une subite note d'espoir dans la voix. Comme ça, je n'aurai pas à me présenter devant ma famille…

« Oh, misère, pensai-je, ce pauvre diable n'a décidément aucun discernement. » Ben avait raison le concernant ; sitôt cette affaire réglée, il irait se fourrer dans de nouveaux ennuis. Toute leur vie, Frank et

Patience se feraient du mauvais sang à cause de lui. Je l'informai que j'allais l'attendre au rez-de-chaussée en compagnie de sa sœur.

— Le cab va vous emmener à la gare d'Egham, nous déclara Henry Morton lorsque nous fûmes tous réunis devant la maison. Je vais retourner à mon cabinet à pied. Ce n'est pas loin. Je fais le trajet tous les jours.

— Je vous suis très reconnaissant, Henry, lui dit Edgar en lui serrant la main. Et je vous présente mes plus profondes excuses.

— Il n'y a pas de quoi, mon vieux !

Henry Morton tapa avec chaleur sur l'épaule de son ancien camarade mais il y eut, dans sa façon de nous aider à prendre place dans la voiture, puis d'ordonner au cocher de se mettre en route, une impatience perceptible.

* * *

— Oui, il est venu, répondit Ben à la question que je lui avais posée avec appréhension dès son retour à la maison ce soir-là. Il s'est présenté au Yard avec un timide repentir et l'espoir que je compatisse. Je l'ai vite détrompé !

J'avais quitté Patience et son frère à Waterloo tandis qu'ils s'enquéraient d'un cab pour se rendre à Scotland Yard. Pour ma part, j'étais rentrée à pied. Bunce avait accepté le modeste pourboire que je lui avais remis et avait pris de mauvaise grâce la direction de Deptford pour y faire son rapport. Je me demandais quelle version des événements il donnerait à son employeur.

— Edgar sait qu'il s'est comporté comme un imbécile et un égoïste, remarquai-je. Il avait peur de paraître devant sa famille réunie au grand complet et de s'entendre dire par tous à quel point il les avait déçus.

— Eh bien, c'est la vérité, nota Ben avec froideur. Et moi aussi, il m'a déçu. Il m'avait donné sa parole qu'il resterait à Londres et je lui avais fait confiance. J'espère que, quand ils le reverront, son oncle Pickford et les autres lui feront passer un sale quart d'heure. Individuellement et collectivement.

— Quand ils le reverront ? répétai-je. Oh, Ben, tu n'as tout de même pas… ?

— Si, j'ai tout de même ! répliqua Ben. Ne m'adresse pas ce regard de reproche, Lizzie. Il m'a pratiquement supplié lui-même de le mettre sous les verrous pour que je le soustraie à ses proches. J'étais plus que disposé à le satisfaire. Une nuit en cellule lui donnera une meilleure leçon et lui remettra bien mieux les idées en place que s'il l'avait passée sur le canapé de Henry Morton. Voilà où il se trouve ce soir. Ce n'est rien, je le relâcherai dès demain… si Dunn est d'accord. De son point de vue, avoir bouclé Wellings est à peu près la première chose correcte que j'ai faite dans cette affaire !

Ben hésita, puis ajouta :

— Jusqu'à présent, ton nom n'a pas été mentionné. Dunn a l'impression que Wellings s'est livré de son propre chef mais, s'il pose davantage de questions sur son escapade à Egham, il pourrait bien découvrir que Miss Wellings et toi n'êtes pas étrangères à sa réapparition. Même s'il n'en sera pas surpris, conclut Ben en soupirant.

— Enfin, Ben ! m'insurgeai-je. J'aurais cru que Dunn et toi me seriez un peu plus reconnaissants de mes efforts pour retrouver Wellings. Et du rôle de Patience, aussi, qui a su le convaincre de rentrer derechef à Londres avec nous.

— Ma chère Lizzie, crois-moi, je te suis extrêmement obligé. Si j'avais perdu Wellings, Dunn m'aurait ravalé au rang de sergent ! Tu as été très habile, ma chérie.

— Merci.

— Et tu sais, Dunn fait toute une histoire à propos de tes interventions mais il a la plus haute estime pour tes talents. Il me l'a déjà dit, et plus d'une fois.

Tant de compliments à la fois étaient plus que je n'en pouvais supporter. J'en fus réduite au silence.

Inspecteur Benjamin Ross

Le superintendant Dunn avait été enchanté d'apprendre qu'Edgar Wellings était en prison. La difficulté, le lendemain matin, fut d'obtenir qu'il m'autorise à le libérer.

— Il a fait perdre son temps à la police ! tempêta Dunn, qui arpentait son bureau de long en large en frictionnant sa tignasse de cheveux drus. C'est un délit et il doit en répondre comme il se doit. Mon temps, le vôtre, les heures de la moitié des agents en patrouille sur la voie publique qui avaient reçu l'ordre de le chercher plutôt que d'autres espèces de malfaiteurs ! Comme si je n'avais pas eu assez de soucis hier. Ainsi que je vous en avais informé, Ross, j'estimais nécessaire que l'on mette le Bart's au courant et je m'y suis rendu moi-même pour expliquer la situation. Est-ce que vous imaginez les réactions lorsque j'ai révélé qu'un des jeunes médecins de l'établissement était mêlé à une enquête pour meurtre ? Sans parler de ses dettes de jeu… Il est relevé de ses fonctions jusqu'à nouvel ordre, bien entendu, et je serais surpris qu'on le réintègre un jour, même s'il était prouvé qu'il n'a pas assassiné Mrs Clifford.

— Oui, monsieur, je comprends, lui assurai-je.

Dunn pivota sur lui-même comme à la parade et pointa sur moi un doigt accusateur.

— Puis, alors que j'étais à l'hôpital, le père et l'oncle de ce misérable se sont présentés. Ils le recherchaient. C'est comme cela que j'ai appris sa disparition. Pas par les voies officielles, oh non, mais par les hasards d'une rencontre fortuite ! Pour couronner le tout, nous avions perdu sa trace. Je me suis senti le dernier des imbéciles.

— Non, monsieur, pas du tout… protestai-je.

Mais je ne pus finir.

— Saviez-vous qu'il avait pris la poudre d'escampette ? me demanda Dunn d'un ton réprobateur.

— Eh bien, non, pas avant… pas avant votre retour du Bart's.

Cette timide réponse suscita aussitôt une nouvelle explosion de colère du superintendant.

— Vous voyez ? Cette méprisable fripouille a tourné le Yard tout entier en ridicule. S'il n'a fait que cela ! Car il pourrait aussi bien être notre meurtrier. Et maintenant que nous le tenons enfin, vous voudriez le relâcher ? Avez-vous perdu l'esprit, Ross ?

— Je suis certain que sa famille le tiendra rigoureusement à l'œil et ne laissera pas une chose pareille se reproduire, insistai-je.

— Sa famille ? Elle ne vaut pas mieux que lui ! Son oncle ou son père nous auraient-ils informés de sa disparition si notre rencontre inopinée à l'hôpital ne les y avait contraints ? Jamais de la vie, Ross, vous pouvez me croire. Ils étaient déterminés à nous la cacher. Pour quelle raison ? Par peur du scandale dans leur patelin d'origine… et à cause d'un mariage !

Quand le superintendant Dunn est de cette humeur, il n'y a rien d'autre à faire que le laisser déverser sa colère. Toutefois, je finis par le convaincre d'autoriser la libération d'Edgar à condition que son père et son oncle se portent garants de lui.

— Si vous recommencez un coup comme celui-là, Wellings, lui dis-je, on vous enverra à Newgate et je n'interviendrai pas pour vous en faire sortir ! Vous m'avez mis dans une situation impossible. Si mon épouse et votre sœur ne vous avaient mis le grappin dessus, j'aurais à n'en pas douter fini ma carrière de policier là où elle a commencé : comme simple agent, dans la rue.

Il partit presque en rampant.

Une heure environ après le départ de Wellings, et alors que je commençais tout juste à me calmer, Biddle fit son apparition.

— Il y a là une personne très désireuse de vous voir, monsieur.

Biddle est un jeune homme prometteur et pétri de bonnes intentions, mais son ambition l'a poussé à lire des livres de développement personnel. Je tiens cela de notre bonne, Bessie, avec laquelle il va parfois « se promener ».

— Vous êtes un officier de police, Biddle, pas un majordome, le tançai-je. S'agit-il d'un inconnu ou d'un membre de la famille Wellings ? Pas Mr Carterton, j'espère ?

— Non, monsieur, c'est quelqu'un que nous n'avons jamais vu, répondit Biddle en s'éclaircissant la voix. Il se nomme Smart, monsieur, Joseph Smart. Il est prêteur sur gages à Greenwich, monsieur.

— Eh bien, faites-le entrer, Biddle.

Un prêteur sur gages ? La montre et les bijoux de Mrs Clifford avaient-ils enfin refait surface ?

Smart était un homme d'un certain âge vêtu d'une redingote gris pâle qu'il avait assortie à un pantalon de tweed poivre et sel. En raison du froid, il portait un cache-nez en laine qu'il avait enroulé deux fois autour de son cou et noué dans son encolure, si bien que sa tête semblait reposer dessus, comme détachée de son corps. Il avait le teint blafard de ceux qui passent la plupart de leur existence à l'intérieur, le plus souvent à la lueur des lampes. Exceptionnellement exposé à la lumière du jour, il me dévisageait en clignant des yeux. Mais son regard était perçant et je me sentis « jaugé », estimé comme un bien déposé en garantie ou une marchandise à vendre. Je m'attendais presque à l'entendre m'offrir un prix.

Il s'inclina en avant avec retenue et seulement au niveau des épaules, comme si le comptoir de sa boutique nous séparait. D'une voix douce et singulière, il me dit :

— Je suis un peu dans le commerce des bijoux.

Cette phrase donnait l'impression d'être une sorte de code secret car il me regarda ensuite de l'air de quelqu'un qui attend une réponse convenue d'avance.

Ses manières et sa présence me mettaient mal à l'aise, et je dus me faire violence pour garder une attitude ferme et professionnelle. Après tout, c'était lui qui était venu me voir. Je n'avais pas l'intention de lui proposer ma montre ou mon alliance.

— Certainement, Mr Smart.

J'ignorais si c'était la réplique qu'il escomptait. Cela ne me parut guère satisfaisant mais il l'accepta avec un léger hochement de tête.

— Il m'arrive de vendre de la pacotille, comme on dit, poursuivit-il de son ton doucereux. Des pièces de très peu de valeur. L'or, bien sûr, en présente toujours mais cela dépend de sa pureté, ajouta-t-il, songeur. Pour les pierres, en revanche, cela varie beaucoup. Les gens connaissent souvent très mal leurs propres bijoux. Certains s'en font une idée complètement fausse. Vous seriez surpris, inspecteur Ross, du nombre de personnes qui se présentent chez moi en m'affirmant qu'elles possèdent une bague en diamant et qui prétendent la mettre en gage contre une somme exorbitante. Elles sont persuadées que cela vaut une fortune.

Il émit un son étrange que je fus d'abord incapable d'identifier avant de comprendre, avec un frémissement de dégoût, qu'il riait.

— Car il y a diamant et diamant, Mr Ross, n'est-ce pas ? Et les choses ne sont pas toujours ce qu'elles paraissent. Je veux parler du strass, bien entendu. Beaucoup de gens m'apportent des bijoux en strass et n'apprécient guère que je le leur dise. Ils refusent de me croire. Certains peuvent devenir très désagréables, m'accusant de chercher à les voler. Je leur réponds aussitôt qu'ils peuvent aller ailleurs. Voir ce qu'un autre prêteur leur dira. Il y en a qui le font, vous savez.

Quand Biddle m'avait informé qu'un prêteur sur gages demandait à me parler, j'avais ressenti une bouffée d'excitation, espérant qu'il m'apportait des informations sur les bijoux disparus. Mais à présent, je voulais juste voir cet individu quitter mon bureau le plus vite possible.

— Je suis quelqu'un de très occupé, Mr Smart, lui dis-je. Comme vous l'êtes vous-même, j'en suis sûr. Dites-moi la raison qui vous amène aujourd'hui.

Il fouilla dans la poche de sa redingote et en tira une feuille de mauvais papier imprimé.

— Ceci, déclara-t-il simplement en déposant le document sur mon bureau de manière que je puisse le lire.

Je vis aussitôt qu'il s'agissait de l'un des tracts que nous avions réalisés et distribués sur lesquels figuraient les dessins des bijoux exécutés par Britannia Scroggs ainsi que la description qu'elle nous en avait faite.

M'efforçant de ne pas laisser transparaître ma fébrilité, je lui demandai :

— Vous a-t-on apporté l'un de ces objets ?

Mr Smart se frotta les mains avec un bruit de froissement sec.

— Ah, nous y voilà, fit-il. L'a-t-on fait ou ne l'a-t-on pas fait ? Telle est la question, n'est-ce pas, comme l'a écrit le Barde.

Cette allusion inattendue à Shakespeare me prit de court.

— Eh bien ?

Mr Smart, quant à lui, demeurait impassible.

— C'est selon, lâcha-t-il avec un bref hochement de tête.

Je compris que sa tirade sur la valeur des bijoux ne relevait pas du seul plaisir de la conversation. Il m'avait apporté quelque chose… mais il y avait un problème.

— Un agent arrive, dit Smart.

Je crus un instant qu'il parlait de Biddle mais c'était sa manière à lui de conter son histoire, plantant le décor, introduisant les personnages. Peut-être Mr Smart était-il amateur de théâtre.

— Un policier, continua-t-il afin de bien clarifier les choses. Il entre dans ma boutique. Quand cela se produit, en général, c'est pour m'interroger sur des objets volés. Un prêteur sur gages se doit d'être très prudent, vous savez. On finit par être capable de juger très vite les clients. Quand ils acceptent la première somme que vous leur proposez et quand, à peine entrés, ils donnent l'air de vouloir ressortir, c'est mauvais signe. Ceux-là, je les chasse ! Et, bien entendu, l'agent en question avait ce papier-là (il tapota le tract) avec ses beaux dessins, ses descriptions. Boucles d'oreilles…

Comme il posait le doigt sur le croquis de Britannia, je notai ses mains petites et soignées.

— Rubis, monture en or, pendentif, objet volé. Bref, je lui promets que j'ouvrirai l'œil.

« Or, voyez-vous, il arrive de temps à autre à ma femme de me donner un coup de main. Après le départ du policier, elle m'a rejoint. Elle était occupée dans l'arrière-boutique mais elle avait écouté. Elle tend toujours l'oreille, au cas où il y aurait du grabuge. Quoique ce ne soit pas fréquent. Pas à Greenwich. Mais on ne sait jamais, pas vrai ? Elle vient, je lui montre le prospectus et, sans hésiter, elle me dit : "Des boucles d'oreilles comme celles-là, j'en ai accepté une paire. Pas plus tard que l'autre jour, je te les ai montrées."

« "Mais, ma chérie, je lui dis, ce n'étaient pas des rubis, comme il est écrit là, mais des saphirs." Et pour sûr que c'en était, et très jolis avec ça.

« "Joseph ! qu'elle me répond. Les pierres sont peut-être différentes mais les pendentifs, c'est ceux-là." En effet, Mr Ross, la monture est identique, comme vous allez pouvoir le constater par vous-même. Ma femme, inspecteur, a un jugement très sûr.

Sur ces mots, il fourragea de nouveau dans sa poche et en sortit un petit sachet en velours. Il le secoua au-dessus du tract et il en tomba une paire de boucles d'oreilles.

— Si vous voulez prendre la peine de les examiner, m'invita-t-il poliment, comme s'il en attendait une proposition de ma part.

Puis il se racla la gorge, plongea une fois encore la main dans sa poche et produisit une puissante petite loupe telle qu'en utilisent les joailliers. Il me la tendit.

Je redressai les boucles d'oreilles que je disposai à côté l'une de l'autre. Puis j'étudiai un long moment et avec attention le dessin de Britannia. Mon pouls, me semble-t-il, s'accéléra. La monture des bijoux était similaire à la représentation qu'en avait faite la jeune femme. Pouvait-il ne pas s'agir des boucles d'oreilles de Mrs Clifford ?

— C'est de la belle qualité, d'après vous ? demandai-je avec prudence.

— Oh oui, oui, très belle. Fabriquée aux Indes, je dirais, et par quelqu'un d'une grande habileté.

Satisfait d'avoir capté mon intérêt, Smart s'adossa à sa chaise et croisa les mains.

— Elles viennent d'Orient ? Vous voyez cela ? Oui, bien sûr, j'imagine que ça fait partie de votre métier.

— Je peux me tromper, concéda le prêteur avec l'air débonnaire de celui qui sait que ce n'est pas le cas. Mais les pièces réalisées là-bas ont un style caractéristique, vous savez. Il y a la couleur de l'or aussi. Celui-ci fait vingt-deux carats. C'est une pureté remarquable, comme vous le savez sans doute. À mon avis, fit Smart en inclinant la tête, oui, je pense que le propriétaire de ces bijoux les considérait comme un investissement. Je ne parle pas de la personne qui les a apportés à ma boutique mais de leur propriétaire d'origine.

Je partageais son opinion. Mrs Clifford avait judicieusement disposé de son argent. Peut-être ne faisait-elle tout simplement pas confiance aux banques. Je ramassai la petite bourse de velours noir.

— Et on vous les a apportées là-dedans ?

Il hocha la tête avec regret.

— Ah non. Elles étaient comme ça, juste emballées dans une feuille de papier. C'est moi qui les ai mises dans ce sac pour les protéger. Et puis il faut traiter les belles pierres avec respect. On ne les enveloppe pas dans un bout de papier comme des têtes de morue.

Je songeai que Mr Smart n'était pas dénué d'humour. À sa façon.

— Biddle ! appelai-je. Allez jusqu'au bureau de Mr Dunn et faites-lui part de mes compliments. S'il a une minute, dites-lui que je lui serais reconnaissant de venir voir quelque chose. Oh, et si vous apercevez le sergent Morris, demandez-lui aussi de venir.

Il y avait foule dans mon petit bureau une fois que Dunn et Morris nous eurent rejoints tandis que Biddle s'était tassé dans un coin pour profiter du spectacle.

— En effet, constata Dunn après avoir examiné les boucles d'oreilles. Elles ressemblent de façon stupéfiante à celles du dessin. Sauf que ce ne sont pas les bonnes pierres.

Il reposa la loupe sur le tract et se tourna vers Joseph Smart qui, de sa chaise, nous avait observés avec complaisance.

— Eh bien, Mr Smart, l'apostropha-t-il, avez-vous le nom et l'adresse du client qui vous a apporté ces articles ? S'il les a mis en gage, il a dû vous les donner.

— Mais il ne les a pas mis en gage, superintendant, répliqua Smart de sa voix sirupeuse. Non, non, il voulait les vendre.

— Et vous ne lui avez réclamé ni nom ni adresse ?

— William Jones, répondit le prêteur avec un sourire contrit. Ma femme le lui a demandé même s'il désirait vendre et non emprunter. Nous posons toujours la question dans ces situations, quand de pauvres gueux nous apportent des objets de valeur.

Je leur dis que c'est pour l'inscrire sur le reçu. Un commerçant se doit d'être prudent ! Ils donnent toujours des noms passe-partout comme celui-là. C'est peut-être le vrai, peut-être pas. Pour vous dire la vérité, ils rechignent à donner leur véritable nom même si la transaction est honnête. Cela les ennuie, vous comprenez, parce qu'ils ont peut-être des dettes par ailleurs ou parce qu'ils ne tiennent tout simplement pas à ce que leurs voisins apprennent qu'ils sont sans le sou. D'après mon expérience, les couleurs ont beaucoup de succès quand il s'agit d'inventer un patronyme. J'ai vu défiler dans mon établissement quantité de Brown, de Green, de Grey, de Black, de White… Je n'accorde aucune valeur à un nom. L'adresse, en revanche, c'était une autre affaire parce qu'elle ne nous était pas inconnue. C'était celle d'une pension pour marins. Pas un lieu de résidence permanent, bien sûr, donc ça ne l'a pas dérangé de nous la donner. Dans de telles maisons, ça va, ça vient. Il est très probable qu'il en soit parti à l'heure qu'il est.

— C'était un marin ? demandai-je promptement, interrompant cet exposé sur l'existence trépidante d'un prêteur sur gages. A-t-il mentionné sa profession à votre épouse ? Ou l'a-t-elle devinée à son apparence ?

— C'est exactement cela, monsieur. Sinon, elle n'aurait peut-être pas accepté la marchandise. Elle n'a pas trop aimé son allure, c'est un fait. Elle me l'a décrit comme un type massif, rustaud, quoique pas aussi mal accoutré que les marins en ont coutume. Il portait un épais caban, monsieur, et une casquette avec une visière. Mais ce n'était pas un uniforme de la Royal Navy. Non, elle pense qu'il était de la marine marchande. Certains hommes d'équipage sont de sacrés rudes gaillards, messieurs. Mais il le faut parce que c'est une vie désespérément dure que la leur.

Ils voguent sur des mers redoutables et font relâche dans toutes sortes de ports lointains et sauvages.

À la description de ce client par le prêteur, je vis une lueur soudaine s'allumer dans l'œil de Morris, mais ce n'était pas le moment de lui en demander l'explication.

— Et pourtant votre femme s'est laissé convaincre d'accepter les boucles d'oreilles ? m'étonnai-je. Je ne comprends pas. Ou est-ce parce qu'elle a eu peur de lui et n'a pas osé refuser ?

Le petit homme sembla un peu gêné.

— Elle a vu que le bijou avait été fabriqué aux Indes ou quelque part dans les environs, expliqua-t-il, et qu'il valait une jolie somme. Donc elle a demandé à Jones, puisque c'est le nom qu'il lui a donné, où il l'avait eu. À Ceylan, qu'il lui a répondu. Or, messieurs, l'île de Ceylan est réputée pour ses saphirs, ce qui a conforté mon épouse. Le type a raconté qu'il y était comme matelot sur un clipper transportant du thé. Pendant la saison de la mousson, lui et quelques autres avaient joué toute une nuit. Il pleuvait sans discontinuer, au-delà de toute imagination, et personne ne voulait mettre le nez dehors. Au matin, quand la partie s'est finalement terminée, il avait gagné. Tous l'ont payé sauf celui qui avait perdu le plus, qui n'avait ni argent liquide ni or pour le faire. Mais il lui a proposé les boucles d'oreilles. Il les a sorties de sa poche, où elles étaient emballées dans un tissu de soie. Jones en a reconnu la qualité et il les a acceptées. Le morceau d'étoffe, en revanche, a été perdu.

« Maintenant, messieurs, vous vous dites peut-être que cela a tout l'air d'un conte fabuleux. Mais les marins rapportent souvent des pays lointains toutes sortes de babioles et de bijoux dont ils ignorent souvent la véritable valeur. Comment ces objets sont entrés en leur possession ? Ce n'est pas quelque chose qu'un prêteur sur gages est en mesure de vérifier. Mais une telle histoire n'est pas invraisemblable. Elle pourrait même être véridique, ou très proche de la vérité.

— Combien votre femme a-t-elle donné pour ces pendentifs ?

— Cinq livres, répondit Smart, sur la défensive. C'était un prix honnête parce que ce gars sortait de nulle part. Mais ma femme l'a cru quand il lui a dit qu'il était marin. Ce n'était pas seulement à cause de son teint, hâlé par le soleil et le vent, ou de sa tenue. Lorsqu'il a avancé les boucles d'oreilles sur le comptoir, la manche de son caban s'est relevée...

Smart s'interrompit et, en guise de démonstration, tira sur la manche de sa redingote de façon à laisser apparaître son avant-bras.

— Il ne portait pas de chemise, messieurs, mais un tricot de laine, qui est remonté lui aussi. C'est comme ça qu'elle a vu sa peau... et son tatouage. Les marins en sont coutumiers. Celui-là représentait un cœur avec une inscription. C'est un motif très commun. En général, le cœur est accompagné d'un nom féminin, celui d'une femme ou d'une fiancée. Mais là, c'était un peu différent. Au lieu d'un nom, il n'y avait qu'un mot de deux lettres : « Ma ».

— Ma ? Morris et moi nous écriâmes d'une seule voix.

— Oui, messieurs. C'est ce qui a incité ma femme à penser qu'il ne devait pas s'agir d'un si mauvais bougre puisqu'il s'était fait tatouer un cœur et le petit nom de sa mère sur le bras.

— Monsieur ? me souffla Morris.

Je me tournai vers lui.

— Je suis frappé, Mr Ross, de la correspondance entre la description que Mr Smart nous fait de son client et l'individu que j'ai vu quitter le domicile de la mère Scroggs quand j'y ai amené sa fille.

— Un marin, fis-je. Le gendre de Jeb la Chiffe est marin et il est à terre en ce moment puisqu'il l'a aidé à transporter une femme ivre…

Morris et moi nous dévisageâmes mutuellement.

— Ma… répétai-je, un étranglement dans la voix.

— Sacré bon sang ! gronda Morris.

Je m'adressai alors au superintendant qui nous regardait à tour de rôle, Morris et moi, d'un air interloqué.

— Billy Scroggs, lâchai-je simplement. Pas William Jones, William Scroggs ! Billy pour sa famille. Lui qui, d'après sa sœur, s'est embarqué il y a vingt ans et n'a jamais reparu. Présumé noyé.

— Eh bien, il semblerait qu'il soit revenu finalement, grinça Morris.

— Il est revenu après chacun de ses voyages, précisai-je. Auprès de sa femme et de ses enfants. Son beau-père, Jeb la Chiffe, possède une charrette, Mr Dunn, expliquai-je à l'intention du superintendant. Sa petite-fille a raconté à mon épouse qu'elle avait dû attendre au pub pendant que son père et son grand-père « aidaient » une femme incapable de marcher tant elle avait bu. Voilà comment le corps de Mrs Clifford s'est retrouvé à Skinner's Yard !

CHAPITRE 16

Inspecteur Benjamin Ross

Nous donnâmes à Smart un reçu pour les boucles d'oreilles en lui expliquant que nous devions les conserver comme éventuelles pièces à conviction. Dans le cas contraire, on les lui rendrait. Il nous quitta, l'air morose, nos remerciements constituant une piètre compensation alors qu'il en serait probablement de sa poche. Je comptais néanmoins proposer de lui accorder une petite récompense si les bijoux nous menaient à l'assassin. Cela me semble judicieux d'encourager des gens tels que lui à se présenter à nous. Je ne doutais pas que les boucles d'oreilles valaient beaucoup plus que les cinq livres que Mrs Smart en avait données et son mari aurait tout aussi bien pu estimer qu'il pouvait les garder sans risque puisque les pierres étaient des saphirs et non des rubis comme décrit sur le tract de la police. C'était sans doute la crainte que nous remontions d'une façon ou d'une autre jusqu'à lui, en arrêtant « Jones » par exemple, qui l'avait incité à se présenter à nous. Sinon, cela lui aurait valu d'être considéré comme un receleur, nous serions régulièrement venus lui rendre visite et sa réputation aurait été faite.

— Je prends Morris avec moi et je file chez la mère, dis-je à Dunn. Je ne pense pas y trouver Billy mais soit la vieille, soit la sœur saura où il est. Bien sûr, il y a toujours la possibilité qu'il se soit engagé sur un autre navire et qu'il ait déjà levé l'ancre.

— Nous devons faire très attention, Ross, m'avertit le superintendant, soudain circonspect. Ce ne sont peut-être pas les boucles d'oreilles que nous cherchons. Certes, la monture semble identique mais il reste la question des pierres. Vous dites que c'est la bonne, la sœur de Scroggs, qui a fait ces dessins. Elle sait certainement que les rubis sont rouges. Jamais elle ne les aurait confondus avec des saphirs, c'est impossible. Est-elle simple d'esprit ?

— Au contraire, répondis-je avec gravité. Je commence même à penser qu'elle est assez maligne. Mais il nous faut interroger Billy Scroggs, monsieur. C'est la moindre des choses.

— Si vous avez raison, et s'il est bien le marin qui a apporté les bijoux chez le prêteur, nous tenons peut-être la solution de l'affaire, reconnut Dunn, qui hocha cependant la tête, dubitatif. Mais, en vérité, sur quoi nous appuyons-nous ? Un tatouage, Ross, et une vague description. Voilà tous les éléments d'identification dont nous disposons. Tous les hommes ont une mère, Ross. Et combien de marins ont sur le bras un tatouage en témoignage de leur affection pour elle ? Quelques centaines, je parierais. Quant au gaillard en caban et casquette qu'aurait aperçu Morris sortant de chez Mrs Scroggs…

— Mr Dunn, fis-je avec fermeté, depuis le début, toute cette affaire est très inhabituelle. Dès le départ, l'inspecteur Phipps a mis en doute le témoignage de la bonne et je commence diablement à craindre qu'il n'ait eu raison et moi, tort.

— Dans ce cas, Miss Scroggs nous a conté une fable fort embrouillée, étrange et contradictoire, observa Dunn.

— En effet, marmonnai-je.

— Prenez un cab ! nous lança soudain Dunn. Aux frais de la maison.

* * *

— Me permettez-vous de vous faire part d'une opinion, monsieur ? me demanda Morris tandis que nous approchions en brinquebalant du domicile des Scroggs.

— Bien sûr, sergent. Allez-y.

Morris replia les mains, pressant ses pouces l'un contre l'autre. Ainsi que je l'avais déjà remarqué chez lui, ce geste signifiait qu'il avait réfléchi.

— Cette fille, Britannia, commença-t-il, elle est aussi rusée qu'une bande de singes, on doit en convenir.

— Je suis d'accord.

— Mais nous sommes comme ces diseuses de bonne aventure orientales qu'on trouve dans les foires, monsieur. Nous lançons nos indices en l'air, comme elles leurs galets ou leurs bâtonnets d'ivoire, et nous regardons comment ils retombent. Nous avons les boucles d'oreilles mais elles sont ornées de saphirs alors que celles qui ont disparu le sont, nous a-t-on dit, de rubis. Nous avons un marin qui porte un tatouage sur lequel on peut lire « Ma ». Nous avons cette armoire à glace en caban et casquette que j'ai vu sortir du logis de la mère. Et nous avons cette histoire, racontée à votre épouse par une gamine de six ans, d'une femme ivre morte chargée sur une charrette, et à laquelle je ne suis pas sûr qu'un jury accorderait grand crédit. En revanche, ce que nous n'avons pas, Mr Ross, c'est une preuve tangible, capable de convaincre un juge. Beaucoup d'hypothèses jetées en l'air comme des bâtonnets d'ivoire… dans lesquelles nous ne lisons que ce que nous souhaitons.

— Bien sûr, sergent, vous avez raison, admis-je. Mais quelqu'un nous file le train dans tout Londres, soit en personne, soit en demandant à un gamin de le faire. Je suis persuadé que le moindre de nos faits et gestes soit a été observé par cet individu, soit lui a été rapporté. C'est de lui également que Parker avait si peur ; lui qui surveillait la maison de Midge le soir de notre visite ; lui encore dont tout le monde rechigne à parler, même un rude bonhomme comme Jethro Smith. Rappelez-vous aussi la chemise d'homme que vous avez vue sécher sur la corde à linge de la mère Scroggs. Sa présence a été constante, Morris, et je suis déterminé à le rencontrer face à face !

Notre arrivée, en cab qui plus est, fit sensation aux abords de la masure dans laquelle habitait Ma Scroggs et un petit attroupement, dont les habituels jeunes enfants, se forma autour de nous à notre descente de voiture. Comme j'allais pour régler le cocher, je constatai qu'il regardait autour de lui avec nervosité. Il m'arracha l'argent de la main et répondit d'un œil noir à ma demande de reçu.

— Je ne veux pas traîner dans le coin, dit-il. Alors n'espérez pas que je vous attende. J'aime pas la figure de ces mômes. À tous les coups, ils vont se mettre à lancer des cailloux dans les jambes des chevaux.

— Il me faut un reçu, insistai-je avec sévérité.

Il sortit de la poche de son pardessus un bout de crayon et un morceau de papier chiffonné sur lequel il griffonna.

— Bonne chance à vous si vous avez l'intention d'arrêter quelqu'un ici, me dit-il en me le tendant. C'est à vous que cette racaille jettera des pierres !

Il avait probablement raison mais il était trop tard pour faire demi-tour.

— En avant, sergent, fis-je à Morris d'un ton sec, et nous nous dirigeâmes vers la maison.

Selon toute vraisemblance, l'intérêt que nous avions suscité au-dehors avait averti les occupants de notre arrivée. Billy Scroggs, s'il se trouvait là, avait eu amplement le temps de filer par une sortie dérobée et de s'évanouir dans le dédale des ruelles. Nous ouvrîmes cependant la porte avec une vigueur pleine de détermination et nous entrâmes.

Il n'y avait pas de linge pendu en travers de la pièce mais elle n'en était pas moins sale et en désordre. Il y flottait une odeur que je ne parvins pas tout de suite à identifier bien qu'elle me parût familière. Malgré son caractère moite et fétide, ce n'était pas celle du linge humide. Je l'avais déjà sentie lors de ma précédente visite.

Les deux femmes étaient là mais, comme je le craignais, elles étaient seules. Et même si, en raison de l'agitation qui nous avait précédés, l'une et l'autre s'attendaient à notre arrivée, elles décidèrent de hurler.

— Ô Dieu tout-puissant ! s'écria la mère Scroggs. Qui est-ce que c'est là ? On dirait bien l'sergent qu'est venu avec toi la dernière fois, Tanny, et qui m'a fait moitié mourir de peur.

— Pour sûr, c'est lui, Ma, confirma Britannia, aussi belliqueuse qu'à l'accoutumée. Et comme il avait pas le courage de venir seul, il a amené l'inspecteur !

— Bonjour, mesdames ! lançai-je. Vous vous souvenez de moi, Mrs Scroggs ? Je suis l'inspecteur Ross.

— Je me souviens de vous, répliqua la vieille, qui saisit un coin de son tablier crasseux et s'en servit pour s'essuyer le visage. Comment qu'j'aurais pu vous oublier ? L'autre gars pareil. Pourquoi vous voulez pas laisser ma petite tranquille ?

— Nous ne sommes pas ici pour votre fille, Mrs Scroggs. Où est Billy, votre fils ?

Les deux femmes me dévisagèrent bouche bée et, cette fois, leur réaction était sincère. Britannia elle-même demeura quelques instants incapable de parler. Puis le volcan entra en éruption.

— Billy ? s'étrangla Ma Scroggs. Oh, mon pauvre fils ! Ça leur suffit pas de tourmenter les vivants, les rosses, il leur faut aussi s'enquérir des morts !

— Nous avons des raisons de croire que Billy est vivant, lui dis-je, impavide.

— Ah oui ? s'écria Britannia. Eh bien, pas nous, hein, Ma ? Il était encore gamin quand il a quitté cette maison. Même pas quinze ans, hein, Ma ? Il est parti et on l'a jamais revu. Ça fait plus de vingt ans. Si vous voulez parler à Billy, faudra vous adresser à un ange, pour qu'il souffle dans sa trompette et le réveille d'entre les morts.

— Même pas quinze ans, répéta Ma Scroggs avant d'éclater en sanglots. Oh, c'en est trop ! Je pourrai pas en supporter davantage et, d'ailleurs, c'est ce qui m'arrive.

Elle pressa la main sur la poitrine de sa misérable robe.

— Mon cœur palpite comme une machine à vapeur ! Je jure qu'il va éclater ! Je vais mourir là, sur mon plancher ! Tanny, aide-moi à m'asseoir, ma douce.

Britannia parut quelque peu surprise de ce tendre qualificatif, surtout de la part d'une mère qui avait initialement refusé de l'héberger. Mais elle se reprit et joua son rôle. Elle passa son bras solide autour des épaules de la vieille femme et la guida vers la chaise. Ma Scroggs s'y laissa tomber, réduite à un amas de vêtements chiffonnés et un fouillis de cheveux grisâtres. Elle serra ses bras autour d'elle et se mit à se balancer d'avant en arrière.

— Oh, par Dieu, c'est trop cruel. Sept enfants, j'ai eu… Sept, vous étiez, hein, Tanny ?

— Oui, sept ! répliqua vivement Britannia en nous fusillant du regard. Et maintenant, il n'y a plus que moi, hein, Ma ?

— Juste ma chère et tendre fille, confirma la mère. La seule qui me reste de mes sept petits, qui veille sur moi et qui me préserve de l'hospice.

— Et comment je pourrais continuer à présent ? interrogea Britannia. Avec la manie que vous avez, vous autres policiers, de vous montrer partout où je travaille et d'effrayer les gens qui voudraient m'employer ?

— Et d'entrer chez moi sans même demander la permission, renchérit sa mère en se lamentant. Et pourquoi ? Pour demander à voir mon pauvre fils disparu. Oh, il a été le premier à s'en aller, pas vrai, Tanny ? Il était si jeune quand il s'est engagé comme mousse. C'était pas un âge pour partir voguer aux quatre coins du monde et se retrouver chez les sauvages, qui l'ont sûrement dévoré.

Morris en avait plus qu'assez.

— Cessez de raconter n'importe quoi ! gronda-t-il. Il n'a pas fini chez les cannibales, enfin !

— Ça existe, insista Ma Scroggs. S'ils mangent les missionnaires, pourquoi ils mangeraient pas mon pauvre petit ? Et si c'est pas les coupeurs de têtes, alors c'est la tempête qui l'aura emporté. Naufragé et noyé. Ou peut-être la fièvre. Peu importe, mon fils est mort et je le sais.

— En avez-vous été officiellement informée ? demandai-je.

— Bien sûr que non ! répondit Britannia d'un ton hargneux. Il était pas dans la Royal Navy, il était sur un navire marchand.

— Dans ce cas, nous pouvons savoir ce qu'il est advenu de lui en consultant les registres de la Lloyd's, observai-je. Comment se nommait son bateau ? S'il s'est perdu corps et biens, cela y sera noté.

Elles répondirent à l'unisson.

— J'ai oublié ! fit la mère.

— Je l'ai jamais su ! fit la fille, qui ajouta : J'étais toute petite à l'époque.

— Mon pauvre fils n'est plus de ce monde. Je le sais parce que je suis sa mère, déclara Ma Scroggs dans une attitude superbe.

Elle se redressa sur sa chaise et se frappa le cœur de son poing serré.

— C'est ici que j'en suis sûre. S'il était vivant, il serait venu nous voir à son retour. D'une façon ou d'une autre, il nous aurait fait savoir qu'il allait bien. Il aurait écrit. Il savait. J'ai envoyé tous mes enfants au catéchisme méthodiste, hein, Tanny ? Et vous y avez tous appris votre alphabet et à lire la Bible.

— Et vous, Miss Scroggs, la lisez-vous toujours ? ne pus-je m'empêcher de demander.

Pour une fois, Britannia sembla brièvement décontenancée, mais elle se ressaisit.

— Quand est-ce que j'en aurais le temps ? Je travaille à m'en bousiller les mains. La preuve.

Elle exhiba ses doigts osseux.

Je reconnais avoir éprouvé une seconde un sentiment de honte, vite réprimé cependant.

— Écoutez, Britannia, lui dis-je, nous suspectons que votre frère est vivant et qu'il se trouve à l'heure actuelle à Londres – ou qu'il y était encore récemment. Nous le suspectons d'être venu vous voir chez Mrs Clifford. Vous lui avez ouvert puis, avec ou sans votre consentement préalable, il a entrepris de cambrioler la maison. Il a été surpris par Mrs Clifford et il l'a tuée.

— Oh, quelle cruauté… murmura Ma Scroggs, qui devint si pâle que je redoutai qu'elle ne s'évanouît.

La réaction de Britannia à mon accusation fut cependant très différente.

— Ah, c'est ce que vous croyez ? fit-elle en plantant ses mains sur ses hanches. Vous devez être drôlement désespéré, monsieur l'inspecteur Ross, voilà ce que j'en dis. Vous n'aviez personne d'autre sous la main ? Et ce jeune rupin qu'on a vu chez Mrs Clifford ce soir-là, qu'est-ce que vous en faites ? Il a reconnu lui avoir rendu visite, pas vrai ? Il lui devait de l'argent, pas vrai ? Ils ont eu des mots, pas vrai ? Vous n'avez qu'à l'arrêter ! Mais vous l'avez pas fait, n'est-ce pas ? Parce qu'il a de l'allure et des manières, et aussi des amis à qui vous voulez pas déplaire, je suppose. Alors vous essayez de trouver quelqu'un d'autre. Eh bien, ne vous en prenez pas à une respectable travailleuse et à une pauvre vieillarde qui a perdu tous ses enfants sauf une et qui vit dans les conditions que vous voyez !

D'un geste, elle désigna le misérable décor qui nous entourait.

— On n'a même pas de quoi s'acheter à manger, ou du bois ou du charbon pour mettre dans le feu. Si j'avais cambriolé une maison, j'aurais de l'argent.

Je jouai alors mon va-tout.

— Nous pensons avoir retrouvé les boucles d'oreilles. Celles de Mrs Clifford.

Les paupières de Britannia s'étrécirent.

— Lesquelles ? Celles que je vous ai dessinées, avec les rubis ?

— Des pendentifs presque identiques à ceux-là. Excepté qu'ils sont ornés de saphirs, et non de rubis. Vous êtes sûre qu'il s'agissait de rubis dans les boucles d'oreilles de Mrs Clifford ?

— Évidemment que j'en suis sûre ! railla la jeune femme. Je suis pas stupide.

Morris avait profité de cet échange pour inspecter méthodiquement la pièce. Il était maintenant revenu auprès de moi.

— Lors de ma première visite, dit-il en s'adressant à Britannia, il y avait une marmite dans la cheminée. Posée sur un trépied. Je ne sais pas ce que votre mère y faisait cuire mais ça puait horriblement.

— C'est pas comme si elle pouvait s'offrir du rosbif, répliqua Britannia avec aigreur. À quoi vous vous attendiez ?

— Je m'attendais à retrouver ces ustensiles à la même place, répondit Morris avec calme. Mais je note qu'ils ont disparu.

— On a dû les vendre, intervint Ma Scroggs d'une voix chagrinée depuis sa chaise. On pouvait pas se payer de quoi la remplir et c'était une bonne marmite. J'en ai tiré quatre shillings.

Quant à nous, nous n'avions rien de plus à tirer de cet endroit pour le moment. Les doutes de Morris étaient justifiés. Nous avions jeté des galets en l'air et ils n'étaient pas retombés à notre avantage.

Dehors, la foule avait attendu pour connaître la suite des événements. Quand nous parûmes, elle nous conspua et nous accompagna de ses quolibets jusqu'au bout de la rue.

Une fois que nous en fûmes débarrassés, je demandai à Morris :

— Qu'est-ce que c'était que cette histoire de marmite ?

— Elle n'était plus là, répondit simplement Morris. Il se peut qu'elles l'aient vendue. Elles n'ont pas grand-chose d'autre de valeur. C'est juste que je n'arrive toujours pas à me débarrasser de cette odeur de viande ou de je ne sais quoi, Mr Ross. Ça puait comme pas possible. Sur le coup, j'ai pensé que jamais je ne pourrais manger une chose pareille.

Le sergent soupira.

— Pardonnez-moi, monsieur, mais j'ai l'impression d'être passé à côté de quelque chose.

— Que voulez-vous dire, Morris ?

— Si elles avaient un objet à cacher, un objet de petite taille – un bijou, mettons, ou même une liasse de papiers, comme ces récépissés disparus –, elles auraient pu l'avoir emballé dans une toile goudronnée…

— … et plonger le paquet dans la marmite, sous une mixture si repoussante qu'un policier n'aurait pas été y regarder !

Je claquai des mains.

— Épatant, Morris ! Vous avez peut-être raison.

— Je n'y ai pas pensé, monsieur. La première fois, fit Morris, la mine sombre. J'aurais dû leur demander de la vider.

— Vous ne disposiez pas d'un mandat de perquisition signé par un juge, sergent, lui rappelai-je. Vous ne faisiez qu'accompagner Britannia chez sa mère. Il vous était difficile de leur demander de sacrifier volontairement leur dîner au seul prétexte que l'odeur en était pestilentielle et vous incommodait.

Mais Morris était inconsolable.

— Je suis passé à côté, répéta-t-il. Billy était là, il a confié son butin à sa mère. Je l'ai vu de mes propres yeux quitter la maison ! J'aurais dû arrêter ce type et lui demander pourquoi il était si pressé.

— Il semblerait qu'on l'ait une nouvelle fois raté aujourd'hui, remarquai-je. Nous sommes à un bon quart de mile du fleuve, qu'en pensez-vous ?

— Au moins, monsieur, acquiesça Morris. Plutôt un demi-mile, à mon avis.

— Pourtant, il flottait dans cet endroit une odeur de vase. Peut-être pas aussi écœurante que celle de votre ragoût, mais cependant désagréable et omniprésente. Il était là, Morris, juste avant notre arrivée. Il nous a entendus et il a pris la fuite, mais il a laissé derrière lui les effluves de notre chère bonne Tamise. C'est un homme qui vit sur l'eau ou à proximité. Le matelot Billy Scroggs, venu rendre visite à sa petite sœur et à sa vieille maman adorée, j'en mettrais ma main à couper !

À notre retour au Yard, nous constatâmes que les hommes partis s'enquérir du client du prêteur sur gages dans la pension pour marins où il avait prétendu être descendu n'avaient pas eu plus de chance que nous. Bien sûr, ne figurait ni Jones ni Scroggs dans le registre de l'établissement, dont le gérant avait obligeamment passé en revue les pages du mois écoulé. On ne pouvait guère s'en étonner. Et la pension étant tenue par une œuvre de charité vouée au secours des marins, l'identité de ceux qu'elle accueillait y était sans doute scrupuleusement consignée.

— On pouvait s'y attendre, monsieur, dis-je à Dunn. Le client a donné cette adresse à Mrs Smart parce qu'il savait que sa profession était évidente et que cette dame reconnaîtrait le nom d'une pension réputée. Dans le genre, c'est un établissement honnête.

Cela aura donné des gages supplémentaires à son interlocutrice. J'ignore où il résidait à Londres mais ce n'était pas là.

Elizabeth Martin Ross

Ben rentra ce soir-là plus désemparé à propos d'une affaire que je ne l'avais vu depuis longtemps. Quand Bessie eut débarrassé la table du dîner, je m'installai en sa compagnie devant la cheminée du salon. De la cuisine nous parvenaient des bruits de vaisselle qui s'entrechoquait. Ben contemplait les flammes d'un air sombre. Il était, je m'en rendais compte, fatigué, en colère et, par-dessus tout, frustré par son absence de progrès. De temps à autre, il se massait le front d'une main qu'il passait ensuite dans ses cheveux. Ils étaient aussi noirs qu'ils l'avaient toujours été, sans aucune trace de gris. Peut-être serait-il l'un de ces heureux individus dont la chevelure ne blanchit pas mais se voile seulement d'une nuance plus terne.

Dans le seul but d'interrompre ses ruminations, je déclarai :

— C'est un miracle qu'il nous reste une assiette qui ne soit pas ébréchée.

— Pardon ?

Il leva les yeux vers moi et fronça les sourcils.

— Bessie fait la vaisselle, expliquai-je.

— C'est vrai ? Je croyais qu'elle s'entraînait à jongler avec.

Puis, après une pause, il ajouta :

— La foire.

— Quoi, la foire ? demandai-je. Je ne pense pas que Bessie ait l'intention de nous quitter pour rejoindre un cirque.

— Morris en a parlé cet après-midi. Il a dit que nous étions comme les diseuses de bonne aventure qu'on y trouve parfois et qui prétendent lire l'avenir dans des cartes, des galets ou – sa méthode préférée – des bâtonnets d'ivoire.

— Vous n'avez pas progressé ?

— Pas d'un pouce. Chaque pas en avant est presque aussitôt suivi d'un pas en arrière.

Il se pencha vers moi, joignant les mains sans les serrer.

— Écoute, Lizzie. Tu peux peut-être m'aider à débrouiller une partie de cette énigme.

— Je pourrais essayer, admis-je, mais je ne pus m'empêcher d'ajouter d'une voix timide : Si tu penses que le superintendant Dunn n'y verra pas d'inconvénient…

— Ce n'est pas le moment de plaisanter, Lizzie, je t'en prie ! Je n'ai jamais autant pris une enquête au sérieux de toute ma carrière. On ne peut pourtant pas s'apitoyer sur la victime. C'était une femme acariâtre qui pratiquait l'usure sans aucun sentiment. Mais Mrs Clifford vivait dans une ville dans laquelle nous aimons croire que nous maintenons l'ordre et la sécurité. En aucun cas elle n'aurait dû être battue à mort dans sa propre maison et finir abandonnée sur ce terrain vague sale et lugubre. Mais c'est pourtant ce qui est arrivé et, pour l'instant, nous nous sommes montrés incapables de faire quoi que ce soit.

— Et c'est cela qui te chagrine ? Ton orgueil professionnel bafoué ?

— Cela, et aussi la sensation qu'on se moque de moi.

Ben me conta alors la visite que Morris et lui avaient faite aux Scroggs mère et fille.

— Je ne parviens pas à comprendre Britannia Scroggs, Lizzie ! C'est le nœud de toute l'intrigue.

Je suis convaincu qu'elle ne nous a raconté qu'un tissu de mensonges. Non, j'exagère. Elle ne ment sans doute que lorsque c'est nécessaire. Sinon, elle se contente d'arranger la vérité. Je suis sûr qu'elle nous a menés en bateau, nous entraînant par toutes sortes de tours et de détours. La plupart des éléments dont nous disposons, c'est à elle que nous les devons, depuis la disparition de son employeuse et les taches de sang sur le tapis jusqu'au dessin précis des bijoux manquants. En apparence, elle nous est d'une grande aide. Et pourtant, quand on y regarde de plus près, rien de tout cela ne nous apporte la moindre preuve.

« Au moment où nous croyons avoir mis la main sur l'un des objets disparus – les boucles d'oreilles –, il s'avère que ce ne peut pas être le cas car les pierres ne correspondent pas. Nous trouvons des bijoux ornés de saphirs et non de rubis comme elle affirme qu'en portait Mrs Clifford. Et elle soutient qu'elle sait faire la différence entre les deux. Mais si elle a menti sur la pierre dans l'intention de nous tromper, pourquoi, alors, avoir dessiné les montures de façon si détaillée et, semble-t-il, fidèle ?

Je réfléchis quelques instants, puis je demandai à Ben :

— Ne m'as-tu pas dit que Britannia t'avait raconté qu'elle avait appris à dessiner au catéchisme, où elle représentait des scènes pieuses avec des crayons de couleur ?

Ben m'adressa un sourire forcé.

— C'est vrai. Elle était très fière que sa maîtresse lui ait dit qu'elle avait un « bon œil ».

— Elle n'est pas jolie, il me semble ? Non, du peu que j'ai aperçu d'elle chez Mrs Clifford, elle ne l'est pas.

— Pas du tout, même. Si elle a jamais possédé quelque espèce de charme féminin, elle l'a perdu depuis longtemps. La rançon d'un dur labeur, sans doute. Elle a les mains enflées et les doigts tordus par toutes ces années à briquer les sols et frotter la vaisselle…

Ben marqua une pause.

— Lizzie, je n'aimerais pas que Bessie finisse ainsi. C'est une bien triste existence.

Il paraissait préoccupé.

— J'aide Bessie à la cuisine. Non, Ben, là où je voulais en venir, c'est que je n'ai pas l'impression que Britannia ait reçu beaucoup de compliments durant sa vie. Elle n'a ni beauté, ni prédisposition particulière, ni perspective de s'améliorer. Mais une fois, quand elle était petite, sa maîtresse l'a félicitée pour ses talents de dessinatrice, louange qu'elle n'a depuis cessé de savourer. Crois-moi, j'en suis certaine.

Ben m'écoutait avec attention, ses yeux sombres fixés sur mon visage.

— Continue.

— Pourtant, bien qu'elle possède malgré tout cet unique don, elle n'a jamais eu l'occasion de goûter de nouveau à ce modeste triomphe depuis son enfance et ces après-midi passés au catéchisme. Personne jusqu'à toi ne lui avait jamais demandé de dessiner quoi que ce soit. Elle n'a pas pu résister au plaisir de dessiner les boucles d'oreilles avec autant de précision que possible. C'était une question de fierté, tu comprends ? Pour montrer qu'elle n'avait pas perdu son « bon œil ».

— Je comprends, approuva Ben. Mais pourquoi, alors, s'être si sottement trompée sur la couleur des pierres ? Juste pour nous induire en erreur ? C'est un bien piètre mensonge pour quelqu'un qui, comme dit Morris, est aussi rusé qu'une bande de singes.

— Ben, tu as vu le cadavre de Mrs Clifford à la morgue, n'est-ce pas ? De quelle couleur était sa robe ?

— Elle portait une jupe et un corsage, bleu foncé l'une et l'autre.

— Mrs Clifford aimait donc le bleu. Pourquoi, alors, avec une tenue tout entière de cette couleur aurait-elle mis des boucles d'oreilles rouges ? Non, elle les aurait assorties.

Ben se laissa aller en arrière dans son fauteuil et demeura songeur quelques minutes.

— Tu veux dire que j'aurais dû avoir des soupçons dès le départ ? me demanda-t-il enfin. Britannia était furieuse contre moi quand je lui ai appris que nous avions retrouvé les boucles d'oreilles mais que les pierres ne correspondaient pas. Elle m'a accusé de la traiter d'imbécile, de suggérer qu'elle ignorait la différence entre un rubis et un saphir.

— Elle était embarrassée, Ben, et prise de panique. Elle s'est rendu compte qu'elle avait commis une erreur stupide avec ce dessin si ressemblant. Jusque-là, elle avait dû se rassurer en se disant que, si l'on venait à mettre la main sur les bijoux, on ne les identifierait pas comme ceux de Mrs Clifford à cause des pierres.

« Je suis sûre que Britannia est aussi rusée que tu le dis. Mais sa ruse ne s'est exprimée que parce que c'était sa seule arme pour défaire la police. Et lorsqu'elle s'est heurtée à sa vanité, c'est cette dernière qui l'a emporté. Elle n'est pas particulièrement intelligente, vois-tu, mais elle a de l'à-propos. Elle ne réfléchit que dans le feu de l'action, quand la nécessité l'exige. Elle n'est pas du genre à planifier. Ce sont deux aptitudes différentes, tu en conviendras. Par ailleurs, elle sous-estime aussi l'intelligence des autres. Dans le cas présent, celle de la police.

Ben se leva de son siège d'un bond et se mit à arpenter notre modeste salon avec tant d'énergie que je craignis de le voir creuser un sillon dans notre tapis.

Avec un sourire fugace, il me dit :

— Britannia avait un talent particulier pour représenter les ânes. Son oncle était marchand des quatre-saisons et en possédait un, m'a-t-elle raconté.

— Exactement. Elle était capable de dessiner les grandes lignes comme les petits détails avec beaucoup de fidélité. Mais au moment de colorier ce pauvre animal, je me demande quel crayon elle choisissait. Peut-être laissait-elle divaguer son imagination et le peignait-elle en rose !

Ben rit et revint s'asseoir sur sa chaise à côté du feu.

— Je dois retrouver Billy Scroggs, déclara-t-il. Mais j'ai peur qu'il n'ait déjà quitté le pays sur un navire pour l'autre bout du monde. Bien sûr, Britannia et sa mère soutiennent qu'il est mort.

Il se rembrunit.

— Lorsque Phipps et moi nous sommes rendus chez Mrs Clifford la première fois, Britannia nous a expliqué qu'elle était la seule survivante des sept enfants qu'avait eus sa vieille mère et qu'il lui revenait de subvenir à ses besoins. Un jour, Billy, l'aîné, s'était embarqué et ni l'une ni l'autre ne l'avait jamais revu. Les autres sont morts dans des circonstances diverses. Quant à leur père, il a été victime d'un accident sur les docks, ce qui est peut-être bien la vérité. Mais le sort de Billy est passé au second plan dans ce récit de la tragédie familiale.

— À ce moment-là, elle n'a pas explicitement affirmé qu'il était mort ? demandai-je. Que c'était un fait établi, je veux dire.

Ben hésita.

— Elle a indiqué qu'elle et sa mère croyaient qu'il l'était. Elle a juste dit qu'il avait pris la mer à l'âge de quinze ans et qu'il n'était jamais revenu ni n'avait écrit depuis. Elles supposent par conséquent qu'il s'est noyé. Mais cette bribe d'information était mêlée aux morts indéniables et dûment enregistrées d'une sœur en couches, d'un frère écrasé par un wagonnet de mine et des trois plus jeunes emportés par la diphtérie. Cela a fait passer le décès de Billy pour un fait avéré bien qu'il n'y ait aucun moyen de le vérifier. Elle nous a laissé entendre qu'elle était la seule survivante parmi les sept enfants de sa mère, et nous l'avons accepté. Ou, pour être plus juste, précisa Ben d'un ton amer, je l'ai accepté !

« Jethro Smith, le patron de pub qui était un ami d'enfance de Billy, s'est lui aussi montré mal à l'aise quand j'ai évoqué une noyade. Il ne l'a confirmée ni ne l'a démentie. Mais il saurait si Billy était vivant ou mort. Il connaissait toute la famille et c'est vers lui que Britannia s'est tournée lorsqu'elle a eu besoin d'un travail.

« Phipps avait raison. Il trouvait que Britannia nous avait dit beaucoup dc choses mais rien de ce que nous aurions vraiment souhaité savoir. Je suis coupable d'avoir laissé s'instaurer une rivalité mesquine entre le brave inspecteur Phipps et moi. J'aurais dû être plus attentif à ses observations. Il connaît les gens au milieu desquels il travaille, après tout. Mais il nous a fait venir de l'autre bout de Londres, Morris et moi, ce qui était fort malcommode pour nous, et je ne comptais certainement pas lui laisser reprendre les rênes de l'enquête.

Sur ces entrefaites, Bessie apparut à la porte et me demanda si j'avais encore besoin d'elle.

— Non, Bessie, lui répondis-je. Tu peux monter te coucher.

Elle demeura un instant dubitative. Elle aurait adoré se joindre à notre conversation et y apporter son grain de sel, comme on dit. Mais elle nous souhaita une bonne nuit et nous l'entendîmes monter l'escalier.

— Les Scroggs ont cherché à gagner du temps, reprit Ben lorsque nous fûmes de nouveau seuls. C'est la seule explication à toutes les apparentes contradictions de cette affaire. C'était indispensable pour donner à Billy la possibilité de trouver un navire en partance en quête d'équipiers et d'appareiller.

« Mrs Clifford morte sur le tapis, il fallait effacer toute trace de ce qui s'était passé. Le corps devait être emporté ailleurs. La serrure de la cuisine étant intacte, Britannia pouvait donner l'absence d'éléments suspects et la discrétion obsessionnelle de son employeuse pour justifier d'avoir tardé à prévenir la police. Billy gagnait ainsi quelques heures précieuses.

« Il faut que je retrouve Jeb la Chiffe ! Je ne sais pas comment il s'est laissé convaincre d'aider à transporter le corps, et de risquer lui aussi la corde, mais je parierais jusqu'à mon dernier penny que c'est ce qu'il s'est passé.

Un coup frappé à la porte du salon nous fit tous deux sursauter. Ben se leva pour aller ouvrir et nous découvrîmes Bessie, en châle et chemise de nuit, une charlotte sur sa tignasse en bataille, apportant des tasses de thé sur un plateau.

— Comme il se faisait tard et que madame et vous continuiez à parler, inspecteur, et avec la nuit qui est fraîche, je suis descendue vous préparer du thé.

— Merci, Bessie ! lui lançai-je. Mais tu n'as pas écouté à la porte, j'espère ?

— Sûr que non, m'dame, se défendit Bessie.

Je m'avouai vaincue.

— Tu peux venir t'asseoir avec nous. Mais ne nous interromps pas !

— Bien, m'dame, fit aussitôt Bessie, qui, tout heureuse, se hâta de gagner une chaise dans un coin de la pièce.

— Bon, reprit Ben. Supposons à présent que Billy et le chiffonnier aient chargé le corps sur la charrette, caché sous de vieux vêtements. Où iraient-ils ensuite ?

— Au fleuve, suggéra Bessie depuis sa place.

Aussitôt, elle plaqua sa main sur sa bouche, la mine coupable.

— Désolée ! ajouta-t-elle.

Je la fusillai du regard.

— Encore une fois et je te renvoie dans ta chambre, l'avertis-je.

— Elle a peut-être raison, observa Ben. Donc ils prennent la direction de la Tamise. Des cadavres en sont rejetés régulièrement. Avec un peu de chance, le courant l'emportera assez loin avant qu'on la repêche, comme ça a été le cas avec ce malheureux Harry Parker. Mais en cours de route, les voilà contraints de changer leurs plans. Pourquoi ? On l'ignore, mais je soupçonne que c'est lié d'une façon ou d'une autre à Parker. Les a-t-il vus ? Les a-t-il reconnus ? Si seulement ce pauvre bougre m'avait confié ce dont il a été témoin, il serait encore en vie.

Les braises du feu agonisant s'effondrèrent les unes sur les autres dans un froissement.

— Il n'y a guère plus à en dire ce soir, conclut Ben en soupirant.

— Oui, Bessie, dis-je à notre bonne, maintenant tu peux aller te coucher.

CHAPITRE 17

Inspecteur Benjamin Ross

Nous étions un samedi, le 28 novembre. Comme pour nous rappeler l'approche de Noël et de ses festivités, une charrette à bras au chargement éloquent nous dépassa alors que nous sortions de la gare de chemin de fer de New Cross. Nous avions décidé de venir en train depuis Charing Cross. Je commençais à craindre que le superintendant Dunn n'objectât à de nouvelles demandes de remboursement de cab. La charrette transportait des dindes qui s'agitaient dans un entassement de cages en bambou. Elles devaient avoir été expédiées d'un peu plus loin sur la ligne, peut-être à destination de la boutique d'un volailler. Les infortunées créatures nous fixaient de leurs yeux rouges avec une tristesse pleine de ressentiment, comme si elles avaient connaissance du sort qui les attendait. J'ignore pourquoi, elles me rappelèrent Britannia. Cela ne me procura aucun réconfort.

Nous tenant dans le pâle soleil hivernal, Morris et moi observâmes le manutentionnaire arracher la charrette aux pavés de la côte escarpée à l'extérieur de la gare et s'éloigner cahin-caha dans la rue. Ce n'était pas une tâche commode car sa charge était lourde, et la chaussée incertaine et glissante. Un peu plus tôt, du bétail avait été amené aux abattoirs et au marché voisins par le même chemin. Les bêtes avaient laissé d'abondantes traces de leur passage. La descente était raide et périlleuse. Les bottes de l'homme raclaient le sol, le système de freinage rudimentaire de la charrette était actionné souvent et avec un succès variable, et les dindes caquetaient et glougloutaient plus bruyamment que jamais.

— Mrs Morris et moi, nous n'achetons que des dindes élevées à la campagne, commenta mon sergent. Nous allons exprès dans le Kent. Mrs Morris trouve que les dindes des champs ont meilleur goût – et cuisent mieux – que les dindes des villes. En ville, on ne sait pas avec quoi ils les nourrissent. À la campagne, les volailles sont mieux traitées.

Pour Morris, cela avait été un long discours. Son rôti et son gâteau de Noël devaient avoir pour lui une grande importance.

— On ne tuera pas ces animaux avant trois semaines et, d'ici là, ils seront nourris comme leurs congénères de la ville, même s'ils ont été élevés à la campagne, remarquai-je.

— C'est pour cela qu'il faut se déplacer et aller acheter une dinde dans une ferme, m'informa Morris. Tout ce qui se vend sur les marchés à l'approche de Noël n'est pas ce qu'on prétend.

— Morris, nous sommes là pour retrouver Billy Scroggs, pas pour préparer le réveillon, lui rappelai-je. Et, si je ne m'abuse, voici l'agent Barrett à la rescousse.

J'avais adressé un peu plus tôt une demande à Deptford pour bénéficier des services de Barrett. Débusquer Scroggs ne serait probablement pas une tâche facile. Plus nous serions nombreux à battre le quartier, mieux ce serait. Un homme du cru comme

Barrett se révélerait sans doute utile. Par ailleurs, une fois notre proie repérée, elle pourrait être délicate à capturer. Nous avions affaire à un meurtrier, à un individu qui n'avait rien à perdre.

— Bonjour, monsieur ! lança gaiement Barrett en s'approchant de nous. Pardonnez-moi de vous avoir fait attendre. Une charrette s'est renversée au coin de la rue et bloque le passage.

— Elle transportait des dindes ? demanda Morris avec intérêt.

— Mais oui, en effet, confirma Barrett, la mine étonnée. Deux cages se sont brisées et les oiseaux se sont échappés. Il y en avait dans tous les sens. Certains y auront gagné leur dîner.

— Eh bien, quant à moi, je ne tiens pas à ce que notre oiseau à nous, Billy Scroggs, s'envole ! déclarai-je en m'efforçant de ne pas voir un présage dans cet incident. Il nous faut aussi mettre la main sur un chiffonnier dénommé Jeb Fisher, plus connu sous le sobriquet de Jeb la Chiffe.

— Le vieux Jeb ? fit Barrett en opinant du chef. Je l'ai déjà vu dans le coin. Pas ce matin, hélas, mais assez souvent. Tout le monde le connaît par ici, Jeb la Chiffe.

— Vous savez où il habite ? demandai-je avec empressement.

— Désolé, monsieur, pas la moindre idée. Mais je pourrais me renseigner dans les pubs.

Je revis Britannia frottant le plancher du Clipper et hochai négativement la tête.

— Je ne pense pas que nous devions poser nos questions dans ces établissements, du moins pas pour le moment. La sœur de Scroggs lave le sol d'au moins l'un d'entre eux et peut-être d'autres. Si quelqu'un lui apprend que nous sommes à la recherche de son frère, elle courra l'avertir. C'est regrettable car ces endroits sont en général de bonnes sources d'information. Nous allons enquêter aux abords du fleuve. Avec de la chance, nous pourrions tomber sur un de ses anciens compagnons d'équipage. N'oubliez pas : il porte sur le bras un tatouage sur lequel est écrit « Ma ».

— Bien, monsieur ! approuva vigoureusement Barrett. Où devrai-je vous faire mon rapport, monsieur ?

— Ici, devant la gare, c'est le plus simple. Dans une heure ?

Morris et moi regardâmes Barrett s'éloigner d'un pas décidé.

— Un gars comme lui nous serait précieux au Yard, déclara le sergent.

— Je doute que Phipps accepterait de le lâcher mais je suis d'accord avec vous.

Tout en prononçant ces mots, j'avais promené mon regard sur ce qui nous entourait et une vision familière avait capté mon attention. Une silhouette recourbée, affublée d'un chapeau de toile enduite, longeait méthodiquement la façade de la gare, mettant dans un sac de coton le peu qu'elle ramassait çà et là.

— Attendez-moi ici un instant, Morris. Je voudrais dire un mot à ce vieux bonhomme, là-bas.

Le mégotier ne me sentit pas approcher et ce ne fut que lorsque je me plantai devant lui, empêchant sa progression, qu'il leva les yeux sur moi. Il se redressa alors quelque peu mais il demeurait d'une certaine façon replié sur lui-même, de sorte que son dos semblait former un point d'interrogation.

— Bien l'bonjour, cap'taine ! me salua-t-il en portant l'index à la visière cabossée de son suroît.

— Je n'ai jamais eu l'honneur de commander un navire, lui répondis-je en souriant. Je suis inspecteur de police. Je m'appelle Ross.

— Un officier reste un officier, répliqua-t-il, imperturbable.

Son visage était aussi ridé qu'une noix et une vie entière exposée aux éléments lui avait autant tanné la peau que du cuir de Russie. Ses yeux étaient d'un bleu délavé au niveau de l'iris et jaune comme du vieil ivoire tout autour. Cela lui donnait un regard embrumé et je me demandai s'il souffrait de la cataracte. Il paraissait toutefois jouir d'une vue suffisante pour repérer les brins de mégots de cigares. Il était manifestement aussi âgé qu'il en avait l'air.

— Vous êtes de la marine, à ce que je vois, dis-je. Vous avez servi à bord de vaisseaux de ligne, pas dans la marine marchande.

— Oui, cap'taine ! (En ce qui le concernait, je semblais devoir à jamais conserver ce grade.) Charlie Mott, on m'appelle. J'ai commencé comme mousse sur le vieux *Billy Ruffian*.

Un sourire de fierté fissura son visage.

— Le *Billy Ruffian* ? répétai-je, intrigué.

Il gloussa.

— Son vrai nom, c'était le *HMS Bellerophon*, mais tous les gars l'appelaient le *Billy Ruffian*. Un sacré navire. Les Français l'ont presque envoyé par le fond, vous savez, mais cette vieille barque était encore trop rapide pour eux.

Il s'approcha de moi, le regard rivé sur mon visage.

— J'ai vu l'Empereur, vous savez ! me confia-t-il. De mes propres yeux. Après la grande bataille de Waterloo, il est venu à bord du *Billy Ruffian* pour capituler. À ce moment-là, on faisait le blocus d'un port français. Il portait un grand manteau gris et il avait son chapeau en travers de la tête, comme on le voit sur les illustrations.

Il fit un geste pour indiquer la manière dont Napoléon portait son bicorne.

— De nos jours, tout le monde raconte qu'il était petit mais je l'ai vu en personne et il l'était pas tant que ça. Il était normal. Pour sûr, j'étais pas bien grand moi-même, vu que j'étais encore gamin, tout juste mousse comme je vous l'ai dit, mais ça m'empêchait pas de constater qu'il avait la même taille que nos officiers.

Et sur le ton de la confidence, il ajouta :

— Quand le vieux Boney est monté à bord, j'ai surpris un de nos officiers qui murmurait à un autre : « Ma parole, Bonaparte va le regretter parce qu'on ne va pas le laisser repartir ! »

Il hocha la tête et conclut d'un ton mélancolique :

— Quand on pense que la Royal Navy va quitter l'arsenal de Deptford, ça vous brise le cœur.

Ce qui vous brisait aussi le cœur, ne pus-je m'empêcher de penser, c'était de constater qu'un homme ayant servi dès son plus jeune âge son pays à bord d'un navire de guerre était contraint de finir ses jours à ramasser des mégots dans les caniveaux.

— Vous ne quittez jamais les environs, Charlie, lui dis-je.

— Non, cap'taine.

— Dans ce cas, vous connaissez sûrement les personnages du quartier.

— J'en suis un moi-même, affirma-t-il avec complaisance.

Je n'avais pas eu l'intention de l'offenser mais, par chance, il n'en avait pas pris ombrage. Il avait même, me semblait-il, considéré cela comme un compliment.

— Un type qui récupère les vieux habits et les vieux chiffons, énonçai-je. Un certain Jeb Fisher, qu'on surnomme parfois Jeb la Chiffe.

Une acuité que je n'aurais pas soupçonnée perça dans son regard bleu pâle.

— Jeb la Chiffe ?

— Vous le connaissez ! assénai-je sans lui laisser la possibilité de nier.

— Je dirais pas ça, cap'taine. P'têt que je le connais.

— Vous l'avez vu aujourd'hui ?

— Non ! répondit-il en secouant la tête avec une sorte de soulagement. Non, pas aujourd'hui, cap'taine.

— Dernièrement alors ? Parce que j'ai besoin de lui parler. J'ai deux ou trois questions à lui poser, rien de plus, vraiment.

— Il était dans le coin, admit Charlie.

— Savez-vous où je peux le trouver ?

En guise de réponse, le vieux marin balaya d'un geste les alentours.

— Il pourrait fort bien surgir ici ou là. Il bourlingue dans les parages, comme qui dirait.

De toute évidence, le jargon maritime avait pour Charlie Mott plus de signification que le parler des terriens.

— Sauriez-vous par hasard où se trouve son port d'attache ? lui demandai-je. Où jette-t-il l'ancre la nuit tombée ?

— Au vieux comptoir nautique, répondit Charlie, en aval du fleuve. Une grande bâtisse en bois désaffectée. Le Safe Return Inn se trouvait à côté mais il a brûlé y a pas loin de dix ans, et personne s'est soucié de le reconstruire. C'était un lieu peu recommandable, surtout fréquenté par des marins étrangers qui venaient y boire et, la plupart du temps, s'y bagarrer. Les gars de la Navy n'y mettaient pas les pieds. À l'époque, certains disaient que l'incendie n'était pas accidentel, qu'il s'était déclaré juste après que le propriétaire avait interdit l'accès de son établissement à quelques types qui avaient provoqué un esclandre de trop. Quoi qu'il en soit, le feu s'est étendu au magasin voisin qui a en partie été endommagé. Après ça, le comptoir a transféré son commerce ailleurs.

— C'est un endroit tranquille à présent, alors ? suggérai-je sur le ton de la conversation.

— Tranquille à en mourir, grinça Charlie. Personne ne s'aventure guère par là-bas à présent. On raconte qu'on y voit et qu'on y entend des choses étranges, des choses pas de ce monde. Certains affirment avoir entendu des rires et des hommes chanter en passant devant la coque calcinée du Safe Return Inn. Les marins sont très superstitieux. Si Jeb la Chiffe veut en faire son mouillage, personne ne va lui disputer la place.

« L'endroit idéal pour quelqu'un qui souhaite se faire oublier et ne pas être dérangé, comme Billy Scroggs », pensai-je. Je remerciai Charlie Mott en lui disant le plaisir que j'avais eu à discuter avec lui. Et je le récompensai de façon convenable.

— Bon vent à vous ! me lança-t-il en empochant ses quelques shillings.

Puis il reprit sa quête patiente de bribes de vieux tabac.

— Voyons si nous pouvons retrouver Barrett, dis-je à Morris lorsque je fus revenu auprès de lui. Nous tenons peut-être une piste et j'ai dans l'idée que son aide ne nous sera pas de trop.

Tandis que nous nous mettions en route, j'informai le sergent de ce que j'avais appris. Il partagea mon avis qu'il s'agissait tout à fait du genre d'endroit où un individu tel que Billy Scroggs chercherait à se cacher de la justice. Nous eûmes la bonne fortune d'apercevoir Barrett un peu plus loin devant nous alors qu'il interrogeait un commerçant. Nous lui fîmes signe de venir nous rejoindre, ce qu'il fit aussitôt.

— Je n'ai pas eu de chance, monsieur, s'excusa-t-il.

— J'en ai peut-être eu de mon côté, répliquai-je, et je lui rapportai ma conversation avec Charlie Mott.

— Ah, le vieux Charlie, fit Barrett d'un air entendu. Vous a-t-il raconté qu'il avait vu Napoléon du temps où il était mousse sur le *Bellerophon* ?

— En effet. Et j'aurais tendance à le croire. Mais pour en revenir à notre affaire, nous devons nous rendre sans perdre une minute à l'ancien comptoir nautique. Vous connaissez ?

— Je sais où sont les ruines du Safe Return Inn, monsieur. Cela fait un moment que ça a brûlé. Il y a d'autres bâtiments autour, qu'on n'utilise plus que de temps en temps. Je crois savoir lequel Charlie Mott appelle le vieux comptoir.

Nous prîmes la direction du fleuve. La marée basse découvrait une étendue luisante de vase jaune marronnasse au-dessus de laquelle des mouettes tournoyaient et plongeaient dans un ballet d'ailes blanches à la recherche de quelque pitance. Scrutant eux aussi l'estran, nous vîmes un groupe de jeunes garçons occupés à creuser énergiquement à la recherche de tout ce que la boue aurait à leur offrir. Ils y pataugeaient les pieds nus, risquant toutes sortes de blessures sur des objets invisibles et Dieu sait quelles maladies. Plus ils remuaient la vase, plus la puanteur devenait intolérable, les immondices qui y étaient enfouies libérant leurs gaz les uns après les autres. Je ne m'étonnais plus que Billy ait transporté avec lui cette odeur jusqu'au domicile de sa mère où j'en avais été frappé. Je fus tenté de couvrir mon nez de mon mouchoir mais je ne voulais pas montrer une sensibilité excessive devant Morris et Barrett, qui avançaient d'un pas énergique. La membrure pourrissante d'un bateau échoué émergeait comme la carcasse d'un animal. Passé cette épave, nous croisâmes de moins en moins de monde et, pour finir, nous nous retrouvâmes à cheminer dans une friche de bâtiments déserts – du moins en apparence – dont certains étaient en effet très anciens.

— Quel genre d'endroit était le Safe Return Inn ? demandai-je à Barrett. C'était un vieil établissement ?

— Des gens disent qu'il existait déjà du temps du roi Henri, répondit Barrett. J'ignore si c'est vrai. Autant que je m'en souvienne de quand j'étais gosse, la baraque tenait à peine debout. La moitié supérieure penchait tant qu'elle paraissait à tout moment sur le point de s'effondrer dans la rue. L'endroit avait la réputation d'être un lieu où s'échangeaient des marchandises de contrebande, alors la police le connaissait bien. Et puis, une nuit, il est parti en fumée et ça en a été fini. Nous autres gamins, on est tous venus assister à l'incendie.

— Criminel ?

— La rumeur le prétend. Mais le bâtiment, qui était tout en bois et qu'on éclairait encore avec des bougies et des lampes à huile, était si vieillot que personne n'a été surpris. Rien n'a jamais été prouvé, mais il n'y a pas eu de victime, pas même un blessé, et pour une catastrophe pareille, c'était étrange. Les témoins ont raconté qu'il y avait tellement de rats qui fuyaient l'incendie qu'on aurait cru une des plaies de l'ancienne Égypte. Je peux moi-même en attester. Les rues étaient pleines de ces bestioles qui vous tournaillaient autour des pieds.

Un quart d'heure plus tard, nous nous trouvions dans une rue étroite bordée de constructions délabrées. On n'y voyait nul signe de vie et pourtant nous étions environnés de bruits, pour beaucoup impossibles à identifier. Le vent s'engouffrait dans les coins et recoins en sifflant de façon surnaturelle. Les poutres en bois et les planches qui formaient la majeure partie des structures des bâtiments grinçaient comme un navire chargé de toute sa toile. On aurait dit que des fantômes nous accompagnaient. Morris lui-même paraissait mal à l'aise.

Enfin, nous atteignîmes un espace dégagé où s'était jadis dressé le Safe Return Inn. Charlie Mott, qui regardait le monde à travers ses yeux de marin, avait comparé l'extérieur du bâtiment à la coque d'un navire. Avec ses poutres calcinées dressées vers le ciel comme les morceaux de l'épave que nous avions aperçue un peu plus tôt dans la boue et les planches calcinées qui émergeaient des décombres, la scène évoquait en effet les derniers vestiges d'un bâtiment de guerre vaincu lors d'un combat naval désespéré.

— C'est ici, précisa inutilement Barrett.

— Et ceci, ce doit être le vieux comptoir, déclara Morris.

Derrière les ruines de l'auberge se dressait un autre édifice en bois, haut de deux étages, constitué de planches goudronnées surmontant un mince soubassement en brique. La façade la plus proche de nous présentait de sombres traces de brûlure mais, étant donné sa proximité avec le Safe Return Inn, c'était un miracle qu'elle n'eût pas été réduite en cendres lorsque les flammes avaient dévoré la vieille auberge. Il n'était du reste pas surprenant que son occupant eût alors préféré déménager et établir son commerce ailleurs.

— Il y a quelqu'un, monsieur, chuchota Morris.

Une fragile spirale de fumée s'échappait d'un tuyau métallique qui pointait au-dehors d'un des murs. Il était probablement relié à une sorte de poêle à l'intérieur.

— J'y vais, dis-je. Morris, restez dehors de ce côté-ci du bâtiment. Quant à vous, Barrett, allez monter la garde de l'autre côté. Si quelqu'un sort et tente de s'échapper, arrêtez-le.

— Et si quelqu'un arrive par cette rue avec l'intention d'entrer ? demanda Morris. Il va nous voir et il changera vite d'avis.

— C'est vrai. Tenez-vous l'un et l'autre hors de vue. Il y a assez d'encoignures de portes et de bâtiments apparemment déserts aux alentours.

Je poussai la porte du comptoir. À mon soulagement, elle céda sous ma main et s'ouvrit en grinçant. Si nous avions dû entrer en force, cela nous aurait privés de tout effet de surprise.

J'avançai dans un étroit couloir qui débouchait sur un vaste espace dégagé. À ma gauche, un escalier montait vers le premier étage. À ma droite, la « salle » avait été transformée en habitation. S'y trouvaient une table, quelques chaises grossières qui paraissaient l'œuvre d'une personne aux connaissances en menuiserie des plus rudimentaires, et un lit que j'attribuai au même fabricant. Des piles de chiffons et de vieux vêtements s'entassaient le long du mur opposé, attendant d'être triées. Tout au fond, un poêle primitif fumait de façon épouvantable, emplissant l'atmosphère d'une âcre puanteur et mes yeux de larmes. Le tuyau métallique censé conduire la fumée à l'extérieur ne fonctionnait pas bien, soit qu'il fût mal ajusté ou alors trop étroit. Dans un coin, une jeune femme vilainement attifée était penchée sur une cuvette de lessive, une barre de savon à la main. Deux enfants accroupis non loin l'observaient. L'un était la petite Sukey, ce qui me confirma que j'étais au bon endroit. L'autre, un petit garçon d'une dizaine d'années d'allure lui aussi familière. Sur ma droite, un épais caban de marin en étoffe de laine foncée pendait à un crochet.

À mon apparition, la femme leva les yeux de son labeur et me regarda à travers un rideau de cheveux désordonnés. Elle laissa alors retomber son savon dans l'eau et ouvrit la bouche.

— Ne criez pas ! lui ordonnai-je avec force. Je suis de la police.

Elle demeura bouche bée, me dévisageant d'un regard effaré. Sukey se contentait de me fixer. Le garçon, en revanche, entreprit de se couler lentement le long du mur.

— Ne bouge pas, jeune homme ! lui dis-je. Tu m'as suivi un peu partout dans le quartier ces derniers jours. Tu es un petit espion très efficace. Tant qu'à faire, reste ici pour voir la fin de l'aventure.

Le gamin se figea sur place mais Sukey prit la parole.

— Je l'ai déjà vu, déclara-t-elle en tendant le doigt vers moi. Il a parlé à papi.

— Boucle-la ! aboya sa mère, tout à coup tirée de son hébétude.

Elle se redressa.

— Qu'est-ce que vous voulez ? J'ai pas de temps à perdre. J'ai du travail.

— Êtes-vous mariée ? lui demandai-je.

Elle jeta malgré elle un coup d'œil au caban avant de tourner vers moi un regard défiant.

— Qu'est-ce que ça peut vous faire ?

— Contentez-vous de me répondre. Ces enfants ont-ils un père ?

— Bien sûr que oui !

— D'accord. Comment s'appelle-t-il ?

Elle avait eu le temps de rassembler ses esprits.

— Fisher, répondit-elle d'un ton bourru. Mais il est pas là. Ça fait une paye que je l'ai pas vu. Il nous a abandonnés.

— Fisher, c'est votre nom à vous. Mais le père de ces enfants se nomme Billy Scroggs. Où est-il ?

Tandis que je prononçais ces mots, j'entendis une planche grincer derrière moi. Les yeux du garçon se portèrent dans cette direction. Je pivotai et, enfin, je le vis.

Scroggs était un large et solide gaillard à la mine patibulaire, sans doute le « spectre » le plus consistant qu'il me serait jamais donné de croiser. Son aspect imposant n'était pas dû à sa taille, qui ne dépassait pas la moyenne, mais à des épaules amples et massives, prolongées par de longs bras. Bien que tendue en avant, sa tête en émergeait à peine, si bien qu'il paraissait avoir un cou minuscule. Il avait la peau tannée et battue par les intempéries, le cheveu sombre et bouclé, déjà parsemé de gris. Il portait un lourd pull de laine huilée qui lui couvrait les bras et m'empêchait de voir son tatouage, mais je n'en avais pas besoin. Il se tenait au sommet de l'escalier qu'il commençait à présent à descendre à pas lents, sans détacher de moi ses petits yeux mauvais. Je savais que je ne devrais pas lui céder un pouce… et que ce serait difficile. Dehors, Morris et Barrett surveillaient si quelqu'un s'approchait du bâtiment ou, éventuellement, tentait de s'en échapper. Ils ne comprendraient pas tout de suite s'il y avait une échauffourée à l'intérieur. De la voix la plus autoritaire dont je fus capable, je lui dis :

— Si je ne m'abuse, vous êtes William Scroggs. Qui, à l'occasion, se donne aussi le nom de William Jones. Vous avez il y a quelques jours vendu une paire de boucles d'oreilles à un prêteur sur gages dénommé Smart. J'ai toutes raisons de penser que ces bijoux ont été dérobés à la suite d'un crime. Je vous arrête car je vous suspecte de meurtre…

Je n'allai pas plus loin. Quelque chose me heurta la nuque. Le coup n'avait pas été violent mais sa soudaineté m'avait déséquilibré et fait trébucher. Passant au-dessus de ma tête, un objet atterrit en glissant devant moi. La barre de savon. La femme me l'avait lancée avec une précision redoutable. Rugissant, Scroggs effaça d'un bond les dernières marches de l'escalier et se rua sur moi.

Son poids ajouté à la puissance de l'impact m'envoya au sol, le souffle coupé. Alors que je tentais de me rétablir, le colosse m'écrasa son poing sur le visage. Au même instant, la femme se jeta en hurlant dans la mêlée. Sans savoir comment, je parvins à dégager un bras et à le projeter en direction du visage de mon assaillant. Par le plus grand des hasards, mon avant-bras rencontra l'arête de son nez et un flot de sang jaillit aussitôt sur moi. Scroggs poussa un terrible grognement et ses doigts épais se refermèrent sur mon cou. Je me sentis aspiré dans un monde de ténèbres zébré d'éclairs aveuglants.

Au moment précis où je m'apprêtais à sombrer dans une inconscience totale, la pression sur mon cou se relâcha tout comme le poids qui me broyait la poitrine. L'obscurité se dissipa. Au loin, à travers les pulsations de mes oreilles, j'entendis un sifflet de police. (J'appris plus tard qu'il s'agissait de Barrett qui tentait de rameuter d'éventuels renforts à proximité.) Puis la porte s'ouvrit à la volée et Barrett rejoignit Morris qui avait jeté ses bras autour de Scroggs et l'avait arraché à moi. Le temps de m'asseoir, il était solidement menotté.

La femme continuait à hurler. Je pointai mon doigt vers elle et, entre deux hoquets, parvins à articuler :

— Emparez-vous aussi d'elle ! Où sont les enfants ?

— Ils sont sortis en courant par la porte, monsieur ! m'informa Morris. Les cris de la femme nous avaient déjà informés qu'il y avait du grabuge. Les gosses ont filé dans la rue, sans doute pour aller prévenir leur grand-père.

— On s'occupera d'eux plus tard, monsieur ! m'assura Barrett. Jeb la Chiffe, tout le monde le connaît et on n'aura aucun mal à mettre rapidement la main sur lui.

J'étais à présent debout et prêt à agir. Je m'élançai vers le poêle, en ouvris la petite porte et plongeai mon regard à l'intérieur. Ainsi que je le soupçonnais, l'atroce fumée qui en émanait était due aux liasses de papier qu'ils y avaient brûlées – ou tenté d'y brûler. Sans aucun doute pris de panique quand il avait su par sa sœur que les boucles d'oreilles étaient entre les mains de la police, Scroggs avait décidé de se débarrasser de la liasse de récépissés dérobée chez Mrs Clifford. À partir du moment où il était recherché, toute tentative d'en tirer parti aurait été vouée à l'échec. Ce qu'il en restait, noirci mais encore lisible par endroits, suffirait en revanche pour l'envoyer à la potence.

CHAPITRE 18

Inspecteur Benjamin Ross

Par la grâce du poing de Billy Scroggs, j'avais une moitié du visage gonflée comme un ballon et bigarrée de couleurs tirant du jaune au pourpre. Je décelai un éclair de satisfaction dans les yeux de Britannia qui m'étudiait.

Elle était détenue dans le quartier des femmes de la prison de Newgate. En m'attablant dans la petite pièce où on l'avait amenée pour l'y interroger, je croisai son regard sardonique. Une gardienne taillée en hercule se tenait contre le mur derrière elle, les bras croisés, le visage inexpressif. Elle portait une robe aussi froide et grise que la maigre lumière qui filtrait par l'étroite fenêtre à barreaux, et aussi triste que l'uniforme de prisonnière dont Britannia était elle-même vêtue. Cette absence de couleur me donna la sensation que nous formions une scène tirée d'un livre illustré en noir et blanc.

— C'est très mal, ce que votre frère et vous avez fait, Britannia, commençai-je d'une voix que l'étreinte des mains de Scroggs sur mon cou avait laissée enrouée.

L'expression moqueuse de la jeune femme s'accentua.

— La vieille Clifford n'aurait pas dû descendre. Il ne lui serait rien arrivé.

— Êtes-vous en train de m'expliquer que c'est la faute de votre employeuse si votre frère l'a tuée ?

— Elle n'aurait pas dû descendre ! répéta Britannia avec obstination.

Je soupirai, regrettant que ma gorge fût si douloureuse. Aucune de mes conversations avec Britannia n'avait été simple et celle-ci ne s'annonçait pas différente. Elle appliquait au monde la distorsion de son propre regard, comme si elle le considérait au travers d'un prisme, et il était impossible de le lui faire voir différemment. Étant donné la vie qui avait été la sienne, il n'y avait peut-être pas lieu d'en être surpris. Une chose, cependant, m'étonnait.

— Après avoir été reconnaître le corps en compagnie du sergent Morris, croassai-je, vous m'avez dit que Mrs Clifford avait été gentille avec vous.

— Je m'en souviens, confirma Britannia avec impatience. Qu'est-ce que vous attendiez d'autre ?

— Sacré bon sang, Britannia ! Elle vous a donné un travail. Elle vous a donné une chambre à vous. Vous viviez dans sa maison, tous frais payés, et vous aviez encore de quoi vous acquitter du loyer du misérable logement de votre mère ! Pourquoi avoir pris le risque de tout perdre ? Pourquoi diable avoir conspiré à la tuer ?

— C'était pas prévu ! répliqua-t-elle avec véhémence. Combien de fois il faudra que je vous dise qu'elle aurait dû rester à l'étage ? Elle est descendue, elle a vu Billy et elle m'a vue, moi, devant son secrétaire. Billy venait juste de réussir à l'ouvrir.

— Était-il déjà dans la maison au moment de la visite de Wellings ? Dans votre chambre peut-être ?

— Non, répondit Britannia. Il attendait dans le jardin que la vieille aille se coucher. Je lui ai ouvert. Je pouvais pas prévoir qu'elle redescendrait, pas vrai ?

— Donc votre frère et vous n'aviez prémédité que le cambriolage. Mais même si les choses s'étaient passées différemment, comme je suppose que vous l'auriez préféré, ce n'en était pas moins une traîtrise de votre part. Laissez-moi vous dire ce que Billy et vous comptiez faire. Votre frère devait dérober tout ce qui lui tomberait sous la main tandis que vous, vous seriez remontée dans votre chambre où vous seriez restée jusqu'au lendemain matin. Ainsi, vous auriez pu feindre la surprise de découvrir le vol à ce moment-là. En partant, Billy aurait endommagé la serrure de la porte de derrière pour faire penser à une effraction. Mrs Clifford aurait peut-être eu quelques soupçons mais elle aurait pu se convaincre que vous n'aviez rien à voir avec cet incident et vous auriez pu garder votre place.

— Non, j'aurais pas pu ! s'écria Britannia avec une telle force que la gardienne, inquiète, avança d'un pas.

Je lui fis signe de rester en arrière.

— Pourquoi n'auriez-vous pas pu rester chez Mrs Clifford ? Pensiez-vous qu'elle n'aurait jamais cru à votre innocence ?

En guise de réponse, Britannia tendit d'un geste rageur les mains vers moi.

— Regardez-les ! m'ordonna-t-elle.

Je contemplai malgré moi ses phalanges et ses jointures difformes.

— C'est de pire en pire, lâcha la jeune femme d'une voix sourde. Ça me fait parfois si mal que j'en ai les larmes aux yeux. Sauf que je pouvais pas le montrer, pas avant d'être dans mon lit. Si la mère Clifford m'avait vue pleurer, elle aurait voulu savoir pourquoi. Et alors elle m'aurait renvoyée sur-le-champ ! Si j'étais incapable de travailler, elle ne m'aurait pas gardée un jour de plus. Une ou deux fois, j'ai cassé de la vaisselle à cause de mes doigts, qui sont tout raides le matin. Elle l'a retenu sur mes gages. Quand je vous ai dessiné les boucles d'oreilles, je me mordais pour pas crier parce que ça me faisait un mal de chien. Mais je devais vous cacher combien c'était douloureux pour moi, comme je devais le cacher à la mère Clifford. Il fallait pas que vous deviniez à quel point on était désespérées, Ma et moi. Et Billy aussi. Il a deux petits, et puis sa femme. Il pouvait rien donner à Ma. Tout allait si mal pour nous tous. Et elle, elle avait de l'argent plein la maison ! Il n'y avait qu'à tendre la main pour le prendre.

Le silence se fit. Les paroles de Britannia résonnèrent dans la petite pièce, puis s'estompèrent. Je me demandais quelle somme Mrs Clifford conservait chez elle. Je posai la question à Britannia :

— Combien Billy a-t-il trouvé ?

Le regard de la jeune femme se fit plus noir encore.

— Pas assez, grinça-t-elle. Croyez-moi si vous voulez, mais y avait pas grand-chose. Elle était sortie ce jour-là et elle avait dû porter son argent à la banque. Un autre soir et on aurait touché le gros lot. C'était vraiment pas notre veine d'avoir trouvé si peu. C'est ça qui a fichu Billy dans une telle rogne. Il s'est mis à jurer, à proférer toutes sortes de menaces. Les risques qu'on prenait, et pour si peu ! C'est pour ça qu'il a eu l'idée d'emporter les papiers signés par les clients. Il pensait qu'ils seraient prêts à les racheter pour, mettons, un quart de ce qu'ils devaient. Après tout, on les aurait eus pour rien et eux auraient pu les détruire, comme ça personne n'aurait jamais su qu'ils avaient emprunté cet argent. Les familles respectables n'aiment pas qu'un des leurs ait des dettes. Ça fait mauvais genre, vous comprenez ?

Je ne comprenais que trop bien. Apprendre le commerce d'Edgar Wellings avec Mrs Clifford avait horrifié sa famille et provoqué la scène que m'avait rapportée Lizzie.

— Alors Billy a perdu son sang-froid et il a battu votre employeuse à mort. Et ensuite, l'un de vous deux lui a arraché son alliance, sa montre et ses boucles d'oreilles.

— On pouvait pas rester les mains vides, maugréa Britannia, et elle en avait plus besoin. La colère de Billy n'était pas retombée et j'avais peur qu'il s'en prenne à moi. Pour le calmer, je lui ai dit qu'on pourrait vendre les bijoux et la montre. Elle la regardait tout le temps, cette petite montre. Avec elle, tout devait être à l'heure, réglé comme une horloge. C'était pas facile de travailler pour elle, vous pouvez me croire.

— Vous avez menti au sujet de la couleur des boucles d'oreilles, prétendant qu'il s'agissait de rubis et non de saphirs, repris-je après une pause. Vous pensiez sincèrement que ça suffirait à nous égarer ?

— Pourquoi pas ? rétorqua Britannia, la moue boudeuse. Ils étaient réussis, mes dessins, non ? J'ai « un bon œil ». On me l'a dit au catéchisme.

— Trop réussis même, Britannia. Nous avons compris que les boucles d'oreilles en notre possession étaient les bonnes et que vous deviez mentir au sujet des pierres.

Britannia se mordit la lèvre inférieure et je remarquai de nouveau son incisive ébréchée.

— C'est pas juste, marmonna-t-elle.

La vie n'était pas juste, voulait-elle dire, ou, du moins, elle ne l'avait jamais été avec elle. Cela n'excusait pas l'acte que son frère et elle avaient commis, mais on ne parviendrait pas à le lui faire entendre. C'était sa vanité à propos de ses talents de dessinatrice qui nous avait conduits à la vérité ; mais qu'elle ne fût en aucune façon responsable du jugement qui les attendait, elle et Billy, était un autre point sur lequel elle et moi ne serions jamais d'accord. De son point de vue, la victime, c'était elle, et non Mrs Clifford.

— Parlez-moi du déplacement du corps.

Mieux valait nous en tenir aux questions d'ordre pratique. Celle-ci m'attira un coup d'œil exaspéré.

— J'ai rien à voir avec ça. C'est eux qui s'en sont occupés. Il fallait l'emmener ailleurs, sans quoi j'aurais jamais pu dire que je l'avais pas vue, pas vrai ? Je devais faire comme si je savais pas ce qu'il lui était arrivé et attendre un peu avant d'aller au commissariat. Pour laisser à Billy une chance de se sauver, de prendre la mer et de quitter le pays pour quelques mois. Mais il n'a pas réussi à trouver d'engagement.

— Quand vous dites « ils », vous parlez de votre frère et de Jeb Fisher. Il était au courant pour le cambriolage ?

Elle hocha la tête.

— Non, la Chiffe savait rien. C'est Billy qui a eu l'idée pour la bouger. J'y ai réfléchi et ça m'a paru un bon plan. Ensuite, Billy est allé chercher son beau-père et sa carriole.

— Ils sont mariés devant la loi, votre frère et la fille Fisher ?

Britannia leva sur moi un regard intrigué.

— C'est tout comme, dit-elle.

— Et faire semblant de ne pas avoir remarqué les taches de sang sur le tapis avant la fin de la matinée, c'était aussi pour donner du temps à Billy ?

— J'ai essayé de les nettoyer, avoua Britannia, l'air renfrogné. Mais ça voulait pas partir. Alors j'ai dû trouver une autre solution. Je les ai recouvertes.

Tout cela s'enchaînait avec une macabre logique utilitaire. Je persévérai néanmoins.

— Billy devait lui aussi avoir du sang sur ses vêtements, j'imagine ?

Britannia opina du chef.

— Sur sa chemise, oui. Il l'a donnée à Ma pour qu'elle la lave. Elle savait pas d'où venait le sang ! Il lui a raconté qu'il avait donné un coup de main aux abattoirs, pour relever et transporter les carcasses. Il voulait pas la rapporter chez lui parce que ses gosses la verraient et se rappelleraient le sang sur la chemise de leur papa. Ils pourraient en parler à d'autres gamins, et ça finirait par se savoir.

Je tentai de l'interroger sur Harry Parker mais je n'appris rien.

— Vous n'arrêtez pas de me poser des questions ! s'emporta-t-elle. Je l'ai pas tuée, je l'ai pas déplacée et je l'ai pas abandonnée à Skinner's Yard. Tout ce que j'ai fait, c'est laisser Billy entrer dans la maison.

— Rien n'excuse le crime, Britannia. Rien n'excuse ce qui est arrivé à Mrs Clifford. Rien n'excuse vos plans pour la voler ni vos manigances pour fourvoyer la police. Vous ne pouvez pas prétendre n'avoir rien fait de mal.

J'étais à présent si furieux contre elle que j'en criais presque moi-même.

— Nous y voilà ! railla la fille. Ce que je fais, c'est forcément mal. Mais Mrs Clifford, elle, elle avait des droits d'après vous. Elle était mauvaise comme la teigne et elle a jamais eu un mot aimable pour moi. Moi, j'ai aucun droit. Je peux bien crever de faim. Ma peut bien crever de faim.

Britannia leva les bras au ciel.

— Le plat que vous faites pour elle ! On croirait que c'est une sainte qui est morte. Mais c'était que la mère Clifford ! Personne l'a pleurée, cette vieille sorcière ! Elle avait pas de famille, pas d'amis. Tous ceux qui venaient lui emprunter de l'argent la haïssaient. Eh bien, monsieur l'inspecteur Ross, et moi, alors ? Et ma mère ? Et les petits de mon frère ? Ma va finir à l'hospice. Et la femme de mon frère et ses gosses sans doute aussi. Vous y pensez à eux ? Mais non, vous avez rien à dire pour eux, je me trompe ? Eh bien moi, c'est à vous que j'ai plus rien à dire.

Britannia pivota sur son siège pour s'adresser à la gardienne.

— Je veux y aller maintenant. J'ai fini de lui parler. Je dirai pas un mot de plus. Même si vous m'obligez à rester toute la journée sur cette chaise.

Se retournant vers moi, elle me dit :

— Comme ça, vous allez pouvoir rentrer chez vous. Vous avez sûrement une jolie maison douillette qui vous attend. Là-bas dehors…

Britannia agita la main pour indiquer le monde au-delà des murs de la prison.

— Là-bas, où la moitié des gens ne sait pas à quoi ressemblera son prochain repas ! Certains n'ont nulle part où dormir. Certains commettent ce que vous appelez un crime simplement parce qu'ils n'ont pas d'autre choix !

Elle pinça les lèvres.

— C'est terminé pour moi, fit-elle.

Ça l'était pour moi aussi. Je la quittai mais le souvenir de son regard noir, brûlant de défi, me poursuivit longtemps.

* * *

Il n'y avait rien à tirer de Billy Scroggs. Il s'était retranché dans un enfer personnel bouillonnant d'hostilité et de colère. Quand il s'exprimait, c'était uniquement pour nous agonir d'injures. Et quand il apprit à quel point sa sœur avait été bavarde, il redoubla d'inventivité pour l'insulter à son tour. Pas une fois, il ne se préoccupa du sort de sa femme et de ses enfants, ou même de celui de son malheureux beau-père dont il avait fait son complice malgré lui.

Jeb la Chiffe nous avait suppliés de croire qu'il ignorait tout du projet de cambriolage. Il avait été atterré lorsque Billy était venu lui apprendre ce qui s'était passé. Il nous jura avec tant d'ardeur qu'il avait d'abord refusé de déplacer le cadavre qu'il parvint à nous en convaincre. Mais Billy était le père de ses petits-enfants. Que pouvait-il faire d'autre sinon essayer de l'aider ? Ils avaient dû abandonner leur plan initial de jeter le corps dans le fleuve parce qu'il y avait trop de monde ce soir-là. Jeb Fisher était si tremblant de peur qu'il en était même incapable de pousser sa charrette ! Ils avaient alors déchargé leur macabre fardeau à Skinner's Yard, puis étaient partis chacun de leur côté. Jeb s'était rendu au Clipper où il avait confié Sukey, la fille de Billy, à une serveuse. Il avait retrouvé la fillette endormie dans un coin. Pour se remettre les idées d'aplomb, il avait bu une pinte ou deux et, tandis qu'il sirotait sa bière, quelqu'un avait fait irruption dans l'établissement, annonçant qu'on avait découvert un macchabée à Skinner's Yard.

Entendant cela, la Chiffe s'était pratiquement évanoui sous le choc. Ils avaient espéré que le cadavre reste inaperçu durant quelques heures, peut-être même jusqu'à l'aube. Le vieux Jeb avait aussitôt pris la direction de chez lui, sa petite-fille sur sa carriole. Quant à Billy, il n'avait aucune idée d'où il était passé. Il n'était revenu chez eux qu'au petit matin, si saoul qu'il avait fallu le porter à l'intérieur de l'ancien comptoir où il s'était endormi à même le sol.

Il s'était révélé inutile de questionner aussi bien Billy que Jeb à propos de Parker.

* * *

Je retournais à Scotland Yard depuis Newgate lorsque je ressentis de nouveau ce frisson entre les omoplates caractéristique de la sensation d'être épié. Il s'intensifia jusqu'à m'en donner la certitude. La personne, qui que ce fût, accélérait. Elle essayait de me rattraper. Sa démarche était déterminée et non pas furtive. J'en conclus qu'elle n'avait pas l'intention de m'attaquer mais, au contraire, de me parler. Pour lui faciliter les choses, je m'arrêtai et me retournai. Un choc m'attendait.

À trois pas de moi environ, tout essoufflé, se tenait Harry Parker. Ou, du moins, durant un instant, je crus réellement avoir affaire à l'homme dont j'avais pourtant vu la dépouille inerte sur la table de la morgue. L'homme était un individu de petite taille affublé des mêmes traits chafouins et des mêmes yeux noirs que Parker. Son regard papillotait avec nervosité tandis qu'il délibérait pour savoir s'il demeurait sur place ou s'il prenait ses jambes à son cou. Ce fut alors que j'eus la révélation de la clé de ce mystère.

— Vous êtes le frère de Harry Parker, celui qui vit à Limehouse, déclarai-je.

Se trouver ainsi reconnu le sidéra et l'affola tout à la fois. Craignant de le voir détaler, je m'empressai d'ajouter :

— N'ayez pas peur ! Vous ressemblez de façon extraordinaire à votre frère. Vous étiez jumeaux ?

Il risqua une timide approche sans cesser de m'étudier de ses yeux de rat.

— Non, répondit-il d'une voix rauque. On avait deux ans d'écart. C'était mon petit frère. Moi, c'est Barney. Barney Parker. Palefrenier de mon état.

Maintenant qu'il était plus près, je constatai qu'il était en effet plus âgé que je ne l'avais d'abord cru. Ses cheveux grisonnaient, des rides se creusaient autour de sa bouche. Et il était un peu plus corpulent que feu Harry.

— Vous êtes l'inspecteur Ross, c'est ça ? demanda-t-il.

— Lui-même.

— Vous avez coffré Billy Scroggs ?

— Il est en prison, en effet.

— Et vous comptez pas le relâcher ?

Barney avait posé cette dernière question d'un ton angoissé.

Me parvinrent d'âcres effluves chevalins qui me confirmèrent sa profession de garçon d'écurie.

— C'est de la mauvaise graine, Billy Scroggs, ajouta Barney de sa voix croassante. Je pouvais pas venir vous trouver plus tôt, mais notez que j'en avais l'intention !

— Quand vous avez appris la mort de votre frère ? C'est à ce moment-là que vous avez voulu contacter la police ?

— Ouais !

Il cligna des yeux et hocha la tête à plusieurs reprises tel un automate que l'on aurait soudain mis en mouvement.

— Mais je voulais pas parler à n'importe quel policier ! précisa-t-il. Il fallait que ce soit vous, m'avait dit Harry. Sauf que je pouvais pas venir vous voir tant que Billy Scroggs était dans les environs. Si je l'avais dénoncé, il l'aurait su et j'aurais été rejoindre ce pauvre Harry au fond de l'eau.

— Vous pensez que Scroggs a tué votre frère ?

— Il lui a réglé son compte, pour sûr. Harry avait peur de lui. Il a quitté Deptford et il est venu chez moi à cause de ça. Mais il est retourné là-bas. Il aurait pas dû. Billy l'a retrouvé. C'est ce que Harry craignait. Il m'avait dit que, s'il lui arrivait malheur, je devais m'adresser à vous. Voilà, c'est ce que je fais à présent. Vu que Billy est à l'ombre, maintenant je peux vous raconter ce que Harry m'a confié ce soir-là, quand il est venu à Limehouse.

— Et vous avez raison de le faire, Barney, lui dis-je. Êtes-vous d'accord pour m'accompagner à Scotland Yard ? Ce n'est pas loin d'ici. Ou préférez-vous que nous discutions dans un endroit plus discret ?

J'espérais qu'il opte pour le Yard car j'avais besoin d'un témoin. Mais je ne souhaitais pas l'effrayer.

Après quelques instants de réflexion, il dit :

— Je viens au Yard avec vous. Ça me plaît pas qu'on me voie comme ça dans la rue avec vous. On sait jamais qui pourrait passer. Pareil dans un pub. Ça pourrait revenir aux oreilles de Billy. Je sais bien qu'il est en prison mais il a des copains, pas vrai ? Des copains un peu partout…

Barney agita la main pour désigner les alentours.

— C'est pour ça que c'était impossible pour moi de vous rencontrer à Deptford. Le mieux, ce serait que je vous suive. Quand on sera arrivés pas loin du Yard, vous vous retournerez et vous m'épinglerez. Et ensuite, vous m'emmènerez à l'intérieur comme si vous m'aviez arrêté. Personne ne pourra me reprocher de vous avoir accompagné !

Je compris son raisonnement. Les informateurs n'ont pas que des amis. Je me mis donc en route, sachant qu'il marchait sur mes traces à quelques pas de distance. Parvenu à proximité du Yard, je pivotai, le saisis par la manche et lui dis d'un ton sévère :

— Venez avec moi. Et pas de bêtises, hein !

Nous entrâmes ainsi dans Scotland Yard, bras dessus bras dessous comme un couple d'amoureux. Par un curieux hasard, la première personne que nous y vîmes fut le jeune Dr Wellings, semblait-il sur le point de partir.

— Que faites-vous encore ici ? lui demandai-je avec irritation.

J'en avais plus que par-dessus la tête de ce jeune étourneau.

— Le superintendant m'avait convoqué, se justifia Wellings en me jetant des regards inquiets. Il m'a informé que vous aviez arrêté l'assassin de Mrs Clifford et que je n'étais plus suspect dans cette affaire.

— Vous avez eu énormément de chance, docteur Wellings, et j'espère que nous n'aurons plus l'occasion de vous voir dans ce bâtiment !

— Qui était ce jeune homme ? s'inquiéta Barney quand Wellings eut filé.

— Juste quelqu'un venu faire une déposition, tout comme vous vous apprêtez à le faire, lui répondis-je.

Une fois que nous fûmes installés dans mon bureau, et que Biddle nous eut rejoints avec son calepin, Barney Parker se détendit enfin. Il regarda autour de lui d'un œil curieux et détailla Biddle avec un intérêt tout particulier.

— C'est lui qui va écrire ? Tout ce que je vais dire ? Parce que je parle pas toujours comme il faudrait.

— Exprimez-vous avec vos propres mots, nous n'attendons rien d'autre de votre part. Ensuite, vous pourrez vous relire avant de signer.

Un doute m'assaillit.

— Vous savez écrire, n'est-ce pas ?

— Ça veut dire que je dois inscrire une marque ? fit timidement Barney.

— C'est ça. Nous vous lirons votre déposition à haute voix. Vous ferez une croix et je signerai au-dessous en attestant que c'est bien vous qui l'avez tracée en ma présence.

Biddle leva son crayon, sur le qui-vive. Barney le considéra avec admiration.

— C'est si beau d'avoir de l'éducation.

Les joues de Biddle devinrent écarlates. Barney débuta alors son récit :

— Ce soir-là, c'était un soir comme tous les autres. On voit jamais venir ce qui va vous tomber dessus. Mon frère Harry marchait dans la rue, vaquant, comme qui dirait, à ses occupations quand il aperçoit devant lui le chiffonnier et sa charrette. C'est un gars qu'on nomme Jeb la Chiffe. Tout le monde le connaît. On le voit depuis toujours ! Mais la chose bizarre, qu'a aussitôt attiré l'attention de Harry, c'est que c'est pas le vieux qui poussait la carriole. Elle était chargée d'un tas de nippes et de chiffons, comme de juste à la fin de la journée, mais c'était Billy Scroggs qu'était à la manœuvre. Harry, ça l'a tout de suite intrigué. Il avait jamais entendu dire que Billy faisait le chiffonnier ! Billy, il est toujours prêt à s'engager comme matelot sur n'importe quel navire qui voudrait bien de lui malgré sa mauvaise réputation, rapport à son caractère violent. Et puis il y avait aussi la façon avec laquelle il la poussait, cette charrette, comme si elle était très lourde. Billy, il est sacrément costaud. Comment une simple pile de chiffons pourrait le faire suer comme un bœuf ? Tout ça, ça a éveillé la curiosité de Harry, et il les a suivis. Il a pris garde à pas se faire voir parce que Billy Scroggs est pas du genre à apprécier qu'on fourre le nez dans ses affaires.

« Quand ils sont arrivés pas loin de Skinner's Yard, ils se sont arrêtés. La Chiffe avait posé la main sur le bras de Billy. Il paraissait vraiment effrayé, le vieux. Il arrêtait pas de regarder autour de lui et d'observer tous les passants. C'était une soirée animée, avec toutes sortes de gens dans les rues. Il y avait des marins en goguette qui chahutaient. Harry s'est fait tout petit et s'est approché d'eux. Il a entendu Jeb qui disait : "Le fleuve est trop loin. Et y a trop de monde partout !" Puis il a montré le terrain vague. "On n'a qu'à la laisser là", qu'il a dit. Apparemment, Billy n'aimait guère l'idée et les deux se sont un peu disputés. Harry n'a pas pu tout entendre mais, au bout du compte, ils sont entrés dans Skinner's Yard.

« Harry a attendu qu'ils en ressortent. Ç'a pas pris longtemps. Mais quand ils sont reparus, c'est Jeb qui poussait la carriole, comme à son habitude. Harry a réfléchi qu'ils avaient dû se débarrasser du plus lourd de leur chargement. La Chiffe s'en est allé d'un côté mais Billy a fait demi-tour et il est reparti par où ils étaient venus. Il est passé devant Harry et il l'a vu ! Alors Harry a juste fait : "Salut, Billy", et il a continué son chemin comme si de rien n'était. Il avait peur que Billy le rattrape mais il s'est rien passé. Et quand Harry a eu le courage de se retourner, il n'y avait plus trace de Scroggs.

Barney marqua une pause, puis ajouta tristement :

— Si Harry avait eu une once de bon sens, il aurait fui aussi loin et aussi vite que possible de cet endroit. Mais il était du genre curieux, vous comprenez. Une fois qu'il a été sûr et certain que Billy Scroggs était parti, il a fait demi-tour. Il s'est faufilé dans Skinner's Yard et il s'est mis à chercher ce qu'ils y avaient déposé. Il a trébuché sur quelque chose. Il a regardé ce que c'était. Et là, Mr Ross, il a failli mourir de peur ! Un cadavre, un cadavre de femme, que c'était ! C'est ce qu'il m'a dit et c'est la vérité, vous pouvez me croire. Rien que de me le raconter, il tremblait comme une feuille. Il a décampé sans demander son reste et, en sortant de Skinner's Yard, boum !, voilà qu'il se cogne à un agent qui faisait sa ronde. Vous parlez d'une guigne ! Bien entendu, l'argousin l'attrape au vol et lui demande ce qui le fait tant courir. Dans son état, Harry ne l'aurait jamais convaincu qu'il n'y avait rien de particulier, alors il l'a amené voir le macchabée.

Barney s'interrompit.

— Le sort en était jeté, reprit-il, fataliste. Ce pauvre Harry avait compris que lorsque ça se saurait qu'un cadavre avait été découvert et que c'était un gars du coin, un certain Harry, qui l'avait indiqué à la police, Billy l'apprendrait. Et il se rappellerait avoir vu Harry ce soir-là, tout près de l'endroit où Jeb et lui avaient abandonné le corps. Il pouvait tout aussi bien avoir signalé à la police les avoir aperçus poussant leur charrette et tout le reste. Billy devait retrouver Harry !

« J'ai dit à mon frère qu'il pouvait rester avec moi à Limehouse, mais il avait pas d'argent et on lui donnerait pas de travail de ce côté-ci du fleuve. Alors il est retourné à Deptford. Il aurait pas dû, Mr Ross.

— Ce qu'il aurait dû faire, Barney, c'est se confier à la police. S'il m'avait raconté toute l'histoire, j'aurais pu le protéger.

— Facile à dire, rétorqua Barney. Mais moins facile à faire quand c'est pour des gens comme nous.

Nous lui lûmes sa déposition. Le superintendant Dunn vint en qualité de témoin observer Barney apposer une croix au bas du document. Sitôt après le départ de Parker, Biddle ouvrit en grand la fenêtre malgré l'air glacial qui s'engouffrait à l'intérieur. C'était la seule solution pour dissiper la puissante odeur de cheval et de fumier que le palefrenier avait laissée derrière lui.

— Vous pourrez informer Mrs Ross que l'affaire est désormais résolue et que le jeune Wellings n'a plus rien à craindre, me déclara le superintendant.

— Elle en sera soulagée, monsieur.

— Hmm, grogna Dunn. J'ai cru comprendre qu'elle et Miss Wellings s'étaient rendues à Egham pour aller chercher ce jeune écervelé et le ramener à Londres après sa fuite.

— Oui, monsieur.

Il n'y avait plus de raison de le nier à présent.

— Dommage que nous ne puissions pas l'engager, constata Dunn avec un rare sourire. Quoique je me demande quelle serait alors notre utilité ! Pour ce qui est de l'investigation, du moins, nuança-t-il après un instant de réflexion. J'imagine qu'on aura toujours besoin de nous autres mâles pour les aspects violents du métier !

Il indiqua ma joue enflée.

— Un médecin a examiné cela, j'espère ?

— Oui, monsieur. Il ne pense pas qu'il y ait quoi que ce soit de cassé mais j'ai eu de la chance.

— Bien, fit Dunn, qui tourna les talons et regagna son bureau.

On ne s'attend guère à recevoir des remerciements de la part de ses supérieurs et c'est sans doute aussi bien.

CHAPITRE 19

Inspecteur Benjamin Ross

— Tu remercieras le superintendant pour ses aimables paroles, me dit Lizzie après que je lui eus rapporté les événements de la journée. Bien sûr que les femmes feraient d'excellentes policières. Qu'est-ce qui les en empêcherait ?

Elle fronça les sourcils et scruta mon visage tuméfié.

— Ta gorge te fait-elle encore très mal ?

— Ça va mieux, articulai-je.

— En tout cas, je trouve que Mr Dunn aurait pu te témoigner plus de considération. Il aurait pu t'accorder un ou deux jours à la maison pour te remettre de l'agression de cet abominable type.

— De son point de vue, tant qu'un homme peut rentrer au Yard sur ses deux jambes, c'est qu'il est bon pour le service. Et puis, ajoutai-je, je n'ai aucune raison de m'arrêter. Mes bleus vont disparaître et je n'aurai bientôt plus mal en avalant.

Je suivais un régime à base de soupes et de ragoûts qui me donnait l'impression de ne valoir guère mieux qu'un invalide.

— Tu vois ? s'agaça Lizzie. Il faut toujours que les hommes paraissent si… si solides, qu'ils ne montrent aucune faiblesse, et autres bêtises du même genre.

Elle se tourna vers la cheminée et contempla un long moment les flammes qui crépitaient dans l'âtre.

— Ma chérie, fis-je de ma voix éraillée, il y a quelque chose qui titille ton cerveau toujours en alerte et ce ne sont pas mes blessures.

— Oh, c'est juste… C'est à propos de cette domestique, Britannia…

— Ah, Miss Scroggs ! Il suffit de l'avoir rencontrée une fois pour ne jamais l'oublier.

En ce qui me concernait, son souvenir ne me quitterait certainement pas de sitôt, pas plus que celui de sa brute d'assassin de frère.

— Ils ne comptent pas la pendre, tout de même ?

Se détournant du feu, Lizzie me fixa avec angoisse.

— Je n'en sais rien, répondis-je, pris de court. Je ne suis ni juge ni juré. Elle, son frère et le vieux Jeb Fisher attendent encore leur procès. Il est probable que Billy Scroggs sera condamné à la potence, mais Britannia ? Elle a conspiré le vol de son employeuse et elle a permis à son frère de pénétrer dans la maison mais, pour ma part, je ne pense pas que le meurtre entrait dans ses projets. Je n'en suis même pas très sûr pour Billy. Nous avons appris qu'il avait mauvaise réputation parmi les marins et que, depuis plusieurs semaines, aucun navire n'acceptait de l'engager comme matelot. Britannia craignait que Mrs Clifford ne tarde plus à comprendre que l'aggravation de l'état de ses mains l'empêcherait bientôt de faire son travail. Ils ont donc décidé de dérober sa cagnotte, certains qu'elle serait pleine d'argent.

« Mais, d'emblée, les choses ne se sont pas passées comme prévu et le vol a tourné au meurtre sanglant.

« Britannia ne pouvait pas quitter la maison. Elle n'avait nulle part ailleurs où aller ! Mais il y avait une mince chance que Billy trouve à s'enrôler et puisse s'échapper. Alors ils ont élaboré un plan qui, je dois dire, était assez astucieux. Je me demande lequel des deux en a eu l'idée. Billy n'est pas du genre à réfléchir. Britannia, en revanche, a la tête sur les épaules et l'esprit vif. L'argent et les reconnaissances de dettes ont été portés à la masure de leur mère où, comme Morris ne l'a soupçonné que trop tard, on a caché le tout sous un immonde rata. La cagnotte a été jetée dans le fleuve tout comme l'arme du crime. Que d'objets cette bonne vieille Tamise a reçus en son sein profond au cours de l'histoire ! Les récépissés ont été emportés de chez Ma Scroggs à partir du moment où la police a pris la désagréable habitude de s'y montrer. Nous sommes arrivés juste à temps à l'ancien comptoir maritime pour empêcher la fille de Jeb la Chiffe de tout brûler.

— Il n'y a pas grand-chose à dire pour sa défense, constata Lizzie avec un soupir.

Puisque le sort de Britannia semblait tant la préoccuper, j'essayai de la réconforter.

— Elle est désormais témoin à charge. Maintenant qu'elle a compris que son frère était perdu, elle lui met tout ce qu'elle peut sur le dos. Elle s'en tirera peut-être avec une longue peine de prison. Tout ce que j'espère, c'est qu'elle aura la sagesse d'afficher des remords devant le tribunal. Cela ne lui viendra pas naturellement. Lors de notre dernière conversation, le seul regret qu'elle a exprimé a été d'avoir trouvé moins d'argent qu'elle et son frère ne l'espéraient dans la maison. Ce n'est pas le genre de chose qui plaira au jury. Mais elle est capable de feindre le repentir, et si les jurés considèrent qu'elle était sous l'influence de Billy et désespérée à l'idée de perdre bientôt sa place à cause de ses rhumatismes… il est possible qu'elle échappe à la peine de mort.

« Si tu dois accorder ta pitié à quelqu'un, réserve-la plutôt au vieux Jeb Fisher. Il ignorait tout du cambriolage jusqu'à ce Scroggs vienne lui demander de l'aider à transporter le corps. Hélas, cela ne suffira peut-être pas à lui éviter la corde. Le soir même, il a reconnu en moi un officier de police et il n'a pas résisté à l'envie de m'interroger à propos du meurtre.

« Un autre élément est venu contrarier les plans de nos gredins : Harry Parker, qui les a vus et s'est montré curieux. Il les a suivis, il a découvert le corps et, dans sa fuite, il a percuté l'agent Barrett. Jamais ils n'avaient imaginé que leur victime serait retrouvée aussi vite.

« Cela dit, ils ont aussi eu un peu de chance. Le lendemain matin, alors que la police se trouvait chez Mrs Clifford, Edgar Wellings a eu l'obligeance de s'y présenter en ta compagnie et celle de sa sœur. Les Scroggs ont dû croire que le destin leur souriait. Britannia a aussitôt su diriger nos soupçons sur lui. Tu sais, Lizzie, ce jeune homme a eu énormément de chance d'avoir échappé lui-même à un procès pour meurtre ! Je crois que le superintendant Dunn le lui a d'ailleurs bien fait comprendre.

— Et la petite fille, Sukey ? demanda Lizzie d'un air triste. J'imagine qu'elle, son frère et sa mère vont terminer à l'hospice. Ma Scroggs aussi, sans doute.

— C'est probablement inévitable, concédai-je. Du moins en ce qui concerne la vieille. La mère des petits pourrait trouver un moyen de ne pas en être réduite à cette extrémité.

Je marquai un temps.

— Le monde est ainsi, Lizzie. Les innocents paient pour les crimes des coupables.

Lizzie soupira. Puis, prenant sur elle pour alléger l'atmosphère, elle déclara :

— Le mariage de Frank et Patience est prévu pour le printemps.

Je grognai.

— Je n'ai aucune intention de jamais recroiser ce personnage !

— Tu n'y couperas pas. Et tu auras besoin d'un manteau neuf pour la cérémonie.

Nouveau grognement.

— Edgar Wellings va quitter Londres.

— Ah, enfin une bonne nouvelle ! m'exclamai-je.

— Au Bart's, on lui a fait savoir qu'on ne comptait pas le reprendre. Et, de toute façon, ses parents ont insisté pour qu'il revienne chez eux. Ils ne voulaient plus d'un tel éloignement et ne rien savoir de ses agissements. On lui a déniché une place de médecin assistant dans un hôpital de leur ville. Je crois que Frank a usé de son influence. Lui aussi était désireux d'éloigner au plus vite Edgar de la capitale.

— Tu sais, Lizzie, si les Wellings s'imaginent qu'Edgar ne s'attirera pas d'ennuis dans sa ville natale, ils courent à une cruelle désillusion. Peux-tu imaginer ce jeune dandy se satisfaire de l'austère labeur d'un hôpital de province ? Ou, lorsqu'il ne travaillera pas, du peu de distraction qui lui sera offert ? Pour ne rien dire du fait de vivre dans une ville où tout le monde le connaît ! Il ne passera jamais inaperçu et ses moindres faits et gestes seront rapportés à ses parents. Sa famille elle-même le surveillera avec une vigilance de rapace. Il ne tiendra pas un an. Et alors il partira et ira se fourrer ailleurs dans le pétrin, tu peux me croire ! Mais tant que ce n'est pas à Londres, nous n'avons pas à nous en préoccuper.

— Tu as raison, évidemment, admit mon épouse. Mais je m'en inquiète malgré tout un peu parce que quoi que fasse Edgar à l'avenir, cela affectera Frank et Patience.

Je me penchai en avant et lui pris les mains.

— Lizzie, mon adorée, s'il y a une personne au monde pour laquelle tu n'as aucun souci à te faire, c'est bien Frank Carterton. Edgar est peut-être du genre à toujours se mettre dans de mauvais draps et à avoir besoin qu'on l'aide à en sortir, mais Frank, j'en suis persuadé, est de ceux qui survivent à tout.

Lizzie me considéra d'un air grave.

— Et toi, Ben ? Cet homme aurait pu te tuer. Ou te blesser si grièvement que tu ne pourrais plus travailler dans la police.

— Et tu m'aurais renvoyé au fond de la mine, c'est ça ? lui demandai-je.

C'était une médiocre plaisanterie mais je désespérais de lui remonter le moral.

— Ne dis pas n'importe quoi ! répliqua-t-elle sèchement.

— Dans ce cas, je n'ai qu'une chose à faire, soufflai-je.

J'avais trop parlé et ma gorge me faisait de nouveau souffrir comme si les doigts de Billy Scroggs s'y agrippaient encore.

— Je dois travailler davantage encore pour obtenir une promotion, murmurai-je. Si je deviens superintendant, je pourrai rester, comme Dunn, assis derrière mon bureau à critiquer les types comme moi chargés du sale boulot.

Ce à quoi je n'oubliai pas d'ajouter :

— Efficacement secondé par toi, ma chérie, bien entendu !

Puis ma voix m'abandonna tout à fait. Mais mon épouse paraissait satisfaite.

MIXTE
Papier issu de
sources responsables
FSC® C003309

10/18, une marque d'Univers Poche,
est un éditeur qui s'engage pour
la préservation de son environnement
et qui utilise du papier fabriqué à partir
de bois provenant de forêts gérées
de manière responsable.

Imprimé en France par CPI

N° d'impression : 3021555
Dépôt légal : mai 2017
Suite du premier tirage : mars 2017
X07062/01